JN119310

遠藤周作の影と母

深い河の流れ

新木安利
Yasutoshi Araki

海鳥社

彼は醜く、威厳もない。
みじめで、みすぼらしい。
人は彼を蔑み、見すてた。
忌み嫌われる者のように、
彼は手で顔を覆って人々に侮られる。
まことに彼は我々の病を負い
我々の悲しみを担った。

（『旧約聖書』「イザヤ書」五三章）

まえがき

遠藤周作（一九二三〜一九九六）の作品群には、いくつかのテーマの系流がある。それらが合流する地点に、この『深い河（ディープリバー）』（一九九三）という作品は位置する。集大成といわれる所以である。

遠藤は『哀歌』（講談社文芸文庫）の中の「『哀歌』の思い出」という文で、

［ある時期から、私はひとつの純文学長編を三年か、四年かの間隔をおいて発表することにしていた。／そしてその三年か、四年の間に私にとっていわゆる長編のための準備と蓄電の期間であると同時にそれを模索する短編を幾つか書くという方法をとった］

（三二三頁）

と書いている。別の所では［デッサン］と言っている（「文学―弱者の論理」『國文學　解釈と教材の研究』一九七三年二月号、學燈社、一五頁）。つまり、長編を用意するために、習作のような短編を幾つか書く、と言うのであるが、これを冗談混じりに、「周作」と言ってみよう（遠藤は分かってくれる……）。用意周到の周である。同じ（ような）素材・テーマで、同じ名前、又は違う名前の登場人物が出て来て紛らわしいし、遠藤が繰り返すから当然僕も繰り返すことになってきて困惑する。

短編集『哀歌』は長編『沈黙』のための「周作」であった。この『深い河』の「周作」は、直接的には『ピアノ協奏曲二十一番』であろうが、全体的には、遠藤の作品全てが『深い河』の「周作」といってもいい位置にある。遠藤はその晩年にあたり、自分の作品の集大成を試みたのだ。登場人物は遠藤の作品群から抽出されたように、作品の過去を背負っている。

以下本稿の方法について述べる。便宜上、『深い河』のあらすじを示し（＊印をつけ、二字分下げる）、その流れに沿って、多少迂回しながらも、遠藤の主要な作品を取り上げ、源流を探り、それがここに流れ来った経緯を注釈し、対照し、さらに深くテーマを探るという形をとりながら、遠藤の文学の核心を目指して行きたいと思う。遠藤はエッセイの中で、自作に対する解説のようなことをけっこう語っているし、作品は同じテーマ、モチーフで繰り返し書かれることがあるので、いまさら僕が屋上屋（おくじょうおく）をかさねることもないのかなとは思うのだが。

遠藤はいくつかのテーマを抱えて作品を書いてきたが、今『深い河』のストーリーの展開に沿ってそのテーマを取り上げていくと、やはり錯綜（さくそう）は免れない。遠藤のテーマの深化と『深い河』の展開は一致していないからである。そこで遠藤のテーマについて、まず簡単な見取り図を書いておきたい。遠藤の文学のテーマは大雑把に言って、五つに分けられる。西欧的厳父のキリスト教、日本的慈母のキリスト教、弱者の罪と強者の悪、同伴者、復活。

これら五つのテーマを横断するのは、「影」と「母」という概念、ユング風に言えば元型であると思われる。多分、遠藤自身が強度のマザーコンプレックスで、自身の中にいろんな性格があることを知っていたからであろう。
　いまここでこれらのテーマについて概説しておけば、次のようになるだろう。

＊日本人とキリスト教、復活と転生　(第1章、第2章)
　汎神論的な文化風土、アジア・モンスーン気候の「泥沼」に育った日本人にとってキリスト教はどのように内化されるか。遠藤のフランス留学の最大の収穫は西欧のキリスト教への違和感、距離感である。遠藤は日本人に合ったキリスト教を模索して、イエスの母性的な面を強調し、浄土教的な要素を導入した。

　また復活のテーマについても輪廻転生といった東洋的な考えを導入し、復活とはイエスが示した愛(隣人愛、博愛、アガペー)の行為を受けつぐことだと言った。祖型の反復と言っていい。

＊同伴者　(第1章、第2章、第3章、第4章、第5章)
　人が寂しい時、イエスは母のような同伴者として現れる。それは犬や鳥や木といった汎神論的な姿をしていることがある。しかし、同伴者は嫉妬や憎悪の形をしていることもある。同伴者のテーマはあらゆる作品に表われている。

＊厳父の宗教と慈母の宗教、弱者の罪の救いと悪　(第2章、第4章、第5章)
　人間は弱い存在だから、人を裏切ることがある。権力や戦争のために強制的に踏絵をふま

されたり、また内在する悪の影に抗しきれずに罪を犯すことがある。

こうした罪を犯した面従腹背の人は、どのように赦されるのか。罪と信仰は相似形であり、赦されない罪びとを赦すことが宗教である。厳父の宗教が怒り裁く宗教であるのに対し、慈母の宗教は赦し、抱きとめる宗教である。しかもイエスは奇跡を起す英雄的なメシアではなく、十字架にかけられ、威厳もなく、みじめでみすぼらしい姿で、人の苦しみを伴に苦しむ、哀しみのメシアである。

しかし、罪を犯したと思わない人もいる。救いを求めない悪というものも存在する。

『深い河』の登場人物は、そろってインドに出かけることになる。というか、インドツアーに出かけることになった人たちの、それぞれの事情、思い入れがまず語られる。

磯辺は亡くした妻の最後の言葉が忘れられなくて、輪廻転生の本場インドを訪ねている。

成瀬美津子は昔甚振（いたぶ）った真面目なクリスチャン大津がインドにいると知り、なぜか気になり会いに行く。

沼田は病気だった時慰めてくれた九官鳥の思い出から、

木口はビルマ戦線でのいまわしい思い出を浄化するためにインドに旅立った。

三條夫妻は新婚旅行である。本当はガンジス川よりライン川の方にしたかったのだが。

江波は大学でインドの勉強をし、今は添乗員としてツアー客のガイドをしている。

目次◆遠藤周作の影と母　深い河の流れ

＊凡例
「　」は、遠藤からの引用
『　』は、単行本、文庫本、雑誌名、新聞名
「　」は作品名、または遠藤以外からの引用、要約の中の会話など
『全集』は、『遠藤周作文学全集』新潮社、一九九九～二〇〇〇年刊行
出典表示例（「①」西暦『②』、出版社名等、○頁）
①は（短編）作品名、西暦は発表年、掲載紙誌は省略
②は①が収録されている単行本・文庫本の書名
《　》は、僕の声

＊引用文中に、現在の人権感覚からみて相応しくない言葉があるが、時代的背景と作品の価値に鑑みてそのままとしました。

第1章　復活と転生　磯辺と妻の場合

1＊磯辺修の妻（本文に名前は出てこない）は末期ガンで入院中である。あと三ケ月と医者に余命を告げられた時、外で「やき芋ォ、……」という売り声がしていた。

この「やき芋ォ……」という売り声は、例えば、『どっこいショ』（一九六七、講談社）といった作品にも出てくる。ガンで入院中の妻とは全く関係のない世界が他方にある、ということを示している。いわば他人の日常と言うか、町を行き過ぎる人々は互いに無関係な生活を生きている、ということだ。おそらくこの挿話は遠藤のふとした気付き、例えば執筆中の戸外の、無関係で集中を乱す多少うるさい売り声の中から作品に生かされたものであろう。しかし、磯辺だって、中では生死の境をあえいでいる人が居る病院の前を、無頓着に通り過ぎたことがあっただろう。またその売り声に財布片手にとび出して行く人もいるかも知れない。

ヴィクトル・フランクルの『夜と霧』（一九四七）のこんな挿話とも関わりがあるかもしれ

ない。アウシュヴィッツの強制収容所で労働苦役で壕を掘っている時、彼は頭上の灰色の空や、灰色の衣服、灰色の顔に囲まれた中で、嘆きと訴えを天に送り始める。空から応えはない。だが彼はその苦悩と犠牲の意味を得ようとして闘う。彼はその最後の抵抗において、精神がこの意味なき世界を乗り越えるか、勝利の肯定の声がどこからともなく近付いてくるのを感じる……。

「明け行くバイエルンの朝の絶望的な灰色の真只中に、地平線に芝居の書割りのように立っている遠い農家の窓にあかりが一つぽっとついたのであった……光は闇を照らしき」

（『夜と霧』）

バイエルンの遠い農家に、ぽっと明りが一つついたことを、フランクルは、光は闇を照らしきと、すなわち極限状況における救いと解釈する。ここにも人間の生活があり、それを自分とは無関係なものではなく、存在が懐かしいもののように思っている。因みに遠藤は、『夜と霧』の「世界ってどうしてこう美しいんだろう」という箇所を、「……志ひくくなった時、幾度も読む」という（「勇気ある言葉—— 世界はうつくしい」一九六七『よく遊び、よく学び』集英社文庫、一二二頁）。

しかし、遠藤は、今のところという留保をつけておいた方がいいが、そういうふうには解釈しない。瀕死のガン患者の病室の外を無関係に行き過ぎる無数の車や「やき芋ォ……」という売り声は、磯辺の妻の、救いの声ではない。むしろ神の「沈黙」の徴（しるし）といってもいいだろう。「あまりに碧い空」に言う空の碧さも、『沈黙』に言う海の碧さも、同様のことである。

［一人の人間の死にもかかわらず、空が美しく澄み、向日葵が炎のように咲きつづけているいう冷酷な事実……］

（「あまりに碧い空」一九五九『月光のドミナ』新潮文庫、一二一九頁）

神と人間との間には、絶対的な質的差異があり、断絶がある。神は、人間の苦悩や苦境に対して一々介入しない。助けに来ない。無頓着なのである。それは人間の側からみると、神の沈黙ということになる。と簡単に言ってしまっては、話が終ってしまうのだが。

ただし、後にふれるが、『悲しみの歌』（一九七七、新潮文庫）にでてくる焼き芋屋のナベさんは、ガンで瀕死の床にある。何日か前までは「やき芋ォ」と売り歩いていたかもしれない。焼き芋屋のナベさんはナベさんで、彼ののっぴきならぬ生活と人生がある。互いの人生を横切るその交わりの程度によって、関係性の濃淡が生じる。では、神と人間では？

2＊磯辺は癌のことを妻に告げずに、「退院したら温泉にでも行くさ」と言うと、妻は「そんなお金のかかること私には必要ないわ」と応じた。ひょっとしたら何もかもわかっているのじゃないかという思いが、磯辺にはある。

妻は病室から見える銀杏の木と会話していた。「あの木が言ったの、命は決して消えないって」。妻はそういう女であった。

銀杏の木と会話するというのは、これも『夜と霧』の中にそういう挿話がある。その若い女性は収容所に入れられる前、ひどく甘え切った生活を送っていて、本当に真剣な精神的な望みを追ってはいなかった。いま彼女はこんなひどい目に遭わせてくれた運命に感謝しているとさえ言う。彼女のただ一つの友達はカスタニエンの樹だった。

「この樹とよくお話しますの。／あの樹はこう申しましたの。私はここにいる……私は……ここに……いる。私はいるのだ。永遠のいのちだ……」(『夜と霧』)

彼女は、その樹に、イエスを(神を)、見た(解釈した)のだ。「同伴者」としてのイエスの顕現を見た。

樹を神と思うとまではいかなくとも、山や木を眺めていると、自然と心が和み落ち着いてくるということは、よくあるのではなかろうか。草花を育て、花が咲き実が生る(な)のを見るのは、園芸セラピーというか、精神安定剤である。特に東洋人というか、日本人の心理にはよくあることだと思われる。相当汎神論的な感性であろう。そもそも、世界のほとんどの宗教は汎神論的な宗教であろう。キリスト教の一神教のほうが特殊な宗教なのだ、と僕は思う(後述)。

樹と話す男の挿話は、また次の作品にも見える。手術の行われる前日、男は病室から中庭の、名も知らぬ樹を見つめていた。明日自分は出血多量で死ぬかもしれぬ、そう思う男の心の中に、樹が入り込んでくる。樹は同伴者なのである。

［その瞬間、葉群の一枚、一枚が、まるで拡大鏡でも使ったように、そのこまかい線まではっきりと、確実に眼にうつった。なぜかは知らぬ。しかしその葉はそれぞれの存在を主張しながら動いていた。その時の感覚は異様であり、彼は自分が生きていると同じように、その葉も生きていることを鋭い痛みを胸に感じながら味わった」（「扮装する男」一九六七『影法師』新潮文庫、一二五頁）

［その時、眼に、六月の風が流れるのがはっきりと見えた。病院の中庭にはえている大きな一本の樹木に（明石はその樹木の名を知らなかった）葉々が突然いっせいに風にめくられて白く光った。それはまるで六月の海に無数の波頭がおどっているようだった。娘たちがうすいヴェイルをひるがえしておどっておるようだった。一枚、一枚の葉には生命がこもり、風がその生命に応えて歌っているようだった。明石は飽かず、長い間、その風を見つめた。風が見える。爽やかな風が眼にしみる。／（何年、こんなことに注意しなかっただろうか）」（『満潮の時刻』一九六五、新潮文庫、五五頁）

ほとんど同工異曲であるが、生命の危機にある時、人は自然を異様に美しく感じるもの、という。この「同伴者」の挿話の源泉は、遠藤自身の少年期に溯ることが出来る。遠藤少年は父母が不仲であったため、犬のクロと過ごすことで寂しさを癒していたというのだ。この「同伴者」ついては、3章で扱うことにして、次に進む。

3＊臨終の時、妻は、「わたくし……必ず……生れかわるから、この世界の何処かに。探して……わたくしを見つけて……約束よ、約束よ」、と絶え絶えの声で言った。葬儀は仏式で行われた。親類の男が住職に、「仏教じゃ、なぜ四十九日に集りをやるんです」と尋ねた。仏教では人間が死ぬと、その魂魄が中有の状態になり、まだ死後の行方が定まらない、そして七日毎に、一組の男女の体内にもぐりこんで新しい命となって生れかわる。そこで七日毎に法要をする。おそくとも四十九日までには行き先が定まる。住職の説明を聞いても、だれ一人そんなことを信じるものはいない。しかし、磯辺は、妻の言葉が気になっていた。

磯辺はアメリカに行き、そこで臨死体験や超能力、前世や来世や転生に関する本がベストセラーになっていたり、ヴァージニア大学のイアン・スティーヴンソン教授等が生れ変りの事例を一六〇〇以上も集めていることなどに興味を抱く。

磯辺がインドに出かけたのは、そこで妻の「生れ変り」に会えるかも知れないと思ったからだった。少なくとも転生ということはある、と確かめたかった。

ここには輪廻転生のテーマが見られるわけだが、遠藤は、このテーマに執拗に拘っている。「執念」一九八四（『ピアノ協奏曲二十一番』文春文庫）という作品では、中国残留孤児の写真で、宗月妹（そうげつめい）という女性のそばで、ムッとしたように立っている少年が、かつての戦友皆川にそっくり、というよりそのものだった……という話を書いている。

高桑は、皆川とともに逃避行をしていたが、五日目にもう皆川の足は化膿して歩けなくなっていた。「帰りたい。日本に帰りたい。棄てないでくれ、俺を見棄てないでくれ」と哀願する皆川を、「これじゃ二人とも共倒れになる」と、高桑は乾パン一袋と手榴弾を残して、駆け出した。しかし、大声で叫ぶ皆川を、やはり見棄てられず、戻ってきた。そして、その夜皆川は死んだ。

テレビ局の計いで宗月妹に会って話を聞くと、宗は、あの少年を生む前に夢を見たと言う。一人の日本兵が、「俺はどうしても日本に帰りたい。だからお前の子供にしてくれ。子供になって生れ、日本に帰れるようにしてくれ」と言ったと。七歳になったその子供宗学良は、突然自分の故郷は日本だ、広い庭があり、美しい花が咲く木がたくさんある、と言い出した。月妹がそれは何時のことか、と聞くと、学良は「ここの家に生れる前だ」と子供らしからぬ言い方をした。その庭は、水戸の偕楽園を思わせた。皆川は水戸の出身だった。

月妹の姉が現れ、十姉妹（じゅうしまつ）のように手を握りあった。「わたしは夫がいますから旅大市（りょだい）に帰ります。しかし夫が許すなら、息子は日本にやりたいと思います。彼はむかしから日本に行きたいと言っていましたから」、と月妹は答えた。高桑は、皆川の執念が実ったのだと思った。もともと遠藤には怪奇趣味があって、そういう作品も多数書いている。実際、ある時五輪塔を持ち帰ろうとした泉秀樹に、「よせ、よせったら、こわいじゃないか。怨霊がこっちへ来たらどうするんだ」と言ったりするこわがりである（『埋もれた古城』集英社文庫解説、一九七九）。遠藤にはそういう感受性（もしくは霊感）があって、それが怪奇趣味に結びついたのだろう。

例えば犬は鋭い嗅覚を持っていて、人間には感じられない臭いを嗅ぎだして、警察犬となって事件の捜査に役立ったりする。また、僕たちの周囲にはラジオやテレビや携帯電話や宇宙線やさまざまな電波が飛び交っていて、僕たちの体を通過するが、僕たちにはそれを受信することは出来ない。受信機があればその存在を証明できる。さらに、可視光線は三八〇〜八一〇ナノメートルであるが、その外側に紫外線や赤外線が存在する。音波も同じく人間の耳に音として感じられる周波数（毎秒約一六〜二〇〇〇〇ヘルツ）があって、その外側にも超音波は在る。イルカは頭頂部にあるメロンから超音波を発し、その跳ね返りを受信して方向感覚を得る。しかし、それらは自然存在である。

これらは普通の人は感受できないが、たまに感受できる人がいた場合、その人は超能力があるとか、超自然とか、第六感があるとか、「霊感」があるとか言われたりするのだろう（か？）。それらも自然存在である。しかしスピリチュアルは非自然であると考えられる。怪奇趣味から、あるいはファンタジーから、あるスピリチュアルな、自然を超越した超絶とか神とか言われる宗教的な異次元の範疇に入っていくようになるのかも知れない。《なお僕に

はそんなことは全くなく、正常で、怪奇趣味はないと思っています。しかし、幽霊がいるとは思わないが、幽霊はこわい。》

遠藤は留学中結核が再発し、死の恐怖を感じ心細く思っていたのであろうが、日記に、

［ぼくの聖母に対する信仰はどうしてもなくならない。ぼくはわるい事をした時、困った時、くるしい時、聖母に祈る。聖母は、必ず来てくれる］

（一九五一年二月二一日『作家の日記』福武文庫）

［昨年の三月前だったか、聖母の白い像がぼくの前にあらわれた。Révélation（啓示）とはそういうものではないか。（略）もっと魂の奥底に働く御手があるのだ。恩寵というのか……］（一九五二年五月一七日）

などと、割と簡単に、聖母（マザ・メリー）が実感をともなって顕れると書いている。これも、超越的宗教的感（受）性の言わしめることなのであろう。ただ、割と簡単に来てくれたのはイエスではなく、取りなしの聖母マリアであった。しかし、最も切実に必要とした転んだキチジローや転ばずに拷問で殺された切支丹たちには、イエスもマリアも顕れなかったのに（後述）。

また遠藤はデジャ・ヴュ（既視体験）とよばれる現象についても何度も触れている。遠藤は大分県の日出町へ行った時、心の中でふり動くものを感じた。ずっと昔、この海と山とをそのまま見た憶えがあるという感覚。初めて来た町で、にもかかわらず過去にこの風景を見

たことがあるという確信。実在感。彼はもしかしたら自分の先祖がこの町に住んだことがあって、その先祖の記憶が今蘇ったのではないかという考えを抱き、人に頼んで調査してもらったが、彼の先祖がこの町にいたことはなかった。

遠藤の母方の先祖は、戦国時代、備前の小笹丸城（岡山県美星町）に拠って戦った竹井将監で、羽柴秀吉の備中高松城攻めの際、冠山城で加藤清正と戦い敗れたとされる。遠藤は美星町を訪れたが、デジャ・ヴュが起ったとは、「珍奇な決闘」と「どこかで、見た、風景」（『その夜のコニャック』一九八六）では書いていない。しかし「夢で見た美星町の山並み」（『風の十字路』一九九六）では初めて行ったときに起ったと書いている（にわかには信じがたいが）。

［デジャ・ヴュ（既視感）というのは、いろいろな考え方がありますが、自分の祖先が見たものがずうっと受け継がれてきた、あるいは考え方を全く変えて、輪廻転生を信じている人だったら前世でみたものといってもいいでしょう。前世のことは分かりませんが、少なくとも祖先が見ていたものがいろいろな形で意識の中に植えつけられているという考え方ですから、それはそうだろうと私も思っています。］

そして遠藤はこのデジャ・ヴュをモチーフにして『わが恋う人は』（一九八七）という長編小説を書いている。小西行長の子孫と、対馬の宗義智（そうよしとし）ゆかりの者との恋愛を描き、宇土（うと）の風景を二人とも見たことがあるという、感動的なシーンとなっている（後述）。

さらには「人間は前世の記憶を持っているか」という対談を笠原敏雄という医師と行っている。笠原編著の『死後の生存と科学』に出てくるスティーヴンソン教授の紹介するビルマの少女のことも話し合っている。彼女は、前世は日本兵だといい、前世に撃たれた傷痕が鼠径部にある……という。彼女は四歳の時にこれを話し始めたが、調査したのはもうそのことについて喋らなくなってからだったという。超常現象は決定的な証拠を残さない形で起こる。そして、なぜ捉えにくい所があるのかが問題だなどと述べている。(『心の海を探る』一九九〇)。

また、中有説についても興味を示し、中有の魂は、どこかの男女が交接している時に、チャッとその女性の胎内に潜り込む、という(『わが恋う人は』)。これを『深い河』でも繰り返したわけである。

遠藤はこうした怪奇趣味について、次のように書いている。

[私は中学生の頃から確たる証拠もないのに自分の心の層のなかに、長い長い祖先たちの経験や感覚が遺伝的に埋まっているのではないか、と感じていた。/というのはある風景をはじめてみた時、遠い昔おなじ風景をどこかで眺めたような気持にたびたびさせられたり、ある場面に出くわすと、やはり、ずっと昔におなじ場面に立ちあったという気分になることがしばしばあったからである。/私としてはそれら昔の記憶は私個人のものではなく、ひょっとすると、私の血液にながれている祖先の経験の遺伝子(当時は

そんな用語はなかったが……）によるのではないかと考えざるをえなかった。」
（『私の愛した小説』一九八五、新潮文庫、八五頁）

漱石の「趣味の遺伝」や夢野久作の心理の遺伝を思わせるような話だが、遠藤はこれをユングの集合無意識に結びつけた。フロイトが個人の無意識を問題にし、幼児体験や育った環境に精神分析の素材と方法を求めたのに対し、ユングはその他に、個人の無意識のさらに下層に集合無意識を見ようとした。人間の心には人間全体が共有する無意識の心理がある。それを元型という。例えば母なるもの（グレートマザー）、とか影とか呼ばれるものである。太母元型というのは、あくまで子供と共に苦しみ、分かち合うという性質を持ったものであり、影元型は心の底に抑圧してきたもう一つの自分のことである。遠藤の作品群はこの二つの元型で成り立っていると言えるかもしれない。

「ある一つのすぐれた作品が洋の東西をとわず、読者に個人的な感動と共に、共通した感動を与える理由はなぜか（略）。それがすべての読者の心に隠れている元型を刺激するからではないのか」（同、九一頁）

従って、人間の無意識は、フロイトのいうような病んだものに限定されることなく、もっと創造的で人類全体につながる場として生きはじめる。共通感覚＝コモンセンスというものが、人間の内部には存在している。「心の琴線にふれる」ということは、人間存在の原型が反応するということである。人間の意識の奥底に地下水として流れている無意識を、「心の遺伝子」とか「母なるもの」とか、「大きな生命」と言ったりする。そしてそれを遠藤は神秘的とか、「人間を超えたX」とか、言ったりする（「自分づくり」『心の夜想曲（ノクターン）』文春文庫）。遠藤はユングを初めて知った時、「助かった」という解放感をしみじみ味わったという。

さらに遠藤は一歩進めて、元型と物語の展開は関係あるのではないかと考えた。辛い運命の生贄となる高貴な人という原型である。いわゆる貴種流離譚であるが、日本には平家物語、西洋にはイエスの生涯やハムレットの物語がある。遠藤は［元型は無意味に我々の無意識のなかにあるのではなく、元型のひとつひとつか、あるいは元型の総体が実はある大きな存在を志向しているのではないか］と考えた。即ち、［我々の無意識の元型はそれぞれ我々をこえたもの……つまり神を志向しているのではないか］、これが遠藤の怪奇趣味の中間点である。

また遠藤は、転生の他にも臨死体験や前世の記憶とか共時性とか、東洋医学の気とかにも旺盛な好奇心を働かせ、さらには自然科学者の石川光男とも、物質と精神について次のような対談を行っている。

［石川＝はい。高分子の場合でも、分子が少数集まった時と、多数集まった時では性質が非常に違う場合があります。多くの分子が集まったことにより、全く新しい性質の高分子が生まれたりしますから。

遠藤＝ではその、集まる力というか、そこになにか意志めいたものが見られるのですか？　意志というとおかしいけれど。

石川＝意志ですか？　意志という感覚は、科学の世界にはちょっとなじみません。

遠藤＝そこに高度な性質が生じる……。

石川＝ええ、そう言ったほうがよいと思います。」

（「宗教と科学は調和するのか？」一九八六『「深い河」をさぐる』文春文庫、一九九七、一三六頁）


遠藤は、同じ対談の中で、個々に細分化された科学のテーマを全体として捉え直した時、その全体的なるものは何かと問い、「同心円」という言葉を使って、小さい同心円は科学の対象だが、大きい同心円を科学は認めないということですか、と問うている。右の対談の中では「意志」という言葉を使っているが、それは「大きい同心円」と言うことで、その言いたいことは即ち神ということであろう。別の言葉で「大きな命」とも言っている。神とは入子（いれこ）の一番外側のことである。

「若いころ、私は世界を対立するものとしてとらえてきました。難しいことばで言えば、一神論と汎神論です。しかし、切支丹や細川ガラシャなどを調べているうちに、彼らが非常に仏教的であるということが分ってきました。そしてだんだん年を取ってくると、こういうものが対立しているのではなくて、包含されているのだと考えるようになりました。神の世界の中に神々の世界が包含されていて、重層的になっており、その頂点が一神論ではないかと思うようになったのです」

（『こころの風景　戦国夜話』小学館、一九九六、三九〜四〇頁）

［基督教のいう復活とはこの大きな生命体のなかでふたたび生きることなのである］

（「自分づくり」『心の夜想曲』文春文庫、一一二頁）

遠藤の生涯を通して追及してきたテーマの到達点が、ここにやさしく語られている。

物質と精神の関連・構造の問題は大いに興味があるが、ここでは深入りしないで次に進む。

第2章　厳父と慈母・罪と悪　美津子と大津の場合

1＊成瀬美津子は、男子修道会の経営する大学の仏文科の学生だった。渾名はモイラだった。モイラというのはジュリアン・グリーンの小説『モイラ』の女主人公の名前で、自分の家に下宿した清教徒の学生ジョゼフを面白半分に誘惑した女である。

この成瀬美津子は『スキャンダル』の成瀬万里子と同一人物ではないらしいが。遠藤は、美津子の造型をジュリアン・グリーン（一九〇〇〜一九九八）の『モイラ』（一九五〇）の引用であることをはっきりと表明している。ジョゼフは、天国で神とまみえるため、「ぼくはセックスの本能を憎む。こういう盲目的な力というものは悪だよ」と友人に語る熱心なピューリタンである。純潔な心は人を天国に導き、肉欲は悪魔の手先なのだ、と言うジョゼフの度を越した宗教的道徳心に友人たちはいらだっている。ジョゼフ自身も実はいつ神を失いはしないかとビクビクしている。

ジョゼフは、真っ赤な服をきたモイラを見た時、すでに、心の中で悪を犯していた。肉体の飢えがあり、「まるで僕の中に二人の人間がいて、一人が苦しむのをもう一人がじっとみているような具合なのだ」と友人に語る。ジョゼフと神の間にモイラがいた。
ある日、モイラは、ジョゼフをからかってその下宿につれて来た。モイラは自分とあまりに違った性格である彼に恋をしてしまった。ジョゼフはそれまで抑えていた肉欲を爆発させてしまう。ジョゼフはモイラのために自分が堕ちたのだと怒り、モイラを罪の源として殺してしまう。(『私の愛した小説』一九八五、新潮文庫、二三頁)
ジョゼフが肉欲は悪魔の手先だなどというのは、エロスの自然性を認めない不自然なものである。(などと言うところが、基督教の本質＝聖性が分かってない、分からない黄色い人ということなのだろうか。)『モイラ』についての遠藤自身による解説は、最初期の論文である「カトリック作家の問題」(一九四七)や「情欲の深淵」(一九五四)、『私の愛した小説』(一九八五)に繰り返し論じられている。また、『あなたの中の秘密のあなた』(一九八六)というエッセイのなかに分りやすく書かれている。『モイラ』という小説と、それから次に出てくるモーリヤックの『テレーズ・デスケルウ』は、カトリック作家遠藤にとっては、もう一つのバイブルであったと言うことができる。
遠藤はフランス留学以前に書いた「フランソワ・モーリアック」(一九五〇)の中で、「ぼくは貴方の作品から恩寵の荘厳な光のかわりに、肉の失落・肉の孤独・肉の呻(うめ)きしか学ばなかった」と述べている。モーリアック（一八八五〜一九七〇）は、「自己の純粋に暗い翳」に怯え、「肉体は突然悪魔的な嗤いをうかべ肉へと変貌」する暗黒部を凝視し、神への反逆＝凶暴なニヒリズムに転化して行く人間の罪や悪を直視する勇気を持たねばならない、と言う。「人間はただ美しきもの、善きもの、倖せのみを夢みるほど素直ではなかった。苦悩を苦悩と知りつつ、絶望を絶望と知りつつ、破滅を破滅と知りつつ、なおどうする事も出来ない此の深淵に我と我が身を押しやる狂暴な力が彼等のうちにひそんでいたのだ。少なくとも、ひとたび愛慾の炎に身を焼いた者はこの怖しい人間の自虐の欲望を知っている」（「フランソワ・モーリヤック」一九五〇『異邦人の立場から』講談社文芸文庫、一九九〇、八七頁）

人間は一筋縄では行かない。人間の暗黒部（つまり、影）を見つめる事、そして自己を破滅にいたらしめるかも知れない狂暴な力を、遠藤は「自虐の欲望」と呼んでいる。表面的には救いなど拒否したニヒリストのサディスティックな行為なのであるが、内面としては自己を破滅に追いやる自虐の欲望と言い、それをしも救済を求める声と解するのである（欲望のままに振舞うことで自堕落になった者の救いを、福音書は「放蕩息子の帰還」として描いている）。

カトリック作家の問題として、宗教的な上昇・聖化の側面だけで人間観察を済ますわけには行かない。カトリック信者ということと、作家であるということは、主人持ちの護教文学あるいは御用文学を書くのであれば話は別だが、矛盾する。人間を見つめ続けることは神なき人間の悪の問題、即ち肉の失楽・肉の呻きに入り込むことになる。作中人物の悪や罪に共感していなくては作品は死んでしまう、しかしそれでは作家自身の信仰が危うくなる。作家は、作品の純粋性と、信者としての自分の生の純粋性の間で揺れ続けることになる（「カトリック作家の問題」一九四七）。

『スキャンダル』（一九八六）の初めの所にこんな言及がある。作家勝呂（遠藤のことだと思われる。『海と毒薬』の勝呂とは別人）の書く小説について、スキャンダラスな話ばかり書いて、どうしてもっと美しい、きれいな話を書かないのか、という声があるのを勝呂は知っている。勝呂は、作中人物のどす黒い心（つまり、影）を描写している間は自分もそれと同じどす黒い心理になっていた。醜い心を書くためには自分の心も醜くならねばならなかったのである。これが、端的に言って「カトリック作家の問題」ということである。一九四七年に提起した問題が片付かないゆえの持続ということになる。ダンテ『神曲』に言う通り「われ人生の半ばにして……道を失い……暗き林に迷い……」（『スキャンダル』）ということである。

勝呂の書いた小説（遠藤の『侍』一九八〇のことだと思われる）の授賞式の席上、選考委員加納がスピーチをした。

「しかし勝呂のよさは彼の宗教のために文学を犠牲にしなかった点です。文学を、私などには縁遠い宗教とやらの召使いにしなかったことです。つまり勝呂はおそらく彼の信仰が嫌悪を感じたであろう人間の醜い、いやらしい、穢れた部分にも小説家として手を突っこみました。だから彼の小説は主人持ちの文学にはならなかったのです」

（『スキャンダル』新潮文庫、一〇頁）

しかしこれは遠藤が自分のことをこう言っているのである。自己批評である。遠藤の文学に、［主人］が居たか居なかったかは、問題が残る、と僕は思う。護教的、布教的ではなかったか、と思える節もある。遠藤は、［人間の醜い、いやらしい、穢れた部分にも小説家として手を突っこみました」が、醜い部分こそ救いを求めているのだと解釈した。それは迷い出た羊の喩（マタイ一八―一〇）や、最後は主（人）イエスのもとへの「放蕩息子の帰還」の喩（ルカ一五―一一〜三二）のように、赦され、救われ、魂の安らぎを得る。そこを目指している。遠藤には［素朴な信仰］があったから（後述）。

人間の美しさ醜さは欲望に起因する。愛情も憎悪も、同じ欲望の両極である。多くの人間にとって「肉の呻き」・性欲は自然性として感受されている。「情欲の深淵」は人間の動物としての本能的なものであろう。人間の身体は自ずと五感覚を持ち、それをとおして世界・自然と交感し認識する。これを自然性・エロス性・身体性・欲望・欲動・情動などと言う。本来空であり無であり、無自性である対象（モノ・オブジェ）と、人間の五感と前頭葉の交感・

関係・縁起によって、モノはコトとして現象し、認識され、解釈され、名付けられ、意味を持ち始め、意味を持たされ、教育・訓練によって定着する。これが汎神論的東洋的世界観である。「我思う、故に我あり」ではなく、脳を持つワレあり、同時に対象もあり、関係・縁起する、故に、我思う、なのである。そうした自然・現象を統べる原理を法（ダルマ）といい、道（タオ）という。現代科学は熱力学の法則と言う。《僕はくじらQuijllaと呼んでいる。世界はくじらに呑み込まれている、という妄想を禁じ得ない。》それはこの機構に内在するものであり、自ずからなるもの（自然・自然）なのである。本来空・無・虚無である対象が主観によって解釈され意味付けられることを虚仮もしくは虚構（フィクション）という。東洋人は世界・社会がフィクションであることを知っている（はずだ）。自然性・ザイン（実在・存在）としてのAの欲望（思い・解釈）とBの欲望（思い・解釈）が過剰になった時、譲り合いが出来る間はいいが、人間は強欲だからいつか諍いが起こり、或いは善意からか、俺の言うとおりにするのがお前の幸せと言いながら、巧妙に、暴力的に、傍若無人に他者の領分を侵犯し、優勝劣敗の結果、権力が発生することになる。ニーチェ＝（初期の）石川啄木風に言えば、「人生のあらゆる事実は凡て人間本源の動力たる権力意志の表現の、錯綜なる闘争の結果である」ということである。サドに言わせると「人間におけるいっさいは悪徳なのだ。悪徳のみが自然の本質であり、自然組織の本質なのだ」（サド『悪徳の栄え』一七九七、澁澤龍彦訳、角川文庫、四六頁）ということである（後述）。さらに言えば、世界は虚無であるのをいいことに、熱力学の法則による弱肉強食原理により、人間は（も）互いに狼なのであり、世界は、社会はその欲望自然主義の闘争の錯綜なのである。

しかしニヒリストにも自ずと性格の違いということがあって、ハードでワイルドで、強気で遣りたい放題、野性的でサディズム全開の行動的ニヒリストと、ソフトでマイルドで気の弱い理性的なタイプとが居る。

そこでいちいち闘っていては限がないので、芥川龍之介はこう言っている。「修身／道徳は便宜の異名である。『左側通行』と似たものである」、「道徳の与えたる恩恵は時間と労力との節約である。道徳の与える損害は完全なる良心の麻痺である」、「妄に道徳に反するものは経済の念に乏しいものである。妄に道徳に屈するものは臆病ものか怠けものである」（「侏儒の言葉」『芥川龍之介全集7』ちくま文庫、一五五頁）。

Aは自分の思い（やり）通りにやろうとしてBを抑圧する。Aの自由はBの抑圧である。人間は自然な思いと欲望通りにやると規矩を越えるのだから、世界は虚無なのだから、理性によるコントロールが必要である。社会的な倫理として、人間同士の争闘を回避しようとして、道徳やマナーや法律がある。荀子（前二九八？～二三八？）は、「曲がった木は、檃木をあて、蒸して矯正することによって始めて真っ直ぐになる」と謂う（『荀子』性悪篇第二十三）。しかし、「曲がった」とか「真っ直ぐ」って何？「矯正」（教育）にもいろいろある。例えば、儒教の仁義礼智忠信孝悌。

前漢の法三章（1殺すな、2傷つけるな、3盗むな）、
仏教の十戒（1不殺生、2不偸盗、3不邪淫、4不妄語、5不飲酒、6不塗飾香鬘、7不歌舞観聴、8不坐高広大牀、9不非時食、10不蓄金銀宝）や、
モーゼの十戒（1ヤハウェ〈Jehovah エホバ〉の他に神はいない、2神の名をみだりに唱えない、3安息日を守る、4父母を敬う、5殺さないこと、6姦淫をしないこと、7盗まないこと、8偽証しないこと、9他人の妻を恋慕しないこと、10他人の所有物を貪らないこと）や、
キリスト教の七つの大罪（1虚栄・尊大、2貪欲、3法外で不義な色欲、4暴食・酩酊、5憤り、6嫉妬、7怠惰）という項目を設けて何とか折り合いをつけようとする。
今日の六法全書は厚さ三〇センチ、六六四六頁もある。
イエスは「何事でも人々がしてほしいと望むことは、人々にもその通りせよ」（マタイ七―一二）と言っている。これは社会の黄金律である。AのしたことはBもしていいのだから、された通りにして返す（お返し／仕返し）。《しかし、「して欲しいようにしてあげる」が愛で、「されたとおりにして返す」が復讐である時、人間の未来は先が見えている、と僕は思う。》
芥川龍之介はこう言っている、「復讐の神をジュピターの上に置いた希臘（ギリシヤ）人よ。君たちは何もかも知り悉していた」（「侏儒の言葉」同前、二五五頁）。一つの行為とバランスをとるために反対給付が必要ということである。であれば、つまり黄金律が人間には無理なのであれ

ば、白銀律で行ってもいいのではないか。白銀律って？　孔子は「己の欲せざる所は、人に施すこと勿れ」（『論語　顔淵第一二』）と言っている。自分や他者の厭なことはしない。

しかし、キリスト教はこの空・無（後述する井上洋治の言う「空・無」とは違う虚無）を神にたいする無感覚と言い、人間の五感の交感に際して「初めに言（ロゴス）があった」（ヨハネ一―一）と言う。つまり、超越的な唯一絶対神という意味の根拠が偏在していると言い、そこに宗教的当為を持ち込み、精神的な上昇・聖化を要請する。自然性・ザインを倫理的当為によって抑圧しコントロールしなければならないと言うのである。ここに問題が起こる。「……しなければならない」がその通りできれば、言うことはないのだ。

2＊大津は、母が熱心なクリスチャンだったため、幼児洗礼を受け、（上智）大学のクルトム・ハイムの痩せた醜い男に毎日祈っている、野暮な学生である。

大津には遠藤自身の似姿がある。さらに遠藤と同じ船でフランスに渡り、男子カルメル会の修道院に入った井上洋治の似姿もある（井上については後述）。

遠藤周作は一九二三（大正一二）年三月二七日、東京市巣鴨で生まれた。父は常久、先祖は代々鳥取藩に仕えた医者の家系であった。東京帝国大学法科を出て、安田銀行に勤務。母郁（旧姓竹井）は東京音楽学校（現東京芸大）バイオリン科の出身で、安藤幸に師事し、モギレフスキイに師事した。遠祖は現在の岡山県美星町に住みついた戦国時代の土豪竹井党であった。二歳年上の兄正介がいた。周作とは対照的な秀才で、東京帝大に進んだ。

九月一日に関東大震災があったが、この時の様子は分からない。

三歳の時、父の転勤で満州・大連に移る。母は毎日バイオリンを弾いていた。一九三二年頃から父母が不和になるが、その原因はよく分からない。ただ、父と一緒に外出して、帰宅して、母に、どこに行ってたかのか問われ、父さん誰とも会わなかったのね、などと問い詰められるのを見ると（「童話」『哀歌』）、愛人問題かなと想像できる。一九三三年、一〇歳の時、父母は離婚した。これにより、遠藤兄弟は母に連れられ大連から母の姉のいた神戸市六甲へ帰り、六甲小学校に転校した。

母は小林（おばやし）聖心女子学院の音楽教師となり、姉の信仰していたキリスト教（カトリック）の洗礼を同学院で受けた。離婚、夫に棄てられた苦しさを祈りとバイオリンに縋ろうとしたのであろう。遠藤は母に連れられて夙川（しゅくがわ）の教会に通い、「公教要理」の三位一体（父と子と聖霊（プネウマ））などを聞き、教会の庭で遊んだ。その頃、司祭をやめ、日本人女性と結婚した初老のフランス人が二階の後ろに坐ってそっとミサにあずかる姿があった（山根道公編年譜）。この時、この人のことは、名前も何も分からなかっただろうが、長じて意味が分かることになる。

その後、遠藤は一二歳の時（一九三五年六月二三日、洗礼者聖ヨハネの日）、母親に連れられて夙川教会で、兄正介と共に幼児洗礼を受けた（＝山根編年譜。遠藤自身は、一一歳の、復活祭の時と言っており、広石廉二編年譜も、一九三四年、一一歳、復活祭の時としている）。洗礼名はポール。「だれでも幼な子のように神の国を受けいれる者でなければ、そこにはいることは決してできない」（ルカ一八―一七）。一一歳は幼児ではないかもしれないが、その時のことを書いた文は数多いけれど、ここでは次のエッセイから引用する。

［私は少年時代、学校から帰るといつもこの教会で同じ年齢ぐらいの仲間と遊んだ。土曜日ごとに、敷地のなかにある司祭館で仏蘭西人の神父から、その仲間たちと公教要理をきいた。／公教要理というのは、問答式になった簡単な教義解説のことだったが、私たちはあくびをしたり、つつきあったりして、ほとんど何も聞いてはいなかった。頭にあるのはこの公教要理が終ったら、何をして遊ぼうかということだけで、三位一体の意味も神の存在についての話も退屈で仕方がなかった。そのうえ、あの異人さんの顔をした基督がなぜ自分たちと関係あるのか、彼が一体なに者であるのかも念頭になかった。

それでも一年、土曜日ごとの公教要理がだらだらと終ると、子供たちは洗礼を受けることになった。それは彼等の自発的な意志ではなく、両親が信者か、もしくは信者になりたてだったから、自分たちも何となく洗礼を受ける破目になったにすぎない。そして私の場合も、たびたび書いたように母がその頃信者になったばかりだから、この子たちと同じ行動をしたにすぎない。

「あなたは神を信じますか」／「はい」

「あなたはイエズスを神の子として信じますか」／「はい」

四月の復活祭の日に、我々子供たちは一番いい服を着せられて教会の出口近くに並ばされ、そして赤い帽子をかぶった外人の司教さまがあらわれてミサが行われた。そのミサの前、私は仲間たちと同じように神父さまの求めるひとつ、ひとつの誓約に、／「はい」／「はい」／と口をそろえて答えたのだった。

　自意識も自覚もない、あの日のはいという声と返事。それがその後、私の人生にどのような意味をもつのかを少しも気づかなかったあの日曜日の朝。式が終ると、私たち子供は教会の石段に並び、写真をとってもらった。それから、色々な色彩にそめたうで卵をもらうと、私たちは何もかも忘れて、大声で叫びながら野球をしに走っていった」

（「夙川の教会」一九七四『お茶を飲みながら』集英社文庫、一二七〜八頁）


遠藤は、たとえば椎名麟三や島尾敏雄や、加賀乙彦のように（加賀「遠藤周作さんとカトリックの信仰」『遠藤周作　神に問いつづける旅』慶應義塾大学出版会、二〇二〇）自ら求めて信徒になったわけではなく、洗礼を受けさせられたのだ、と言う。神父の問いに、簡単に、あまりに簡単に「はい」と答えてしまった遠藤が、そのことの重大さに思いいたるのはずっと後になってからである。幼児洗礼を受けるには受けたが、キリスト教のことは何一つ分っていなかった。

一九三九年頃、小林に近い仁川（にがわ）に転居、毎朝小林聖心の修道会のミサに通う母はヘルツォーク神父と出会い、その指導の下、祈りの生活を始めた。その母から、遠藤は、この世界で一番高いものは何よりも聖なる世界であることを教えられた（山根編年譜）。

［事実、私はなぜ母がこのようなものを信じられるのか、わからなかった。神父の話も、聖書の出来事も十字架も、自分たちには関係のない、実感のない古い出来事のような気がした。日曜になると、皆がここに集まり、咳ばらいをしたり子供を叱りながら、両手を組み合わせる気持を疑った。私は時々、そんな自分に後悔と、母へのすまなさとを感じ、もし神があるならば、自分にも信仰心を与えてほしいと祈ったが、そんなことで気持が変るはずはなかった］

（「母なるもの」一九六九『切支丹の里』中公文庫、一五五頁）

その後遠藤は何度キリスト教を棄てようと思ったか知れないが、母が大切に思ってきたものを裏切り、棄てることはついに出来なかった、と語っている。遠藤は強度のマザコンだったから。

この受洗の時のことは「私のもの」（一九六三）という作品にも描かれており、そこでは主人公勝呂が結婚した時にも妻を本気で選んだのではないということとパラレルなこととして、描かれている。「君なんか、俺、本気で選んだんじゃないんだ」、と言ってはならぬことを言った時、妻のおむすびのような顔に泪が流れた。その悲しい眼はペトロを見たイエスの悲しい眼でもある。

[……ペトロがイエスを拒んだ瞬間、「主はふりむいてペトロを見つめられた」という短い言葉である。ここを読むとなぜか母の顔を思い出すのだ。青年になって、私は自分は基督教をもう信じられぬと母に告白した時、彼女は烈しく怒るかわりに、真底つらそうに、泪をいっぱいたたえた眼で私をじっと見た。私には……ペトロを見つめた時のイエスの眼がそんな眼だったような気がする」

（「ガリラヤの春」一九六九『母なるもの』新潮文庫、一四六頁）

最期の晩餐の後、鶏がなく前に、ペトロは三度イエスを知らないと裏切ったのだった。そしてその時、イエスはペトロを悲しそうな眼でふりむいて見た（ルカ二二―六一）。それと同じ悲しい眼を、母の眼に見た時、遠藤はどうしても母を裏切れなかった。ついにキリスト教を棄てられなかった遠藤は、日本におけるキリスト教の在り方を生涯のテーマとして背負うことになる。（そして遠藤は息子龍之介に幼児洗礼を受けさせている。龍之介は後にフジテレビ社長になる。）

[だがその後十年たって、私は初めて自分が伯母や母から着せられたこの洋服を意識した。洋服は私の体に一向に合っていなかった。ある部分はダブダブであり、ある部分はチンチクリンだった。それを知ってから、私はこの洋服をぬごうと何度も思った。（略）もし、あの時、私が別の境遇にあったなら洗礼も受けなかったろうし、また生涯、この基督などという縁遠い洋服など着なかっただろうと私はしばしば悩んだ。だがその時で

さえ、私はその洋服を結局はぬぎ棄てられなかった。私には愛する者が私のためにくれた服を自分に確信と自信がもてる前にぬぎすてることはとてもできなかった。それが少年時代から青年時代にかけて私をとも角、支えた一つの柱となった。後になって私はもうぬごうとは思うまいと決心した。私はこの洋服を自分に合わせる和服にしようと思ったのである」

（「合わない洋服」一九六七『異邦人の立場から』講談社文芸文庫、二八三頁）

母親に幼児洗礼を受けさせられ、訳も分からずキリスト教徒になったのではあったが、母のバイオリンを弾き、キリスト教に熱心な姿は忘れられなかった。遠藤は灘中学に入学し、一年の時は、成績順で、A組、二年の時はB組、三年でC組、四年、五年はD組、一八八人中一八六番で、一九四〇年に卒業した（「浪人時代」『全集12』。「私の学生生活」『遠藤周作による遠藤周作』。山根編の年譜では、一八三人中一四一番で卒業、となっている）。高校受験に失敗し、以後三年間浪人生活を送る。一九四一年、上智大に入ったが、ほとんど登校せず、仁川に帰っていたので、これも浪人生活に数えられる。

母が脳溢血で亡くなった時、遠藤は予備校に行くと嘘を言って、三宮で映画を見ていた。一二月の末で、映画館を出た時はもうすっかり日は暮れていた。模擬試験があったから、と嘘の電話をかけたところ、神父が出て、母が道で倒れ、皆で遠藤を探していたのだということであった。家に帰りつくと、もう死んだ、と神父が言った。葬式が終わり、伯母と神父と三人で遠藤の今後のことを相談し、東京の父の元に身を寄せることになった。だが、再婚した父親夫婦に、親という感情は持てなかった。父は「平凡が一番幸せだ。波瀾のないのが一番仕合せだ」というのが口癖だった。「もっと向うにあるものを見」ようとはしない。母の宗教的生活とはまるで異質だった。

と、これは小説「影法師」の一節であり、遠藤によるあることないことのフィクションである。「母なるもの」の中にも、また少し、デフォルメした形で書いている。真に受けてはいけない（というのは、僕が真に受けていて、その後の伝記的コンテキストと整合しないので、困惑・迷惑していたのだ）。遠藤は、自分をカトリックに導いた母郁の伝記的なことを、なぜかあまり書いていない（「六日間の旅行」に少し書かれているが、どこまで本当か、分からない。他に「母と私」、「母なるもの」、「ガリラヤの春」など。

母の死の経緯は、次の通りである。ここに記しておきたい。

一九四一年に上智大学文学部教授になっていたペトロ・ヘルツォーク神父は、一九四八年から『カトリック・ダイジェスト』日本語版の編集長となっていた。神戸から上京した郁も編集に関わっていたが、一九五一年一一月から一九五二年七月まで、遠藤は同誌に「赤ゲットの仏蘭西旅行」を連載していた。一九五三年二月、フランス留学から帰った遠藤が編集に関わるようになり、四月、編集長になり、「続赤ゲットの仏蘭西旅行」を連載した。しかし一九五三年一二月に終刊になり、二九日、郁はヘルツォーク神父と今後について話していて、口論になり、部屋に戻って、脳溢血で突然の死を迎えた。五八歳。遠藤は臨終に間に合わず、母の孤独な死は後々まで影を落とした（山根道公編「遠藤周作年譜」『母なる神を求めて～遠藤周作の世界展』アートデイズ、一九九九。山根他編「年譜・著作目録」『遠藤周作文学全集第十五巻』新潮社、二〇〇〇。山根編「年譜　遠藤周作」『堀辰雄覚書・サド伝』講談社文芸文庫、二〇〇八）

「私は幸か不幸か基督教に縁遠い日本のなかで基督教の洗礼を子供の時、受けさせられた男である。何度、棄てようと思ったか知れない。ある時はこれは重荷になり、ある時はこれは自分にとって仮着に見え、ある時は虚偽に見え、ある時は自分を恥じるの余り、棄てようと思ったのである。それなのに私は今日もこれにしがみついている。／聖書が私を惹きつける原因は、そこに私が考えている、あるいは考えたい問題が必ず見つけられるからである」

（「弱虫と強者とについて」一九七〇『心の夜想曲（ノクターン）』文春文庫、一九五頁）

一九四一年、広島高校等の受験に失敗し、イエズス会の設立した上智大学（ソフィア大学）に入った一八歳のころ、受洗から六年、すでに、遠藤は主体的な教徒になっている。串田孫一の哲学の授業に感銘を受けた。遠藤の最初に書いた文章は「形而上学的神、宗教的神」（『上智』第一号、昭和一六〈一九四一〉年一二月）というものである。

［我々は信仰の対象としての神の存在証明としてパスカル的立場を、或はオントロジカル的アンセルムス的立場に於て――我等の実在感に訴えつつ――求めねばならぬ。／而もかかる立場から求むる神は有として同時に、聖と力と神秘とを我等の感情に訴える］

（『全集14』四六八頁）

文中の「有」というのは、存在という意味である。やたらと難しい言葉を並べ、宗教学者や哲学者の名前を出して（背伸びして）いるが（遠藤の読書の成果であろう）、形而上学の限界を知り、その限界をこえて神秘世界に於て祈ること、要は神の実在感、the sense of reality を得ることが肝要なのだ、と言いたいようだ。

旧制高校に入るため一年で上智大学を退学し、さらに一年間、浪人した。この間、仁川に戻り、宝塚文芸図書館で小説を読み漁っていた。

一九四二年、姫路、浪速、甲南の高校受験失敗。母に経済的負担をかけないため、東京の父の家に移り、浪人を続ける。母を一人残したことにうしろめたさを感じた。兄正介は東京帝大を卒業し、逓信省に入ると同時に海軍に現役入隊する。

一九四三年四月、都合三年間浪人し、遠藤（二〇歳）は慶応義塾大学文学部予科（独文学科）に入学したが、大祖父の代まで鳥取藩の医者の家系だった父が命じた医学部ではなかったことから勘当され、友人の家に転がり込み、アルバイトで生活した（「浪人時代」）。やがてカトリック哲学者吉満義彦が舎監をしていた白鳩寮（聖フィリッポ寮）に入り、吉満の紹介で亀井勝一郎や堀辰雄に会っている。徴兵検査は第一乙種合格であったが、肋膜炎のため召集延期になった。戦争が激しくなり、授業は行われず、川崎の工場に動員されていた。しかし戦争を通して、また出会った人、特に吉満義彦を通して、遠藤のキリスト教は鍛練されていき、開けてくるものがあった。

という風に言うと、遠藤はキリスト教に順調に取り組んで行ったように見られるが、戦前戦中の日本の社会のなかでキリスト教はやはり肩身の狭い思いをさせられていた。

［警察から「お前たちは天皇を崇拝するのか、お前らの神を崇めるのか」と迫られたものである。子供のときから信頼していた仏蘭西人神父がなんの証拠も理由もないのに戦争中スパイとして検挙された時、彼を助けることさえできず、眼をつぶらざるをえなかったというくらい記憶が私にはある。その時代私自身は中学生だったが中学生なりに自分が何とも言えず胡散くさいうしろめたい人間であるという意識をたえず抱きつづけたのである」(「二重生活者として　日本人におけるイエス像の変化Ⅲ」一九八三、『全集13』三五八頁)

天皇とイエスとどちらをとるのか、と問われて、とりあえず天皇と答え、心の中で、イエス様は分かってくれる、と考えた面従腹背の人が居たそうだが、遠藤は結核のこともあり、二重苦に苛まれていた。

夙川教会のこの神父の名はメルシェといい、いかにも仏蘭西の田舎出の司祭という純朴さを持っていた。かなり厳しい人で、遠藤のような悪戯ばかりしている悪童には平手打ちをくれることもあった。憲兵隊に引っ張られた時、神父はふりむいて遠藤たち信徒を見たのだろう。その後、終戦までにうけた拷問はすさまじいものだったようで、戦後教会に戻ってきた時は骸骨のようにやせ、体中皮膚病になっていた。しかし彼は戻ってきて最初のミサで、「わたくしは日本人を恨んでいませんから……」と言ったきり、その後当時のことを一言も話さず、拷問で傷ついた足を引きずるように歩いていた。遠藤は、このメルシェ神父のことを思いだすたびに、弟子たちがイエスを見殺しにしたように、「主は振りむいてペトロを見つめられた」（ルカ二二―六一）という短い言葉を思い出し、神父を見殺しにしたような、うしろめたい気持になるのだった。このことは遠藤の文学の一つの源流である。D組の劣等生も見るべきところは見ていた。後に遠藤が神父の故国に留学することになった時、神父は心のこもった手紙をくれた（「神父たち（その二）」一九七五、『心の夜想曲』。「昭和――思い出のひとつ」一九八九、『全集13』三五八頁）（後述）。

メルシェ神父のことを、遠藤はあまり書いていないが、おそらく、「昭和」の終わりに、思い出を書くように『新潮』から言われ、「昭和」の、それも戦前の「昭和」の思い出として、メルシェ神父の存在を象徴的だと思ったのであろう。メルシェ神父は一九八七年に亡くなっていた。

遠藤は一九四四年、吉満の紹介で堀辰雄に会いに行く。そして一九四五年、古本屋でみつけた慶應大教授の佐藤朔の『フランス文学素描』(青光社、一九四〇)を読み、仏文科へ進むことを決めた。軽井沢と追分の間にある古宿という村の農家の一室を借りて読書に耽り、また追分の堀辰雄の家に通った。三月一〇日、東京大空襲があり、白鳩寮も焼けてしまった。許されて父の家に帰る。あと少しで徴兵延期が切れるという時、敗戦になった。

堀辰雄の紹介で佐藤を訪ねたが、佐藤は病気療養中で大学の授業には出られなかった。遠藤は吉田俊夫と、佐藤の自宅で個人授業を受け、佐藤の書架から、当時街の書店では入手出来ない本を借りて読むことができた。

初期の論文は戦後に書かれている。「神々と神と」が神西清(じんざい)の目にとまり、一九四七年一二月(二四歳)、『四季』第五号に掲載された。題名どおり、汎神論(パンティスム)的神々=日本的神々と、一神論(モノティスム)的神=キリスト教的一神のありようを問うている。

日本人には、「すすきっていいね。すすきをじっと眺めているなんて日本人じゃなくては、わからないのだよ」という、日本人の自然・神々に対する重層的な感性・美意識が厳として存在する。また「聴雨」という禅語の言うところも同様である。(別の言い方をすれば、熱力学の法則をこのように感受している。)

「西欧の思想や文学の中に僕たちの神々的な血が受容しうるものを、特に理解し、摂取して来たような気がします。いや、理解するだけでなく、僕たちが人生の果てに、静かにそれに結論を与えようとする時、この神々への郷愁は大きく大きく拡がってくるでしょう」(「神々と神と」一九四七、『全集12』一五頁)

遠藤はどうしようもなく自分の体内にある汎神論的感性と、西欧の一神論的感性との隔りを感じつけ、神々の子である日本人が西欧の思想を受容すると言っても、それは神々的な血が受容しうるものだけを、郷愁を感じるものだけを受け入れてきたにすぎない、と言う。自然を超越した神という感覚・概念は日本人にはないのだった。西欧を受容するということはただ知識的な受容では足りず、事柄の背景にある歴史や文化、感性、考え方、仕来りのリアルまで受容しなければならないということであるはずなのである。すると神々の子としての血がざわめき叫ぶのである。そのざらつく感じがどうしても距離感、違和感を生むのである。

西欧受容の不可能性を言う遠藤の文学の問題意識は最初期の論文に出尽くしており、以後、遠藤はこの神々と神との間で、己の宗教・文学を模索し始め、それらは小説やエッセイに展開されて行くことになる。「合わない洋服」にあるとおり、だぶだぶの(むしろ窮屈な、と言った方がいいように、僕には思える)洋服を、受容できるところを取り入れ、身の丈にあった和服に仕立て直そうとしたのである。これが遠藤の文学の通奏低音である。文学というか、宗教改革、と言っていいだろう。

「堀辰雄論覚書」(一九四八)は遠藤が二五歳の時、留学前の評論で、要約すれば次のようになる。「死のかげの谷」（『風立ちぬ』の中の一編）は堀辰雄（一九〇四〜一九五三）にとって日常の生からの逃避ではなく、生の純粋化のための第一歩であるべきであった。しかし純化から聖化については無関心であった。遠藤が堀に望むのは一神論＝カトリック文学者としてのこの聖化への上昇なのであった。そして堀は『菜穂子』（創元社、一九四一）の中で都築明という、愛の炎によって死を克服しようとする人物を描き出した。都築明は初め「母なる世界」としての故郷に旅し、そこで「抗ひがたい運命の前にしづかに頭を項低れ」ている人々を見る。そして「もっと向うにあるものを見」ようとする。

都築明が次に出会うのは山の療養所で死と向き合う菜穂子である。都築明も菜穂子を見つめることで死を見つめ、対決しなければならない。死と対決することは実存者にとって出発点ではあるが、死を克服したことではない。「しかし、もっと生きねばならんぞ」と言うはしから、「どうして生きなければならないんだ、こんなに孤独で。こんなに空しくって？」と反問していき、「それがおれの運命だとしたらしやうがない」と言うに至る。都築明は敗北を認めながら、寂しい諦念の美しさに自己を保った。人はこの諦念によって生を能動的ではなく、受身的に肯定する。これは汎神論的な世界受容である。

「受身的であること、生への能動的反抗と或いは神への反抗の否定は容易に汎神的な世界に通ずる。何故なら……汎神世界は神的なるものは人間的なるものの拡大延長であるが故に、人間的なるものは神的なるものに、直接吸収されることを願い、何らの反抗も異質的なものの克服のための戦いもない。汎神論者は自己と存在同質的な神的なるものに反抗する必要をみとめない」（「堀辰雄論覚書」一九四八『堀辰雄論覚書・サド伝』講談社文芸文庫、二〇〇八、一九〇頁）

都築明は滅びた。だが堀氏自身は共に亡んではならないのだ、と遠藤は堀を叱咤している。『菜穂子』はモーリヤックの『テレーズ・デスケルー』の影響の下に書かれているが、遠藤がフランス文学、カトリック文学に進むきっかけを作った。そして、遠藤が堀に望むのは次のような一神論的能動的実存である。

「一神論は超絶を神的なものへ、人間的なものの間におくことによって、この神的なものへの人間的なものの吸収を認めない。一神論では神的なるものへは人間的なものが能動的に参与克服するのであり、それは能動的生の姿勢であって受身的吸収ではない」（同、一九三頁）

続いて、遠藤は堀の「花あしび」（一九四六）を、都築明の死と敗北を克服するものと目し、「このままこの悲劇の中にはひり込んでしまっては、もうこんどの自分はそれまでだ」という堀に、堀の「神の世界」への恢復期を見ようとしている。しかし、『大和路・信濃路』（一九四三）という日本的古代回顧趣味、もしくは美意識を書いた後では、「花あしび」も受身的生の路線を踏襲しているかに見える。唐招提寺のエンタシスの柱をなでていた時、柱に残る温かさに、堀の心は異様に躍った。月光菩薩の前に立っていると、その白みがかった光の中に吸いこまれてゆくような気持ちがせられてくる、と堀は言う。堀は克服せねばならないはずの生の汎神論的受身的態度、「神々の世界」にたちかえっている。生の受身的な姿態は堀の本質的な姿勢であり、それが古代の仏像、月光菩薩や百済観音を見る堀の中に息づいている。それは日本人の感性というものであろう。「郷愁的美意識」、即ち神々の子の日本的美意識への回帰である。

それでもエル・グレコの「受胎告知」の絵を倉敷の大原美術館に行って見なければならぬと言う堀に、遠藤は「神の世界」への再帰を期待し、この絵を見れば、「……神的なものの人間的なものへの挑みを、神的なものが人間的なものの上にたつあの超絶を、人間の神的なものに対する反逆を、……人間的と神的のあの一神論の超絶を認める」だろうと期待する。「堀氏はこの一神的な絵をみることによって、自己の汎神性に再び苦しい戦いを続けようと決意しているのだ」と。

遠藤は堀にあくまで一神論的な宗教作家でいて欲しいと思っているのだが、しかし、堀は東京帝大国文科に入学し（一九二五年）、スタンダール、アナトール・フランス、アポリネール、コクトオ、ラディゲ、プルースト、リルケ、モーリヤック、レンブラントなどの西欧の文学・美術作品に親しんでいたとはいえ、またカトリック軽井沢教会に行くことはあったが、カトリックの洗礼を受けている訳ではないし、エル・グレコを見に行くというのも知識教養的なことであったようだ。年譜によれば、一九三七年には古典に親しみ始め、京都や奈良に滞在し、その年一一月には「かげろふの日記」を書き、宿泊していた油屋旅館が全焼し、創作ノートやリルケ関係の文献を失った。この頃から、もともと堀の中にあった日本的古代回顧趣味、もしくは美意識への回帰は、郷愁のように表に出てくるのだから、ことはそう簡単ではない。「日本人がすっと還るところ」として、堀にとって信濃路・大和路の自然・文化はあったのだろう。後にフランス留学によって西欧キリスト教に（決定的に）違和を感じた自身のことを思えば、遠藤にも忸怩（じくじ）たる思いがあるだろう。

遠藤は神と神々との違いを、次のように書いている。

「東洋の汎神的世界では、宇宙のさまざまな存在の間に、存在の段階、超ゆべからざる隔たりはありません。（略）全（自然とか神々とか）は個（人間）の集合や延長であり、個は全の一部分であります。したがって個は全に如何なるたたかいもなさずに、如何なる抵抗も行わずに合致することができるのです。（略）

　だがカトリシズムの場合はどうなのか。（略）人間は勿論、神の御手にかえる事ができる。しかしそれは汎神論のごとく、人間が全体に還るという受身の形ではありません。人間は人間しかなりえぬ孤独な存在条件を課せられております。したがって、神でもない、天使でもない彼はその意味で神や天使に対立しているわけです。たえず神を選ぶか拒絶するかの自由があるわけです。つまり神との闘いなしに神の御手に還るという事は、カトリシスムではありません。ここにカトリック者に対する大きな誤解の一つ「君は信仰をもち救われたから、もはやくるしみがない」は粉砕されるわけです。カトリック者はたえず闘わねばならない。自己に対して、罪に対して、悪魔に対して、そして神に対して。……」(「カトリック作家の問題　Ⅰ神々と神と」一九四七『異邦人の立場から』一七〜一八頁)

ここに言われているように、「全(自然とか神々とか)は個(人間)の集合や延長であり、個は全の一部分であ」る東洋的汎神論的な感性が、平たく言えば、四季の移ろいに安心感を得、すすきを見たり、雨の音を静かに聴いている「聴雨」の心境に自然との一体感を得る、という日本的感性が、受け身的な個と自然との一体感を基調にしているのに対し、西洋的感性は、能動的に神と対立し、個の存在条件を切り開いて行かねばならない、という感性の違いを、遠藤は見出している。そのような西欧的環境が作り出した文化は、例えば、「幾週間ぶりで、私は葡萄畠に足をむけた。ある所は既に実をもがれて、休息に入っている」という何げない一節について、日本人は気にも止めないかもしれないが、西欧人は、この葡萄畠の風景から、聖書にある「葡萄」「かり入れ」「休息」という言葉のもつ象徴的な意味を思い浮かべる、と言う(「序にかえて」『カトリック作家の問題』一九五四)。留学時のフランス体験で、「丘の中に、畠の中に、土地の中に、長い長い基督教のにおいや風習や感覚が根をおろしている」(「私とキリスト教」『全集12』)フランスの文化に羨望を感じたと書いている。

ただし、この時点では、遠藤は西洋文化に圧倒され、是が非でも西欧の正統的基督教に自分を合わせようとしているようだし、堀への要望も一神教的であるが、これは、留学体験により、西欧への違和感、距離感が芽生え（否、それは遠藤の中にもともとあったものでもあるが）、だぶだぶの（むしろ窮屈な）洋服は日本人には合わないと感知してから見直しすることになる。

後には、遠藤は「堀辰雄がプルーストやモーリヤックの影響を受けながら『風立ちぬ』や『菜穂子』を書いた時、たしかに彼は知らずしてプルーストやモーリヤックを東洋的汎神論の中に屈折していたのである。ここに彼の独自性があると共に、彼の日本人作家としての状況があるのだ」（「芸術交流体について」一九五七『全集12』）と言っている。堀は西欧文学を教養として読み、西欧文化にある種の憧れを抱く。例えば、「美しい村」の中で、「わたし」や「彼女」の行動や心理、風景や事物を細密に描いてはいるが、K……村（軽井沢）の別荘邸宅を、ハイカラ趣味で、「ヴィラ」と言ったり、その他カタカナ語が頻出するのは、やはりプチブル的であり、欧米コンプレックスなのであろう。その根本的な文化、伝統、存立基盤、背景を知らず、安易に神々の風土の中に折衷してしまった、ということだろう。

さらに後には、遠藤は、堀の『菜穂子』と『テレーズ・デスケルー』を比較検討して、厚みが違うとか基督教の要素が全部除かれているなどと言っている（「読書の楽しみ」一九七八『お茶を飲みながら』）。また「久しぶりに読みかえしてみると、何かうすくて頼りない。構成も弱いし、人物も生きていない。小説として昭和文学のひとつだとは言えない」とも言っている（「二つの問題　堀辰雄のエッセイについて」一九九二『全集13』）。それはそうだろう、堀はキリスト教の要素をとり除き、キリスト教の規範でこの小説を書いてはいないのだから。そして、

「現在の私はかつての「神々と神」との対立を自分のなかに認めない。宗教的多元主義に傾いていていったからだ」

と述べていて、「すっと還るところが日本人にあるとすれば何でしょう」という堀の（芥川龍之介の「神々の微笑」を経由した）問いに、遠藤は汎神論と一神論のそれぞれの答を想像したが、西欧キリスト教に多少の違和を感じた今では、宗教的多元主義（後述）の考え方から、それぞれで良いのだ、と思えるようになった（「二つの問題　堀辰雄のエッセイについて」）。結論的に言ってしまうのは早すぎるが、西欧的厳父のキリスト教文化から日本的慈母のキリスト教文化へ、ということになる。その限りでは、遠藤の宗教文学には主人、もしくは主が居たと言えよう。

次にそのフランス留学体験について考えてみたい。

ネラン神父の募集する戦後第一回の留学生四人のうちに遠藤が選ばれたのは、上に書いたような論文が認められたからであると思われる。留学の目的は「フランスの現代カトリック

文学研究」であった。

一九五〇年六月四日（＝『作家の日記』。「帰国まで」では五日）、遠藤（二七歳）は井上洋治、三雲夏生・昂兄弟とともに、フランス船マルセイエーズ号で横浜から出港した。ただし、碧い海がいつも見える船室、つまり甲板下の船倉の船室の、四等船客としてだった。そこには日本人戦犯を護送して来てサイゴンに戻るフランス人外人部隊の黒人兵もいた。遠藤はこの時の体験を「ぼくたちの洋行」（一九六七）などにユーモラスに書いているが、実際は相当厳しいものだった。酒場や娯楽施設を利用できないなど、一、二等船客とははっきりした区別があった。それだけではない、人種差別も体験したのだった。


［その日の黄昏私は友人より大分遅れて船艙に夕食をもらいに出かけたのだが、白人のボーイは私の来かたが遅いと怒鳴りつけ、のみならず私を突き飛ばしたのである。

「俺は客だ」と私は叫んだ。／「客?」ボーイは笑った。「四等の奴は客じゃないぜ。船はお前たち黄色人（サール・ジュンヌ）や黒人を憐れんで乗せているんだ」／汚い黄色人！　と彼はハッキリ私にむかって叫んだ。これは私が生れて始めて皮膚の色によって軽侮を受けた経験であった］（「有色人種と白色人種」一九五六『牧歌』新潮文庫、六九頁）

こちらが思っていなくとも、むこうは思っているのであった。遠藤たちは敗戦国であり、戦犯国の人間であった。対日感情が悪く、一二日、マニラでは船から降りることさえできなかったということはあったが、この人種差別はそれとは違う、強烈なショックを与えた。［バラ色の夢を持って」（「出世作のころ」一九六八）臨んだ留学は、少しずつ変化していった。この［三十五日の船旅は私にとって大学三年の勉強にも匹敵した。……］（「帰国まで」一九七九『冬の優しさ』）と書いている。スエズ運河航行中に朝鮮戦争勃発のニュースを聞いた。またイタリア沖を航行中、ベスビアス火山の噴火を見た。そうしたトピックスはあったが、七月五日、マルセイユに上陸してからも、この不愉快な体験は少なからずあったようで、遠藤の心の中に、深く刻まれることになった。遠藤は、フランスでの生活と帰国を題材にした「アデンまで」（一九五四）の中で、次のように書いている。

［けれども逆に白人の女が俺を愛することは彼等に許せなかった。白人の肌は白く、うつくしいからだ。黄色人の肌は黄いろく、みにくいからである。白人の女がこの、生気のない黄濁した顔色の持主を愛するなんてたまらないことだ］（「アデンまで」一九五四『白い人、黄色い人ほか二編』講談社文庫、一六六頁）

これが船内を含めて、フランス体験を踏まえていることは確かなことである。そして遠藤はここにもヨーロッパと日本の違いを認めるのであった。しかし遠藤は、これを文字通りの人種差別というよりも、日本人＝黄色い人、ヨーロッパ人＝白い人との対比で理解し、表現しようとしていた。

チバ（「アデンまで」の主人公の青年。名前は周作というのだろう）の隣の部屋に住むマギイの所に、大学の友人たちが遊びに来て話している。

「「ニホン人は兇暴だな。南京で何千人というシナ人を殺したと、雑誌で読んだことあったぜ」
(マギイ)「じゃ仏蘭西はなにをしたというのよ。北阿弗利加であたしたちが黒人を殺さなかったというの。あたしたちにチバを裁く権利はないわ。人間はみな同じよ」
「兎に角、東洋人は気味がわるいよ」男子学生は女の剣幕に押されて、力ない声で答える、
「あいつ等、なに考えているか、わからないからな」
(マギイ)「人種はみな同じよ。黒人だって黄人だって白人だってみな同じよ」」

(「アデンまで」同、一五八頁) ※( )の発話者名は筆者による加筆。以下同。

マギイはそういう女だった。そしてマギイがチバに惚れ、チバがその愛を拒まなかった。しかし、マギイを抱いた時のチバの心理は異様なまでに卑屈である。

「だが、鏡にうつったのは、それとは別のものであった。部屋の灯に真白に光った女の肩や乳房の輝きの横で、俺の肉体は生気のない、暗黄色をおびて沈んでいた。胸から腹にかけては、さほどでもなかったが、首のあたりから、この黄濁した色はますます鈍い光沢をふくんでいた。そして女と俺との躰がもつれ合う二つの色には一片の美、ひとつの調和もなかった。むしろ、それは醜悪だった。俺はそこに真白な葩(はな)にしがみついた黄土色の地虫を連想した。その色自体も胆汁やその他の人間の分泌物を思いうかばせた。手

で顔も躰も覆いたかった」(「アデンまで」一六〇頁)

この黄色い肌についての激しいコンプレックスは、実は自身とキリスト教、つまり汎神論と一神論との隔たりを示しているのだ。カトリック＝キリスト教を白人の女に託して書いていったわけだから、と遠藤は自ら解説して言う。

[自分がキリスト教をすなおに信仰できなければできないほど、つまりキリスト教が自分から距離ができればできるほど、「ヨーロッパ」も向こうへいってしまうわけなのです、当時のわたしの気持ちとしては。/それで、三好さんもおっしゃったように、「黄色い肌」とか「白い肌」というような、宿命的な――「もう、だめなんだ。だから私は日本へ帰ってゆくんだ」という気持ちのときに書きましたものですから、そういう「宿命的」なものをお感じになったかもしれません。「カトリック」ということを女に託して書いていったわけですから。キリスト教を白人の女に」

(「文学―弱者の論理」三好行雄との対談『國文學』學燈社、一九七三年二月号、一四頁)

キリスト教徒になったからには、西欧の感性に自分を改造して行くべきなのであろう。遠藤はそのように努力したのではあろう。しかし遠藤自身、体にしみついた汎神論的日本的感性は、拭おうとして拭い得ない。西欧の感性がしっくり来ない。文字通り、肌が合わない。西欧人と日本人の感性の違い、距離感。[カトリックということを女に託して書いたわけですから。キリスト教を白人の女に]、と遠藤は言う。その卑屈なまでのヨーロッパ・コンプレックスを拭おうとすることは、かえってそれを加速させていった。遠藤は、日本人でありカトリックである自分が日本と西欧の境界線上にいることを見出したのである。この違いを体感したことは遠藤のフランス留学体験の最大の収穫であっただろう。その模様を伝える文章がある。

船はマルセイユからスエズ運河を抜け、紅海に入った。そこは「ちょうど中近東で、片一方がヨーロッパで片一方が東洋にはいる」境界地点である。「眼にうつるものは、運河をはさんだ、黄褐色の砂漠」だけである。遠藤はそう言うのだが。

「一度だけ、俺は、一匹の駱駝が主人もなく、荷もおわず、地平線にむかってトボトボと歩いているのを見た。（略）歴史もない、時間もない、動きもない、人間の営みを全く拒んだ無感動な砂のなかを一匹の駱駝が地平線に向かって歩いている風景、それはなぜか知らぬが、俺にはたまらない郷愁をおこさせる。俺にはその理由はわからないけれども、この郷愁は黄いろい肌をもった男の郷愁なのである」（「アデンまで」一七六頁）

三年前、留学して来る時にも、この光景は眼にしたかもしれないが、こんなことは思わなかった。しかし、西欧キリスト教に自分を合わせようとしても無理だと、違和を感じた今、なぜか郷愁が起きる。その理由ははっきりしている。それは自分自身の姿を映しているからである。先の三好との対談によれば、この砂漠は「神」の象徴なのだという。砂漠のなかを荷をおわぬ駱駝がトボトボと歩いているということは、一神論の砂漠のなかを汎神論の駱駝が歩いているという比喩であろう。しかし、荷をおわぬ駱駝というのが、いささか腑に落ちない。駱駝は目に見えぬ重荷を負った特牛（ことい）の駱駝だっただろう。荷物の中身は合わぬ洋服への違和感である。そしてそれを造り変えることである。それと紅海、アデン、駱駝というイメージが、東洋的、もしくはアジア・モンスーン的というよりは、アラブ・砂漠的で、東洋的というよりは中近東的で、しっくりこないのである。境界線上というには西欧寄りというか、キリスト教に近いのではないか。この辺りは旧約聖書の舞台であり、旧約はまたイスラム教の聖典でもあるわけだから。［黄いろい肌をもった男の郷愁］を感じるには、アデンでは、早すぎる、と僕は思う。インド洋上の前途茫洋な感じの方が、いいかな。

［和辻哲郎博士はその名著『風土』の中で西欧の感性を砂漠的と名づけ、ぼくらのそれを湿雨（モンスーン）的と名づけられたが、つまりすべての物の境界をあいまいにぼやかせてしまう湿雨のように、ぼくらの感性は本質的に明確なもの、非情なもの、実体をむきだしにすることをきらうのであり、この感性の上にぼくらの芸術や美学が今日までうちたてられたのだ。のみならず、この日本的感性は福田恆存の考えによれば芸術や美学だけではなく、われわれの道徳や生活をも全く支配してきたのである。一言でいえば、人間と神や自然の対立と区別とを拒む汎神論的感性なのである。そしてぼくらの美意識にもこの汎神論的意識が執拗に残っているのだ］

（「基督教と日本文学」一九五五『春は馬車に乗って』文春文庫、二一一頁）

「俺（チバ）」が感じているのは、堀辰雄のところで問題になった「郷愁的美意識」、即ち汎神論的日本的美意識は決して無視出来ないということである。どうしようもなく自身に巣くっている神々の世界の感性、その中で、遠藤には棄てられないキリスト教の可能性を探ること、言い換えれば、日本（汎神論の風土）で、日本人（汎神論者）が一神論的になろうとすることの困難と、ヨーロッパで日本人が一神論的であろうとすることの困難を、遠藤は二つながら身をもって体験し、大きな宿題を抱え込んだのである。自分のまわりにいるのは全て外国人で、向うから見れば自分こそ外国人で、遠藤はフランスでは不可避的に異邦人（エトランジェ）であることを確認した。しかもそこには白色人種と黄色人種の問題が大きなウェイトを占めていた。

西欧では遠藤は正に異邦人であった。繰り返し言えば、この感覚を体験したことがフランス留学の最大の収穫であっただろう。これはそのまま宿題となり、日本的なキリスト教の可能性を探すことが遠藤の主題（テーマ）となる。あの洗礼の時、訳も分からず「はい」と答えた時には思いもしなかった問題である。

勿論、フランス体験はこれだけではない。実は遠藤にはフランスで恋愛体験があった。『作家の日記』（一九八〇、福武文庫）は一九五〇年六月四日に始まり一九五二年八月二六日までで中断している。「何故か途中でちぎれていた」と高山鉄男は証言している（「フランソワーズのこと」『新潮』二〇〇〇年六月号)。「破り取ったのは、もちろん周作自身だった」(加藤宗哉『遠藤周作』慶応義塾大学出版会　二〇〇六)。

この後の破り取られた部分、一九五二年九月から五三年一月までの「滞仏日記」が、遠藤の没後発見され、夫人の了承を得て、『ルーアンの丘』(一九九八)に収録された。そして明らかになったのがフランソワーズ・パストルとの恋愛である。遠藤にとって知られたくない秘密であったろうか。しかし、「アデンまで」に「女」(名前は出てこない)との交情を書いている。冒頭に[あした、俺がヨーロッパを去るという日、女はマルセイユまで送ってきた]と記されている。しかし、それは小説だから……。いや実際フランソワーズはマルセイユまで送って来た。

遠藤は喀血し、五二年六月にコンブルーの国際学生療養所に入り、ジャン・ルイと知り合ったが、フランソワーズはジャン・ルイと同じソルボンヌ大学哲学科の学生であり、ルイの恋人であった。一〇月、遠藤(二九歳)はパリに移り、フランソワーズ・パストル(二二歳)と知りあった。ジュルダン病院に入院中の一二月二九日、ジュリエット・グレコが歌いに来てくれた。グレコの歌を聞きながら、遠藤は帰国を決意する(「帰国まで」『冬の優しさ』一九八二)。この本にも、どの本にもフランソワーズのことは出てこない)。そして、翌日、フランソワーズにいつかまたフランスに来る約束をした。三一日、帰国してもう一度フランスに来る、そのために日本に帰ると決意する。

一九五三年一月×日の日記には、「フランソワーズが来た。ジャン・ルイとの関係は悪化しているといった。（略）八時の面会終了時間までぼくたちはぼくらの将来が一緒に交わる計画をした。ぼくは病気がよくなったら、外国に彼女を連れて行こう。／一階の入口で、ぼくは彼女の肩をだき接吻した……彼女はうしろをむくと、あたかも何もなかったようにかえっていった」とあり、八日の日記には、次のように書かれている。

「「もしもぼくがフランス人だったら、君に求婚するよ」、といった、「しかしぼくは日本人だから」。「残念なことね」と彼女は微笑しながら答えた。「私は一生、老嬢でくらすわ」。そのあとの言葉をぼくは覚えていない。ぼくの覚えているのは、ぼくが彼女に結婚を申し込んだ事だ。「本気でそういうの、ポール（筆者注・遠藤の洗礼名）」。「本気だと思う」。こうしてぼくの運命は決まった。」

（「滞仏日記」『ルーアンの丘』一九九八、会話部分はフランス語、高山鉄男訳）

「将来が一緒に交わる計画」とは、「可能になり次第（遠藤が）フランスに戻って来ること、あるいはフランソワーズを（日本に）呼び寄せることが合意された」（ジュヌヴィエーヴ・パストル「妹フランソワーズと遠藤周作」『三田文学』一九九九年秋季号）ということであろう。

そして一九五三年一月九日、遠藤は帰国するためパリからリヨンを経てマルセイユに向かう。フランソワーズも、マルセイユまで送ってきた。リヨンに二泊したが、彼女の「子供のような信頼さがぼくを罪から、あの肉欲から救った」。一一日、マルセイユに着き、黄昏、遠藤が「別れるなら、今、考えよう」と言うと、彼女はまた泣き出した。一二日、岩窟王の島にモーターボートで渡り、無邪気に遊びまわるフランソワーズを見ながら、遠藤の心を悲しみが充たした。［フランソワーズ、お前は未だ子供過ぎる。お前は、あたかも明日がないように遊んでいる……］（「滞仏日記」）

「滞仏日記」はここで終わっている。一月一二日、遠藤は赤城丸に乗り、二年半に及ぶ留学を終え、帰国の途に着く。一九五三年二月、神戸着。母が迎え、東京駅まで送り、経堂の父の元に落ち着く。遠藤には別の人生が始まる。体調はすぐれなかったが、四月、上智大学に移っていたヘルツォーク神父が編集し、母が手伝い、遠藤自身「赤ゲットの仏蘭西旅行」を寄稿していた『カトリック・ダイジェスト』の編集長となる。一九五三年一二月二九日、母郁が脳溢血で死去（前述）。

この日記に見る限り、遠藤には、「アデンまで」で強調されているような「白い肌」にたいする「黄色い肌」のコンプレックスはなく、ただ彼女の幼さ（二二歳なのだが）がこの恋を成就させなかったと読める。しかしそれはおそらく遠藤の一方的な見方であろう。フランソワーズ・パストルは「将来一緒に交わる計画」を待ち続けたのであった。フランソワーズにも白－黄色の壁はなかった。

帰国後、遠藤は頻繁にフランソワーズに手紙を書いたが、だんだん間遠になり、一九五五年に慶応大仏文科の後輩岡田順子と結婚した。遠藤に『わたしが・棄てた・女』（一九六三）

という作品があるが、フランソワーズは、遠藤が棄てた女だったのであろうか。愛とは棄てないことだと、遠藤は後に語るのだが（『わたしのイエス』一九八六）。

フランソワーズは「合わない洋服」だったのだろうか。［愛だけでは女は黄色人にもなれず、俺は白色人にもなれなかった］（「アデンまで」）から。遠藤はフランスの白いカトリックより、黄色い感性の、気心の知れた日本人を選んだのだろうか。

一九五五年七月、遠藤は「白い人」（『近代文学』五、六月号）で第三七回芥川賞を受賞、九月、ペトロ・ヘルツォーク神父の司式により、岡田順子と上智大学のクルトル・ハイムで密やかに結婚式を挙げ、翌日ホテルで披露宴を挙げた。

順子はカトリックではなかったが、結婚後、ヘルツォーク神父のもとに「公教要理」を学びに行っている。そして神父と、遠藤の従兄弟の妻との尋常ならざる関係を知る。遠藤は順子の報告を聞き激怒したが、事実であった。遠藤は激しいショックを受けた。「黄色い人」を書いているころのことだった。神父は突然失踪し、破門・追放され、教会への出入禁止処分を受けた。一九五八年、ヘルツォークは還俗し、結婚し、帰化し、星井巌と名乗り（ペトロは巌＝岩の意味）、富士銀行などに勤めた。彼は前述の「影法師」の神父のモデルだという（遠藤順子「夫・遠藤周作と過した日々」『遠藤周作を読む』）。

フランソワーズは、遠藤から手紙が来なくなり、一九五四年に二通、五五年に一通という遠藤の「沈黙」に気を病んでいた。遠藤は、五四年に、前年末に母が死去した事は伝えたが、五五年七月に「白い人」で芥川賞を受賞したことも、九月に、岡田順子と結婚したことも知らせなかった。フランソワーズは精神的な苦痛が原因でホルモン異常による健康障害を抱えていたが、確かに棄てられたという意識があった。遠藤は「裏切り」の心情を拭いきれず持ち続けたであろう、「人間が別の人間の横を通りすぎる時、それはただ通りすぎるだけではなく必ずある痕跡を残していくことだけはわかってきた。もし俺がその横を通り過ぎなかったらその人たちは別の人生を送れたかもしれぬ」(「四十歳の男」『哀歌』一九六五、一一一～二頁)、と書いているのだが。

フランソワーズは、一九五六年に遠藤が結婚したことを人伝に知り、「恐るべき衝撃」を受けた。一九五七年、パリの東洋語学校で日本語を学ぶ。一九五九年に遠藤が順子夫人を伴なって、サド研究のため、フランスを訪れ、二カ月滞在した際、再会している。夫人を引き合わせたのかどうか、分からない。イタリア、スペイン、エルサレム、エジプトを回って六〇年一月帰国したが、その後遠藤は体調を崩し、六一年まで、三度の手術に耐える(後述)。そして一九六三年、遠藤は『わたしが・棄てた・女』を刊行している。ジュヌヴィエーヴは、「あれは遠藤が妹を棄てたことによって出来上がった作品」と言っている由(加藤『遠藤周作』)。

一九六五年にはフランソワーズは観光で東京・京都を訪れ、京都の建築や庭園といった日本文化に感動し、遠藤は秘書の塩津登美子を伴って逢っている。フランソワーズは翌年から六八年まで、文部省の招聘により、北海道大学のフランス語講師となった。また六八年から七〇年まで埼玉県草加市の独協大学に移った。

出版されたばかりの『沈黙』（一九六六）を、遠藤に勧められて、フランソワーズは翻訳しようとしたが、必ずしもうまく行かなかった。フランソワーズには作品に対する不満があった。また遠藤の俗物化にも不満があった（狐狸庵シリーズのことだろうか）。フランソワーズは遠藤に手紙を送り、「百姓たちが彼の身代わりになって迫害されているのに、ロドリゴは何一つしないのですから。ロドリゴは高みの見物を決めこんで神に救いを求めるだけです。なんていやな奴、キリストは果たすべき使命があるという口実のもとに、自分のかわりに誰かが死ぬのを放置したでしょうか。あなたの主人公は自分のことで頭が一杯で、他人のことは考えていません。彼は孤独な人間です」と書いたそうだが、フランソワーズも多少の誤解があるようだ。遠藤は、感情を害し、突っ慳貪に、「傲慢で無礼だ」と声を荒らげた。それでもフランソワーズは遠藤に手紙を書き続けた、という。フランソワーズは姉ジュヌヴィエーヴに「彼は私にとってだれよりも大切な人間だから」、「二人の関係をあらわす語はどこの国の言語にもない」、と書き送っている（加藤『遠藤周作』）。

フランソワーズはフランスにいたころから体調不良があり、七〇年、乳がんを発病、慶應病院を紹介したのは遠藤であったが、二度の手術をしたが遠藤は姿を現わさなかった。そしてジュヌヴィエーヴが迎えに来て、帰国、長姉カトリーヌのいるヴィルヌーヴ・レ・ザヴィニヨンに落ち着いた。獨協大学に戻る心算でいたが、一九七一年四月三日に四一歳で死去した。『沈黙』の翻訳は完成しなかった。その後遠藤からジュヌヴィエーヴ宛に分厚い封書が届いたが、彼女は開封しないまま破り捨てた、とフランソワーズの北大時代の教え子梶原真夫は、同人誌に連載した「フランソワーズ・パストル」に書いているという（加藤『遠藤周作』）。

遠藤は、西欧の感性が、境界や区分の意識、対立性、能動性という三つの特徴をその底にもつのに対し、日本的感性が、受身的であり、はっきりとした区別や境界を嫌い、全的なるものへそのまま吸収されたいという郷愁をもったものである、と述べたあと、

「この後者（日本的感性）がカトリックに帰依した後もたえず、私を誘惑し、その世界へひきずりこもうとしている……。私はこの感性が生みだした詩や芸術にたまらなくせられ、魅せられては、はっとしてある恐怖を感じるのである」（「日本的感性の底にあるもの」『全集12』三〇四頁）

さらに遠藤はこの日本的感性を次のように述べている。

「もっと恐ろしいことは、この日本人の感覚には基督教をうけ入れない何ものかがあることなのです。私は青年期のはじめ頃からこの日本人の謎のような感覚を自分の周囲のなかに、いや自分の中にさえ発見して、愕然としました。それは大別すると、神にたいする無感覚、罪にたいする無感覚、死にたいする無感覚と申し上げることができましょう」（「私とキリスト教」『全集12』三〇六頁）

この日本的感性についての遠藤の考えは、すでに「神々と神と」の中で述べていたことであり、さらに後の「日本の聖女」（一九八〇）や『侍』の中にも取り上げられている。「神にたいする無感覚、罪にたいする無感覚、死にたいする無感覚」。神、罪、死という言葉は日本語にもあるが、その意味するところが、全く違うのである。それは日本的美意識なのである。「日本の聖女」では、「私」（修道士）は細川ガラシャの切支丹信仰と、それを許容して「たとえどのような路から山へ登るとも、いずれの路も頂きに達する。神への路も同じであることを忘れてはならぬ」と言うパードレの態度に不満を持っている。

「私が（ガラシャの）小侍従に皮肉な言葉を口にしたのは、日本人の多くは、世に生きぬくことの辛さに耐えかねると、逃げ場所を宗教に求める者が多いからだ。私のようなヨーロッパの人間から見れば、それは人生からの逃避であり、人生の苦しさを回避する弱い生き方のように思える。こうした弱い生き方を仏教では解脱とか遁世と呼ぶ。だが遁世とは世俗の煩悩を捨てて生きる意味であり、決して切支丹の生き方ではないと私は考えている。なぜなら主イエスは決して人生の苦しみの象徴である十字架を肩からお捨てにはならなかったからである。つまり切支丹はこの人生の苦悩から逃げてはならないのだ。人生の苦悩のなかで傷つき生きぬくことが切支丹のありかただと思う。だから私は父（筆者注・明智光秀）の滅亡に栄枯盛衰を見つけ、夫（筆者注・細川忠興）の仕打ちに男の世界のあさましい保身を感じた奥方（筆者注・ガラシャ）が、こうした世の現実に耐えかねて教会の門を叩くのは、いかにも日本人風だと思わざるをえなかった。

……」(「日本の聖女」一九八〇『夫婦の一日』新潮文庫、一三三〜四頁)

細川玉は高山右近の影響で切支丹に興味を抱き、自身がパードレの元へ通うのを憚り、小侍従清原いとを遣わし、いとから教義を聴いた。いとはパードレから洗礼を受けマリアの教名を貰った。玉はマリアから教えに則って洗礼を受け、ガラシャの教名を与えられた。

現実の苦しみに立ち向かおうとせず、この世の穢土(えど)を厭離(おんり)し、浄土を欣求(ごんぐ)しようというのは(いかにも浄土教的であり)、基督教的ではない、と修道士である「私」は批判的に言い、基督教の本質がガラシャ(日本人=黄色い人)には理解されていないのではないかと疑問に思っているのであるが、しかし、遠藤の主張としては、ガラシャの日本人風、日本の泥沼性(後述)を是認するというものである。

そしてもう一点について『侍』の中では、ベラスコ神父の言葉として、日本人とはどういうものかが次のように語られている。

[日本人には本質的に人間を越える絶対的なもの、自然を超えた存在、我々が超自然と呼んでいるものにたいする感覚がないからです。三十年の布教生活で、(略)私はやっとそれに気づきました。この世のはかなさを彼らに教えることは易しかった。もともと彼らにはその感覚があったからです。だが怖ろしいことに日本人たちはこの世のはかなさを楽しみ享受する能力を持っているのです」(『侍』一九八〇、新潮文庫、二四六頁)

超自然としての神にたいする感覚がなく、しかし、この世のはかなさを「もののあはれ」として享受している日本人。汎神論の風土に、一神論の論理は容易に根付かない。つまり基督教が最大の問題としている罪の感覚が会得できないということである。

というのは、西欧人の無神論は、神を前提として、神を否定し、神と闘い、積極的に拒否するということであるのに対して、日本人の無神論は、神があろうがなかろうがどうでもいいということなのだ。日本人には人間は自然の一部という感覚はあっても、被創物感、すなわち人間は神によって創造されたものという感覚も概念もない。両者の神観念は全く異質のものである。罪にたいする無感覚というのは、西欧人の罪意識とは、魂と神との直接的な対話の中で、天国と地獄を賭けて行われるものである（そうだ）。日本人の罪意識は社会的なことであり、約束を守らなかったとか、世間体が悪いとかいうことである。和を以て貴となすとか、ことを荒立てず、波風を立てず、なあなあで済ませ、美と調和（他人、社会、国家にたいする調和、同調）でその場を収めようとする。日本人の道徳意識は倫理観念より、美的観念に支配されている（「日本人の道徳意識」一九五八『お茶を飲みながら』集英社文庫、一九九頁）。これは『海と毒薬』（一九五八）の神無き人間の悲惨というテーマとなっている（後述）。

死にたいする（無）感覚について遠藤は次のように言う。日本人は死についても、東洋的諦念の境地、梵我一如、つまり汎神論的自然の中で生き、自然の中に還っていく自然性として観念されている。汎神論というのは、全ての存在の中に神々が宿っている、という思想だが、アニミズムと言ってもいい、アジア・モンスーン気候の風土が生み出した思想である。それは乾燥した砂漠の気候が生み出したキリスト教的な死とは相容れないものであったのだ。遠藤が、日本的感性が生み出した詩や芸術、即ち「もののあはれ」に感動している自分を見出し、はっとして恐怖を感じる、というのは、それではキリスト教徒として失格であり、教会の教義に反し、神を裏切ることになるからだ。異端の誇りも免れないかもしれない。

しかしながら、遠藤の中にはカトリックであるにも関わらず、依然としてこの日本的感性が息づいている。まるで「泥沼」のように。それは例えば1章で見たような怪奇趣味であったり、デジャ・ヴュを輪廻思想で解したりすることである。風呂（できれば温泉）に入って、「いやあ、極楽極楽」と言って（さすがに、「天国天国」、とは言わない）、一日の疲れを癒すという感性・精神性である。遠藤が、キリスト教のだぶだぶの洋服（むしろ窮屈な服）を仕立て直すというとき、このアジア・モンスーン気候が生んだ、黄色い「泥沼」こそはその動かしがたい原点となっていく。これは自分の「身の丈」の確認であり、是認である。

キリスト教には、東方教会という、東洋的な思考法でできたキリスト教がある（そうだ）。であれば、日本には日本人に合ったキリスト教があってもいい（『わたしにとって神とは』一九八三）。遠藤はそう考えて、自分の身の丈にあった服としての宗教・文学を模索したのである。普遍的だが、地域性があっても許容できる……。

おそらくここには芥川龍之介の「神々の微笑」（一九二二）の影響が考えられる。もっとも遠藤はこの時点ではまだ読んでいなかったそうだが、具眼（ぐがん）の士の共通に考えることであろう。

パードレ・オルガンティノはある春の夕べ、仄白い桜の花に何か不気味なものを感じて降魔（ごうま）の十字を切った。この夕闇に咲いた枝垂桜が、彼を不安にする日本そのもののように思えたのだった。この国の山にも森にも、家々の並んだ町にも、彼の使命を妨げる不思議な力が、冥々のうちに潜んでいる。彼は既に自分の使命がどれほど困難なものであるかを感じていた。そしてその力、霊と戦わなければならないことを知っていた。

オルガンティノはその日本の不思議な力の幻想と対話することになる。まず天の岩戸の前のアメノウズメの情欲そのものとしか思えぬ踊りを見、やがてアマテラスが岩戸を開けて出てくるシーンを見る。次にこの国の霊の一人と称する老人が、この国に渡って来た中国の思想もインドの思想もそれぞれに改変を加えられてしまう、御前さんの泥烏須（デウス）の教えも勝つものではない、と言うと、オルガンティノは口を挟んで、今日も侍が二、三人、帰依した、と答えた。それに対して日本の霊の老人が言う。

「それは何人でも帰依するでせう。唯帰依したという事だけならば、この国の土人は大部分悉達多（したあるた）の教えに帰依しています。しかし我々の力というのは、破壊する力ではありません。造り変える力なのです」

（芥川「神々の微笑」一九二二『芥川龍之介全集4』ちくま文庫、三八八頁）

この国の風土（遠藤風に言えば「泥沼」）には、中国やインドの外来の思想事物を日本的に変容して定着させる性質がある。それは切支丹に関しても同じ事で、神々は神を神々の中の一つとして微笑んで迎え入れるだろうが、不思議な力はやはり基督教を「造り変え」て換骨奪胎している、と芥川は見抜いたのである。そしてこの小説はオルガンティノの視点から書かれているので、そのような日本的感性に対する困惑をえがいている。「日本の聖女」も『侍』も同じく西欧の視点で書かれているから同じ困惑を違うベクトルで描いているわけである。

しかしながら遠藤は、フランス体験を通じてカルチャーショックを受け、自分にも歴然と存在する日本的感性を顧みて、日本人の性質に合った基督教に「造り変える」しかないと自覚したのであった。「造り変える力」なしにはこの国に基督教は定着しないと覚悟したのであっただろう。こうして、造り変えることは遠藤においては使命感のような積極的な意味を持ち始めている。基督教の伝統も歴史も遺産も感覚もないこの日本の風土、すなわち「泥沼」で、「神は日本人に日本人としての十字架を与えられたに違いない」（「私とキリスト教」一九六五『全集12』三〇九頁）と信じ、やがて遠藤は、日本人であることに関わりながら、福音書の中に新しい基督教を発見することになる。だぶだぶの（むしろ、窮屈な）服を「造り変える」ということになる。「造り変える」ことの可能性、正当性を、遠藤は模索する。端的に言えば、既成へのプロテスト、宗教改革ということになる。神も微笑してくれるだろう。

3＊成瀬美津子は、大津をからかい、誘惑する。美津子の心の底には、破壊的なもの（サディスティックなもの）が潜んでいる。

「わたくしが、（そんな信仰など）棄てさせてあげるわ」

そう言った時、美津子は、モイラと共に、アダムを誘って人間を楽園から永遠に追放させた女、イブのことを思い出していた。美津子は大津に酒を飲ませ、神を捨てるのならこれ以上飲むのを許してあげる、という。大津は、「ぼくが神を棄てようとしても……神はぼくを棄てないのです」と応える。この不器用な男は、美津子が今までに出会ったことのないタイプの人間であることだけは分った。そして美津子はそれがなぜなのか、気になって仕方ない。

美津子は生の空虚を感じていた。退屈から逃げるために、大津を誘惑しようとした。

「神さま、あの人をあなたから奪ってみましょうか」

美津子は大津を自分の部屋に誘う。後で、美津子が「ボーイ・フレンドの一人一人と結婚できるわけないでしょ」というと、大津は「ひどい。ぼくはあなたを殺したいくらいだ」と怒った。小説『モイラ』ではモイラはジョゼフに殺されるのだが、大津にそんな勇気のないことを美津子は見抜いていた。

美津子は遠藤の第三期的な性格を背負っている。

遠藤の作品は、大雑把にいって第一期と第二期、第三期に分れるように思う。その分岐点について遠藤自身は『沈黙』(一九六六)が第一期の終りだというようなことを言っている(「異邦人の苦悩」一九七三『切支丹時代』)。そして第二期の終りは遠藤が『侍』(一九八〇)を書いた時。そのあと、第三期は『スキャンダル』(一九八六)の原形である『真昼の悪魔』(一九八〇)を書き、それを説明するように次のように書いてからである。否、遠藤は悪の問題を「カトリック作家の問題」(一九四七。前述)「フランス大学生のコミュニスム」(『群像』一九五一、一)以来、初めから取り上げていて、サド研究を始めたがしばらくは鳴りを潜めさせていた、というか、従的な問題としていたが、第三期に来て、主問題となってきた。

[わたくしは五十代の後半で何とか自分の文学や人生に調和と秩序とをえたような錯覚に捉えられた。しかしその後半から突如として折角の協和音をかきみだす音がどこかかなりはじめ、今はそれが耳鳴りのようにたえず耳の奥から聴こえてくる」

(「六十にして惑う」一九八五『春は馬車に乗って』文春文庫、四五四頁)

[この激情の核は普通、我々の心の奥にかくれている。そしてわれわれはまさか自分のなかにそんな怖ろしいものがひそんでいるなどと考えたこともない。そしてそれが噴出せずに生涯を送る人は幸せだ。戦争のなかのその激情を体験し、平和になってそれに素知らぬ顔をして、すべてを戦争のせいになすりつけられる人も幸せだ。」

（同、四五六頁）

遠藤は自身の奥底に潜む悪の存在、自己破壊の欲望について語る。そもそも人間にはそういう欲望があるが、善の意識がそれを抑圧し、奥底の方に隠している。つまり遠藤は己の影元型を語り始めたということである。例えば、『悪霊の午後』（一九八三）、『スキャンダル』（一九八六）、『妖女のごとく』（一九八七）、『わが恋う人は』（一九八七）、などにその趣向は顕著である。これらの作品では主に悪の転生を描いているが、もちろん、善の転生もあるわけで、善の転生が第一、二期のテーマであったと言えなくもない。前期のテーマの主人公たちは弱い人間たちだった。彼らに試練を強いるものたちが、第三期では、主人公の位置に付くというふうにも言えそうである。遠藤は小説家として、善と悪の矛盾・葛藤を描くが、その最初期から、サドの研究やモーリヤック、ジュリアン・グリーン、グレアム・グリーンなどのカトリック文学の研究に努めていた。悪は小説の中のアンチテーゼとしてなくてはならぬものであったが、その悪はあくまで、善のための陰影であった。第一、二期のサディスト群像が類型的・図式的なのはこのためである。

すでにカトリック作家の覚悟として分かっていたことではあったが、作中人物の悪や罪に共感していなくては作品は死んでしまう。ゆえに遠藤は作品の中にニヒリスト＝サディストの悪をえがいてきている。しかし、第三期に至って遠藤は、作品の純粋性のためというよりは、自分の中にたしかに潜み、出口を求めている、善によって抑圧されたもの（影）に、その位置を与え、形象化することを新たなテーマとして書き始める。それは自分を破壊するかもしれぬ冒険だった。それにもかかわらず第三期においてはその破壊的なエネルギーと、激情の不協和音を描こうとすることをメインテーマとするのである。

［モーリヤックの作品は小説家モーリヤック対カトリック者モーリヤックの激闘の結実である］（「堀辰雄論覚書」一九四八）

［私は小説家です。人間の心の奥底に手を入れねばならぬ小説家です。その心の奥底には神が祝福したまわぬものがあってもやはりそれに手を入れねばならぬ小説家です］（『スキャンダル』一九八六）

この抑圧されたものに関して、『私の愛した小説』の中で、遠藤は仏教の唯識論・アラヤ識やユングの元型論を援用して巧みな分析を行っている。人間は表層としての意識のレベルでは、善が悪を抑圧し、理性的に善男善女の仮面をかぶり、表面を繕い、体面を保って社会生活を円滑に過ごそうとしている。弱い人間は言いたいことも言えず、自分を抑えこんでしまう。それは、実は憎悪や猜疑や嫉妬といったルサンチマンを抑圧しているということになる。抑圧されたルサンチマンは無意識の深層に沈殿し、暗い闇の底で悪や罪の温床となり、出口を求め始める。復讐。人間はこうして罪を犯す。だがその罪を自覚し、反省するところに、救いの希望はある。罪の源泉はまた救いの契機でもある。闇の中にこそ光は差し込む。これは、ニーチェが弱者の思想と批判し、イエスや親鸞が救いの思想としたところのものである。

善の転生はこの『深い河』の大津に代表されることである。そして悪の転生は成瀬美津子に割り当てられている。二人は人間の中にある二つの性向である。互いに影の存在である。一方が表面化すれば、他方はおさえ込まれている。ジキルとハイドのように。

美津子が象徴する人間のタイプがある。女性のタイプとして、遠藤は二つの典型をあげている。即ち、イブとマリア。人類最初の女イブとはアダムを罪に誘い、堕落させる女である。美津子＝モイラはイブ型の女性である。

遠藤は留学した時、カトリック文学の研究と同時にサド（一七四〇〜一八一四）の研究を思い立つことになる。サド研究とは、一言で言えば、モーリヤックの肉の問題をさらに追及し、肉欲と残酷と罪と悪の根源を探ることである。遠藤は「サド伝」（一九五九）の中で、神を憎むニヒリズム＝サディズムについて書いている。善人もいれば、悪人も（同じくらい）いるという現実世界の実相を、そしてまた善も悪も人間の心の中に住んでいるという実相を、小説家は見逃すわけには行かない。美津子は端的にいって、そのサドの系譜を引いている。

まず遠藤の描く第一期のニヒリズム＝サディズムの系譜をたどってみたい（第三期については後述）。

遠藤はフランス留学中、「四つのルポルタージュ」（『フランスの大学生』角川文庫）を書いている。慶應の先輩で『群像』編集部にいた大久保房男の厚意で、『群像』に載せてもらったのである。その中に、「フランス大学生とコミュニスム」（一九五一、一。これはこの文を記述した日付であろう。掲載は五月号）という一編があり、人間が人間に対して犯した残忍な行為がフランスでもあった、ということを言っている。

抗独運動(レジスタンス)は、ナチスに占領されたリヨンの街の、「ここでゲシュタポ（ドイツ秘密警察）と、ナチスの共犯者は、我々を拷問した」と壁に彫り付けられた陰惨な地下室のことを書く一方、レジスタンスの側マキ(maquis)のことも書いた。マキは南フランスの山中や森林に隠れ、武器をとり抗独運動を組織した。コミュニスト、カトリック、ヒューマニストなど、多様な参加者があり、その内部での抗争もあった。多くはコミュニスト系で、彼らはアルデッシュの町で共産党に共感をよせぬ者たち一二七人を殺害し、フォンスの森の中の井戸に埋めた。コミュニストを反ファシストと言うのは間違いで、コミュニストは「ナチスと同じように、フランス人自身にも暴力行為を加えた」、したがって、サディスティックな情欲が伴っていると言って、コミュニズムには「暴力的傾向」が存在していることを書いている。遠藤にとってフランスとは、人々の言うような「花の都」とか「追憶のフランス」などという甘いものではなかった。遠藤はサディスティックなフランスの影を見たのである。

その後、良心的な一新聞記者のおかげで、その虐殺の井戸の一つがある場所を知り、一九五一年三月二一日から二四日、遠藤は友人たちとリヨンから列車で四時間のアルデッシュに向い、さらにバスに乗り換え、山また山を越え、二三日、このフォンスの井戸を見に行っている。

［午後、自転車にのり、フォンスの虐殺事件の井戸を見にいく。これはレジスタンスの悲劇のあった井戸なのだ。（略）アンドレは路のきれた丘の上から「あった」と叫んだ。私はかけ上がった。この井戸をみるためにこそ、私は此のアルデッシュまで来たのである。それは入口が二米の四辺形になった捨てられた井戸であった。松の樹は弾丸のあとが残り、松やにが痛々しくふいている。弾丸の残っている樹の数は六本、各樹には約四つの弾痕が残っている。井戸の中に石をアンドレが投げると、六秒後に、何かはねかえる音がし、それから水のしぶきが聴こえた。その石の下に虐殺された数十人の死体があるのである。（略）「何故こんな所までそれを見に来たのか」とアンドレはぼくに訊ねた。アンドレよ、文学とはそんなものなのだ。君には物好きと思えるだろうが、このほの黒い、人の叫び訴えるような声が聞こえる井戸の底に、ぼくは、人生の一つの投影を見に来たのだ」（『作家の日記』一九五一年三月二三日）

そう、文学とはそんなものなのだ。人間とはどういうものなのか、ここはどういうところなのか。どういう経緯があって、そうなったのか。そこに、美しいばかりではない、黒い、暗い、人間の奥深い、サディスティックな、嫉妬や憎悪や復讐といった情欲が横たわっている。後にユングや唯識ーアラヤ識などを援用して探ることになる無意識の深層のことである。フォンスの井戸は、はね返りの音が六秒後にきこえる深さである。表面的には何でもないように見えても、その底知れぬ奥部に潜み、息づいている人間の情欲を解剖し、開示することが、文学の行為の一つなのである。(一つの、と言うのは、他に、探偵小説や冒険小説、SFといったエンターテインメントとか勧善懲悪とかのジャンルもあるから。)

続く「フランスにおける異国の学生たち」(『群像』一九五一、四の日付。掲載は九月号)のⅣ、Ⅴ節でも、フォンスの井戸を見に行ったことが書かれている。このルポルタージュは、「フォンスの井戸」と改題して『昭和文学全集20 安岡章太郎・遠藤周作』(角川書店、一九六二)の中などに収録され、遠藤は、[実際に起こった事件に基く私のはじめての小説だといってよい」と述べている(「解題」『全集12』)。さらに、この「フォンスの井戸」は、遠藤の最初の長編小説『青い小さな葡萄』(一九五六)の中にも出てきて重要なモチーフになっている。つまり、この一連の「フォンスの井戸」関連の文章は、『青い小さな葡萄』の「周作」となっている。

モンドンという元記者の書いた記事によると、フォンスの井戸には次のような経緯があった。

[一九四四年七月二五日/アルデッシュ県を恐怖が支配している。それはナチスの軍隊によってではない。悲しいことには我々抗独運動者の仲間だったものが、民衆にたいして恐怖政治を布いているのだ。悪への憎悪が逆に悪を生んでいるのである。/それを書くのは辛いことだ。ナチズムにたいする抵抗者が今拷問や私刑を行っていることを仏蘭

西の誰が信ずるだろうか。／我々の指導者だったジャルドンもアントワープも投獄された。昨日まで信頼していた仲間に裏切られたのである。／ジョゼフ・ピション一派はこうした熱烈な闘士をナチ協力者と称している。それが嘘であり、彼等たちの策謀であることは誰もが知っている。知っていながら黙っているのはピション派の密告や復讐が怖ろしいからなのだ。（略）私はながい間抗独運動を人間の正義の象徴だと考えてきた。思想や主義こそ違え、基督教徒も共産主義者もヒューマニストもナチズムという暴力に対して手を握って戦う美しい運動だった筈である。それが今日、この醜い人間本能、権力争奪の前に穢れつつあるのだ。／連合軍は既に北上している。仏蘭西軍解放は眼の前に迫っている。その時、かつて正義と善とを選んだものが解放後の勢力の奪い合いに仲間を抹殺しているのである」

（『青い小さな葡萄』一九五六、講談社文芸文庫、一二九〜一三二頁）

この構図は分かりやすい。共通の敵に当たっていても、次の段階を考えると主導権争いが起き、内部抗争が始まる（第二革命が始まる）。［悪への憎悪が逆に悪を生んでいるのである］。そうした中で、八月一三日、ピション派は、二〇名（それ以上）の嫌疑者たちを強制自白させた後、殺害した。そこにはサディスティックな情欲が伴っていた。死体は生残った者とともにトラックに乗せられ、アルデッシュ県の山の中に運ばれた。生残った者は死体を運ばされ、死体を井戸の中に投げこまされ、その後、ピションの部下によって（松の木に縛られ）

銃殺され、同じく井戸の中に投じられた。井戸は昔の鉄鉱を探した名残のものであった。

このモンドンの記事を頼りに、コサック亭のアルバイトで作家志望の伊原と友人たち（ドイツ人ハンツ、ポーランド人「こびと」クロスヴスキイ、コサック亭のエバ）は、フォンスの井戸を探し当て、数年前の事件を確認した。伊原は、「人の叫び訴えるような声が聞こえる井戸の底に、人生の一つの投影」、黒い、暗い、サディスティックな欲望の果てを見たのだ。「こびと」と綽名されたポーランド人クロスヴスキイは、エバの膝の上にうつ伏して、「何処にも、こんなものばかりだ。ポーランドにも、仏蘭西にも。何処にも、何処にも」と泣きながら呟く。その通りだ。日本も同じ、誰でも、何処でも同じこと、何時でも、何時まで経っても、同じなのだ。

そしてそのことを「(見ねばならぬ。よく見るんだ)」と伊原の頭の中でだれかがつぶやきつづけた（一六七頁）。

さらに、『青い小さな葡萄』には、ハンツ・ヘルツォグが教会で次のように祈るシーンがある。ハンツはリヨンを占領したドイツ軍の兵士だったが、当時、ドイツ式にルーフ・ドルフ街と呼ばれた街（今はフランクラン・ルーズベール街という名前に変っている）の娘だったスザンヌ・パストル（フランソワーズ・パストルというのは遠藤の恋人の名前だったが……）が、彼にヴァルツの葡萄を呉れたことがあった。それは、青い小さな葡萄だった。無論「葡萄」はイエスの関連を示唆するのがキリスト教文学の定石である。その思い出のために、ハンツはスザンヌを探しているのだが、スザンヌはフォンスの井戸に投げ捨てられたのかも知れない。

「(あなたはご存知の筈です。俺がなにもしなかったことを。戦争には行ったが殺さなかったことを。なぜ俺をこのような時代に生れさせたのですか。なぜあなたは人々が殺し合い苦しみ合う有様を黙って見ていられるのですか。そうして今俺にその罪まで背負え、共犯者になれとおっしゃる。片腕をなくすだけでは充分ではないのですか)」

(『青い小さな葡萄』一一二頁)

この人生に行き迷ったハンツの独白を読めば、これが『沈黙』に続くのはすぐ分かることであるし、また次の伊原の言葉は日本泥沼論の先駆であろう。

「戦争が終ってからも俺は日本のことを考える時、なぜか、ふしぎに雨にふりこめられた大きな沼沢地帯を想像するのだった。あそこではなにもが育たない。植えられたものは、じめじめとした泥の中でその根を腐らせやがて衰えて死んでしまう。あそこでは何もが見えはしない。じめじめした雨のなかですべてがぼやけ、輪郭を失い、誤魔化されていくのだ。生気のない濁った色に変るのだ」(『青い小さな葡萄』八一頁)

しかし泥沼という言い方がよくない。(モネが好んで描いた)睡蓮や、(ドブに落ちてもいつかは花と咲く)蓮華(!)や、(日本人の主食米になる)稲や、(フランス人パスカルも言う、考える)葦や、水の中でしか生きられない藻とか魚とか、そして水辺に集まる鴨や鷗など、アジア・モンスーン気候に適した生物は、人間も含めて、いっぱい居るでしょう。「じめじめした雨のなかですべてがぼやけ、輪郭を失い、誤魔化されていく」という「きいろ」のウェットな状態は、汎神論の風土が生み出すものであって、それが普通なのであって、むしろもともと砂漠地帯で生まれ、ユダヤローカルであった、「他の色と鮮やかに対立し、自分の存在を主張」するキリスト教一神論の「白色」のドライの方が特殊なのである（ただし、というか、だから、というか、戦争には強かった）。それにヨーロッパにもオランダあたりに沼沢地はあるでしょ。キリスト教が広まる前は、ヨーロッパもケルト文化やドルイド教、ギリシャ、ローマの多神論だったわけだから。それは兎も角、右の『青い小さな葡萄』の二つの言葉は、『沈黙』の「周作」となっている。さらに『深い河』まで流れて行く。

（少し前に戻って）遠藤が留学したのはカトリックの町リヨンであった。リヨンは冬の間晴れる日がほとんどなく、夕暮れには霧が街中を包む、因習と伝統を守り続けている古い街であった。サドが刑罰をうけた街であり、黒ミサなども行われていた（いる）「悪魔的な街（ディアボリック）」である。黒ミサというのは、悪魔に捧げられるミサのことで、悪魔に魂を売る代りに地上における幸福をかなえられるという。破門された聖職者や、異端的神学生、或いは、基督に対する嫉妬の炎にもえた破戒神学生の名残りが、この残忍で、淫靡で不潔な黒ミサにかかわった。それはヨーロッパの悪の深さを物語っているが、遠藤はこの街の霧の夜を歩くことで、サド研究を思い立つ。

［ぼくはこの中世紀さながらのキャルチェや「黒ミサ」を自分の時代から遠いものと隔てたくなかった。ニュールンベルグや、ポーランドにおけるナチズムの虐殺、拷問、また、我々日本人自身がフィリピンや南京で犯したものの心理の裡には、黒ミサ的な肉欲がかくれているのだ。そうした一種のフェチシズムは時として現代の文学や思惟の中にものぞかれさえするのである。デニイ・ド・グールモンは、『悪魔の影響（ラ・パール・ド・ディアブル）』という本の中で、現代人における、そうした黒ミサ的な逆しまの神秘主義を詳しく分析している。その頃からぼくは、サド侯爵の研究を思いたったのだった］

（「冬　霧の夜」一九五三『牧歌』新潮文庫、一四七頁）

カトリック信者であり作家であろうとする遠藤が最初に書いた小説は「アデンまで」（一九五四）という短編である（遠藤自身は「フォンスの井戸」が［私のはじめての小説だといってよい」と言っていたが、「フォンスの井戸」は「白い人」の「周作」でもある）。次に「白い人」（『近代文学』一九五五年五、六月号）を書き、芥川賞を受ける。つづいて、「黄色い人」（一九五五）を書くわけだが、それらの初期短編の中には、ジュルダン病院で見、そのために「病気」になった、日本人にはついて行けぬヨーロッパの善の深さ、悪の深さなどについての距離感・違和感が描かれている。

「白い人」の執筆動機は上に書かれているとおりであろう。いささか類型的なのだが、「白い人」に出てくる斜視の「私」（名前が出てこない）は、子供の頃、母親（ドイツ人。父親はフランス人）に厳格な清教徒として育てられたが、一二歳のある時、犬を撲っている女中・イボンヌの白い太い腿を見た。その時、「私」の中で、母に厳しく育てられた純潔主義の厚い壁が音をたてて崩れ、情欲の悦びを味わった。それは、父の放蕩に習ったと言うより、母への反抗によるものだった。（遠藤が言う、「合わない洋服を脱ぎ捨てる」というのはこういうことをもさしているだろう。）「私」の肉欲の目覚めはサディスティックな虐待の快楽を伴って開花した。ここはサドのアルキュエイユ事件を模しているだろう。

肉欲自体は人間の自然性であり、過剰な肉欲は罪の根源として残虐行為を生むことがある。しかしそれによって罪障感にとらわれる弱い人間のタイプと、抑圧されていたものを爆発させ過度に凶暴になるサディストタイプがある。その分れ目は、どこで、なぜ生じるのだろうか。

サディストが苛め、甚振（いたぶ）るのは、気の弱い、真面目な、罪障感に捉われがちな、苛めやすい、苛め甲斐のある弱者である。サディストには、弱者を甚振る自分が卑劣で醜悪で不気味な人間であることを訝（いぶか）しむ自意識があるのだろうか。それとも自己の欲望のままに振舞っているだけの、つまり内心の促しにしたがっているだけの、つまり凡庸な欲望自然主義者なのであろうか。それとも精神病理学の問題なのだろうか、脳内快楽物質が多量に分泌されて……。神は人間に自由を与えたのだから……。自由は人間にとって重すぎたのかも……。と言えば聞こえはいいが、本来宇宙、自然、世界は虚無なのである。

「私」はリヨン大学に進み、ジャック・モンジュという神学生と出会う。「私」は（モイラのように）ジャックを堕落させようとするニヒリストとなる。「あんたがいくら十字架を背負ったって、人間は変わらないぜ。悪は変わらないよ」と「私」が言うと、ジャックは「祈っているよ。君。君が神を問題にしなくても、神は君をいつも問題にされているのだから……」と応えた。神なき悲惨な人間にこそ、神は関わろうとする。神は見ている。見過ごしたり、見失ったりしない。「放蕩息子」の自由意志に帰還を呼びかける……。

「私」は、端的に言ってサドの思想を受け継いだリベルタンとして造型されている。遠藤によれば、リベルタンとは「信仰にも宗教的戒律にもしたがわぬ人」であり、「神への挑戦者であり、神を否定しようとする革命家」（「サド伝」）である。無秩序で無償のエネルギーに動かされる自然性を生き、人間の自然性である愛欲の世界にたいして自分の自由性（リベルテ）、主体性を確保し、キリスト教的な自然性即ち神の創造による秩序ある自然を拒絶し、破壊しようとする無神論者である。マルキ・ド・サド、本名ドナチアン・アルフォンス・フランソワ・ド・サド（一七四〇～一八一四）は次のように書いている。

「あたしたち人間は物質でしかなく、あたしたちの死後に何もないのだということを料簡しましょう。あたしたちが魂に原因を求めているものもすべて、実は単なる物質の作用でしかないことを信じましょう」（サド『悪徳の栄え』澁澤龍彦訳、角川文庫、一七一頁）

「宇宙に目をあげると、いたるところに悪と無秩序と罪がわが物顔で支配しているのが見える。また目を下ろして、この宇宙における最も興味深い存在をながめると、やはりそいつが悪徳と矛盾と汚辱にみちているのがわかる。この考察からいかなる意見が導きだされるか。つまり、わしらが不適切にも悪と呼んでいるものが、実は悪でもなんでもなく、わしらを生み出した存在の目から見れば、こうした様態こそ必要欠くべからざるものなので、もし悪が地上にあまねく存在しないなら、創造者はみずから創造物の主たることをやめるだろう、ということだ。（略）神の手は悪のためにしか、それらを作り出さなかったので、神は悪のうちにおいてしか楽しまない。悪は神の本質であり、神がわしらに犯させる悪はすべて、神の目的に必要欠くべからざるものだ。（略）もしかしたらわしは神の寵児なのかもしれない！」（同、一七八頁）

あたしたちは物質であり、悪は神の本質であり、悪徳のみが自然の本質であり、悪を犯す自分は「神の寵児」なんだって。《まいったな。》宇宙、自然、世界は虚無だとしても、虚無だから、虚しいとか、何とかしないといけないとは、考えない。こんなもんだと、受け入れて、弱肉強食のニヒリズムの世界をワイルドにハードボイルドに生きぬき、悪徳の栄えを享受する、という。つまり、これが忌まわしくもおぞましいサディズムである。（拙著「夢野久作の夢魔」『宮沢賢治の冒険』海鳥社、一九九五参照。夢野久作も「悪魔の研究」に励んだ作家である）。

遠藤はサドについて次のようにその性格を述べている。

［サドにとって自然は破壊のエネルギーをもった生命である。そこに生まれた人間たちはこの破壊と失墜をはらんだ存在である。けれども基督教はこの自然の素顔をかくし、そこに秩序と神の美の投影を無理矢理にこじつけようとした。この秩序や神の美の投影をも人間のなかにつくろうとした。たとえば女性の純潔がこれである。処女性を尊重するという観念がそれである。／なぜなら処女性は基督教的な考えからいえば神の純粋性のイメージだからだ。肉欲という罪におかされぬ処女性を基督教は聖母マリアの処女懐胎のようにほめたたえた。（略）だがサドはここに奇妙な矛盾を発見した。娘たちのもつ処女性は神の美と汚れのなさのイメージかもしれぬが、この地上にあってはこれが男の肉欲をそそっているのである。処女たちはその純潔さによってかえって男を罪に誘っているのである］

（「サド伝」一九五九、『堀辰雄覚書・サド伝』講談社文芸文庫、一〇二頁）

サドにとっては処女の純潔こそ肉欲をそそる魔の源泉であると言うのである。純粋なもの、あるいは聖なるものを汚すということは即ち神への復讐ということである。神に積極的に反抗し、否定しようとし、美しいものを、美しいが故に破壊したい、或いは真面目な秩序ある人間をそれゆえに邪魔したい、というのは、それを見る者の心の中にわき起こる忌まわしい、おぞましい、黒い、暗い欲望であろうが、それがサディスト＝ニヒリストの自然性であり、主

体性なのである。《ニヒリスト＋サディスト＝ニキリスト、という図式はどうだろう》

本来虚無（ニヒル）の世界に打ちたてられたキリスト教の秩序を破壊しようとする人間は、一定の割合で居るのではないか。（ただしこのニヒリズム、即ち神なき人間の悲惨はキリスト教から見たときのことである。因みにニーチェは、来世天国に重きをなし、現実世界で生きていくことを軽く見ているキリスト教こそニヒリズムであると批判している。）

ジャックは、そんなニヒリスト＝サディストの「私」のために「祈っているよ」というのだが、このジャックの言葉は『深い河』の大津の言葉に瓜二つではないか。ここに、サドとイエスの対話を見ることが出来る。イエスはサドのためにも祈るというのである。それはイエスの自然な当為である。底抜けの善意の人は、サディストが何をしようが何と言おうが、サディストの所行を全て救いを求める声として聞くのである。しかし、サドはそれゆえにますますサディスティックになって行くだろう。純粋な者、真面目な者を現実的に甚振ることがサディストのアピールである。黙ってはいないのである（神は「沈黙」していても）。

次に、ジャックは友達のマリー・テレーズに、舞踏会に行かないよう頼む。マリーは不承不承ながら、行かないと応えたが、それを見ていた「私」はマリーを舞踏会に誘う。「斜視の男と踊ってくれる人はいない」と弱みを見せ、マリーの憐憫の情に訴えた。「ジャックに知れると……（まずい）」と言いながら、マリーは舞踏会にやってきた。ジャックにとって、マリーはユダとなった。ジャックは「私」に「悪魔！」と叫んだ。ジャックを裏切ったことになったマリーは修道院に入る。「私がつき落としたこの娘の過去は、逆に神学生の狂信の好餌となったにちがいない」と「私」は思った。

ここでも、(『深い河』の) 美津子に誘惑されて棄てられ、「あなたを殺してやりたい」と叫んだ大津が思い出される。「私」は美津子に瓜二つ、ジャックは大津に瓜二つではないか。そして、修道院に入ったマリーは、修道院に入った大津を思い出させる。最晩年の作品『深い河』は最初期の作品「白い人」のテーマを継続し(片付かないまま)繰り返しているのである。逆に言えば、ここが『深い河』の源流(の一つ)である。

一九四〇年五月一〇日、ナチ軍はオランダとベルギーの国境を突破し、六月二五日、巴里も陥落した。それから一週間後、リヨンもナチ軍が占領し、反独運動を弾圧し、虐殺、訊問、拷問、処刑が行われた。父がフランス人、母がドイツ人であった「私」はドイツ秘密警察部(ゲシュタポ)の通訳・事務員として採用された。ドイツ将兵一人の血にたいし、五人のフランス人の血を要求するという告示がなされた。「私」はナチスのテロリスムの深謀に感嘆した。五人は偶然その路をその時刻に通りかかったために犠牲者とならねばならない。

肺病病みのチェッコスロバキア人アレクサンドルが容疑者を拷問したが、その顔は汗にまみれ、その眼は痺れるような快感にギラギラ光り始めた。「撲たれる者の声さえ、その時は、撲たれることにある情欲的な悦びを感じているみたいだ」。呻きがドス黒い咆哮に変るとき、息づかい荒くアレクサンドルは撲る。中尉はぼんやりみつめていた。仏蘭西人キャバンヌの場合はそのような陶酔は感じられない。仏蘭西を裏切り、独逸人にもなりえないノケ者の影が蒼白い痩せた顔を削りとっていた。「私」は、彼（キャバンヌ）は相手だけでなく、自分を撲っているのだな、と思った。ある夕暮れ、中尉は「モツァルト（ママ）は素晴らしい」、と言って、ピアノを弾いていた。

マキの連絡員をやっていたジャックが逮捕され、「私」は、キャバンヌとアレクサンドルがジャックを拷問するのを見ていた。そして、耐えろ、耐えろ、と念じていた。この拷問にジャックが屈したならば、人間はやはり信じられない、人間は肉体の苦痛の前に友情も信義をも裏切るもろい存在だ、と考えている「私」の勝ちだ、と思った。ジャックは耐えた。次に、「ジャック、俺だぜ」と言って現われ、拷問を始めた。

「お前（＝ジャック）がもし、俺たちの責め道具に口を割らぬとしたらだ、そりゃ英雄主義への憧れ、自己陶酔によるものじゃないか。酔う。恐怖を越えるためになにかに酔う、死を克えるために主義に酔う。マキだって、お前さん等基督教徒だって同じことだぜ。人類の罪を一身に背負う。プロレタリヤのために命を犠牲にする、この自分、この自分一人がという涙ぐましい犠牲精神がお前さんを酔わしているんじゃないか。ナチの協力者、裏切者のこの俺が、お前の肉体をいかに弄ぼうと、お前はユダのように魂を売りはしない、そう思っているんだろう。だが、そうは問屋がおろさない」。「俺のあの学生時代から、お前が、英雄になろう、犠牲者になろう、としているのを知っていた。だから、俺は、お前の、その英雄感情や犠牲精神をつき落としてやろうと考えた。考え続けた。俺は今、それがやっと自分にわかったんだ。お前だけじゃないさ。おれは一切そのような陶酔や信仰の持主が憎いんだ」

（「白い人」一九五五『白い人・黄色い人』新潮文庫、六九〜七〇頁）

「俺＝私」のこの言草は矛盾している。「私」自体がサディスムに酔っている。自己陶酔している。ジャックが「君だって悪に陶酔しているじゃないか」と言う通りである。「人類の罪を一身に背負う」キリスト教徒ジャックだって、人類の悪を一身に背負うサディスト「私」だって同じことだ（ぜ）。それぞれ、キリストやサドを信仰し、ベクトルの向きは反対だが、「英雄感情や犠牲精神をつき落としてやろう」としている。マゾヒストとサディストの闘い。

拷問する男達にもいろいろある。単に仕事と割り切ってやっている者もいるだろう。それが仕事であることが耐えられぬ者もいる。そしてそれが楽しみの者もいる。遠藤は「地なり」（一九五八）という作品の中で、大杉（栄）とその妻伊藤野枝と大杉の甥の宗一を拷問するサディスト甘洲大尉の姿を「痺れたような恍惚とした表情」だったと書いている。

『夜と霧』の中でフランクルは、アウシュヴッツの拷問者について、サディストが看視兵の中にいた、また、サディストを看視兵にした場合もあるし、サディストをみて慣れてきたものもいた、と書いている。先にもふれたが、サディストは常に主体的であり、苦しむことはないのだろう。

『女の一生　一部・キクの場合』（一九八二、新潮文庫）では、伊藤という男が津和野で清吉等隠れキリシタンの拷問にあたることになる。伊藤は、キクが好きだった。キクは清吉が好きだった。キクは清吉を良くしてもらおうと思って、丸山で伊藤に身をまかせ、その金を伊藤に託す。伊藤はその金を着服し飲んでしまう。そして自分の薄汚さを許せない。そういう弱い拷問者を、遠藤は書いている。伊藤はサディストになりきれない。サディスト側にも懐疑が兆している。一昔前であれば、こんな役回りでなければ、おれも割りといい人間なのに、という気持があるのであろう（『沈黙』での拷問については後述）。

「私」はジャックが隠していた十字架を見つけ、「十字架が、お前に陶酔を教えるんだ」と叫び、さらに拷問を加える。ジャックは「悪魔！」と叫んだ（同、七二頁）。なおも「私」は、憐憫の情を利用して、マリー・テレーズをこの男の前で責めるよう提案する。「ゆるしてくれよう、彼女をはなしてやってくれよう」と言ってジャックが泣きはじめた。「私」が凌辱するのは、全ての処女、その純白さ、無垢の幻影である。その中にはジャックの十字架像が隠れていた。神への復讐ゆえの残酷。「私」は異端的破戒的神学生で、イエスへの嫉妬のためにジャックをイエスに見立て、復讐しているのである。すなわちこれこそが無神論者（ニヒリスト）のサディズムである。さっきの図式で言えば、ニキリストである。

自己を破滅にいたらしめるかも知れない狂暴な力を、遠藤は、「自虐の欲望」と呼んだことがあったが、「私」のサディズムは「私」を破滅にいたらしめるかもしれない、と思い、それでも「私」のそばにいて、引き受けていることがイエスの当為であり、イエスの自然性である。

しかしジャックは舌を噛み切って死んでいた（これは後に見る「踏絵」を踏んだことに等しい）。ほんとうに「私」はそれを予想していなかった。「私」の計量し足らぬ一点だった。

「（お前、神学生じゃないか。それなのにお前は、永遠の刑罰をうける自殺を選んだのだ。それでお前は同志を裏切る運命やマリーの生死を左右する運命から脱れたつもりだろう。だが、お前は俺を消すことはできない。俺は今だってここに存在しているよ。俺がかりに悪そのものならば、お前の自殺にかかわらず、悪は存在しつづける。俺を破壊しない限り、お前の死は意味がない。意味がない）」（「白い人」八〇～八一頁）

「私」は、復讐の目標を失い、放心したように言う。ジャックの自殺が「私」の憎悪の達成ではない。憎悪は行き場を失い、悲哀とも寂寞ともつかぬ感情が胸をしめつけ、「私」の中に自身への懐疑を生む。愛していたものに裏切られたような気持ちだった。「私」は無意識のうちに神を求めていたかのようである。

「ジャックは死んだよ」、と「私」はマリーに話しかけたが、彼女は既に気がくるっていた……。蝿が一匹、部屋の中を飛びまわっていた（同、七九頁）。

ジャックが舌を噛み切って自殺したのは、自分の苦痛より、他者（マリー）の苦痛に耐えられなかった憐憫の故からであろう。神学生として永遠の刑罰を受ける自殺の大罪は承知していたはずだ。これはいわば「踏絵」を踏むことなのである。それでも踏み切ってしまったジャックの心情、その死の意味は、ここでは書かれてはいない。それは「私」のニヒリズム＝反カトリシズムでは計量できなかった一点であり、また従来のカトリシズムでさえ知らなかった一点であった。そして、それを書いたのが『沈黙』であるということになる（後述）。

「白い人」における「私」のニヒリズム＝サディズムは、日本人とは異質の執拗さと強烈さと残酷さを持っている。日本人ももちろん惨酷だ。ニホン人も［南京で何千というシナ人を殺した］兇暴な民族だが（「アデンまで」）、そこには神との対決という構図はない。「私」のサディズムはあくまで神を前提とした、神との闘争なのである。ジャックは熱い基督教徒、「私」は冷たい基督教徒の神なき人間の悲惨と言うことが出来るだろう。

［だが、このように、私たち三人をピンセットで実験台におき人形のように賭を強いたのは私ではない。決して私ではない。私ではないとすれば。それは……］

と「私」はふっとあらぬ彼方を見上げるのだが、ここには、サディストになりきれぬ「私」の、自身のサディズムへの懐疑があり、それは、何か、別の方向への余地を感じさせる。西洋のキリスト教は、遠藤にとって、強烈過ぎて、ついて行けぬもの、縁遠いものを感じたのである。これも、深き淵より、山に向かい、救いを求めて目を上げるということだろうか。

遠藤がモーリヤックやジュリアン・グリーンから学んだ、小説が語らなかったところでの浄化の可能性を予感させる。恩寵の光はこの隙間から、いつかさしこむかも知れない。それはカトリック作家として悪を見つめ過ぎた遠藤の解毒剤だったかも知れない。いずれにしろ、そんな魂の劇を無にするように、「私」のサディズム＝ニヒリズムさえニヒル（虚無）にするように、部屋の中を蝿が飛びまわっている。戸外では、闇のなかでリヨンは燃えていた。

『深い河』に話を戻す。成瀬美津子は以上ふれたようなサディズム＝ニヒリズムの血を背負っている。美津子はニヒリストの退屈を紛らわすため、大津を誘惑するゲームに楽しみを見出だそうとする。不器用で温厚な大津が、心の底に潜んでいた邪悪をさらした時、美津子は神から大津を奪ったのだと確信した。「ぼくはあなたを殺したいくらいだ」と思わず言ってしまった自分に、大津は抑圧していた邪悪を見た。それはまた弱さの一つの型である。大津は絶望の淵に落ちる。自分をいい人間だと信じていた大津にとって、棄教にも等しいことだった。（人生の至るところにある）「踏絵」を踏んだに等しいことだった。

それは、既に少しふれたように、無意識＝影元型というものであるが、遠藤は早くも、フランス留学時のノートである『作家の日記』のなかに、

［私が無意識を狙うのは、その中に、人間の復活を見たいからであって、単に無意識を探るためではない。］（『作家の日記』一九五〇・一二・六）

と書いている。カトリック作家遠藤の射程はそうとうに長く深いのである。

大津が神を捨てても、神は大津を捨てない。［私が一度、その人生を横切ったならば、その

人は私を忘れない。私がその人を忘れないから」（『死海のほとり』一九七三）であり、「一度神とまじわった者は、神から逃げることはできぬ」（『鉄の首枷』一九七七）のである。これは「私のもの」で、本気で選んだのではないと言った時、妻の悲しい泪を見て、そしてそのうしろにもう一つ「あの男」の顔を見つけた時、「あなたを一生、棄てはせん」、と勝呂が言っていたのとは逆で、今度は神の方が人を棄てはしない。一度神と関わった者は二度と神から離れられない。常に神は人と共にいる（即ち、インマヌエル＝マタイ一―二三）。むしろ、傷ついたもののそばにこそ神はいる。「丈夫な人に医者はいらない。いるのは病人である」（マタイ九―一二、マルコ二―一七）という譬えのように、イエスは、自身の影におびえ苦悩する「放蕩息子」のそばで、共に苦しんでいる。たとえ彼がサディストであっても。悪人こそ救われねばならない。これが遠藤のキリスト教の最大のポイントである影（元型）と母（元型）の関係である。繋げて言えば、「母」は「影」に寄り添う。まるで「悪人正機」、「摂取不捨」と言う浄土教のようである。

「黄色い人」（一九五五）、『火山』（一九六〇）、『沈黙』（一九六六）、『死海のほとり』（一九七三）、『鉄の首枷』（一九七七）、『侍』（一九八〇）、『スキャンダル』（一九八六）など、『深い河』に流入する遠藤の主流をなす作品群は、この「影」と「母」のテーマの変奏（ヴァリエイション）である。

元型というのはユング心理学の術語であり、「先験的に与えられている表象可能性」と定義されているが、物や実体ではなく、心の働き（の型）である。これは遠藤の、神は存在ではなく心の働きであるという言い方と勘案すれば、元型＝神の働きということにもなりそうである。

いま、大津が神を捨てても、神は大津を捨てない、イエスは苦悩するもののそばで、母のように共に苦しんでいる、と遠藤キリスト教文学の核心部分を一言で書いてしまったが、この認識、あるいは信仰に至るまでの道は簡単なものではなかったはずである。

西欧のキリスト教の父性の苛酷さに違和感を感じた遠藤に引き寄せて言えば、彼にはイエスは母性であるという直観があって、その宗教と文学をスタートできたのかもしれない。遠藤にはマザーコンプレックスがあって、母が大切にしてきたキリスト教をどうしても捨てられなかったという個人的な事情があった。だぶだぶの洋服（むしろ窮屈な服）を自分たち日本人的感性に合うように日本的改変を加え仕立て直す（造り変える）ということの結果として、母性的キリスト教を目指した、ということになる。これは宗教改革と言っていいのかも知れない。しかし異端ではないはずで、むしろ護教的であり、布教的でさえあるはずだ。いわば、カトリック遠藤派ができる。そして、遠藤は次のように書く。

［エリック・フロムの言葉を借りれば、一つは父の宗教であり、一つは母の宗教である。父の宗教というのは、神が人間にとっておそるべきものであり、またその神が人間の悪を裁き、罰し、怒るような神である。／母の宗教というのは、そうではなくて、ちょうど母親ができのわるい子供に対してでもそうあるように、神がそれをゆるし、神が人間

と一緒に苦しむような宗教である。いわば『歎異抄』にいう善人も救われるなら、まして悪人も救われるというような、ゆるす宗教である」

（「異邦人の苦悩」一九七三『切支丹時代』小学館ライブラリー、二四一頁）

［基督教のなかにはまた母の宗教もふくまれているのである。それはたとえばマリアにたいする崇敬というようなかくれ切支丹的な単純なことではなく、新約聖書の性格そのものによって、そうなのである。新約聖書は、むしろ「父の宗教」的であった旧約の世界に母性的なものを導入することによってこれを父母的なものとしたのである」

（「父の宗教・母の宗教」一九六七『切支丹の里』中公文庫、一三六頁）

新約の中の母の性格を示す好例は、所謂「山上の説教」であろう。悲しんでいる人たち、義に飢えかわいている人たち、あわれみ深い人たち、義のために迫害されてきた人たち、はさいわいである（マタイ五―四〜一〇）、と言う。また、「丈夫な人に医者はいらない。いるのは病人である」（マタイ九―一二、マルコ二―一七）に端的に示されている。これが即ち慈母のキリスト教を示している。

［新約聖書のなかに登場する作中人物の多くはそのほとんどが転び者、もしくは転び者的な系列の人間であることに我々は注意したい。そしてペトロでさえカヤパの司祭館で基督を棄てたのである。鶏がなく時刻、彼も亦踏絵に足をかけたのだ。その時夜のたき火の向うで基督の苦しい眼とそのペトロのおずおずとした眼とがあったのだ」

（「父の宗教・母の宗教」一三六頁）

ここにいう転び者、もしくは転び者的な、面従腹背の人間の系列に、ユダ、ペトロ、デュラン（「黄色い人」）、デュラン（『火山』）。「黄色い人」とは別人）、キチジロー、フェレイラ、ロドリゴ（『沈黙』一九六六）、そして大津も含まれる。大津は思いもかけぬことだったであろうが、無意識の底に埋めていた邪悪な感情を露にした。「あなたを殺したいくらいだ」といった時、大津は「踏絵」を踏んでしまった。その時、大津はペトロのように、おずおずとした、苦しい眼をして、絶望していた。律法を厳守しなければならない旧約的「父の宗教」であれば、大津はここで神の怒りにふれ、裁かれ、罰され、見棄てられるだけである。しかし、新約的「母の宗教」＝愛の神は彼を見棄てず、イエスはいつの間にか彼のそばにいる。むしろそういう時のためにイエスはいる。

ここで「踏絵」を踏んで裏切り挫折した人々の姿を検討してみたい。遠藤の動機は次の文が端的に語っている。つまりなぜ踏んだのか、踏んだ後どうなったのか、自分だったらどうするかということである。

「私の関心は、こうした踏絵を踏まないで、自分の信念を、あるいは思想を貫き通した人でなく、踏絵に心ならずも足をかけてしまうような、弱虫の連中のことだった。（略）政治や歴史が、沈黙の灰の中でうずめてしまっている、こうした弱虫をもう一度その沈黙の灰の中から生き返らせ、歩かせ、彼らの声を聞くことが文学だと考えるようになった」
（「異邦人の苦悩」『切支丹時代』二三九頁）

「黄色い人」（一九五五）のデュラン神父は、神戸の大水害の時助けた女性キミコと関係を作ったために（つまり踏絵を踏んだために）、教会を追われた。キミコを可哀想と思ったために、言い換えると憐憫の故に、デュランは情欲の罠に落ちた。

この小説はデュランの後任のブロウ神父にあてた千葉ミノルの手紙という体裁をとっている。手紙の中にはデュランの日記も挿入されていて、その中に、

「悪魔はキミコと司祭の私を姦淫、情欲、冒涜の大罪に堕すために、憐憫（ピチエ）とよぶ感情を利用したのだ」（『白い人・黄色い人』新潮文庫、一〇七頁）

「悪魔は人々に忘れられることによっておのが存在を具現わす。カナの奇蹟は基督だけが行うのではない。悪魔は葡萄酒を毒水に変える術を知っている」（同、一一〇頁）

という一節がある。平たくいえば、優しさが仇になる。

この問題に関して遠藤は、グレアム・グリーンの『事件の核心』を論じた「憐憫の罪」（『異邦人の立場から』講談社文芸文庫）の中で、G・グリーンは憐憫の持つ光の面ではなく、それがもたらす苦悩や悲劇、もっと正確にいえば、憐憫が生む地獄を描いた、と言っている。遠藤もそれに習ったのであろう。デュランは自分が裏切り者であることを、十分認識していた。「神はひとたび彼を裏切ったものにはひとかけらの祝福も希望も与えない」、「呪われし

者は永遠に苦痛と責苦とを味わわねばならぬ」ことを知っていた（同、一二六頁）「若し汝の手汝を躓かさば之を切れ……」という聖書の言葉から、彼は自殺を考えるが、キミコを一人にはできないと、思いとどまる。そして、裏切り者として、ユダのように、生きていくしかないと思う。ユダは、救われない者として、首をつって自殺する。そうするしかないのか。ユダをもすくいとる方法はないのか。

「主よ、もうあなたがわからなくなった。私の人生をこのように弄び、破壊してあなたはよろこばれているのではないか。今こそ私には、あなたがあの最後の晩餐の日、ユダに「往きて汝の好むことをなせ」と追われた時の冷酷な表情」（同、一〇二頁）をはっきりと理解できた、とデュランは思った。彼は拳銃をブロウの部屋に隠して、警官に見つけさせようとする。白い人デュランはその罪の意識のゆえにニヒリスティックになり、ブロウ神父を売ろうとし、いよいよ地獄に落ちて行く。

一方千葉（洗礼を受けている）は、婚約者のいる従妹の糸子を、愛なのか情欲なのか分からない気持ちで抱いても特に罪悪感も恐怖も感じない、神を恐れぬ、黄色い人である。罪の意識や虚無などという大袈裟なものは全くなく、あるのは黄ばんだ肌のように濁り、重く沈んだ疲労感だけ、と言う。千葉は、キリスト者とは言え、やはり黄色い人なのである。

この性質を表す言葉として、遠藤は作品のプロローグに「我汝の業を知れり。即ち汝は冷ややかなるにも非ず、熱きにも非ざるなり。寧ろ冷ややかに或いは熱くあらばや。然れども汝は冷ややかにも熱くにも非ずして温きがゆえに、我は汝を口より吐き出さんとす」という黙示録の言葉を引いている。黄色い人の神は「なにごとも中庸がよろしい」と言って、生温い「泥沼」のようである。ここに発する感覚は神に対しても罪に対しても大袈裟に苦しむことはなく、黄色く濁り、生温いのである。

糸子も、「神さまがあろうがなかろうが、わたしにはもうかまわないの」と言う黄色い人である。婚約者の佐伯が特攻機に乗りに行く前日糸子に会いに帰ってきた。それを知りながら、糸子を抱いた時、千葉は初めて胸に小さな痛みを感じたが、それは良心の呵責とか、罪の恐怖とかいうものとは本質的に別のものである、と言う。

キミコもまた黄色い人の一人である。デュランに対して次のように言う。

「どうでもええんよ。どうせあたしは、あなたみたいな西洋人のように教会ってなんかわからへんし、莫迦な女ですさかい。何故、神さまや教会のことが忘れられへんの。忘れればええやないの。あんたは教会を捨てはったんでしょう。なら、どうしていつまでもその事ばかり気にかかりますの。なんまいだといえばそれで許してくれる仏さまの方がどれほどいいかわからへん」（同、一三〇頁）

この言葉はデュランの心に、突然啓示のように突き刺さった。神を裏切った白い人デュランは、神の刑罰に悪夢のように追いかけられていた。教会を憎み、否定しようとしたが、瞬時も神を忘れた事はなかった。罪を犯し、裏切ったけれども、キリスト教の世界に居る。

しかし、神を忘れ、神から解放されれば、そんなことは無関係になるのだ、と気付いた。黄色い人は神と罪とに無感覚なのだ。キミコの唱える、あの「なんまいだ」という呪文は、罪の無感覚につごうのよい呪文なのだ、と気付いた。白い人の心的構造は黄色い人のそれと全く異質のものだと思い知ったのである。そのことに気付かないブロウは、知らないものの楽天性から、「カトリシズムというものは、国境や人種を超えたものです」と言い、なおも「カトリシズムは異端の汎神論を吸い上げ、神々は征服されますよ」と言う。それに対してデュランは、「だが、わしのような背教者は除外されている」と反論し、罪を犯し、裏切った人の救いを考えないカトリックの厳格主義を批判し、背教者の倒錯した優越感を味わった。

「お前（筆者注・ブロウ）はその根をこの湿った国、黄ばんだ人種のあいだにおろせると思っているのか。お前は黄色人がキミコやあの青年のような眼を持っていることに気がつかないでいる。その無知はお前が彼等の罪にそまらなかったこと、白い手をよごさなかったために生じたのだ。だが、私（筆者注・デュラン）はキミコを犯すことによって、彼等の魂の秘密を探り当てたのだ。（略）君は日本人が神々はもったにしろ、一つの神は絶対にもたなかったことを忘れているよ」（同、一四六頁）

これは先の日本的感性についてのデュランの認識である。カトリシズムの言う罪の感覚が、日本的泥沼の中では「造り変え」られてしまうことへの絶望感である。『沈黙』で転びバテレンのフェレイラが、まだ転んでいないロドリゴに言う言葉にそっくりだ。

しかし一方デュランは、黄色い人キミコの唱える「なんまいだ」という呪文の意味について、啓示のように閃くものを感じたのである。浄土教的な宗教性に、ジャンセニスム（恩寵主義）の欠陥を補うなにものかがあることを感じつけたのである。

デュランは空襲にあい、死んでしまう。あるいは自殺であったかも知れない。

「黄色い人」は白い人と黄色い人の宗教観の異質がついに悲劇にいたるところを描いている。ここに徹底的に検証されていることは、遠藤における日本的キリスト教の可能性である。それは可能性ではあるが、一つの異端ともなりかねない可能性もしくは危険性もあるのである。神々の世界という風土・文化圏、つまり日本的「泥沼」では一神論がどうしても変質を来すという現実を見つめた人間の苦悩の物語である。そして「なんまいだ」という「呪文」の深い意味は、ここではつきつめられてはいない。キミコの認識も、途轍もなくあまいものである。そんな風に聞いて育ってきた（だけな）のだろう。

ただし、法然（一一三三～一二一二）は、中国や日本の智者や学者の言う観念の念ではなく、「ただ往生極楽のためには、南無阿弥陀仏と申して疑いなく往生するぞと思いとりて申す外には別の子細候はず」（「一枚起請文」『檀信徒必携』）と言っている。

「先師（親鸞、一一七三～一二六二）の口伝の真信に異なることを歎」いて唯円（一二二二？～一二八九？）によって書かれた『歎異抄』は次のように言う。「弥陀の誓願不思議にたすけまゐらせて往生をばとぐるなりと信じて念仏申さんとおもひたつこころのおこるとき、すなわち摂取不捨の利益にあづけしめたまふなり。弥陀の本願には、老少・善悪のひとをえらばれず、ただ信心を要すとしるべし。そのゆえは、罪業深重・煩悩熾盛の衆生をたすけんがための願のまします」（唯円『歎異抄』梅原猛全訳注、講談社学術文庫）。ここに言う「摂取不捨」という言葉は、人の「はからい」による善や行ではなく（非善非行）、阿弥陀仏の他力本願による、という意味である。遠藤の思惟の中で、後で「母性」という重要な意味をもって再び出てくることになる。

次に、『火山』（一九六〇）のデュラン神父は、空襲のあった夜助けた女性と関係をつくったために、教会を追われた。神のためと思ってしたことがいつも不幸な結果をうんだ。これはさっきの「黄色い人」のデュランとは別人であるが、同じ（ような）過去を背負っている（同工異曲である）。デュランという名前も同じにしている。憐憫という美徳のゆえに地獄に落ちたのは、グレアム・グリーンの主人公だったが、遠藤はここでも研究の成果をくりかえし自作に取り込んでいる。

デュランには、そつなく司祭の仕事をこなす佐藤神父の楽天性が鼻持ちならない。デュランは、佐藤が、既に信仰を得たからには、自動的に救われており、苦しみがないと考えていることを知っていた。背教のデュラン神父は自分をユダになぞらえ、「わたしはもっと汚れてやる」と思う。そればかりか、赤岳がいつの日か大爆発を起こして、世界を滅亡させることさえ願う。すでに日本で布教する気をなくしているデュランは、学生に向かって言う。［わたしは日本人が神を信じられん連中だということを知っているよ。日本人には神はいらないからね。（略）君も本当は神を信じてはいない。／君は教会にいく。だがね、君は本当はなにも信じてない。大丈夫知ってるよ。君は悪いことをする。しかし別に苦しまない。少しも苦しまない。そうでしょう。／悪を犯さぬ者に神を信じられるはずはない。君たち日本人はこのやり方を持たないからね］（『火山』角川文庫、一三四頁）

デュランは学生に金を与え、その金で悪を犯し、［自分の心の中にどれだけ本気で罪に苦しむ部分があるか］試して見るといい、とそそのかす。デュランはそのような自分の奥に潜んでいた、そして今は噴火を繰り返す悪の意識のゆえに、自殺してしまう。しかし、佐藤神父は、

［赤岳もむかしは烈しい噴火や爆発を繰り返した山であります。それが今日、これほど静かな山に変わってしもうた。悪というものも同じことじゃと思われます。／我々の悪や罪も、この山のようにとり除くことができる。またとり除くように努力せねばならん。］（同、一八一頁）

と、デュランを思い浮かべながら、語る。信じていると思っている者と、信じられないと思っている者と、どちらが信じているのか、と問うてみたくなる。形からすれば、佐藤神父の方が堅信者であろうが、内面を思えば、デュランほど神を待ち望んだ者はあるまい。デュ

ランは神父であった時よりもはるかに、神を必要とした。また言うが、「丈夫な人には医者はいらない。いるのは病人である」（マタイ九―一二）。

このことは、また「影法師」（一九六八『影法師』新潮文庫）という作品でも繰り返される。というか、「影法師」の冒頭に、遠藤は、「この手紙を本当に出すのかどうかわかりません。今日まで僕は貴方へ三度ほど手紙を書いたことがある」云々、と（ぬけぬけと）書いている。

その神父はその小説家に幼児洗礼を施した。神父は、父のいない彼に父のように厳しく接していた。彼の成績が悪くなると、可愛がっていた犬を捨てさせるように母に命じたり、体の弱い彼に、駆け足をして体を鍛えるように命じたりした。それは、強者にとっては効果があっても、弱者にたいしては時として過酷であったり、稔りをもたらすよりは無意味に傷つけてしまうことになりかねない。彼（小説家）は自分の全てに自信も信念も持っていない男だった。神父は、人間は生涯より高いものに向って努力する存在だと、信じていた。ところが、この小説家と結婚することになった彼女が、神父が女性を抱いているところを見た。憐憫・隣人愛・アガペーが性愛（エロス）に移行したのである。それから三カ月後、神父は神学校を出た。元神父はもはや人生を高みから見おろし裁断する人ではなく、自分が棄ててきた犬の悲しい眼と同じ眼をする人間になった。

ある時小説家は、渋谷のレストランで見かけた元神父が、ボーイが運んできた一皿の食事に、他の客に気づかれぬよう素早く十字を切ったのを見た。元神父は転んだけれど依然として信者である。「影法師」というのはそういうことであろう。そこから本当の宗教が始まる、神父の信じていたものは、そのためにあったのだ、と小説家は考えた……。「だが、わしのような背教者は除外されている」と言う「黄色い人」のデュラン元神父の言葉がよみがえって来る。姦淫の罪を犯した罪びとこそ、救い・慈愛・アガペーを必要とした。

同じ素材、テーマの繰り返しといってもいいが、角度は異なっている。高みにいて信じていると思っている者よりも、低みにいて、懊悩のなかで呻吟し、神を待ち望む者こそ真に信仰者である。恩寵の光がさしこむとすれば、そこであろう。

この神父には、前述のように、上智大学のヘルツォーク神父という実際のモデルがあるらしい。遠藤はヘルツォーク神父とは神戸にいた頃に出会った。厳しい威厳のある強い人物であった。上智大学に移り、『カトリック・ダイジェスト』誌を編集し、後に帰国後の遠藤が編集長になるという仲であった。遠藤は、神父が「姦淫」の罪をおかし、アガペーからエロスに「転び」、還俗して結婚した(一九五七年)ことを裏切りだと思ったが、女性を捨てられなかったのだと思ってからは、敬意をもったという(「影法師」)。遠藤順子『夫・遠藤周作を語る』一九九七)。また山根編年譜によれば、彼以前にも、教会の二階で、日本人の女性と結婚した元司祭がミサにあずかっていた、ということである(「合わない洋服　何のために小説を書くか」『異邦人の立場から』にやや詳しい)。ここにも憐憫の罠に落ちた人間の後の姿がある。

（しかし、何故、カトリックの神父は結婚が許されないのだろう。自分の子供が可愛くなるから、という説明を聞いたことがあるけれど。）

もう一つの「転び者」の系譜がある。「イヤな奴」の登場人物、臆病で気の弱い江木は一週間前も、向うの道を歩いている看護婦をみていて、憲兵に尋問され、「自分が悪くありました。お許し下さい」と手をついて謝ったことがあった。江木はクリスチャンの友人たちと、ハンセン氏病施設愛生園に慰問に行くことになった。

この挿話は、遠藤が、白鳩寮（聖フィリッポ寮）に居たとき、御殿場のハンセン病病院神山復生園に慰問に行ったときの体験を元にしている。明治のころフランスの司祭が設立し、岩下壮一神父が院長をしていたことがある。岩下の門下生吉満義彦が白鳩寮の舎監であったから、寮の行事として復生園に慰問に行ったのである。一晩泊めてもらったが、自分がハンセン病にならぬかと怖れ、その怖れる自分をひどくイヤな人間のように思った。そして翌日、野球の試合をすることになった。遠藤はピンチヒッターとしてヒットを放ち、二、三塁間に挟まれ、足がすくみ、立ちどまってしまった。その時、患者は球を遠藤にタッチするのをやめて、「お行き、なさい」と、静かな声で言った（「ハンセン氏病病院」一九六四『春は馬車に乗って』文春文庫、一三三頁）

（小説では）江木はヒットを放ち、二塁に進もうとした時、一、二塁間に挟まれてしまった。

〔二つのベースにはさまれた江木はボールを持った癩患者の手が自分の体にふれるのだと思うと足がすくんだ。（止まってはいけない）と駆けながら彼は考えた。一塁手が二塁手にボールを投げた。その二塁手のぬけ上った額と厚い歪んだ唇を間近に見た時、江木の肉体はもう良心の命ずる言葉をどうしても聞こうとしなかった。彼は逃げるように足をとめ、怯えた顔で近づいてきた患者を見あげた。／その時、江木は自分に近づいてきたその患者の選手の眼に、苛められた動物のように哀しい影が走るのをみた。「お行きなさい。触れませんから」その患者は小さい声で江木に言った。／一人になった時江木は泣きたかった。彼は曇った空のしたにひろがる家畜のような病舎と銀色の耕作地とをぼんやりと眺めながら、自分はこれからも肉体の恐怖のために自分の精神を、愛情を、人間を、裏切って行くだろう、自分は人間の屑であり、最もイヤな奴、陋劣で卑怯で賤しいイヤな、イヤな奴だと考えたのだった」（「イヤな奴」一九五九『月光のドミナ』新潮文庫、二二二頁。「ハンセン氏病病院」一九六四、『死海のほとり』一九七三、「病院での話」一九七六、にも同じ趣旨の文がある）

「お行きなさい……」という言葉は、ただちに「往きて汝のなすことをなせ」という言葉を思い起させる。イエスがユダに言った言葉である。信念や良心を、肉体の弱さ、気の弱さが裏切ってしまう、ということはよくあることだ。面ではそうやってしまったが、本当はいけないことだと分かっている。恐怖、拷問、金の誘惑、肉体の性的誘惑、飴と鞭。その後一人になった時の罪障感、恥かしさ、自己嫌悪、自己軽蔑、自己弁護……。これはユダの心理の反復であるはずだ。江木やキチジローのような人間は、裏切った自分を許せず、脱落して行くだけであろうか。イエスは自分を裏切ったユダやペトロに恨み言を言わなかった、と遠藤は言うが。否、「人の子を裏切るその人は、わざわいである。その人は生まれなかった方が、彼のためによかったであろう」(マタイ二六ー二四)、「しようとしていることを、今すぐするがよい」(ヨハネ一三ー二七)という言葉と語調は、裏切りのユダを突き放し、棄てたとしか思えない。翻訳、言い方がよくないのかもしれない。

だが遠藤は、イエスはユダの苦しみを知っていたから、もっと優しく、哀しいユダへの思いのこもった言葉と解釈した(造り変えた)。誰一人見棄てないのが母性の慈悲である。摂取不捨。お前も悲しいだろうが、仕方ないかな、と。そういう影におちた時にこそイエスは傍に居てくれる。これがすなわち遠藤の考える母の宗教、同伴者イエスの優しさである。しかし、同伴者がいてくれるとは思えない時もあるのである。

ここで遠藤が挫折した弱者に興味を抱くようになった経緯を書いておきたい。

遠藤は見知らぬ街をふらりと訪れるのが好きで、長崎を訪れたのは、そんな好奇心からだったのであり、仕事のためではなかった、と韜晦(とうかい)しているが、日本のキリスト教を問題にするには長崎は外せない場所であるし、遠藤は取材の目的を持って長崎に行ったのである。

「帰郷」では、伯父の葬儀のために行ったと言っているが、これはフィクションである。大浦天主堂の近くの十六番館に立ち寄った時、「何か黒い四角いもの」が硝子ケースのなかに置かれているのが眼にとまった。遠藤はこれより前から踏絵のことは心に留めていた。一九六一年の三度目の手術の前日に紙の踏絵を見たことがあったという。十六番館の踏絵は十字架からおろされた基督の体を膝にだきかかえるようにした嘆きの聖母像（ピエタ）を銅版にして、それを木のなかにはめこんだ踏絵だった。その木の枠に、黒い足指の痕のようなものがあった。東京に帰ってから、ふとその足の痕を思い出していた。あの黒い足の痕跡を残したのはどういう人たちか。彼らは踏絵を踏んだ時、どういう心情だったか。

「踏絵は上野の国立博物館で今まで幾つか見てきた。今更珍しいものではない。だがこの踏絵には銅牌をはめこんだ木の板に指の黒ずんだ痕がはっきりと残っていた。硝子ケースに頭をつけるようにして見ると、あきらかによごれた足の親指である。これを踏んだ百姓たちの中にはきっと脂足の者もおおかったのだ。私はその銅牌の上に次々とおろされた足を想像した。無造作に踏んでいった足、おずおずと立ちどまったまま、遂にこの銅牌を踏むことのできなかった足」

（「帰郷」『哀歌』講談社文芸文庫、一二八頁。「一枚の踏絵から」『切支丹の里』にも）

作品によって、初めて見たとか、上野の博物館で何度も見たことがあったとか、同工をいろいろ異曲にして書いているが、踏絵に付いていた足指の黒い痕は、遠藤には印象的であった。この小さな心象を種として遠藤の切支丹ものが始まり、ドラマタイズが始まり、膨大な物語に育って行くことになる。

「義のために迫害されてきた人たちは、さいわいである、天国はかれらのものである」（マタイ　五ー一〇）

［潜伏宣教師たちは信徒たちに永遠の至福は拷問にも耐え、死の恐怖にうち勝って棄教しなかった者に与えられ、一方その理由が何であれ、敵側の威嚇に屈して信仰を否定した者は地獄に墜ちるとさえ、はっきり教えていた］（『銃と十字架』一九七九）

宣教師たちは「殉教の心得」という文書を信者たちにまわし、転向することを戒め、拷問を受けている時はイエスの受難のことを思い出せ、と教えた。そして迫害に屈し転向した時は、それにもまして（父なる）神の怒りと裁きと罰（最後の審判のあと、天国か地獄）が待っているとしたのである。その教えは厳しく苛烈なものであった。

これは江戸初期、一六三〇年ころの状況を言っているのだが、切支丹の教義としては変わることはない。そして当然出てくるのは、強者と弱者、つまりいかなる拷問や死の恐怖をもはねかえして踏絵を決して踏まなかった強い人と、肉体の弱さに負けてそれを踏んでしまった弱虫との対比の問題である。そしてさらに言えば前述のように、踏んでしまった弱い者の中にも、罪障感で苦しみ、穏やかな絶望にふさぎこむ者と、逆にニヒリスティックに凶暴になり、聖書を逆さまに読み、逆襲し始める者といる。そのことはさらに、日本人とキリスト教、キリスト教は本当に日本の風土に根をおろしたかといった問題に展開されていった。弱者、すなわち拷問に屈して棄教し殉教者になれなかった者の記録は、日本側も残していないし、キリスト教側もほとんど黙殺に近い態度である。

［だが弱者たちもまた我々と同じ人間なのだ。彼らがそれまで自分の理想としていたものを、この世でもっとも善く、美しいと思っていたものを裏切った時、泪を流さなかったとどうして言えよう。後悔と恥とで身を震わせなかったとどうして言えよう。その悲しみや苦しみにたいして小説家である私は無関心ではいられなかった」（「一枚の踏絵から」『切支丹の里』一九七一、中公文庫、一一九〜一二〇頁）

遠藤が拷問の苦痛に耐えきれず転んでしまった弱い人間の心を推し量って同情するのは、彼自身雲仙地獄で拷問の現場を見、裸にされた体に、穴のあいた柄杓から九九度の熱湯を、ゆっくりゆっくりかけられ、浸けられることを想像してみたからである。自分だったらどうしたか？

［「三浦（筆者注・朱門）君、君はもし、自分の信念を捨てなければここへ浸けると言われたら、どのくらいがんばれるか」／そうしたら、三浦君は嘘は言わない人ですから、「そりゃあ、一分くらいがんばれるかなあ」／と言いましたね。

もう一人、キリスト教の神父さん（筆者注・井上洋治）に、／「あんた、どうですか」と言ったら、彼、怒ったんですな。／「そんなこと、わからん」／と。自分は一生懸命お祈りするけど、そんなことはわからん、と言いましたね。私は待ち構えていたんです。もし彼らががんばれる、と言ったら、もう絶交しようと思って。しかし、私の友人だけあって、そんなばかなことは言わなかったのです。

三浦君が私に、／「遠藤、そんならお前はどのくらいがんばれるか」／と言うので、私だったら、ここへ連れてこられる前に踏絵を踏んでいるか、仮に連れてこられたとしても、その煮えたぎる熱湯の前に立たされたら、その前に気を失っている、と言ったんです」（「ひとつの小説ができるまで」一九七八『お茶を飲みながら』集英社文庫、二六三〜二六四頁。「雲仙」『哀歌』にも）

拷問はのちには穴吊しという方法もとられた。縄で体を雁字搦めに縛り、汚物の入った穴に逆さに吊す。血が逆流し、眼や鼻から流れだすが、そのままでは即座に絶命するので、耳のうしろに穴をあけ、一滴一滴血が滴るようにする。しかしやがて意識が混濁し、死に至る、というものである。フェレイラもこの拷問にかけられたが、『沈黙』では彼の棄教はこの拷問によるものではないという。

［このすさまじい苦痛を味わわなかった者に穴吊りで転んだ者を非難する資格など全くないのだ］（『銃と十字架』）

［そげんにまで耐えしのばなけりゃ、わしらはハライソに行けんのじゃろうか。デウスさまはわしらのような者は見棄てなさるのだろうか」（「雲仙」『哀歌』二七一頁）

遠藤はこう言って、迫害と拷問に屈した弱者のことを慮っている。それは多分に自分自身に引きつけてものを考えているからである。彼は自分が弱者であることを自覚している。

この一枚の踏絵から、最初の切支丹もの「最後の殉教者」（一九五九）が生まれ、「雲仙」（一九六五）、『満潮の時刻』（一九六五）、「母なるもの」（一九六六）、「小さな町にて」（一九六六）、『沈黙』（一九六六）、『黄金の国』（一九六六）といった切支丹ものが続いている。遠藤の想像力と創造力が、「黒い四角いもの」（「帰郷」）から生み出したものは、歴史が切り捨ててきた、英雄にはなれなかった弱い罪びとの心の深い部分に届いている。「丈夫な人には医者はいらない。いるのは病人である」（マタイ九―一二）という言葉を、いとわず繰り返しておきたい。

その弱い人たちの生きた言葉を小説「最後の殉教者」（一九五九『最後の殉教者』講談社文庫）の中に聞こう。この短編が遠藤の最初の切支丹ものであり、『沈黙』の「周作」であることは一読、明らかである。

喜助という男は図体だけは象のように大きいが、体に似合わぬ臆病者で何をさせても不器用だった。（喜助は、遠藤の似姿であろう。遠藤は身長一八〇センチあった）。いわゆる浦上四番崩れ（一八六七）のとき、彼は白洲に呼び出され、ドドイという責苦を受けた。両手両足、首、胸に縄をかけ、それを背の一カ所でくくり合わせ、その縄を梁に巻き上げ、下に立った役人が棒と鞭でさんざんに打ち叩く。そして地面に引き下ろして水をかける。すると縄は水を吸って短くちぢみ、肉にくい入る。叩かれる者の悲鳴と叩く役人の罵声が異様な情景を作り出していた。喜助はほどなく転んでしまった。喜助はその臆病故にユダのごとく裏切り者になり、踏絵を踏んでしまった。心ならずも面従してしまったが、腹の中では、依然切支丹である。しかし喜助は、地獄に堕ちると観念しただろう。

誰も踏んでいいとは言わなかった。同伴者はいなかった。同伴者は人を選ぶのだろうか。何時でも、何処でも、誰でも、その都度、顕れてはくれないのだろうか。その都度踏んでいいと言っていたら、基督教は崩壊してしまう、か。

江戸幕府が倒れたが、明治新政府は切支丹禁制を解かなかった。浦上中野郷の二八人の信徒が津和野の光淋寺（カトリック浦上教会発行の『旅の話』では、光琳寺）に流罪になった（信者たちはこれを「旅」と言った）。そこには、薄い氷のはった池につきおとされたり、三尺牢に閉じ込められたり、という拷問が待っていた。一六人がついに転んだ。彼らは即刻牢から出され、あたたかい食事と酒を与えられ、数日後解放された。

残った一二人のために、肉親がよばれ、老母や幼い弟妹を彼らの前で拷問した。甚三郎の弟祐次郎は、寒風の中で丸裸にされ、杉丸太を組んだ十字架に縛り付けられ、捨て置かれた。夜には役人が水をかける。鞭で打つ。鞭の先で耳や鼻をえぐる。一週間して一二歳の少年は息を引きとった。同伴者はいなかった。見棄てられていた。最も医者が必要な時に、救急車は来なかった。

［（なぜ、ゼズスさまは助けてくださらんのじゃろうか。なぜゼズス様はあげんなムゴい責苦を子供が忍ぶのを黙って見ておられるんじゃろうか。なんのために忍ぶんじゃ。弟や妹まで死なせてなんのための信仰じゃ）］（［最後の殉教者］一九五九、一二三頁）

神はいつも共にいる（インマヌエル）はずなのに、氷のような神の沈黙が怖しくなった甚三郎の信仰がゆらぎ始める。徴が欲しいのは当然である。沈黙するなら沈黙するで、その理由を教えて欲しい。

三尺牢の板の穴から庭をぼんやり見ていると、長崎で転んだ喜助の姿が眼に入った。喜助はなぜ自分がこの津和野に来たのかを甚三郎に話した。他の皆も聞いていた。長崎で転んだ喜助は、恥ずかしさと苦しさにたえかねて、それを忘れようと、酒もくらい、悪い遊びにもふけった。だが、心の苦しさはついてまわった。

［わしのような臆病なもんはどうすればええのじゃ］

［なんでおらは、こげんな運命に生れあわせたとじゃ］（同、二七頁）

甚三郎さんたちは心の強い、勇気のある人じゃった。自分は、他人に手を振り上げられただけで足もすくみ、真青になってしまう意気地のない性格で、そのために教えを信ずる気持ちはあっても拷問だけはとても辛抱できない。もしも、信仰の自由な時代に生まれていたら、ゼズス様を裏切るようなことは決してなかったはずだ。こんな面従腹背はなかったはずだ。そう思うと、彼は天主さまの非情さが恨めしかった。その時、喜助は一つの声を聞いた！

と、小説の語り手は言う。この声は『沈黙』を初めよく出てくるのだが、これはどういうことだろうか？（宮沢賢治の謂う）「出現罪」⁉

［みなと行くだけでよか。もう一ぺん責苦におうて恐ろしかなら逃げ戻ってもいい。わたしを裏切ってもよかよ。だが、みなのあとを追って行くだけは行きんさい」（二八頁）

誰が言ったのか？　甚三郎には沈黙していたのに転んだ喜助のためには神は喋った。この言葉は「往きて汝の好むことをなせ」（ヨハネ一三－二七）ということであろうか。しかもその新しい解釈であるか。と言うより、ユダの裏切りによって逮捕されたイエスのあとをついて行き、なりゆきを見届けようとしたペテロの行為（マタイ二六－五八）の反復であろう。喜助は茫然として、拳を顔にあて、声をあげて泣いていた。

喜助の話を聞いた甚三郎は、自分がこの二年間苦しみに耐えてきたこと、弟が死んでも信仰を棄てなかったことが無駄ではなかったと思った。翌日、喜助は三尺牢に入れられる。甚三郎は「なぜ、ゼズスさまは助けてくださらんじゃろう」と言うのだが、これはこのような危機に瀕した人間が皆思うことである。深い淵から山に向って目をあげ、恩寵の光を待ち望む。素朴な、真摯な願いである。即ち、

「主よ、わたしは深い淵からあなたに呼ばわる。／主よ、どうか、わが声を聞き、／あなたの耳をわが願いの声に傾けてください」（『旧約聖書』詩篇第一三〇番）

「わたしは山にむかって目をあげる。／

わが助けは、どこから来るであろうか」(同、詩篇第一二一番)

ということであろう。これは神の徴、助け、救い、奇蹟を求める言葉であろうが、危機に瀕した人間は、あらぬ彼方を見上げて、この絶望と呪詛がないまぜになった言葉をつぶやく。同伴者の徴を探して。これを現世利益と言ってしまってはいけないものと僕は感じる。《しかし、いくら待っても、悟道(ゴドー)は来ない。》

しかもそれはイエス自身が十字架上で、「主よ主よ、なんぞ我を見棄てたまうや」とつぶやいた言葉に照応する。イエスが言ったこの言葉は、このままでは神への絶望の言葉に違いないが、遠藤によると、この言葉は「詩篇第二二番」の冒頭の言葉で、それはやがて転調して行き、「子々孫々、主に仕え、／人々は主のことをきたるべき代まで語り伝え、／主がなされたその救を／後に生れる民にのべ伝えるでしょう」と結ばれ、詩篇全体としてはやはり神への賛歌である(『イエスの生涯』一九七三、新潮文庫、一八四頁)。そしてそのように、全体としては、この「最後の殉教者」も転調して行く。それは遠藤の基督教理解と軌を一にしているのかもしれない。

神の試練に耐え兼ねて、ヨブも「なぜ、神さまは助けてくださらんのじゃろうか」と思ったのだ。ヨブは、「わたしの生まれた日は滅びうせよ」(『旧約聖書』ヨブ三―三)と神を呪い叫ぶに至る。しかしながらヨブは結局、「無知の言葉をもって、神の計りごとを暗くするこの者はだれか」(ヨブ三八―二)という神の言葉を聞き、「ちり灰の中で悔い」(ヨブ四二―六)る。

そして旧に倍した繁栄を神に与えられ（ヨブ四二―一〇～一七）、年老いて死んだ。（しかしこの最後の部分は、『死海のほとり』のアナス大祭司によると、作り話であり、元の話はみじめな結末だったという。）主人公ヨブはそれでよしとしたのであろうが、ヨブを試みるための材料として神に殺されたヨブの子供たちはどうなるのだろう。その子たちにもかけがえのない人生はあったはずなのに。めでたしめでたし、と言うわけには行かない。

拷問で殺されてしまった弟の祐次郎はどうなるのだろう。神の出番はむしろこの少年が責苦に合わされている時、いや合わされる前、いや、津和野に連れられてくる前、いやもっともっと前、ずっとずっと前、「地の基をすえた時」（ヨブ三八―四）、だったのではなかろうか。

それから、その他の多くの殺されたり転んだりした人たちはどうなるのだろう。人を裏切り、神を裏切ってそれでもまともな精神で生きていける人間がいるだろうか。強い者に対しても弱い者に対しても、氷のような沈黙を続けるのは神の父性であり、やがて神の母性が沈黙を破って語りかけ、許しの声を発するに至る！　転んでしまった喜助のところに神は現れて、「わたしを裏切ってもよかよ」と（長崎弁で？）声かけるのは、むしろ残酷なのではあるまいか。人間は何度もの堕落に耐えられるものではない。父の優しさを、と僕は言いたい。

神の言葉が聞こえた以上、神は居るのであろうが、むしろ拷問する者、させる者の所に顕現して、言うべきことを言えばよい。かつて迫害者パウロに顕れて回心せしめたように（使徒九―一～九）。遠藤は、ベルナノスの言葉として、信仰とは九〇パーセントの疑いと、一〇パーセントの希望である、と言っているが、ここでもそれはあてはまるのである。否、疑いの割合はもっともっと多いだろう。《居ない、と考えた方がすっきりするのでは》

次に『沈黙』（一九六六）について多少詳しく初めから考えてみたい。そして、キリスト・イエスとはどういう人物か、キリスト教の歴史を、極く簡単に述べる。

旧約聖書の神話によると、「はじめに神は天と地とを創造された」。そして、神は「光あれ」と言い、すると光があったので、「良し［グッド］」（創世記一－三）と言ったのだったが。（実は、影・陰もできたのだった。）新約的に言えば、「初めに言（ことば）があった。言は神と共にあった。言は神であった」（ヨハネ一－一）。言とはロゴス、理性、論理、理法ということである。ちょっと、言い換えると。「きれいなおはなやかわいいことりたち。わたしたちのまわりには、すばらしいものがたくさんあるわ」。「ほんとうに。かがやくたいようやよるのおつきさま。こんなすばらしいものをおつくりくださったかたとは、どなたなんでしょう」（某カトリック幼稚園の聖劇のせりふ）。スピノザ（一六三二～一六七七）ならば、「自然即神」言うのだろうか。

神さまはこの宇宙を創造した訳だが、思えば失敗続きだった。エデンには既に悪魔がいたし、悪魔に唆されて、イヴは知恵の木の実を食べた。善悪を知るようになったイヴは、アダムを唆して、アダムにも食べさせたのだった。その長男カインは弟アベルを殺したし、人間の悪が止まないので、ノアに命じて箱舟を作らせ、四〇日間の大洪水で世界を浄化（リセット）したはずが、相変らず人間の強欲傲慢は止まず、バベルの塔を築き、ソドムとゴモラといった頽廃堕落した街をつくり、これも滅ぼしたが、なお相も変らず戦争の連続で、今日に至る……。それが「神の計りごと」？《コスモスや地球は神の失敗作》《嗚ー呼》

イエス Jeshouah が生まれたのはＡＤ一年ではない。（ＡＤは Anno Domini〈ラテン語〉、主の紀元〈キリストが生まれた年〉という意味。ＢＣは Before Christ。イエスはＢＣ四〜七年の間に生まれている。六世紀の修道士エクシグウスが計算間違いをした）。一二月二五日生まれでもない。聖書に誕生日は書かれていない。当時ローマ領であったベツレヘムで生まれた。ヨゼフと母マリアの子。父と同じく大工であった。ヤコブ、ヨセフ、シモン、ユダといった兄弟妹が数人いた（マタイ一三ー五三）。従兄弟という説もある。ユダヤ人であり、ナザレで育った。半年早く生まれたヨハネに洗礼を受けた。（ヨハネの誕生日として夏至をあて、イエスの誕生日として冬至の翌日〈一陽来復〉をあて、一年の始まりとしたかったのだろう。現行の一年の始まり、一月一日には天文学的な根拠がない。）

イエスは十字架に掛けられ、死の直前に三つの言葉を発した。

「わが神、わが神、どうしてわたしをお見捨てになった」（マタイ二七ー四六）

「父よ、彼らをおゆるしください。彼らは何をしているかわからずにいるのです」

（ルカ二三ー三四）

「父よ、私の霊をみ手にゆだねます」（ルカ二三—四六）

キリスト教の核心を一言で言えばキリスト・イエスの隣人愛の教えと、受難と復活である。イエスが十字架の上で死んだ（イエスの没年は諸説ある）ということ（受難）は、人類を罪から救うこと（贖罪）である（このことが福音）、と言われるが、それにしては創世記以来相も変らず人間は罪を犯している。なぜイエスの死が全人類の罪を背負い贖うことになるのか、がよく分からない（パウロの説だというが）。一人の死は一人の死である、としか思えないのだが。いや、そこが宗教だと言うのだろうが。（復活については後述。）

一二使徒はローマ帝国内で布教を始めたが、弾圧と迫害に遇う。迫害時代、カタコンベ（地下墓所兼礼拝所）に隠れ、イエスの象徴として魚を描いて信仰を守った（「イエス　キリスト　神の子　救い主」のギリシャ語 Ieus Christos Theou Uios Soter の頭文字ＩＣＨＴＨＵＳは魚という意味になるから）。

ＡＤ三三年、または三七年、熱心なパリサイ派で迫害者サウロ（ヘブル名。パウロはラテン名。ＡＤ一〇？～五九？、または六七？）がダマスコの近くに来た時、突然天から光がさして来た。サウロは地に倒れたが、その時、「サウロ、サウロ、なぜわたしを迫害するのか」と呼びかける声を聞いた。「あなたはどなたですか」とサウロが訊くと、「わたしはあなたが迫害しているイエスである。町へ行きなさい、そうすればそこであなたのなすべきことが告げられるでしょう」というこたえがあった。サウロが起き上がると、何も見えなかった。彼は三日間目が見えず、飲食もしなかった（使徒九―三～九）。これがサウロの回心の模様である。以後、パウロ（＝サウロ）はイエスの受難と復活の意味を知り、キリスト教の布教に邁進し、各地に手紙を送り、それが福音書の一部となる。キリスト教の神学はパウロがプロデュースしたとも言われている。

Q資料（Quelle 資料、イエスの言行録）が書かれ、AD六五年ころ、マルコの福音書が書かれ、八〇年ころ、マタイとルカの福音者が書かれ、九〇～一〇〇年ころ、ヨハネの福音書が書かれた。パウロは各地に手紙を送り、他の人の手紙も合わせて新約聖書が成立した（遠藤編『キリスト教ハンドブック』五七頁）。

ＡＤ三一二年一〇月、コンスタンティヌス帝（二七二～三三七。ローマ西方副帝）はマクセンティウス帝（東方正帝）と、ティベル川のミルヴィウス橋で戦うが、その前日、光につつまれた十字架の徴と、「これにて勝て」という（教唆の？）文字を大空に見た（前夜、夢に見たとも）。そこでキリストを意味するギリシャ語の最初の二文字ＸＰを組み合わせた徴（キー・ロー。後にラバルムとよばれる帝国の軍旗に取り入れられた）を旗や楯につけて戦ったところ、大勝した。「殺すな」というモーゼの戒律を知らないはずはなく、かつて、「剣をとる者みな、剣で滅びる」（マタイ二六―五二）と言い、「敵を愛し、迫害する者のために祈れ」（マタイ五―四四）と言っていたのに、キリストは軍神として顕現したのである！　コンスタンティヌスの勝手な解釈・誤解かも知れないが、これに感謝して、西方正帝となったコンスタンティヌスはキリスト教に入れ込んだ（洗礼は受けていない。受けたのは死の直前）。翌三一三年、リキニウス東方正帝とともにミラノ勅令を発し、万人に信教の自由を公認した。三二四年、リキニウスも破り、一人皇帝になり、新都建設に着手した。三二五年、ニケーア公会議を開き、アタナシウス派の三位一体説を正統とし、神とイエスは同位ではないと言うアリウス派を異端として退けた。

当時、ローマはキリスト教から見て「異教徒」、ローマの神々の神殿やコロッセウムなどが多くあり、コンスタンティヌスは、新しい政治、宗教、文化を作ろうとして、キリスト教の勢力が西方より強かった東方の、ボスフォロス海峡に突き出た半島の小さな要害の町ビザンチウム（現イスタンブール）に、わずか六年で新都を建設し、教会を造り、政治経済の機能も移し、三三〇年、コンスタンチノポリス（コンスタンティヌスの都）と改名し、神に捧げた。キリスト教は権力と結びつき、権力は権威の、権威は権力の、相互利用が始まり、王権神授の形を作った。三八〇年にはテオドシウス帝によって、ローマ国教となり、相互利用は定着した。（井上洋治『私の中のキリスト』主婦の友社、一九七八。塩野七生『ローマ人の物語35〜37　最後の努力』新潮文庫。『ブリタニカ国際百科事典』）

キリスト教はとりあえずローマ帝国内（ヨーロッパ・地中海）で領域を広げ増長していった。多神教から見れば、キリスト教も多くの中の一つであるが、キリスト教から見れば、一神教の唯一神は他の宗教を認めない普遍的（カトリック）なのである。ヤハウェ（Jehovah エホバ）のほかえる。

に神はなし。福音を伝えなければならないのだから、やがて勢力を拡大し、他の宗教の迫害を始める。十字軍や魔女狩りを行い、迫害する側になって行った。やがて大航海時代を迎える。

「汝等全世界に往きて、凡ての被造物に福音を宣べよ。信じ洗せらるる人は救われ、信ぜざる人は罪に定められん」(マルコ一六ー一五)という言葉が福音書にある。しかし、イエス本人が本当にこんな(独善的な)こと言ったのだろうか。マルコの終部は一行空きの後、〔 〕括弧で括られ、その中にこの言葉がある。誰かの加筆?

キリスト教を信じない人は罪びとになるって? 次に言うように世界史的状況の中で、中南米・北米での悪業を見れば、キリスト教徒こそ罪びとではないか? 独善の魔、善魔である。Aの神はBの悪魔である。善いことをしているという意識がある分、厄介で手に負えない。単に強欲で邪悪なだけである。イエスとキリスト教徒は違うのである。神は黙って見ていたのか、黙認していたのか? 世界を創りっぱなしの神なんて……。子供を生みっぱなしの親なんて……。《吉四六さんの「西瓜の番」ではあるまいし、見ていただけなのか?》《ぎっくり腰で動けなかったのか。》

スペインは、七一一年にイスラム教徒ムーア人に征服され、七二二年に国土を取り戻す運動(レコンキスタ)を開始し、一四九二年、最後まで残っていたグラナダ地方を国土回復した。同じ一四九二年、クリストファー・コロンブス(一四四六頃〜一五〇六)は、スペイン女王イザベラとの間に、発見し征服する島々と陸地の提督にコロンブスを任じ、あわせて副王および総督に任命し、諸産物の利益の一〇分の一をコロンブスの所得とする、というサンタフェ協約を結び、つまり政治経済的な強欲な理由から西回りでインドに行こうとした（別に地球が丸いことを証明しようとしたわけではない）。八月、サンタ・マリア号など三隻で航海し、そして一〇月、到達した西インド諸島（バハマ諸島）の小島（ウォトリング島。先住民はグァナハニ島と呼んでいた）をサン・サルバドル島（救世主の島）と名づけ（救世主（キリスト）・イエスもびっくり仰天しただろう）、王旗を掲げ、女王イザベラと王フェルナンドの名においてこの島を占有すると宣言し、記録させた（つまり征服・コンキスタである）。新大陸のない頭の中の地図に現実を合わせようとして、そこをインドだと思い込み、そこに住む人々をインディオと呼んだ（北米では後にイギリスが侵出したのでインディアンと呼んだ。今はネイティブアメリカンという）。コロンブスは実は「アメリカを発見」したのだが、いや、もちろん原住民が居たのだが（発見しなければもっとよかった、とマーク・トウェインは言っている）、生前、その一帯が新大陸（の島々）であることも、「南の海」（太平洋）があることも知らなかった。そこが新大陸だなんて、（ユダヤローカルの）神も、（インド人である）お釈迦様でもご存知なかったのである。

コロンブスを出迎えたインディオは貧弱な武器しか持ってなかったので、コロンブスは恐れるに足りないと思った。しかし、身につけた装飾品に金があった。カリブ・プレートの境にあるため金が出たのである。コロンブスは、マルコ・ポーロの言っていたアジアの東端「黄金の国ジパング」を思い浮かべた。野心が膨らんだ。「約束の地」とでも思ったのか。

コロンブスはエスパニョーラ島（ドミニカ、ハイチの島）に建設したイザベラ市を中心に活動したが、原住民にひどいノルマを課し、やがて金は掘りつくし、ザ・ファースト・パイレーツ・オブ・カリビアンになって、カリブ海の島々・沿岸を荒しまわった。大航海時代といえば聞こえはいいが、その実態は侵略と植民地化、優越感と強欲と邪悪の地獄図である。彼等がもたらしたのは福音ではなく最悪の災厄であった。殺すな、というモーゼの十戒は無視された。否、キリスト教徒ではない原住民は人間ではなかった！　だからそこは無主地であった！　キリスト教世界では、無主地（所有者の居ない土地）は最初に見つけた者の君主に領有権があることになっていた。

アリストテレス（BC三八四～三二二）は『政治学』の中で、「先天的奴隷人説」を述べている（そうだ）。人類の特定の一部は奴隷たるべく自然によって生まれつき定められており、労働を免れた徳高き生活を営むべく生まれた主人に、奴隷として奉仕する、等と言っている。これをアリストテレス学者で法学者のフワン・ヒネス・デ・セプルベダ（一四九〇～一五七三）がスペインで声高に主張し、インディオに適用した（しかし、ラス・カサスは「インディオは理性を具えた人間なのだ」、「不正の獲物を供物にするのは（神を）侮ることである」と言って反対した。後述）。インディオは粗野で劣等である。彼らに優越するスペイン人は彼らの主人である。拒否すれば、武力によって服従させ、土地財産を没収し、支配する（L・ハンケ『アリストテレスとアメリカ・インディアン』一九五九、佐々木昭夫訳、岩波新書、一九七四）。

何という勝手な言草か。人間を人間扱いしていない。戦争を仕掛けて、打ち負かして奴隷にする（まるで暴力団の遣り口だ。暴力団がまねたのか）。ギリシャ・ローマの昔から、こう言う薄汚い手合が（悪か）、この世界ではのさばって来たのだ。ギリシャ哲学もギリシャ民主主義も奴隷労働の上に成立していたのだと思うと、一遍に色褪せてしまう。

一四九四年、スペインとポルトガルが、我が物顔で、勝手に取り決めたトルデシーリャス条約を、ローマ法王が、我が物顔で、勝手に承認した。福音を伝えること、つまり原住民をカトリックに改宗させることが条件だった（これは安部公房が言う「友達」の顔をした侵略である）。まさに、ヤハウェの他に神はなし（モーゼの十戒）である。唯一神の悪魔性である。

アフリカ西岸のヴェルデ岬諸島から西方三七〇レグアの西経四六度あたり（アマゾン川河口辺り）を境に、西側をスペイン、東側をポルトガルの伝道範囲、新領土取得範囲とした。日本はポルトガルの領域となっていた。スペインはそこの土地・原住民もろとも領有し（植民地にし）、その際の残虐・非道は中南米に地獄を現出させた。ポルトガルはゴアやマラッカ、マカオなどを拠点に交易・布教するというスタイルだったので、そこまで酷くはなかった。（日本は切支丹弾圧と鎖国で押し返した、とも言える）。フィリピンはマゼランが最初に到達した（一五二一年）ので、スペイン領になり、フェリーペ二世に因んでフィリピンという名になった。

一五一九年、エンコミエンダ制（新たな獲得地の経営を、本国の有力者や、戦争で功績のあった者に委託する制度。諸悪の根源）でこき使われていたインディオの間に、ヨーロッパから持ち込まれた天然痘が大流行し、ほとんどのインディオが死んでしまった（代わりに？インディアスから持ち帰った梅毒がヨーロッパに広まった）。そしてサトウキビ栽培などの労働力として、アフリカから黒人が奴隷として連れてこられ、使役された（現在もその子孫がカリブに暮している）。

スペイン人キリスト教徒が（日本から見て）地球の裏側、中南米・北米で行っていた破倫、非倫、不倫、無倫、暴虐無道、極悪非道の加害こそ、神への裏切りであり、侮辱ではないか。

一五一三年、バルボアは配下のフランシスコ・ピサロ（一四七八？〜一五四一）とともにパナマ地峡を越え、「南の海」（太平洋）を「発見」した。ピサロはさらに南を目指し、二回の探検を行った。一五二八年、いったんスペインに戻り、国王に遠征（征服）の援助を求めた。このときピサロは、一五二一年にアステカ帝国（メキシコ）を滅ぼしたコルテス（一四八五〜一五四七）に会い、敵の王を生け捕りにするよう秘策を授けられた。ピサロは兄弟、従兄弟らを引き連れて南米に戻った。

一五三一年、ピサロは一八〇人足らずの兵隊を率いて、三回目の探検――遠征に出た。そのうち、四人でインカ帝国のアタワルパ王の乗った輿に近づき、「サンティアゴ！」と叫んで王を生け捕りにした。サンティアゴはスペイン語で聖ヤコブのことである。聖ヤコブは一二使徒の一人でスペインの守護聖人となり、ここでは「かかれ！」という合図になった。ここでもキリスト教は軍神であった。そこの政治体制を利用して、生け捕りにしたアタワルパ王を傀儡支配し、金銀を集めさせ、略奪し、住民を虐殺し、やがて王を殺しインカ帝国を征服した（一五三三年）。キリスト教徒は戦争には強かった。神は人間の自由を尊重した?!

「インディオは理性を具えた人間なのだ」、「不正の獲物を供物にするのは（神を）侮ることである」と言ったバルトロメー・デ・ラス・カサス（一四七四～一五六六）が、この中南米一帯での酸鼻きわまる事態に与えた言葉を列挙してみよう（『インディアスの破壊についての簡潔な報告』染田秀藤訳、岩波文庫。『インディアス史』一～七巻、長南実訳、岩波文庫）。

血も涙もない無法者、忌まわしい虐殺者、略奪者、盗賊、悪人、インディオの魂の救済に無関心、欲望と野心に汚れ、イエス・キリストを裏切り、否定し、冒涜したヤツラによる、殴る、蹴る、鞭や棒による乱暴、耳や鼻を削ぐ、手を切断する、不正、圧制、虐待、強奪、圧迫、迫害、強姦、陵辱、暴行、暴虐、邪悪、残虐非道、極悪無慙、残酷、冷酷、拷問、襲撃、奴隷狩り、殺戮、殺害、虐殺、八つ裂き、火攻め、火あぶり、村と畠の荒廃、破壊、絶滅、壊滅、人類最大の敵、等々。

彼らは自分たちが何をしているのか、わからずにいたのか？

「ダメ!」(後述)と言う者は誰も居なかった。こんな、人を人とも思わぬことが赦されるとは、神など居ない、に等しい。神は沈黙して見ていたのか。黙認していたのか。神はスペイン人キリスト教徒もインディオも見棄てていたのか。見過ごしていたのか。見逃していたのか。見落としていたのか。見放していたのか。見失っていたのか。見限っていたのか。見殺していたのか。見て見ぬふりをしていたのか。見ていなかったのか。ボーッと昼寝していたのか。留守だったのか。居留守だったのか。吉四六さんの「西瓜ん番」だったのか? 不在なのか、非在なのか? 無頓着? 沈黙は加担!

インマヌエル(「神われらと共にいます」マタイ一―二三)の神はそこに顕れて、そういうことはやめろ、それは罪悪だぞ! と言うべきではなかったか。「殺すな」というのはモーゼの戒律である。イエスがパウロに顕現したように(使徒一三―九)、やめろ、と言うことはなかったのか。かつては「わたしが行ってなおしてあげよう」(マタイ九―一三)と言っていたではないか。『おバカさん』で、殺し屋「遠藤」に撃ちかかろうとする小林に、ガストンが「ダメ!」と叫んで押し止めたように。その声はガストンのものであってガストンのものではない(後述)。

スペイン人は残酷である。この残虐非道のどこに隣人愛があるか。彼らに罪の自覚はあるのか。恥ずかしくないのか。これは罪悪である。人間はここまで残酷になれるのだ。Aの神はBの悪魔である。キリスト教徒が人間なら、インディオは人間ではない。インディオが人間なら、キリスト教徒は人間ではない（石原吉郎の言葉をもじった）（拙著『石原吉郎の位置』参照）。彼等は自分が何をしているのか分からずにいた（ルカ二三―三四）のだろうが、赦されることだろうか。まったく、善魔＝悪魔は厄介である。ニキリスト（＝ニヒリスト＋サディスト）と呼ぼう。

侵略者は神に感謝を捧げた⁈ 福音(エヴァンゲリオン)とは、勝利の良い知らせという意味である。まさか神は侵略の同伴者として喜んでいた？ それも厳父の神は怒り、裁き、厳罰を下しただろうか？？？ 空は碧く、海も碧く、鳥が飛び、蝿も飛んでいた……。

「不正の獲物を供物にするのは、侮ることである。悪人の供物を、主は受け入れない」とラス・カサスは言ったが、神はそこに、少なくともキリスト教徒の内心に、顕現して、そういうことはやめろ、と言って徴を顕すべきではなかったか。神はここでも「沈黙」し、黙認していた。神は極悪のスペイン人キリスト教徒に侮辱されていた。神はスペイン人キリスト教徒も、（キリスト教から見て）邪教徒インディオも、両方見棄てていた。それとも軍神は自分の領域が増えることを讃美していたとでもいうのか。

《否、むしろ、神など居ないと考えた方がすっきり理解・了解・納得・絶望できるのではないか。居ない徴。まことしやかな神など、居ない。ここでは自然はむき出しのニヒル、ハードでワイルドでサディスティックな弱肉強食以外ではない。》

遠藤の『侍』の使者たちが太平洋を渡り（一六一三）、ノベスパニヤ（メキシコ）のアカプルコに着き、陸路を横断して行く途中の村で、肥前横瀬浦生まれの修道士（名前が出てこない）に出会った。彼は父母を戦で亡くし、神父に拾われ、切支丹の迫害が始まると、神父は彼をマニラの神学校に入れるよう同輩に頼んだ。そこもスペインの植民地であった。彼はマニラにいた頃から、聖職者に嫌気がさして来ていた。知り合った水夫に誘われ、ノベスパニアに渡ってきた、という。そして、パードレさまの説く切支丹は信じていない、なぜなら、この国にむごいことがあって、インディオたちは南蛮人に［土地を奪われ、故郷を追われ、むごたらしく殺され、生きていた者は売られた］ことを知っていたからである。後から来たパードレたちは、権力に奉仕し、そのことに素知らぬ顔で、美しい言葉だけを語り神の愛を説く。そのことに嫌気がさして、自分はこうしてインディオの中に入っている、と言う。

［パードレさまたちがどうであろうと、私は私のイエスを信じております。そのイエスはあの金殿玉楼のような教会におられるのではなく、このみじめなインディオのなかに生きておられる——そう思うております］（『侍』一九八〇、新潮文庫、一七七頁）

彼は『深い河』の大津の前身ではないか。彼は「一人イエス」になろうとしていたのだ。椎名麟三がクリスチャン（プロテスタント）の洗礼を受ける時（一九五〇年）、埴谷雄高は、独立した文学者が、一つの迷妄のピラミッド構造であるキリスト教団に入る必要はない、「一人イエス」になるようにすすめたのであった。

キリスト・イエスとキリスト教徒は違うのである。イエスは人間の低みを生きたのだが、キリスト教徒は強欲にして邪悪だった。それが分かっているなら、この修道士には（したがって遠藤には）、土地を奪い、故郷を追い、むごたらしく殺し、生きていた者を売った南蛮人キリスト教徒の、人を人とも思わぬサディスティックな所業を、ラス・カサスがやったように、調査記録する仕事もして欲しかった、と僕は思う。遠藤にも、その、つまり「白い人」たちの悪業を、小説（大説ではなく）に書いてほしかった。それがないから、遠藤の文学はどこか楽天的なのであろう。

遠藤はこの件について次のように言う。

［たしかに彼等の船は日本人に珍奇な品々を運んできたが、彼らはそれよりも素顔をむき出しにして日本と向きあったのである。その素顔とは西洋文明や文化の背後にある基督教という彼らの信仰だった。そしてまた東洋を侵略しようとする彼らの貪欲な征服欲だった。この二つの矛盾した素顔を西洋は露骨に日本にみせたのである」（「私のキリシタン」一九七九『よく学び、よく遊べ』集英社文庫、二三一頁）

遠藤は基督教の、「友達」（安部公房）の顔をして侵略する胡散臭さは分かっていたのである。このことを認識した上で、次のザビエルに始まる基督教布教の際、頂上作戦をとったことを読んで行こう。これもポルトガルだったからまだよかった？　が、スペインだったらとんでもないことになっていたかも知れない。

《この際、ついでに一言言っておきたい。昔、新聞の、確か日曜版で読んだのだけど、そのバチカンの金殿玉楼を訪れたあるカトリック女性作家は、その豊かさは神の国の豊かさを表わしている、とか言っていたが、何を（略）言っているのか、「野の百合がどうして育っているのか」（マタイ六―二八）、知らないはずはなかろう、と思ったことがあった。》

やがて一六世紀の中ごろからイギリスが中南米から北米へ侵略を開始する。

そうした大航海時代の流れの中で、三年も四年もかけて、波濤万里を越え、福音（エヴァンゲリオン）（勝利の良い知らせ）を伝道するため、一五四九年、ポルトガルのイエズス会のフランシスコ・ザビエルが鹿児島を初め、基督教を日本に伝道した。ただし、彼等は貿易船に乗ってやって来たのであって、貿易船には貿易船の経済的理由があったのである。商人はたやすく越境し、商品を売りつける。もちろん、鉄砲、大砲も積んでいて、そっちに興味のある日本側の連中も多くいて、経済的理由が主で洗礼を受けた訳である。宣教師も、戦国大名が受洗すると家来もこぞって受洗することから、頂上作戦を取っていた。聖書を持って来た人と、鉄砲や財布を持って来た人は別人だったかも知れないが、頭には選民意識（エリート）、優越感があったことは共通している。

ザビエルは薩摩藩の保護下に布教を始めたが、信者の増え方に驚いて、よくよく聞いてみると、ザビエルの言うデウスを大日如来のことだと誤解していたからだった。折から戦国時代であり、鉄砲、弾薬、弾丸、などの需要が大きくとぶように売れた。その他、南蛮渡来の珍しい品物、地球儀、望遠鏡、オルガン、バイオリン、印刷機などが新し物好きの大名に献上された。貿易船に乗って宣教師も多く訪れ、宣教師を介して南蛮渡来の珍奇な品物が取引きされた。大村氏の長崎・大村、有馬氏の島原、大友氏の豊後、大内氏の山口、地球儀を見せられて驚いた織田信長が切支丹に理解を示した京、大阪など、一時は四〇万人の日本人が帰依し、有馬セミナリヨ（神学校）、安土セミナリヨや府内コレジオ（学院）がつくられ、一五八二（天正一〇）年一月、大友、大村、有馬氏は遣欧少年使節四人を派遣するなど、活況を呈したのであった。東方の三博士のイメージで、本当は三人でよかったのだが、長旅で何かあってはいけないので、一人をスペアとして四人にしたのだそうだ（若桑みどり『クアトロ・ラガッツィ　天正少年使節と世界帝国』集英社、二〇〇三）。同年六月、明智光秀は織田信長を本能寺に襲い、自害させた。備中高松城を水攻め中だった羽柴秀吉は、急遽毛利側と和議を結び、清水宗治を自害させ、中国大返しを敢行し、明智を山崎の戦いで破り、覇者となった。秀吉は一五八五年関白となり、八六年には太政大臣となり、天皇から豊臣の姓をもらった。

ドン・フランシスコ（大友宗麟）は日向・延岡の北川の河口近く、右岸の高台に切支丹の楽園を造ろうとし、無鹿（務志賀）と名付けた。無鹿はラテン語のムシカ、英語のミュージックということで、オルガンやバイオリン、コーラスなどの宗教音楽の流れる神の楽園ということであろう。ドン・フランシスコはすでに、自分を含めて、裏切りや狡知、奸計、権謀術策、殺し合いに明け暮れる日々に疲れ果て、嫌気がさし、罪の意識に苦しみ、神の平安を求めていたのかも知れない。

しかし薩摩島津氏が北上し（一五七八年、耳川の戦い）、ドン・フランシスコは無鹿を捨て、臼杵に退いた（その後津久見におちついた）。一五八四年、島津氏は九州西部の龍造寺氏も破り、筑前に侵入し、一五八六（天正一四）年七月、大友方の高橋紹運を岩屋城（大宰府）に破り、立花城の高橋統虎（むねとら）（紹運の息子、立花道雪の養子、後の柳川藩主立花宗茂）は持ちこたえたが、九州の覇者になろうとしていた。一五八六年四月、大友宗麟は大阪城に豊臣秀吉を訪ね、島津征討を要請していたが、その秀吉の援軍が近づいていた。

一五八六（天正一四）年一〇月、島津征討の秀吉の先兵、黒田孝高（よしたか）（軍監）・毛利輝元・吉川元春・小早川隆景軍二万八千は、島津側の秋月氏－高橋元種の豊前小倉城を攻め、元種は香春岳（かわらだけ）城に退く。次に一一月七日、島津氏－高橋氏側で、薩摩の野郎が駐屯していた宇留津（うるづ）城を襲った。宇留津城の加来与次郎は父専順を香春岳城に人質に取られていたので、「孝順の名」を残そうして、薩摩の野郎を含めて二千人（三千人とも）で篭城し戦ってしまった。黒田軍は「首一千余級、焼死にたるもの員（かず）を知らず、生捕りたる男女四百人を磔に掛け」た（『陰徳太平記』）。これは見せしめであった。秀吉はサディスティックにも「豊前宇留津城去七日責崩、千余首を被刎、其外男女不残はた物に相かけられ候儀、心地よき次第候」と感状に書いている（『黒田家譜』）。千数百人も殺しておいて、「心地よき」などとは、何という言い草か。日本人は残酷である。このサディストは一体何十万人殺したのだろう（いや、もう一桁上か）。罪の意識はないのだろうか？　彼らは自分が何をしているのかわからないのだろう。（ここの所を遠藤は、「関白秀吉の命で黒田長政や安国寺恵瓊、小早川隆景、吉川元春の軍団が到着した」とサラッと書いているだけである〈『王の挽歌』一九九二、新潮文庫、下一八一頁〉。それはそうだろう、いちいちサディストの所業を書いていたら、ページが膨れ上がって大変なことになる。大変なことをしたのだから。《僕だってさらっと書いている》）。（昔、ベトナム戦争〈一九六〇～一九七五〉があって、ソンミ村事件〈一九六八〉というのがあった。米軍は村人五〇七人のうち約五〇〇人を機関銃などで殺し、世界の非難をあびた。アメリカ人は残酷である。宇留津城では、黒田軍は刀、槍などで千数百人を殺した。日本人は残酷である。因みに、宇留津は僕の生まれ育ち、今も住んでいる所である。生まれた所なら居てもいいだろう。）

黒田軍は二四日、高橋元種の香春岳城を攻め落とした。（後に、高橋氏は延岡領主となる。）宇都宮氏は黒田軍に、戦わずして降参していた。

一五八七年三月、秀吉が薩摩・島津征討のため、二〇万の大軍を率いて大坂を出発した。三月、九州東側を弟の秀長軍が進軍し、黒田軍は豊後からさらに日向に進攻し、木城付近で島津軍を破った。西側を秀吉軍が進み、四月、秋月種実の秋月城を陥れ島津軍を破った。薩摩軍を川内の泰平寺に追い詰め、一五八七年五月八日、島津義久は降伏し、秀吉は九州を制圧した。ここで豊後を大友義統（宗麟の長男）に安堵し、フランシスコには日向の北部を与えるなどの国分を行ったが、フランシスコは辞退した（その十日後、死去した）。

さらに秀吉は箱崎宮で論功行賞を行い、国分と博多の町割りを行った。六月七日、黒田孝高は豊前六郡（京都、仲津、築城、上毛、下毛、宇佐郡）に一二万石の所領を得、中津城を居城とした（企救、田川郡は森吉成）。比較的領地が少なかったのは、キリシタンだったからだという。しかし伊予今治に国替えを命じられた宇都宮（城井）鎮房はこれを拒否した。豊前一円に一揆が起こる。黒田長政は二度にわたり宇都宮氏を城井上城に攻めたが敗退し、一旦和議を結び、一五八八年四月二〇日、宇都宮鎮房を中津城に招き入れ、謀殺し、合元寺に待機していた家来たちを斬殺した（合元寺の壁はその時の血の色が、何度塗り替えても浮き出てくるので赤く塗られた、それで赤壁寺というのだそうだ）。長政の人質（婚約していたともいうが『黒田家譜』は否定している）として中津城にいた宇都宮鶴は広津川原で磔にあった。黒田氏は祟りを恐れて城井神社を建て鎮房を祭った（福岡移封後は警固神社）。

一一八五年、下野宇都宮から地頭として宇都宮信房が豊前入部して以来（最初祓川上流の木井馬場の神楽山城に入り、正慶年間〈一三三二～一三三四年〉に城井川上流の城井谷に移る）、一八代続いた豊前宇都宮氏四〇〇年の歴史は事実上終焉する（鎮房の子朝房の妻が彦山に逃がれ、朝末を生み、朝末の子が福井藩松平家に仕えた、という。）

一五八七年、九州を制圧した後、博多湾に浮かぶ武装したフスタ船を見学した豊臣秀吉は、宣教師らによる日本占領計画を疑い、伴天連追放令を出したが、経済的な理由で、貿易上の利益、武器調達のため、まだ徹底的ではなかった。一五九六年に土佐に漂着したスペイン船の船員が、スペインは強国であり、まず宣教師を送り込み、次いで征服すると失言した（本当のことを言ってしまった）。しかしこれにより二六人の司祭と信徒が捕らえられ、長崎で焚刑にあうなど、多くの切支丹が拷問を受け、殺されて行った。黒田孝高（ドン・シメオン）の初め多くの切支丹大名がたいした罪障感もなく棄教し、小西行長（アゴスチーニョ）の面従腹背が始まり、高山右近（ジュスト）は領地明石を返上し教えを守った。

一六一三年、伊達藩の支倉常長は遣欧使節として旅立つがその直後、一六一三年、徳川幕府が禁教令を出し、高山右近はマニラに追放されるなど七〇数人の宣教師が追放された。ペトロ岐部はマカオに追放され、さらにゴアから砂漠を越え、エルサレムを通ってローマに行き神父となった。島原の乱（一六三七～一六三八）後、切支丹大名はほとんど滅びる。さらに徳川家光の切支丹取締りは徹底的で、隠れ潜む宣教師や隠れ切支丹を踏絵によって洗い出し、根こそぎにしようとした。そんな中に、ペトロ岐部は薩摩の坊津に帰国入国し、長崎から仙台藩に逃走し、式見神父やポルロ神父らと水沢の見分で潜伏していたが、密告により捕らえられ江戸に送られ、穴吊りの拷問で殉教した（『銃と十字架』）。その後も京都、長崎、江戸で大殉教があり、その他の地も含めて、日本の切支丹殉教者の数は三八〇〇人と言われる

（「切支丹の殉教」一九七〇『お茶を飲みながら』集英社文庫、二〇七頁）。

しかし日本にはまだ三七人の宣教師が潜伏していた。一六三三年、二〇数年間日本で布教してきたイエズス会管理区長フェレイラ神父（一五八〇〜一六五〇）が長崎で穴吊しの拷問にあい、五時間後、棄教した。この時同伴者（であるはずの）キリスト・イエスは「転んでいい」と、奇蹟の言葉を、（『沈黙』では）発しなかった（『黄金の国』では発したようだ）。フェレイラもまた、救い・助けを待ち望み、穴吊りの深い淵から山に向って目を上げたのではなかったか。しかし彼は見放されていた（ようだ）。

［汚物を入れた穴の中に、体を縛って逆さに入れる。血が頭に逆流して、その苦痛は初めはゆるやかに、徐々に度をまし最後は言語に絶するものになる。／筑後守がこの拷問を採り入れたのは、従来の拷問が短時間に多くの苦痛を与えすぎて、信徒や宣教師をすみやかに殉教に至らしめ、その英雄的な死がそれに立ち会う役人にまで感動を与えたからであろう。穴吊りならば、長時間、その苦痛は続く。彼等の意識は混乱し、芋虫のようにのたうちまわり、もはやそこに殉教の英雄的美しさはない。みにくい苦痛と長時間の闘いが繰り広げられる。（筆者注・転び切支丹である）井上筑後守はそういう心理的な点の信徒たちに及ぼす影響を計算する能吏だったのである］

（「フェレイラ（沢野忠庵）」『切支丹時代』小学館ライブラリ、一一四頁）

転んだ後、フェレイラは死刑になった沢野忠庵という男の名を名乗らされ、その残された妻子を押し付けられ、屈辱の生涯を送らねばならなかった。幕府は彼に宣教師取調べの通詞の役を命じ、本当に棄教したのかどうかを調べていた。フェレイラはジュゼッペ・キャラ(『沈黙』のロドリゴのモデル。フェレイラはキャラの師)と対決しなければならなかった。また西洋の科学知識、医学知識を伝えた。転んで三年目には「顕偽録」を書かされている。基督教の偽りを顕かにする本である。これほどの拷問はないが、フェレイラには疑問が萠していたかもしれない。この中には、「天地の作者、万像の主、知慧の源に在さば世界の人間、悉く何ぞ其を知るように作し給わざるや。……慈悲の源ならば何ぞ人間の八苦、天人の五衰、三界無安の苦界に作り給うや」という一文がある(そうだ)。本当に、なぜこの世界はこんなんなのか。晩年には、フェレイラも、棄教を悔い、神の「沈黙」を疑問に思い、こんな時代でなかったら、と思ったかも知れない。

フェレイラは一六五〇年一一月に長崎で死に、皓大寺に葬られた。その後、フェレイラの娘婿にあたる杉本忠庵によって品川東海寺に移され、杉本家の子孫によって、谷中に移された、という(「一枚の踏絵から」『切支丹の里』中公文庫、四六~四七頁。また、遠藤が成城学園で教えていたとき、私はフェレイラの子孫ですと言ってきた女子学生が居たそうである〈「ひとつの小説ができるまで」『お茶を飲みながら』〉。「『沈黙』 踏絵が育てた想像」〈『切支丹時代』〉では劇団雲による『黄金の国』の舞台稽古を成城大学の学生たちと見学していた時、だという。)

フェレイラの棄教を描いた作品が、戯曲『黄金の国』(一九六六)である。この作品は『沈黙』の後に書かれたものだが、内容の時系列としてはこちらの方が先である。テーマも『沈黙』と共通しており、本題は『沈黙』のところで述べたい。名前が同じであれば別の作品に登場していても同一人物と断じてよいかどうかは問題が残るが、『黄金の国』のフェレイラと、井上筑後守は、『沈黙』の同名人物の前身であろうと思われる。これもテーマの継続である。

井上は、この世で一番美しく一番尊い顔を踏むものはおるまい、と考え、日本という泥沼に気づかぬ者に復讐するため踏絵を考えだしたという屈折した策士である。そしてフェレイラを穴吊りの拷問にかけたときの心情は次の様なものである。

「なぜ転んだ、フェレイラ。余はそこもとだけを責め苛んだのではないぞ。余は二十年前に転んだこの身と、この泥沼の国をともども責めておったのだ」(「黄金の国」『現代文学の実験室3　遠藤周作集』大光社、一九六九、九八頁)

井上はかつて切支丹であり、棄教した痛みを抱えながら、「フェレイラを通してこの己を拷問にかける」と言うのであった。彼は「白い人」の「私」のように、こころの中では神を意識しており、フェレイラが「なむあみだぶつ」と言って転んだ時、井上は「なぜ転んだ」と悲哀とも寂寞ともつかぬ感情を味わっている(と遠藤は書いている)。五時間で転んだのでは拍子抜けの感じでもあっただろうか。フェレイラは、あのお方が、

「踏むがいい、私を。そのために私はいるのだ」(「黄金の国」一〇一頁)

と言ったから、と言うのである。（ただし『沈黙』ではフェレイラにイエスは顕れず、踏むがいいとは言わなかったのであるが。《どっちなんだ》）

［宣教師たちは決して転んでもよいなどとは口に出さなかったであろうし、むしろ「殉教（マルチリヨ）の勧め」や「殉教の心得」といった文書を信者たちにまわして、弱者がころぶことを戒めたのである］

（「父の宗教・母の宗教」『切支丹の里』中公文庫、一二九頁）

殉教の後には天国が待っているし、棄教すれば永遠の地獄に落ちるという教えは、信者の心に染み付いていただろう。信者たちはイエスの十字架上の受難を思い浮かべるよう言われていた。フェレイラもそう言っていた（に違いない）。

井上に拷問にかけられたフェレイラも、神の沈黙に疑念を抱き、苦しんでいる。そしてついに転んでしまうときの事情は次のようなものである。

朝長作右衛門は井上の配下でありながら切支丹の信仰を守っていたが、罠に落ち、ついに武士らしく信仰を告白し、殉教して行く。娘雪も切支丹であり、踏絵をふまされようとしている時、その恋人加納源之助（切支丹ではない）は雪からもらった十字架を持っていたため、切支丹の嫌疑をかけられ、その証明のために踏絵を踏もうとする。雪は、それだけはおよしなさいませ、といって、代わりに私を踏んでほしいと言う。加納は雪に足をかけようとして止め、「切支丹の教えなど何も知らないが、雪殿が穴に吊られるなら、この私も穴に吊られ、一緒に死ぬ」と言う。これを見させられていたフェレイラは、踏絵に足をかけ、転ぶ。フェレイラは基督も愛のために自分を踏めと言うだろうと思ったのだ。

黄金の国と信じてやってきたこの国は泥沼の国だった。しかし、フェレイラは今加納の行為に、泥沼の国での黄金の在り方をみつけたのだ。

「フェレイラは今、司祭としてではなく、一人のフェレイラとして（略）踏絵に足をかけました。踏んだとて決して基督はお怒りにはならぬ。それがこのフェレイラにやっとわかったのだ。神は黙っているのではなかった。」（「黄金の国」九七頁）

「愛する者を助けるために一人の娘さえ自分の顔に足をかけよと言う。あの声は愛の声。小禽のように小さな恋人でさえ、おたがいの身を犠牲にしようとする。（略）踏絵の基督は泣きながらこう言われたであろう。踏むがいい。踏むがいい、私をと。そのために私はいるのだ。人間たちの苦しみに踏まれるためにこの私はいるのだ。人間たちのその足の痛さを引きうけるためにこの私はいるのだ。」（「黄金の国」一〇一頁）

これはしかし、『沈黙』の核心部分に等しい。『沈黙』の終部でフェレイラとロドリゴは出会い、自分の体験をロドリゴに伝えることになる。「黄金の国」ではフェレイラは「踏むがいい」という神の声を聞いて転んだことになっているが、『沈黙』ではフェレイラは聞いていない（別人なのだろうか？）。聞くのはロドリゴである。それとも、フェレイラを主人公にしたため彼の見せ場を作ったのだろうか。（後述）

こんな経緯（もちろん遠藤によるフィクションであるが）は知り得るはずもなく、フェレイラが転んだという知らせだけがローマ教会にもたらされた。ルビノ神父たちはこの教会の不名誉を雪ぐために日本に潜入し、潜伏布教をしようと計画した。フェレイラ神父の教えを受けたことのあるセバスチャン・ロドリゴ、フランシス・ガルペ、ホンテ・サンタ・マルタもその一人であった。（この三人の名は遠藤による創作である。ロドリゴのモデルは、ジュゼッペ・キャラ神父であるという。）

一六三七年、日本では島原の乱で切支丹は壊滅していた。一行はその知らせをゴアで聞く。一六三九年、マカオに到着したが、すでに日本行きの便船はなく、待っている時にキチジローという日本人に会う。ガルペが「あなたは信徒ですか」ときくと、この狡そうで、おどおどとした男は急に黙り込み、やがて自分はヒゼンのクラサキ村の漁師で、二四人の信徒が水磔に処せられるなど、日本の基督教迫害の模様を語り始め、恐ろしい記憶を追い払うように手を振った。「やはり信者だね」とガルペがきくと、「そうじゃない」とキチジローは首を振った。帰国したがっているキチジローに手引きしてもらうことにし、病気になったサンタ・マルタを残して、一六三九年五月、ロドリゴとガルペは日本へ潜入する。

キチジローの手引きで、二人はトモギ村の隠れ切支丹に会うことが出来、ローマのカタコンベ時代のように、真夜中、六年ぶりのミサをたて、告悔（コンヒサン）を聞き、祈り（オラショ）をささげた。他の村もパードレの来るのを待っていた。五島の信徒が案内役のキチジローを英雄のように扱うと、キチジローも得意になっている。キチジローは順風の時は人の良いお調子者なのである。

役人の探索が始まる。トモギ村の者に頼まれると他村者のキチジローは断り切れぬまま、出頭することになった。イチゾウもモキチも行くと言い出した。キチジローが「パードレ、わしらは踏絵基督ば踏まさるるとです。足ばかけんやったら、わしらだけじゃなく、村の衆みんなが同じ取調べば受けんならんごとなる。ああ、わしら、どげんしたらよかとだ」と言うと、ロドリゴは「踏んでもいい、踏んでもいい」、と司祭として口に出してはならぬことを口走ってしまった。それは憐憫の情からのものだった。しかしそれはロドリゴの心の底にあった無意識の、それこそ無意識的な表出だったかも知れない。これはロドリゴの最後の結論と同じなのだから。

「なんのため、こげん責苦ばデウスさまは与えられるとか。パードレ、わしらはなんにも悪いことばしとらんとに」（『沈黙』一九六六、新潮文庫、六八頁）

なぜ悪いことをしていないものが苦しめられなければならないのか。「私たちを試みに合わせないで、悪しき者からお救いください」（マタイ六－一三）、と「天にいますわれらの父」（マタイ九－一三）に毎日祈っていたのに。かつてイエスは「わたしが行ってなおしてあげよう」（マタイ八－七）と言っていたのに。

福徳不一致が人間を苦しめる。理由があればいい。理由が分かれば甘受できる。苦しみに意味があれば、耐えられる。しかし、神も（仏も）あるものかという問いから宗教は始まると遠藤は言う、が。

キチジローはかって一度踏絵を踏んだことのある転びだった。マカオでのおどおどした態度はその罪障感からくるものであり、もともと気が弱く臆病な性格からくるものでもある。聞き棄ててしまえば何でもない臆病者の愚痴が、ロドリゴの胸を鋭く刺す。キチジローが言いたいのは、神の沈黙ということであり、転んだその日からキチジローの胸を占めている、弱さゆえに裏切った者はもう地獄落ちとなり、救われないのかという問いだった。面従腹背のキチジローにこそ基督の救いが必要だった。（キチジローは、イエスを三度否認した、もう一人の裏切りのペトロを下敷きにしているのであり、「あのキチジローは私です」と遠藤は米のジョン・キャロル大学での講演で答えている（『遠藤周作とShusaku Endo』春秋社、一九九四、八四頁）。《そして「キチジロー」は僕でもある。》

自ら明かしているように、聖書のエピソードとこの小説のエピソードの対応関係は多くはっきり見てとれるのであり、遠藤はユダとキチジローに関して、弱者の裏切りの新たな解釈を提出しようとしている。

「それら不幸な彼等の永遠の同伴者になるにはどうしたらいいのか。「神の愛」を証するためには彼らをあの孤独と諦めの世界からつれ出さねばならぬ。イエスは、人間にとって一番辛いものは貧しさや病気ではなく、それら貧しさや病気が生む孤独と絶望のほうだと知っておられたのである。／イエスは群衆の求める奇蹟を行えなかった。（略）必要なのは「愛」であって病気を治す「奇蹟」ではなかった。」

（「第七章　無力なるイエス」『イエスの生涯』一九七三、新潮文庫、九五頁）

［人間は永遠の同伴者を必要としていることをイエスは知っておられた。自分の悲しみや苦しみをわかち合い、共に泪をながしてくれる母のような同伴者を必要としている」

（同、九五頁）

イエスは、敢えて言えば後期のイエスは、奇蹟は（もう）行えないが、同伴者として孤独や絶望から救い出し、共に泪を流すことはできる、と言う。

役人の追及にキチジローはあっけなく転ぶ。しかしイチゾウとモキチは屈せず、水磔にかけられる。二人は息もたえだえに、「主よ主よ、なんぞ我を見棄てたまうや」ではなく、「参ろうや、参ろうや、／パライソの寺に参ろうや／……」と歌っていた。「正義のために迫害される人は幸いである。天の国はかれらのものである」（マタイ五－一〇）という聖句を信じていたのである。呻き声が途絶えた時、一羽の鳥がすれすれに海をかすめ、遠くに飛び去って行った。イチゾウとモキチは天国へ行ったのだろう、か。

ロドリゴはそれを遠くから手をこまぬいて見ているしかなかった。ロドリゴは殉教というものを、空に栄光の光が満ち、天使が喇叭（らっぱ）を吹くような、もっと赫（かがや）かしいものと思っていた。

しかし、実際には惨めで辛いものだった。二人は見棄てられていた。雨は降り続き、海は彼等を殺した後も、ただ不気味に押し黙っている。この時、同伴者はいたか、いなかったか？それとも、後に『沈黙』のフェレイラが言うように、二人は基督教徒として認められてなかったのか？

［なにを言いたいのでしょう。自分でもよくわかりませぬ。ただ私にはモキチやイチゾウが主の栄光のために呻き、苦しみ、死んだ今日も、海が暗く、単調な音をたてて浜辺を噛んでいることが耐えられぬのです。この海の不気味な静かさのうしろに私は神の沈黙を——神が人々の嘆きの声に腕をこまぬいたまま、黙っていられるような気がして……］（『沈黙』七六頁）

この時、ロドリゴは海の彼方を見つめ、何か徴を探そうとした。かつて山に向って眼を上げた詩人がいたように(詩篇一二一)。本当は一羽の鳥も飛ばなかったのではないか。飛んだとしても、「石焼き芋ー」と鳴いていたのではなかろうか。ロドリゴは雨の降り続く海を見ながら、徴を求めている。神は黙って見ているだけではなく、そばに居るのなら、何とかしてほしいと思っている。風と海をイエスが叱ると海は大なぎになったように(マタイ八—二六)、また死んだ少女の手を取ると、たちまち少女は起き上がったように（マタイ九—二五)、神に縋り、信仰による救い、徴を、奇蹟を求めている。人は困った時の神頼み、現世利益、現実的な効果、徴、奇蹟を求める。

ロドリゴは、［この海の不気味な静かさのうしろに私は神の沈黙］を見たのだが、それは［一人の人間の死にもかかわらず、空が美しく澄み、向日葵が炎のように咲きつづけているという冷酷な事実］（「あまりに碧い空」『月光のドミナ』一九五八）に、神の沈黙を見た人物と同じ位相を体験した。一人の人間が危機に陥り、殺されようとしている時、殺そうとしている時、あたかも象が歩く時、足の下に蟻がいることなど気遣いしないように、神は無頓着なのであろうか。《神の愛はここまで届かないのか？》

役人たちが山狩りをするという。山の炭小屋に隠れていることが日本にきた目的ではない。ガルペと分かれることにした。どちらかが異教徒の餌食になっても、一人がまだ残っている方がいいと判断したのだ。一人の若者に送られて舟で島に渡ったロドリゴは、そこで一人さ迷う間に、ふとモキチとイチゾウを殺して行った海の沈黙のことを思い返す。蟬が鳴き続けている。ある怖しい想念が胸を過ぎる。

［しかし、万一……もちろん万一の話だが、万一神がいなかったならば……］

（『沈黙』八六頁）

恐ろしい疑念がロドリゴを襲う。これは神の沈黙ではなく、非在ということではないか。神を呼んでも、呼んでも、神の徴＝存在証明はどこにもないではないか。万一神がいなかったら、モキチやイチゾウの死は滑稽である。波濤万里、三年四年の歳月をかけてたどり着いた宣教師達は滑稽である。もし神がいないのであれば、全ての前提は壊れ、全ては虚無の海に浮かぶ茶番、神が居るという措定のもとの空中楼閣、神が居ることにして構想した虚構（フィクション）になってしまう。《神など居ない、と考えれば、すっきり、辻褄が合うのに。》

ロドリゴはこの島で又してもキチジローと出会う。そして御奉行所ではパードレに銀三百枚の懸賞金をつけていると知らされる。ユダが基督を売った値段が銀三〇枚だった。この男は私を売るに違いないとロドリゴは思った。ロドリゴの心の中に、「しようとしていることを、今すぐするがよい」（ヨハネ一三ー二七）というイエスの言葉がよみがえってきた。

ここの所はキチジローとユダ（とペトロ）がダブルイメージでえがかれる。

ユダはなぜイエスを裏切ったのか、という問題に、遠藤は悪魔が魅入ったのだとは言わず、次のように答えている。少し雰囲気が違うのだが、イエスは、群衆の前で行われた最後の晩餐の集まりで、「限りなく愛を示された」（ヨハネ一三ー一）。

［彼（筆者注・イエス）は愛の神の存在と神の愛だけしか言われなかった。（略）群衆はイエスの愛の教えが何もわからなかった。（略）幻滅と失望とを彼等は味わった。その期待が大きかっただけに、幻滅感はイエスに対する憎悪となった。彼等の眼にはイエスはふたたび現実にたいし「無力なる男」「役にたたぬ者」「何もできぬ人」にうつりはじめた。］

［ユダは群集を代表して語った。「人間は愛よりも今日、効果あることが欲しいのです。現実に役立つことしか願わぬのです。それが人間なのです。」］

（『イエスの生涯』一四五～一四六頁）

イエスは人々の永遠の（愛の）同伴者となると言うのだが、ユダは地上的、政治的、つまりローマの弾圧からの解放・革命をイエスに期待していたのだ。イエスはユダの苦しみを知っていた。そして言った、「行くがいい。そしてお前のしたいことをするがいい」。イエスを見棄てたユダ（グループ）は集まりを抜け出し、カヤパの官邸にはしり、知らせた。他にカヤパの監視員も集まりに紛れこんでいて、そちらからも報告があった、と遠藤は書いている。イエスは食事をしている時（最後の晩餐）、パンをわたしのからだと言い、葡萄酒をわたしの契約の血である（マタイ二六―二六）と言った。ゲッセマネ（オリーブオイルの搾油所）で、イエスは、「わたしは悲しみのあまり死ぬほどである。わたしと一緒に目をさましていなさい」と弟子たちに言ったが、弟子たちは眠ってしまった（マタイ二六―三八）。やがてユダがイエスに接吻して、それが合図でイエスが逮捕される。その時、弟子たちは逃出し（二六―五六）、ペトロは三度その人は知らない、と裏切った。するとすぐに鶏が鳴いた（マタイ二六―六九～七四）。

［私には――司祭になってからも――この言葉（筆者注・「去れ、行きて汝のなすことをなせ」）の真意がよく摑めなかったのです。いかなる感情で基督は銀三十枚のために自分を売った男に去れという言葉を投げつけたのだろう。怒りと憎しみのためか。それともこれは愛からでた言葉か。怒りならばその時、基督は世界のすべての人間の中から、こ

の男の救いだけは除いてしまったということになる。……しかし、そんな筈はない。基督はユダさえも救おうとされていたのである。……それなのにこの時になって道をふみはずした彼を基督はなぜ止められなかったか。神学生の時から、私が理解できなかったのはその点でした。」(『沈黙』九五頁)

このことがこの小説の最大のターニングポイントである。イエスの言葉は従来どおりの裏切り者は救われず、地獄に堕ちるという解釈がなされていた。しかしそれではイエスの思想に瑕疵(かし)があるのではないかというロドリゴ(すなわち遠藤)の躊躇が、新しい可能性を生む。ロドリゴは、従来の解釈に納得できず、しかもいまだ新しい解釈を見出だせない状態にいる。その境界線上にいることが、この小説の推進力である。

キチジローが水を探してくるといって谷に降りて行った。ロドリゴはそれを密告に行ったのではないかと疑う。キチジローが竹筒をもって戻ってきて、「なして逃げなさった。パードレも、俺ば信じとられん」と言って責める。しかし、キチジローはロドリゴを売ったのだった。キチジローは、

「モキチは強か。俺らが植える強か苗のごと強か。だが、弱か苗はどげん肥しばやっても育ちも悪う実も結ばん。俺のごと生れつき根性の弱か者は、パードレ、この苗のごたるとです」(『沈黙』九九頁)

と、言い訳し、何度も踏絵を踏み、基督を裏切り、そして今またロドリゴを裏切る自分の弱さ、

それゆえの面従腹背を嘆く。男達の跫音が聞こえて来る。役人がロドリゴの腕を摑んだ時、振り向くと蜥蜴のように怯えた眼をしたキチジローの顔があった。（キチジローは「雲仙」『哀歌』にも登場して、言ってることは同じ趣旨のようである。同一人物かどうか分からないが、同じ性格のようである。）

キチジローは、弱い男であったが、しかし、芯は勁い男だった。転んでも、転んでも起き上がり、ロドリゴについて行く。あるいは神が喜助（「最後の殉教者」）に語った「みなと行くだけでよか。もう一ぺん責苦におうて恐ろしかなら逃げ戻ってもいい。わたしを裏切ってもよかよ。だが、みなのあとを追って行くだけは行きんさい」という言葉を、キチジローも良心の、もしくは神の声として聞いていたのであろう。前にも言ったが、遠藤が繰り返すのでもう一度言っておけば、ペトロが、ユダの裏切りによって逮捕されたイエスのあとをついて行き、なりゆきを見届けようとした（マタイ二六―五八）こととダブルイメージなのであろう。キチジローは自分が弱い男であり、裏切りが自分の本意ではなく、許しを得なければならず、それには許してくれる人の傍にいなければならないということを知っている。裏切ったらもう切支丹ではないというのは単純な三段論法であるが、裏切ったけれども切支丹である、という挫折＝屈折の二重構造を生きている。すなわち幕府への面従腹背。自己嫌悪と自己弁護に心の中はあふれ返っている。そして、深い淵の底から、こんな私ですが、と神を求めて、山に向って目を上げている。「丈夫な人に医者はいらない。いるのは病人である」

（マルコ二一一七）。

捕らわれたロドリゴに、ある老役人が、他に捕らえられている切支丹の百姓に、転ぶように言えと言う。「そこもとがまことのパードレならば、百姓らに慈悲の心もあろうが」と言う老人を、ロドリゴは子供のような論理で自分を言い負かせると思っていると、嗤った。しかし、この憐憫の情による単純な論理を超えることは相当に難しい。そこを、新しい視点から超えて行かねばならないということがこの小説のテーマである。

次に通辞の言葉を聞くことになる。これも上と同じく単純な論理である。「勇気も時には迷惑になる。（略）もらいたくもなき品物を押しつけられるを有難迷惑と申します。切支丹の教えはこの押しつけられた有難迷惑の品によう似ておる。我等には我等の宗教がござる。今更、異国の教えを入れようとは思い申さぬ」。そして「お前さまが転ばねばな、百姓どもが穴に吊られ申す」と言う。憐憫の情を利用した論法である。（「白い人」で、「私」がジャック本人を拷問しても口を割らないので、その友人のマリーをジャックの前で責めるのと同じ、憐憫の情の利用であり、昔からある方法である。もちろん、自分は痛くないのだから、他者が痛くてもかまわないと言う人には通じない。他者の苦しみなら何年でも我慢できる、という人は居るものだ。）

夕方、番人が南瓜の入った木の椀を置いて行くと、ロドリゴは祈りも忘れて犬のように飛び付いた。祈りは助けを求めるためか不安や不平や恨みを言うためにあった。神は讃めたたえられるためにあるはずなのはよく知ってはいたが。

ロドリゴは舟にのせられ、次の場所へ連行される。自分を売ったキチジローが遠くの砂浜を追いかけて、何か叫んでいる。罵声のようでもあり、泣き声のようでもあった。罵声である筈はないのだが、今のロドリゴには、キチジローなど信じられないし、どうでもいいことだった。この時ロドリゴはキチジローを見棄てていたのである。すでにロドリゴには、主の平安も基督の栄光も失われていた。

舟はヨコセウラの沖合を通っていた（『侍』一九八〇に出てくる、マニラからノベスパニアに渡り、そこの小さな村で一人で活動している修道士の故郷である）。しかし村は焼かれ、家や港はみあたらなかった。ロドリゴの胸に又してもあの疑念が湧き上る。

［我々があなたのために作った村さえ、あなたは焼かれるまま放っておいたのか。ひとびとが追い払われる時も、あなたは彼等に勇気を与えず、この闇のようにただ黙っておられたのですか。なぜ。そのなぜかという理由だけでも、教えて下さい。私たちはあなたが試練のために癩病にされたヨブのように強い人間ではない。ヨブは聖者ですが、信徒たちはまずしい弱い人間にすぎないではありませぬか。試練にも耐える限度があります。それ以上の苦しみをもうお与え下さいますな」（『沈黙』一二四～一二五頁）

しかし海は冷たく、闇は頑なに沈黙を守りつづけていた。もう自分は駄目になるのだろうかと思えた時、夜釣りの者らしい舟がそばにいた。

長崎に向かう道を進んでいた時、一人の乞食が杖にすがるようにしてついて来るのを見た。キチジローだった。ロドリゴは自分を売った男がなんのためにここまで追いかけてきたのか訝った。昨夜の夜釣りの者はキチジローではないかと思った。自分はユダに裏切られたイエスが感じた悲しみと同じ悲しみを味わっているのだ、という思いが、彼の心を潤した。ロドリゴはキチジローの撲たれた犬のような姿を見ると、体の奥から、黒い残酷な感情が湧いてきて、「去れ」という言葉を心の中で投げ付けた。「往きて汝のなすことをなせ」。しかし、キチジローは一行から少し離れて、ついてきた。

ここでは実は、キチジローがイエスの役を担っている。なりゆきを見届けるためとは言え、同伴者としてキチジローがついて来てくれていたということに、まだロドリゴは気付いていない。それゆえに、「去れ……」という憎しみの言葉を投げつけたロドリゴは、この時躓いて「転び」そうになったのである。自分の弱さを露呈したのである。しかも彼はまだそのことに無自覚である。この試練に負けそうになっていた。イエスは「去れ……」とユダに言ったが、それはそういう意味ではなかった。

牢屋の中でロドリゴは静かな日々を送っている。奉行所には拷問にかけて転ばせるのは愚策だという意向があった。拷問は彼等にかえって誇りと熱狂を与え、英雄的な陶酔を呼ぶ(ことがある)からである。「十字架が陶酔を教える」(「白い人」)からである。

ロドリゴは雑木林で鳴く山鳩の声を聞きながら、基督の生涯と自分の人生を重ねて考えていた。新たに捕らえられてきた切支丹が「われらを試練に放し給うことなかれ」と歌っている。ロドリゴは、あなたはいつでも沈黙を守られたが、あなたはいつまでも黙っていられない筈だ、徴を見せて欲しい、と思っている。

ロドリゴは囚人達に告悔の秘蹟を与えることさえできた。夜。山鳩のこえを聞いていた時、基督の顔を感じた。「主よ、あなたは我々をこれ以上、放っておかれないでしょうね」と囁くと、「私はお前たちを見棄てはせぬ」という答を耳にしたような気がした。闇は深かったが、心が一瞬洗われたような感じがした。

そして井上筑後守政重の登場である。井上はもと蒲生家の家臣で洗礼をうけたことのある元切支丹であった。無邪気な子供のような相貌で、温和な老人である。

「パードレの宗旨、そのものの正邪をあげつろうておるのではない。エスパニヤの国、ホルトガルの国、その他諸々の国には、パードレの宗旨はたしかに正とすべきであろうが、我々が切支丹を禁制にしたのは重々、勘考の結果、その教えが今の日本国には無益だと思うたからである」(『沈黙』一四〇頁)

ロドリゴは井上の言葉に答えて、「正というものは普遍なのです」と答えるが、井上は、「ある土地では稔る樹も、土地が変れば枯れることもある」と応じる。ロドリゴは「もし葉が茂らず、花も咲かぬなら、それは肥料を与えない時でしょう」と言い、この議論に勝っていると思った。しかし「結局、何を申しても私は罰せられるのでしょう」とさらにロドリゴが言うと、井上は「理由もなく罰することは致さぬ」と答えた。ロドリゴは自分は卑怯な態度はとらなかったと自分に満足した。

窓の格子から、蓑をきた一人の男が番人に怒鳴られているのを聞いた。やはり、キチジローだった。「パードレ、聞いてつかわさい。告悔(コンヒサン)と思うて聞いてつかわさい」。ロドリゴは心ではこの男を許そうとしても、恨みと怒りは裏切りの記憶を呼び覚ます。

「俺(おい)あ、踏絵ば踏みましたとも。モキチやイチゾウは強か。俺あ、あげん強かなれまっせん。じゃが俺にゃあ俺の言い分があっと。踏絵ば踏んだ者には、踏んだ者の言い分があっと。踏絵をば俺が悦んで踏んだとでも思っとっとか。踏んだこの足は痛か。痛かよオ。俺を弱か者に生まれさせておきながら、強か者の真似ばせろとデウスさまは仰せられる。それは無理無法というもんじゃい。パードレ。なあ、俺のような弱虫あ、どげんしたら良かとでしょうか。金が欲しゅうてあの時、パードレを訴人したじゃあなか。俺あ、ただ役人衆におどされたけん……」(『沈黙』一四六～一四七頁)

心ならずも踏絵を踏んでしまい、「足は痛かよォ」と言うキチジローの怒鳴り声は、自己弁護と自己嫌悪にまみれ、やがて哀訴の声に変り、泣き声になっていった。番人がキチジローを連れて行く。ロドリゴはそれを見ながら、やはり一種の快感があった。キチジローは許しを請うているが、それも一時の興奮だろうと思いたかった。そして裏切りのユダが首を吊った時、イエスはユダのために祈っただろうかと思った。

夜、牢屋の中の信徒たちをたずねて行くと、皆から離れた所にキチジローがいた。信徒たちは、「あの男には気をつけなされよ」とロドリゴに教えている。キチジローが、「信心戻しの告悔をお願いします」と言うのを、他の信徒たちは嘲笑している。しかし司祭にはそれを拒絶する権利はない。

「聞いてつかわさい、パードレ。この俺は転び者だとも。だとて一昔前に生れあわせていたならば、善かあ切支丹としてハライソに参ったかも知れん。こげんに転び者よと信徒衆に蔑されずにすんだでありましょうに。禁制の時に生れあわされたばっかりに……恨めしか。俺は恨めしか」(『沈黙』一四八頁)

時代が違えば、キチジローも善良な切支丹として、生涯を全うできただろう。それは拷問する側も、時代が違えばこんないやな役はせずに済んだだろうと思うほどだった。キチジローは大事な論点を言い募っている。

ロドリゴは義務的にキチジローの告悔を聞いたが、臭い息が顔にかかってきた。こんなうす汚い人間まで基督は探し求められたのだろうか、とふとロドリゴは思った。不快感を覚え、習慣に従って「安らかに行け」と呟き、司祭は一刻も早くこの口臭や体臭から逃げようとした。反省は直ちにやってきた。「安らかに行け」という言葉は、「去れ……」という見棄てる意味だったから。

「いいや、主は襤褸のようにうす汚い人間しか探し求められなかった。聖書のなかに出てくる人間たちのうち基督が探し歩いたのはカファルナウムの長血を患った女や、人々に石を投げられた娼婦のように魅力もなく、美しくもない存在だった。魅力のあるもの、美しいものに心ひかれるなら、それは誰だってできることだった。そんなものは愛ではなかった。色あせて、襤褸のようになった人間と人生を棄てぬことが愛だった」

（『沈黙』一四九頁）

ロドリゴは理屈ではそれを知っていたが、しかしキチジローをまだ許すことができなかった。基督の顔が近付き、うるんだ、やさしい眼でロドリゴを見つめたとき、彼は今日の自分を恥じた。

踏絵が始まる。役人、つまり地上の権力は、「心より、踏めとは言うとらぬ。こげんものはただ形だけのことゆえ、足かけもうしたとてお前らの信心に傷はつくまい」、と面従腹背を勧める。（後の『侍』では、ローマ教皇に会うため、司祭から形だけの洗礼を受けさせられた長谷倉という男がいたが。）キチジローはまたしても転ぶ。片眼の長吉が、白い光が容赦なく照りつける中庭で処刑される。ロドリゴの回りを蝿が飛び回る。一人の男が殺されたというのに、外界は何も変っていなかった。

なぜ、あなたは黙っている。あなたのためにあの男が殺されたというのに。あなたはそっぽを向き、その黴のように、蝿が飛び回る。この真昼の静けさ。「主よ、憐れみ給え」と祈りを捧げるが、それはあなたを賛美するというよりは、まるで呪詛のようだ。なぜ、黙っているのか、説明して欲しい。徴が欲しい。

井上の二度目の尋問が始まる。「エスパニア、ホルトガル、オランダ、エゲレスとそれぞれ名のる女たちが、日本と申す男の耳に、夜伽のたび、たがいの悪口を吹きこみ申してな」と喩え話をする。ロドリゴは「我々の教会は一夫一妻を教えておりますゆえ、正室を一人選ばれては如何でしょう」と答えた。「だがな、日本と申す男は、わざわざ、異国の女性を選ばずとも、同じ国に生れ、気心知れた日本の女と結ぶのが最上と思われぬか。俗に醜女の深情けと申して」と言う。信仰の布教は情愛の押し売りではないと言うロドリゴに、井上は「子を生みそれを育てられぬ女は、この国では不生女と申して、まず嫁たる資格なしとされておる」と畳み掛けてくる。「教えがこの国で育まれぬとしたら、それは教会のせいではありますまい。むしろ女である教会と夫である信徒を引き裂こうとされた方々のせいだと思いますが」と応じた。そしてこれで今回の尋問は終わった。

ロドリゴは自分に拷問がないことを訝っている。井上はもっぱらロドリゴ本人へ直接拷問を加えることなく、信徒へ拷問を加えることで、ロドリゴを耐えがたくするという策をとっていた。ロドリゴの憐憫の情を引き出し、利用しようとしていた。

捕らえられたガルペの姿を遠くから見せられた。すでに転んだ百姓たちが薦に巻かれて倒れている。ガルペが踏絵を踏めば、百姓たちは助かるのだという。ガルペが首を振れば、彼らは海に投げ込まれる。司祭は人々のために死のうとして、この国に来たのだが、事実は日本人の信徒たちが、司祭のために殺されていく。（転んでいい。いいや、転んではならぬ）と、ロドリゴは、ガルペに向って心のなかで叫ぶ。そして、今から起ることから目を逸らし、「あなたはなぜ黙っているのです」と疑問を、押さえられない。「どうかこれらすべてをガルペと私のせいにしないで下さい。それはあなたが負わねばならぬ責任だ」

ガルペは三人の百姓たちが乗せられた舟を追って「我等の祈りを聞きたまえ」と叫び、海に飛び込み、消えていった。これは基督教が禁じている自殺であろう。「白い人」のジャックが、マリーへの拷問に耐え兼ねて自殺したことを思わせる。後の『侍』で、法王に謁見して、藩主の交際を切望する書状を読み上げるが、時代は既に鎖国状態にある。任務を果たし得なかった田中は、鬱々として自害する。信徒になった田中の切腹を、ベラスコ神父は教会が絶対許さぬ大罪であることを百も承知で、そんな教会の定めなどどうでもいい、と言って、田中を見棄てることなく、「死者に安らかな憩いを与えられんことを」という祈りを捧げている。遠藤の許しの宗教の面目であろう。

「ああいうものは、幾度見ても嫌なものだて。パードレ、お前らのためにな、お前らがこの日本に身勝手な夢を押しつけよるためにな、どれだけ百姓らが迷惑したか考えたか。見い。血がまた流れよる。何も知らぬあの者たちの血がまた流れよる」と通辞はいうのだった。地上の権力の役人も、こんな仕事には嫌気がさしている。家に帰れば良き夫であり、良き父である（はずである）。（モツァルトならぬ）詩吟の一つも唸っている（かもしれない）。個人的な恨みなどないのだ。形だけでも転んでくれれば、というおざなりを言うのもそのためであろう。いわば拷問する側も面従腹背なのである。こんなひどいことをして、おれは人間なのか、という懐疑が兆している。一昔前であれば、こんな役回りでなければ、おれも割りとい い人間なのに、などという気持があるのであろう。

しかし、世の中はそんな人ばかりではない。根っからのサディストがいる。フェレイラが転んだ時のことを題材にしている戯曲『黄金の国』(一九六六)では、井上筑後守が踏絵の基督の顔を、海の向こうの絵師たちがおのれの夢とあこがれをこめて創りあげた顔だろうと言うのに対し、平田主膳という役人が、

「人間とはふしぎなものでございます。もっとも美しい顔と聞かされればそれを汚したくなる。もっとも高貴な顔といわれればそれを辱めたくなる。主膳、このような絵を見ておりますと、急にそんな気分にかられてまいります」(『黄金の国』一九六六、七二頁)

とサディストの本領を発揮している。井上は平田の虎の威を借る性格に対して、

「お前は生きやすかろうな。お前のような男はいつの世にも雑草のように強い」(同、五九頁)

と嫌味を言っている。平田は権力へ自発的に従属し、その手先として(小さな、あるいは大きな)権力を振るい、自身のサディスティックな欲望を満たす凡庸な人間である(こうして出世するタイプはかなり多い)。井上は平田に嫌悪感を抱くだけだが、しかし基督教は平田

をも問題外とはしない。こんな男は救われないとは言わない。この男の神なき悲惨こそ救われねばならないと言う。[たとえ、君が神を問題にしなくても、神は君をいつも問題にされているのだから」(「白い人」)。平田はそれを有難迷惑、大きなお世話と言う訳だが。

何度も言うが、こんな男たちにこそ神は顕現すべきではなかろうか。森田ミツに、「ねえ、引きかえしてくれないか……」とくたびれた顔が囁いたように(『私が・棄てた・女』)。またキリスト教徒を迫害するサウロにキリスト・イエスが、「サウロ、サウロ、なぜわたしを迫害するのか」(使徒九ー四)と言って顕現したように。サウロ、またの名はパウロ(使徒一三ー九)は、その後、キリスト教の福音(エヴァンゲリオン)(勝利の良い知らせ)を世界に広げる先頭に立つことになる。各地に手紙を送り、それが福音書の重要な部分になる。「全世界に出て行って、すべての造られたものに福音を宣べ伝えよ」(マルコ一六ー一五)。この使命のために、波濤万里を越えて、ここまで来ているのだから。《だが、何度(で)も言うが、そのために世界中、特に中南米・北米で行った悪逆非道、惨酷無比の結果〈それはほとんど善魔である〉、原住民が蒙った甚大な被害も考えるべきである。その時も、神は「沈黙」していた、或いは黙認していた。》

(『沈黙』に戻る。)フェレイラが現れた時、その眼に卑屈な笑いと羞恥の光が走り、それから挑むようにロドリゴを見た(と、遠藤は表情を読み取った、或いはそのように造形した)。今は死刑にされた沢野忠庵の名と、その妻と子を一緒にもらい、天文学や医学の本を書き、日本の役に立っている、その他、「顕偽録」という切支丹の誤りと不正を暴く書物を書いている、と言う。ロドリゴはそれを聞いて、「どんな拷問よりむごい仕打ちだ」と言う。フェレイラは自分の耳の後ろの傷跡を示しながら、穴吊しの拷問にかけられたことを語る。しかしフェレイラが棄教したのは、その拷問のためではない。

フェレイラが棄教したのは、次のような、日本の泥沼が自分達の教えた基督教を「造り変え」変質させてしまうからである、というものである。

「彼等が信じていたのは基督教の神ではない。日本人は今日まで神の概念はもたなかったし、これからももてないだろう。日本人は人間とは全く隔絶した神を考える能力をもっていない。日本人は人間を超えた存在を考える力を持っていない」

（『沈黙』一九二頁）

日本人には、「人間とは全く隔絶した神」、「人間を超えた存在」を考える力がない。これはその方が自然なのであって、世界のほとんどの宗教は自然宗教である。「人間を超えた存在」というのは、ユダヤローカルの宗教が考え出した特殊なものである。ただし、戦争には強かった。そういうことはしかし、ロドリゴににわかに通じる話ではない。「黄金の国」と信じていたこの国は、実は泥沼の国だった。フェレイラはこのことを悟るのに二〇年かかった。布教の徒労感と絶望感が襲ってきた。井上の唱える日本泥沼論の正当性を認めたということである。「泥沼」という全否定的な言い方がよくない。モンスーン気候の泥沼には葦や睡蓮や蓮（はちす）の花は咲くのだから。

［二十年間、私は布教して来た。知ったことはただこの国にはお前や私たちの宗教は所詮、根をおろさぬと言うことだけだ。この国は沼地だ。（略）この国は考えていたより、もっと怖ろしい沼地だった。どんな苗もその沼地に植えられれば、根が腐りはじめる。葉が黄ばみ枯れていく。］

［この国の者たちがあの頃信じたものは我々の神ではない。彼等の神だった。（略）聖ザビエル師が教えられたデウスという言葉も日本人たちは勝手に大日とよぶ信仰に変えていたのだ。（略）デウスと大日と混同した日本人はその時から我々の神を彼等流に屈折させ変化させ、そして別のものを作り上げはじめたのだ。……あれは神じゃない。蜘蛛の巣にかかった蝶とそっくりだ。始めはその蝶はたしかに蝶にちがいなかった。だが翌日、それは外見だけは蝶の羽根と胴をもちながら、実体を失った死骸になっていく。我々の神もこの日本では蜘蛛の巣にひっかかった蝶とそっくりに、外形と形式だけは神らしくみせながら、すでに実体のない死骸になってしまった。］

［彼等が信じていたのは基督教の神ではない。日本人は今日まで神の概念はもたなかったし、これからももてないだろう。日本人は人間とは全く隔絶した神を考える能力をもっていない。日本人は人間を超えた存在を考える力を持っていない。日本人は人間を美化したり拡張したものを神と呼ぶ。人間と同じ存在を神と呼ぶ。だがそれは教会の神

ではない。」

「二十年間、あなたがこの国でつかんだものはそれだけですか」と問うロドリゴに、フェレイラは答えた。

「それだけだ。」

「私にはだから、布教の意味はなくなって行った。たずさえてきた苗はこの日本とよぶ沼地でいつの間にか根も腐っていった。私は長い間、それに気づきもせず知りもしなかった。（略）切支丹が亡びたのはな、お前が考えるように禁制のせいでも、迫害のせいでもない。この国にはな、どうしても基督教を受けつけぬ何かがあったのだ」

（『沈黙』一八九〜一九三頁）

こう語ってフェレイラはロドリゴとの対面を終えた。ここでは、フェレイラは、あの方が踏んでいいと言ったから、とは言わないのである。「黄金の国」のフェレイラとは別人なのであろうか。（フェレイラについては、「一枚の踏絵から」『切支丹の里』に詳しい。）

この国には基督教は育たない、などそんなことはありえない、とロドリゴは呟く。これを否定しなければ、彼はこの国に来たすべてを失うことになる。基督の福音（エヴァンゲリオン）は普遍的（カトリック）だ。その福音を伝えるために宣教師は波濤万里を越えてやってきた。主よ、あなたはフェレイラを救わぬのですか。見離された群れのなかに、あなたはあの男も入れるのですか。牢舎の眠れぬ闇の中で、ロドリゴは又しても神に、なぜ黙っているのかと問わざるをえない。

まるでペテロに向ってあの人が言われたように、「いいか、今夜、お前は転んでいる。井上様がはっきりそう申された」と通辞が言った。縛られ、裸馬に乗せられて長崎の街を引き回されているロドリゴの胸中に基督の姿が浮かび上がる。あの人もまた、今、自分が震えているこの恐怖を噛みしめたのだという事実だけがかけがえのない支えだった。自分がガルペや水磔にかけられた者たちとつながり、さらに十字架上のあの人ともつながっているという悦びが突然ロドリゴの胸を烈しく疼かせた。苦しんでいる基督、耐えている基督の顔に、自分の顔が近づいていくことを祈った。十字架が彼に陶酔を与える。

ロドリゴは長崎奉行所の真暗な囲いに閉じ込められた。「LAUDATE EUM（讃えよ、主を）」という落書きが彫られていた。それはフェレイラが彫ったものだ。ロドリゴはあの人の顔を思い描く。その顔は今もこの闇の中ですぐ彼の近くにあり、黙ってはいるが、優しみをこめたまなざしで自分を見つめている。

［お前が苦しんでいる時、私もそばで苦しんでいる。最後までお前のそばに私はいる］

（『沈黙』二〇六頁）

ロドリゴは「インマヌエル」という言葉を思い出していた。それは、「神われらと共にいます」という意味である（マタイ一―二三）。そう思っていたまさにその時、遠くで何か唸り声がした。誰かの「鼾」だ。酒を飲んで牢番が眠りこけているのだ、と思った（解釈した）。自分がこの闇の中で死を前にして胸しめつけられるような感情を味わっている時、別の人間があのような呑気な鼾をかいていること（つまり、碧空であれ暗い曇り空であれ、「石焼き芋ー」といっていること）は、なぜかたまらなく滑稽だった。神の沈黙は滑稽だった。

キチジローが又しても、外で騒ぎ立てている。「俺あ、切支丹じゃ、パードレに会わしてくいろお。俺は生れつき弱か。ああ、なぜ、こげん世の中に俺は生れあわせたか」

ロドリゴは又しても、基督がユダに言ったあの言葉を思い起こしている。あの人の人生におけるユダの役割というものが彼には本当のところよく分からなかった。

鼾がまた聞こえる。ロドリゴはその「鼾の音」に、豚のように眠りこけている番人の顔を想像した。酒やけがして、肥ってよく食べて、健康そのもので、そのくせ犠牲者にはひどく残忍な顔つきを思い、最大級の嫌悪と軽蔑を感じた。自分の人生が愚弄されていると思い、壁を拳で叩いた。神の沈黙は、自分を愚弄している。

フェレイラと通辞がやってくる。「もう強情を張らずともよいぞ……」という通辞に、ロドリゴは「私はただ、あの鼾を」と言いかけると、通辞は驚いて、「あれを鼾だと」と言う。フェレイラが、「あれは鼾ではない。穴吊りにかけられた信徒たちの呻いている声だ」と教えた。「お前が苦しんでいる時、私もそばで苦しんでいる」というイエスの声が聞こえたまさにその時に、穴吊りにかけられている者の呻き声を鼾と思い込むという皮肉。この時の衝撃は量り知れないものがあっただろう。この誤解はロドリゴを打ちのめしただろう。ロドリゴは拷問の罠におちてしまったのだ。不明を恥じた。それは彼が転ぶ要因の相当の部分を占めていよう。自分は穴吊しにあっている信徒に気付きもせず、嗤っていたのだ。苦しんでいるのは自分だけだと思い込んでいた傲慢が許せない。主よ、なぜこの瞬間にもあなたは私をからかわれるのですか、と彼は叫びたかった。信心が壊れて行く。

フェレイラも同じ目にあっていた。彼も穴吊りに呻く信徒の声を一晩中聞き、もう主を讃えることができなくなった。自分が転んだのは、穴に吊られたからではない。フェレイラも神の沈黙に悩まされていた。それは他者の苦痛を我慢できない質の人間に対する何よりの拷問である。（フェレイラの棄教については「黄金の国」に関して前述した。そのことはここでのストーリーと直接つながらないが、本質においてつながっている。）

「（フェレイラ）「わしが転んだのはな、いいか。聞きなさい。そのあとでここに入れられ耳にしたあの声に、神が何ひとつ、なさらなかったからだ。わしは必死で神に祈ったが、神は何もしなかったからだ」

（ロドリゴ）「黙りなさい」

（フェレイラ）「では、お前は祈るがいい。あの信徒たちは今、お前などが知らぬ耐えがたい苦痛を味わっているのだ。昨日から。さっきも。今、この時も。なぜ彼等があそこまで苦しまねばならぬのか。それなのにお前は何もしてやれぬ。神も何もせぬではないか」」（『沈黙』二二四頁）

神が居ることを前提とし、結論としているから、あれこれややこしい理論を捏ね上げなければならない。居ないと考えれば、すっきり答が出る。フェレイラは深い淵の底にいて、自分の体験から、神が何もしないのは神が居ないからだ、と結論した。神はフェレイラに（は）（なぜか）踏みなさいとも何も言わなかった。（前述のように「黄金の国」では、「神は黙っていたのではなかった」とフェレイラは言うが、フェレイラを主人公にしたための、遠藤のフィクションであろう。『沈黙』では、神はフェレイラに「沈黙」していた。）

徴＝奇蹟はなかった。神は誰にでも顕れるものではないらしい。「風は思いのままに吹く」（ヨハネ三―八）からか。神は、どういう時に、誰に、顕れるのだろうか？

ロドリゴは狂ったように首を振るが、フェレイラの言うことは、彼自身が考えていたことと同じだった。フェレイラに、黙りなさい、と言うより、神に、語りなさい、と言うべきである。主よ、あなたは今こそ沈黙を破るべきだ。もう黙っていてはいけぬ。あなたが正であり、善きものであり、愛の存在であることを証明し、あなたが厳としていることを、この地上と人間たちに明示するためにも何かを言わねばいけない。そう、今こそ沈黙を破り、フェレイラの所へ現れ、そして吊されている信徒の所にも現れ、迫害する井上の所、（徳川）家光の所にも現れ、同伴者となって、なすべきことをなせばいい。やめろ、と言えばいい、神通力を使って。（何度〈で〉も言うが）パウロや森田ミツに顕現したように。それが「恩寵」。それが徴。すなわち奇蹟！　敢えて言えば、前期のイエスの顕現!?

「（ロドリゴ）「あの人たちは、地上の苦しみの代りに、永遠の悦びをえるでしょう」

（フェレイラ）「誤魔化してはならぬ。お前は自分の弱さをそんな美しい言葉で誤魔化してはならぬ。お前は彼等より自分が大事なのだろう。少なくとも自分の救いが大切なのだろう。お前が転ぶと言えばあの人たちは穴から引き揚げられる。苦しみから救われる。それなのにお前は転ぼうとはせぬ。お前は彼等のために教会を裏切ることが怖ろしいからだ。（略）わしだってそうだった。あの真暗な冷たい夜、わしだって今のお前と同じだった。だが、それが愛の行為か。司祭は基督にならって生きよと言う。もし基督がここにいられたら、たしかに基督は、彼等のために、転んだろう。基督は転んだろう。愛のために。自分のすべてを犠牲にしても」

（ロドリゴ）「これ以上、わたしを苦しめないでくれ。去ってくれ。遠くへ行ってくれ」

（フェレイラ）「さあ、今まで誰もしなかった一番辛い愛の行為をするのだ。教会の聖職者たちはお前を裁くだろう。わしを裁いたようにお前は彼等から追われるだろう。だが教会よりも、布教よりも、もっと大きなものがある。お前が今やろうとする……。さあ勇気をだして」

［司祭は足をあげた。足に鈍い重い痛みを感じた。それは形だけのことではなかった。自分は今、自分の生涯の中で最も美しいと思ってきたもの、最も聖らかと信じたもの、最も人間の理想と夢にみたされたものを踏む。この足の痛み。］

その時、踏むがいいと銅版のあの人はロドリゴにむかって言った《奇蹟だ！》

「踏むがいい。お前の足の痛さをこの私が一番よく知っている。踏むがいい。私はお前たちに踏まれるため、この世に生れ、お前たちの痛さを分つために十字架を背負ったのだ」

こうして司祭が踏絵に足をかけた時、朝が来た。鶏が遠くで鳴いた」

（『沈黙』二一六〜二一九頁）

奇蹟はフェレイラには顕れなかったが、そのフェレイラが「誰もしなかった一番辛い愛の行為をするのだ」と促した。これは僭越であるか。自分が辛いのではなく、他者が辛いのが辛いという憐憫の故に、一歩を踏み出す。ロドリゴが踏んだのは、フェレイラの言葉故ではなく、ロドリゴには顕れ、「踏むがいい」と言った銅版の基督イエス、母性の赦す神の奇蹟の言葉故なのであった。それが徴なのであった。それなしにはロドリゴは踏み切れなかった。イエスの顕現。正に、奇蹟！　これが the sense of reality !?

「人々はイエスに結局は愛ではなく、徴と奇蹟しか求めなかったという悲しい結末」

（「第四章　ガリラヤの春」『イエスの生涯』）

ロドリゴも、やっぱり徴＝奇蹟が欲しかったのだ。徴・保証があれば、安心して行けるから。しかし、もっと早く、キチジローにも言ってやれば良かったのに。否、もっともっと早く、踏んで転んだ人にも、踏まずに死んだ人にも……。その人たちに顕れなかった理由を教えて欲しい。

ロドリゴが基督の生涯の中でよく分からずにいたことの意味がここで明かされる。イエスがユダに「なすべきことをなせ」と言って行かせたのは、憎しみや恨みからではない。「私はそうは言わなかった」。イエスはユダをどうしようもない奴だと見限って、裏切りを是認したのではない（と遠藤は考えたい）。

イエスは裏切りのユダの哀しみがよく分っていた。ユダは、自分を裏切らせないでくれと神に祈ったかも知れない。しかし神の答はなかったのだ。イエスは自分が死ぬことになるとしてもユダのなすがままに任せた。それはイエスの愛だった。イエスにとっては、裏切りのユダもまた、救いの対象だった。ユダは世界でたった一人救われない男という解釈は超えられたのである。イエスはユダの同伴者であった。福音書を下敷きにしながら、遠藤の新たな解釈の提示である。

そしてこのことをロドリゴは、フェレイラの「もし基督がここにいられたら、たしかに基督は、彼等のために、転んだろう。基督は転んだろう。愛のために。自分のすべてを犠牲にしても。さあ、今まで誰もしなかった一番辛い愛の行為をするのだ」という逆説の言葉から学ぶが（「愛のために」と言うのは、憐憫のゆえに、ということであろう）、フェレイラはロドリゴを転ばせる役を果たすためにこれを言ったのではない。それは、日本人とはどういう人間かを見てきたフェレイラの神学上の信念であった（と遠藤は考えた）。

そしてロドリゴは、基督の「踏むがいいと銅版のあの人は司祭にむかって言った。踏むがいい。お前の足の痛さをこの私が一番よく知っている」という逆説の、奇蹟の言葉によって了解するのである。

［私は聖職者たちが教会で教えている神と私の主は別のものだと知っている」

（『沈黙』二二三頁）

これがロドリゴ（＝遠藤）にとっての母性のイエスということであっただろう。それが「恩寵」、即ち奇蹟！

だが、しかし、これでは基督イエスの自己否定、もしくは分派行動、あるいは独立運動ではないか。それが愛の広さ、深さ、「恩寵」？　いやそうではない。転んでも、転んだけれども、依然としてキリスト者なのである。病人のためにこそ、医者は必要なのである（マタイ九－一二）。その傷ついた人間のために、イエスは居る。《居るのなら、もっと早く出現してくれれば良いのに。》

が、この「踏むがいい」という声がどこから発せられたのかというのは、大きな問題である。空耳ではない。幻聴でもない。超音波なのか。怪奇趣味とは言わないとしても、異次元からなのか、超越（超絶）の位置からの啓示なのか、それは分からない。この超自然的な声は、自問自答の深き淵にいるロドリゴの心に響いてきた外発＝内発の良心の声と言ったらいいであろうか。深き淵に山の上からさしこんだ恩寵の光であっただろうか。それが徴である。即ちrévélation（啓示）である。或は、神の声を書いたのは遠藤の越権行為なのか。

啓示については、遠藤は留学時代の日記に、「聖母の白い像がぼくの前にあらわれた。rév-élationとはそういうものではないか。……もっと魂の奥底に働く御手があるのだ。恩寵というのか……」（一九五二・五・一）と書いていて、割と簡単に顕れるようだ、が（後述）。

フェレイラには顕れず、キチジローや切支丹信者たちにも顕れず、ロドリゴにだけ顕れた徴＝恩寵！　誰かその違いを説明して欲しい。《サウロ＝パウロに顕れたように、徳川家光に顕れればいいのに》

しかし、もしかして、その奇蹟の神の声と聞こえた声が、実は自分の声だったとしたら……。

《否、むしろ、神など居ないと考えた方がすっきり説明できるのではないか。居ない徴。宇宙・世界は虚無なのであり、在るのは熱力学の法則だけであり、熱力学の法則によって現れる現象を解釈し、なんだかんだの名前を付け、意味付けを行って物語を作っている。そして、オレの言う通りにしろ、と権威、権力の綱引きをしている……。》

遠藤自身は『沈黙』の「あとがき」で、次のように書いている（文庫版にはない）。

「ロドリゴの最後の信仰はプロテスタンティズムに近いと思われるが、しかしこれは私の今の立場である。それによって受ける神学的な批判ももちろん承知しているが、どうにも仕方がない」（「あとがき」『沈黙』）

実際、この小説を批判する意見は、カトリックのなかで、少なくはなかった。しかし、それでもなお、遠藤はだぶだぶの洋服を「造り変える」ために、つまり宗教改革（プロテスト）のために、自身の解釈を提出したのであった。

亀井勝一郎は、遠藤がイエスの声を書くことについて、「ここまで書いていいものかどうかという疑問が残る。この場合、最後まで基督をして沈黙せしめよ（ロドリゴの発言を封ぜよということだ）。（略）そのとき為すべき唯一のことは、ロドリゴ自身の沈黙であり、つまりは「委ねる」態度である。「委ねる」とは基督自身がそうであったように、父なる神への、あらゆる分別を捨てた捨身行である。（略）作者の遠藤氏は、信仰の上から語ってはならないか、或は語りすぎてはならないものに、到るところで直面した筈だ」と書いている（亀井「感想」一九六六『沈黙』の付録）。亀井勝一郎、さすがである。

遠藤はイエスの超越（メタレベル）の声を何度も書いている。それは最初の論文「形而上学的神、宗教的神」に謂う宗教的神の実在感 the sense of reality なのだろうか。先にも述べたように、啓示なのか、幻聴なのか、竿頭の先へ踏み出す宗教文学の難しい所である。遠藤が神の言葉を語る（もしくは騙る）というのは言い過ぎで越権とも思えるし、護教とも、布教の方便とも映るからである。

一歩引いた所から考えてみる。純文学と大衆文学の間に中間小説と呼ばれるものがある（そうだ）。『遠藤周作文庫』（講談社）の区分によると、純文学には「白い人」、「黄色い人」、

『海と毒薬』、『火山』、「最後の殉教者」、「哀歌」などが含まれ、中間小説には『おバカさん』、『ヘチマくん』、『わたしが・棄てた・女』、『どっこいショ』などが含まれる。大体のテイストは分かると思われるが、純文学書下ろし特別作品『沈黙』に、中間小説（エンタテインメント）のテイスト（中間性、というか）が侵入・混入して来ているのではないか。語りすぎと言われようと、分かりやすく、言ってしまう。読者への懇切丁寧なサービス？　つまり、エンタメだからこそ言えてしまうということはあるだろう。中間小説なら出来る！

こういうことを言うと嫌味に聞こえるかもしれないが、遠藤は、小説家にはランクがあって、モーリヤックがAクラス、G・グリーンがBクラス、遠藤自身は（謙遜しながらではあろうが）Cクラスであると言っている（『人生の踏絵』新潮文庫、九四頁）。これはそのCクラスの表現の侵入？

遠藤がこの小説の中でイエスの言葉として、「踏むがいい。私はお前たちに踏まれるため、この世に生れ、お前たちの痛さを分つために十字架を背負ったのだ」と書いているのは、神の沈黙の意味をぎりぎり考えつめた遠藤の解釈としての「沈黙の声」なのである。しかし、僭越、越権ということはないだろうか？　言い過ぎではないだろうか？　イエスの前期の性格が出て来てしまった？

これはロドリゴの、従って遠藤の、自問自答の答であり、考えに考えつめた到達点だったろうか。主観的には内省の自己承諾、自己了解であっても、客観的には無言のまま黙って踏絵を踏んだということであり、奉行所・井上にはその形だけで十分だった。

ロドリゴが、「私が闘ったのは、自分の心にある切支丹の教えでございます」と言ったのは、彼自身の神学上の良心に響く声という意味である。ロドリゴは日本泥沼論に敗れたわけではない。それはまた超えて行かねばならない大きな問題である。ロドリゴは愛の逆説をうべなったがゆえに、踏んだのである。それはロドリゴの自信であろう。即ち遠藤が考える基督教の提出である。

イエスの愛の逆説。そこをこわしては元も子もないはずなのに、踏むことが愛であるという一点で、辛うじて成立する逆説。一番大切なことを壊してもまだそのアイデンティティがある。愛の度量の広さ。イエスは醜く、力もない同伴者である。踏まれ、ともに、共に、友に、朋に、伴に、倫に、苦しみを背負うということが、イエスの受難(パシヨン)であり、情熱(パシヨン)であり、優しさであり、愛である。それが「恩寵」。(これは、戦前戦中の左翼が当局の拷問にあって転向した場合と同様のことであろうか。左翼には「恩寵」的なものは無かったようだが。)

ロドリゴは転びはしたが、棄教したのではないことを知っている。それはキチジローも知っている。踏んでしまったけれども切支丹である。踏んでしまったからこそ切支丹としての救いを望む。踏むということは言わば地上的なことであり、人間の内奥には依然信念は息づいている。これも面従腹背ということである。すでに、教会が教えている神とロドリゴの神は別のものになっていた。踏まれるために生れてきたと言う踏絵のイエスには、愛の逆説が生きている。銅版の枠の板に残っている黒ずんだ親指の痕は、ロドリゴのものであるし、多くの転び切支丹のものだと、遠藤は断定した。

「彼は醜く、威厳もない。みじめで、みすぼらしい。／人は彼を蔑み、見すてた
忌み嫌われる者のように、彼は手で顔を覆って人々に侮られる
まことに彼は我々の病を負い／我々の悲しみを担った」（イザヤ書五三章）

遠藤が好んで引用するこの聖句のイメージに適うイエスの姿が、踏まれるイエスにはある。颯爽として、雄大で、偉大で、権威・権力を振るうような性格ではない。我々の病を伴に負い、我々の悲しみを友に、朋に、共に、倫に担った哀しみの救世主（メシア）なのである。苦しいけれどそこに意味を見出す受難（パシヨン）と情熱（パシヨン）。これが踏まれ、低みを生きるイエスの意味である。神のthe sense of reality なのである。

それはまた、「悪人には手向かうな。もしだれかがあなたの右の頬を打つなら、ほかの頬も向けてやりなさい」（マタイ五－三九）、「敵を愛し、迫害するもののために祈れ」（マタイ五－四四）ということでもあったかもしれない。宗教とは負けることだと遠藤は言う。

「基督教徒になることは、つまり……負けるが勝ちということを、結局、この地上や世界では、負けることを認めたもののような気がするもんですから」
（「巡礼」一九七〇『母なるもの』新潮文庫、一七二頁）

後に『侍』（一九八〇）の中で、磔刑のイエスの像について次のように書いている。

長谷倉六右衛門は初め、

［木の実をあまたつけた数珠の端に十字架がくくられ、その十字架に痩せこけた男の裸体が彫りこまれてある。力なく両手をひろげ、力なく首垂れたその男を見ながら、ベラスコを始め南蛮人のすべてがこんな人間を「主」と呼ぶのがわからなかった」（二八頁）のであったが、ローマ教皇に会うために形だけの洗礼を受け、ヨーロッパから帰国し、すでに禁教令の発せられた時代となって、藩からも裏切られ、用無しの状態で蟄居させられている身になった今、その意味が分かるようになった。

［なぜ、あの国々ではどの家にもあの男のあわれな姿が置かれているのか、わかった気さえする。人間の心のどこかには、生涯、共にいてくれるもの、裏切らぬもの、離れぬものを――たとえ、それが病みほうけた犬でもいい――を求める願いがあるのだ」

（『侍』三七七頁）

長谷倉はその挫折を通して、その男の意味を知った。その男は今の俺と同じく、醜く、威厳もなく、みじめで、みすぼらしい。その意味を心深く了解し、イエスは長谷倉の同伴者となった。

転んだロドリゴに井上が、「パードレは決して余に負けたのではない。この日本という泥沼に敗れたのだ」と言う。

ロドリゴは「いいえ、私が闘ったのは、自分の心にある切支丹の教えでございます」と返した。裏切りのユダは棄てられたのか。キチジローは地獄に堕ちるのか。今自分も、裏切り者になろうとしているが、弱い者にこそ、イエスは寄り添ってくれるのではないか。「丈夫な人に医者はいらない。いるのは病人である」(マタイ九―一二)。福音書にはあるが、これまでの教会が考えなかったことが、ロドリゴの心の奥底に芽生えてきた。「踏むがいい、今まで誰もしなかった一番辛い愛の行為をするのだ」という、新たな光がもたらされたのである。

井上は「五島や生月島にはまだ切支丹の百姓が残っているが、もう捕らえるつもりはない。なぜならあれはもう根が断たれていて、彼等のデウスは切支丹のデウスとは似ても似つかぬものになっている。日本とはこういう国だ」と言って溜息をもらした。日本泥沼論者の井上は切支丹は根が断たれているから、取り締まる必要はない、ただし新たにパードレが潜入すれば、パードレを転ばせるために、信徒がひどい目に遭わされることになるという。これがパードレを転ばせるのに一番効果がある拷問だからだ、と。パードレを転ばせること、これが切支丹を根絶やしにする井上の方法である。

キチジローが訪ねてきて、「お前さまにはまだ告悔をきく力がおありじゃ。この世には弱い者と強い者がいて、俺のように生れつき弱い者は踏絵を踏めと役人に責苦を受ければ転んでしまう」といつものことを言っている。

ロドリゴはあの踏絵を踏んだ時のことを思い出していた。その時、基督は、踏むがいい、と言ったのだった! フェレイラには何も言わなかったのに。主が語ることも、中間小説な

ら出来る。《しかし、イエスはよくしゃべる。饒舌な遠藤の自問自答なのであろうが》

「(ロドリゴ)「主よ。あなたがいつも沈黙していられるのを恨んでいました」

(主)「私は沈黙していたのではない。一緒に苦しんでいたのに」

(ロドリゴ)「しかし、あなたはユダに去れとおっしゃった。去って、なすことをなせと言われた。ユダはどうなるのですか」

(主)「私はそう言わなかった。今、お前に踏絵を踏むがいいと言っているようにユダにもなすがいいと言ったのだ。お前の足が痛むようにユダの心も痛んだのだから」」

(『沈黙』二四〇頁)


これが恩寵。徴。神の顕現。神の愛。医者が必要なのは病気の者である。助けにはならなくても、イエスが今一緒に居てくれている(インマヌエル)と分かれば、耐えられ、救われる。フェレイラにはそれがなかったから、踏んで棄教した。他の殉教者には、「踏むな」と言ったのだろうか。それとも、拷問の中で、気絶、失神していて、そのまま殉教ということになってしまったのか。あるいは「み手にゆだね」たのだろうか。

ロドリゴはこの思いを胸に、「強い者も弱い者もないのだ。強い者より弱い者が苦しまなかったと誰が断言できよう」と口早に言うと、キチジローに対して最後の司祭として告悔の最後の言葉を言う、「安心して行きなさい」。

この言葉は、以前の「安らかに行け」という言葉とは意味が違う。新たな解釈として、裏切りのユダやキチジローへの許しの言葉となっている。しかし、キチジローはそれが分からない。怒ったキチジローは声をおさえて泣いていたが、やがて体を動かして去っていった。

［聖職者にしか許されていない秘蹟をキチジローに与えて、聖職者たちは責めるだろう。だが自分は彼等を裏切っても、あの人を決して裏切ってはいない。今までとはもっと違った形であの人を愛している。私がその愛を知るためには、今日までのすべてが必要だったのだ。私はこの国で今でも最後の切支丹司祭なのだ。そしてあの人は沈黙していたのではなかった。たとえあの人は沈黙していたとしても、私の今日までの人生があの人について語っていた］（『沈黙』二四一頁）

形の上ではロドリゴは踏絵を踏んだ裏切り者であるが、その内面では、あるいは現場では、イエスとの対話は、苦闘と言っていいほどに深まっていた。

［今、お前に踏絵を踏むがいいと言っているようにユダにもなすがいいと言ったのだ］というイエスの言葉は、新しい地平を開く。ロドリゴはその生涯をかけて、イエスの愛の本質、あるいは愛の逆説を知ったのである。父なる神は相変わらず沈黙を守っている。沈黙を破ったのは、七度の七十倍まで許せ（マタイ一八―二二）という神である。許す神とは神の母性の発現である。

小説のストーリーにはイエスの生涯と二重写しになる場面が多く描かれている。「私の今日までの人生があの人について語っていた」というのは、基督がユダに売られたようにロドリゴもキチジローに売られ、基督と同じようにロドリゴも地上の権力者から裁かれようとしているという点もあるが、遠藤の目論見としては、イエスとの対話による新しいイエス像の創造という意味がある。それは日本人の身の丈、心情にあった基督教を探し、日本泥沼論を超え、母性的基督教に至る道筋である。［基督の生涯が、拷問されて完成した］（「白い人」）ように、ロドリゴの新しい基督教に至る道も、拷問という試練を必要とした。したがって拷問する者をも必要とした。しかし……。

後日譚である。ロドリゴは岡田三右衛門という名とその男の妻も与えられ、江戸にいくことになっていた。映画『沈黙』（篠田正浩監督、一九七一）では、この後岡田は妻を抱くことになる。シナリオでは、「夜、寝床を敷いて着物をぬぐ女。隣の部屋のロドリゴ、それをみまいとする」という一行である。その時この「白い人」は何を思っていたか。その時のロドリゴ＝岡田の心中はどのようなものだったか。敗北感であったか、それとも快感であったか。なぜなら肉欲の問題として、［性は当人も知らない秘密を顕わす］（『スキャンダル』一九八六）からである。この場面を遠藤は篠田正浩監督に削除（カット）するよう要請したが、篠田はこれを拒否した。（「わが孫映画『沈黙』」一九七一『観客席から』番町書房、一九七五、一三六頁）

岡田（ロドリゴ）は江戸で拾人扶持を与えられた。「切支丹屋敷役人日記」によると、岡田は何度か信心戻しの文を書いたため、牢屋に入れられている。彼は決して基督教を棄てたわけではない。吉次郎も岡田と伴に江戸に行き、岡田の中間（ちゅうげん）となり、切支丹の本尊を手に入れたりして、やはり信心戻しをして牢屋に入れられている。イエスを踏んだけれども、それでも基督教徒なのである。イエスが棄てないのである。岡田＝ロドリゴは延宝九（一六八一）年七月二五日、六四歳で病死した。戒名は入専浄真信士。

そして次に問題になるのが、この転んだ弱者の救いということである。拷問に耐え切れず神を裏切り、毎年宗門改めで踏絵を踏むという面従腹背の二重生活を続けた転び切支丹は、神の処罰を受けないわけにはいかない。彼らは世間に対して怯えたが、それ以上に、神に対しての裏切り者の烙印をおされつづけた。その時彼らは、聖母マリアを特に拝んでいた。聖母マリアといっても、彼らの拝んでいた納戸神（なんどがみ）は、日本の農民の姿をした母の絵だった。おっ母さんの絵だった。このことから遠藤は、汎神論の風土に育つ日本人の感性を、自身のマザーコンプレックスをも考え合わせながら、母の宗教ということを、言い始める。この父の宗教、母の宗教という言葉は、エリック・フロムの用語である。

「母とは少なくとも日本人にとっては「許してくれる」存在である。子供のどんな裏切り、子供のどんな非行にたいしても結局は涙をながしながら許してくれる存在である。そしてまた裏切った子供の裏切りよりも、その苦しみを一緒に苦しんでくれる存在である。／母にたいして父は怒り、裁き、罰する。それは正しく、秩序を持つが、非行の子供にとっては怯え、震える対象だ。／かくれ切支丹たちは神のイメージのなかに父を感じた。

父なる神は自分の弱さをきびしく責め、自分の裏切り、卑劣さを裁き、罰するであろう。そのような神にかくれ切支丹たちは怖れを感じながら、しかしそのきびしさより、自分をゆるしてくれる母をさがした。そして聖母マリアがそれだと彼等は感じたのである」

（「弱者の救い」『切支丹の里』一九七一、一二三～一二四頁）

パリサイ人は厳格に律法を守り、それが出来ない者を罪人として貶め、顧みなかった。イエスはこれを偽善と見て、弱い者たちのための救いをテーマとしたことが、この問題に繋がってくる。日本人は自力できびしい修行に励んで、ある宗教的高みを得ようとするよりも、何か大きなものすぐれたものに頼り、すがろうとする、あまえの傾向がある。しかも直接その大きなものにすがるというより、次の位置にいるものにとりなしを願う、という傾向がある。遠藤によると、黄色い人の日本的宗教意識の原形はあきらかに母に対する子の心理である。転びや姦淫の罪びとの許し・救いは母なるマリアの取次ぎにより、神に届けられる。

［浄土宗が庶民へ結びついたこの心理傾向を我々はマリア観音に祈ったかくれ切支丹のなかにも見出せるのである。少なくとも浄土宗は苛烈な修行や努力や殉教を命ずる父の宗教ではない」

（「父の宗教・母の宗教」一九六七『切支丹の里』一三五頁）

だが、キリスト教の「後悔と許しの信仰」と、歎異抄のいう許しとはちがう、と遠藤は言う。一六〇三年ころ、当時の日本司教ルイス・ケルセイラが長崎で書いたとされる「こんちりさんのりやく」（痛悔の利益）というものには、「過ぎし科を悲しむのみならず、今より以後二たび、もるたる科（大罪のこと）を犯さず、御掟のままに行儀を守るべしと堅固に覚悟すべし、過ぎし科をいかほど悔しくおもふとも、重ねて科に落つる事あるまじきとの堅き定めなきにおいては科の御ゆるしあるべからず」（遠藤「日本の沼の中で」一九七九『切支丹時代』小学館ライブラリー、一九六頁。原文は片岡弥吉校註「こんちりさんのりやく」『日本思想大系25　切支丹書・排耶書』岩波書店）ということが書かれている。すなわち、罪を悔い、二度と罪を犯さないという誓約と実行が、切支丹の許しの条件という事である。

さらに、この許しを可能にしたのは、イエスが十字架にかかり、神と人間との和解のため犠牲になったからであるが、このような仲介者の観念は歎異抄にはない。浄土真宗はひたすら念仏を唱える事で他力によって救われると言う。

しかし、一六一四年の切支丹禁制も厳しかったが、島原の乱（一六三七年）以降の切支丹弾圧と迫害が厳しくなってくるにつれ、宣教師も教会もない状態で、表向きは仏教徒を装う面従腹背の二重生活を強いられた結果、信者たちは二度と罪を犯さない、とは言えなくなってくる。毎年踏絵を踏まされるわけだから。これ以降を後期かくれ切支丹と、遠藤は呼ぶ。「かくれ切支丹の「後悔と許しの信仰」はこの基督教的な意味と本質的にちがう。なぜなら彼等は社会的に転びものとして生きることを神に詫びながら、他方、進んで社会にふたたび切支丹であることを宣言する勇気がなかったからである。旦那寺にやむをえず詣で、毎年一度は踏絵を踏み、その度ごと、後悔の祈り（コンチリサンのオラショ）を唱えながら、彼等は来年も自分たちが同じ行為をすることを知っていた。（略）彼等には転びという運命から立ち上がる意志はなかったから、彼等にとって罪とは仏教でいう業と同じようなものになっていった」

（「日本の沼の中で――かくれ切支丹考」『切支丹時代』一九七九、一九六頁）

ここにおいて、かくれ切支丹の信仰は、日本的なものに変質していった。［そこには基督教で言う十字架の意味、イエス受難の意味も忘却されていたのだ」と遠藤は言う。イエスを仲介者にするより、聖母マリアを、すなわち「母」を自分達の仲介者に選び、すがった、ということである。先祖が唱えていたオラショを口伝えに憶え、意味も分からず唱え、そしてさらには、かくれ切支丹の信仰の中には、仏教的なもの、先祖崇拝的なもの、神道的なもの、道教的なもの、呪術や迷信までが混じり合う、土俗宗教になっていた。「日本人は人間を超えた存在を考える力を持っていない。日本人は人間を美化したり拡張したものを神と呼ぶ」と『沈黙』のフェレイラは言い、「彼等のデウスは切支丹のデウスとは似ても似つかぬものになっている」と『沈黙』の井上は言う（遠藤も言う）。

幕末、プティジャン神父により大浦天主堂が建てられたとき、浦上のかくれ切支丹が現われた（後述）。一八七三（明治六）年になって、切支丹禁制が解かれ、多くのかくれ切支丹（潜伏キリシタンと呼ぶ）は新たにやって来た神父の元でカトリックに改宗する者が多かったが、旧習のまま、彼等の先祖が信じた信仰に留まっている、カクレキリシタン、と呼ばれる者もいる。五島列島、外海（そとめ）、生月島（いきつきしま）に多いが、消滅寸前と言われる（日本歴史大事典）。

遠藤はかくれ切支丹の島を訪ね、彼らが拝んでいるマリア像を見せてもらったことがある。「せっかく東京から来なさったばってん、見せてあげたらよか」という案内者に促されて、島の菊市さんはその絵を見せてくれた。仏壇の左側に浅黄色の垂れ幕が二枚、棚の上には餅と神酒の白い徳利が置かれている。キリストをだいた聖母の絵――それは乳飲み子をだいた農婦の絵だった。案内者は、「馬鹿らしか、あげんなもんば見せられて、先生さまも、がっかりされたとでしょ」と言ったが、遠藤は感激して、しばし眼を離すことができなかった。

「彼らはこの母の絵にむかって、節くれだった手を合わせて、許しのオラショを祈ったのだ。彼らもまた、この私と同じ思いだったのかという感慨が胸にこみあげてきた。昔、宣教師たちは父なる神の教えを持って波濤万里、この国にやって来たが、その父なる神の教えも、宣教師たちが追い払われ、教会が毀されたあと、長い歳月の間に日本のかくれたちのなかでいつか身につかぬすべてのものを棄てさりもっとも日本的の宗教の本質的なものである母への思慕に変ってしまったのだ」

（「母なるもの」一九六九『母なるもの』新潮文庫、四八～四九頁）

いかに稚拙で、「あげなもん」と切り捨てられようと、本質はすなわちマリア観音（菩薩）とも呼ばれた、聖母子のイコンである。罪と信仰は表裏をなす。弱者の「影」を癒やすのは「母」である。

こうした、「泥沼」の中での基督教の「造り変え」と屈折は、遠藤の追究してきた日本人と基督教というテーマに、一つの示唆を与えた。その変化はあくまで日本的であった。遠藤はここに日本人の感性が不可避的に持つ汎神論的性質を見た。汎神論的であるにもかかわらず彼らがマリア（母性）を頼む切支丹であり続けようとする所に、遠藤は実は自分自身にもその感性が繰り返されていることを見た。だぶだぶの（むしろ窮屈な）洋服を日本風に仕立て直す（「造り変える」）ことを肯定し、その可能性を遠藤はこの母性の宗教に見出だしたのである。

少し話を戻すが、神を裏切り、転宗していったものたちの進む道は二つある。一つは、今まで自分があがめていた（父なる）神とその世界を徹底的に否定し、憎み、破壊し、瀆聖することである。神に反抗し、逆らうことである。それはニヒリズムであり、サディズムである。陰に籠もって、全ては空しい、とか言わず、陽性で強気な行動的ニヒリズムなのである。それはまた同時に自分自身の否定・破壊でもある。「白い人」の「私」や、「黄色い人」のデュラン元神父はこのタイプである。『スキャンダル』の成瀬万里子、『深い河』の成瀬美津子もこのタイプに属すだろう。

もう一つは、基督教の内部にあって、母なる神に、許しを求め、救い＝他力＝恩寵を待つというものである。遠藤の前期の主人公たちや大津はこのタイプである。

切支丹であれば、踏絵を踏んではならない、踏めばもう切支丹ではない、という論理は父の論理である。純粋にして一元的な強者の論理である。しかるに踏絵を踏んだけれども切支丹である、という屈折の論理は、踏んでしまった弱者のための論理である。（何度〈で〉も繰り返すが）「丈夫なものに医者はいらない。いるのは病人である」（マルコ二－一七）。

この考え方は、受け入れ、包み込み、許してくれる母への甘えと言える。多元的で、汎神論的な日本の風土になじむ母の論理と言っていい。浄土教は摂取不捨と言う。そこには悲惨なサディズムもないし、神に逆らうニヒリズムもないのである。「黄色い人」でキミコが唱えていた「なんまいだ」という「呪文」の意味はここにある。日本的風土に根差した感性は、窮屈な厳父の宗教を慈母の宗教へと変質させて行ったのである。

（しかし、弱い者の裏切りや過ちを許すということと、強い者の横暴・残酷を許すということは別のことである。何をしても許されるのだから乱暴狼藉をはたらいてもかまわないというのは、悪意のある誤解〈本願誇り〉である。悪人正機の悪用である。勝手に許された気になられても困るのである。神は許しても直接の被害者が許さないということも考えられる。被害者はそのことで苦しんでいるのだから。）

では遠藤は基督教徒ではなく仏教徒になればよいのではないか、という問いに対して、遠藤は次のようにこたえている。

郵便はがき

料金受取人払郵便

博多北局
承認

0178

差出有効期間
2023年10月31
日まで
(切手不要)

812-8790

158

福岡市博多区
奈良屋町13番4号

海鳥社営業部 行

通信欄

通信用カード

このはがきを，小社への通信または小社刊行書のご注文にご利用下さい。今後，新刊などのご案内をさせていただきます。ご記入いただいた個人情報は，ご注文をいただいた書籍の発送，お支払いの確認などのご連絡及び小社の新刊案内をお送りするために利用し，その目的以外での利用はいたしません。

新刊案内を［希望する　希望しない］

〒　　　　　　☎　　（　　）

ご住所

フリガナ

ご氏名

（　　　歳）

お買い上げの書店名

遠藤周作の影と母

関心をお持ちの分野

歴史，民俗，文学，教育，思想，旅行，自然，その他（　　　）

ご意見，ご感想

購入申込欄

小社出版物は全国の書店，ネット書店で購入できます。トーハン，日販，楽天ブックスネットワーク，地方・小出版流通センターの取扱書ということで最寄りの書店にご注文下さい。なお，本状にて小社宛にご注文いただきますと，郵便振替用紙同封の上直送致します（送料実費）。小社ホームページでもご注文いただけます。http://www.kaichosha-f.co.jp

書名		冊
書名		冊

［私が日本人でありながら、阿弥陀如来をイエスのかわりに選べぬ最大の原因は、それが仏教的観点からいってもひとつの理念の具象化であり、イエスのように実際に地上に生き、苦しんだ実在の人間と生命とではないからである。理念にたいして、それをあたかも生ける人格のように語り、それに母を慕う子のようにすがることは今の私にはやっぱり、できないのだ」（『私の愛した小説』一九八五、新潮文庫、一六七頁）

イエスは実在の人物であり、この地上で生き、苦しみ、人の罪を代わって背負ってくれた人間である。「なんまいだ」の対象である阿弥陀仏は、抽象的なものであり、理念にたいして母のようにすがることはできない、と言う。（因みに、阿弥陀仏の阿は英語のno、弥陀は英語のmeter〈メートル〉の語源、仏＝如来はBuddha。阿弥陀仏は、no meter Buddha、即ち、無限、無量の仏、永遠の命という意味である。つまり無量寿如来〈amitayus　アミターユス〉、である。またの名を不可思議光〈amitabha　アミターバ〉、である。親鸞の「正信念仏偈」冒頭に謂う通りである。）

さらに、遠藤は仏教徒になれない理由を次のように言う。仏教は人間の欲望・執着を、煩悩として捨て、仏になって寂滅＝悟りの境地に至ろうとする。しかし、そこには安らかではあるが躍動感がなく、個人の救済という面が強い。しかるに自分は好奇心が強く、欲望を捨てることはできない。イエスの最後は政治犯として処刑されたわけだが、そこには、人間の苦しみや罪を代わって神に償ってくれるという思想がある。そして恩寵により神の永遠の命の中に戻ることができる。それを可能にするのは、神と基督と聖霊の三位一体である。聖霊とは神と人間との間に働く聖なる力である、それをXと呼んでもいいし、たまねぎと呼んでもいい。そこで母や親しい人たちに会えると確信していると言う（『私にとって神とは』一九八三、光文社文庫、一三三頁以下）。ただし遠藤には多少の誤解はあるようである。釈迦の死は涅槃の安らかさ静けさであるが、イエスの受難の死は痛そうである。それはイエスが現実の中で生き、その優しさのゆえに受難（パション）し、他者の苦しみを背負い苦闘した愛の神であったからである。仏教ではイエスに相当するのは菩薩である。敢えて正覚をとらず、現実の中で苦闘・受難したのは大乗仏教の菩薩である。

遠藤は、前に引用したように、この母性的キリスト教への変質は、既に新約聖書のなかで起こっていることだと言う。厳父の宗教的であった旧約の世界に、母性的なものを導入し、父母的なものとしたのはイエス自身である、と。新約聖書に登場する人物は多く弱者である。病気の者、貧しい者、裏切った者、彼等のためにこそ天国はある、とイエスは言う。裏切り者ユダのために（「生まれなかった方がよかった」と言いつつも）、またペトロのために、イエスは彼等もまた天国にいけるよう、力を尽くしたのである。彼等こそ救いを必要とした。彼等こそ救われなければならないというのは、浄土教の言う「悪人正機」「摂取不捨」ということである。遠藤は福音書を、日本的感性によって、浄土教的に読み替えたことになる、と言いたくなる。

だがこのことで遠藤はカトリック教会から、汎神論的だ、とか、浄土教にしてしまったとかの非難を浴びることになる。「小さな町にて」という短編で、こんな情景を描いている。「私」は長崎で「日本人の宗教心理」というテーマで講演をした。聴衆の中にはローマン・カラーをつけた神父や神学生や修道女がいて、教義に抵触しないかという不安が頭をよぎる。「私」はそれでも持論を展開した。

［もし、宗教を大きく、父の宗教と母の宗教とにわけて考えると、日本の風土には母の宗教……つまり、裁き、罰する宗教ではなく、許す宗教しか、育たない傾向がある。多くの日本人は基督教の神をきびしい秩序の中心であり、父のように裁き、罰し怒る超越者だと考えている。だから、超越者に母のイメージを好んで与えてきた日本人には、基督教は、ただ、厳格で近寄り難いものとしか見えなかったのではないか……］

（「小さな町にて」一九六九『母なるもの』新潮文庫、六八頁）

講演の後のティー・パーティで、一人の外国人神父が礼儀ただしく挨拶して、こう言った。

［「しかし、あなたの考えは基督教的と言うよりは、浄土宗的ですよ」］（同、六九頁）

これは『沈黙』（一九六六）出版後の批判の代表的なものであろう。前述のように、遠藤自身、『沈黙』の「あとがき」で、

［ロドリゴの最後の信仰はプロテスタンティズムに近いと思われるが、しかしこれは私の今の立場である。それによって受ける神学的な批判ももちろん承知しているが、どう

にも仕方がない」
と書いていて、宗教改革的であることは自覚していた。教会の神と私の主は別ものだと言っていたのだから。カトリックというのは普遍的という意味だが、国境や民族を越えて、キリスト教の福音は伝えられなければならない、ということの重大さは、それが例えば戦争や虐殺という局面を迎えることになることでも分かる。基督教徒が殺される場合もあったし、殺す場合もあった。カトリックの正統性から見れば、遠藤的な基督教は、異端ということになるのであろう。しかし遠藤にすれば、正統性とは、日本人というポイントを落としたありようということであり、そのような基督教に（留学時に）距離感・違和感を感じていたがゆえに、彼はこの、だぶだぶの洋服を、と言うより窮屈な服を、身の丈に合わせて仕立て直す（「造り変える」）苦闘を始め、プロテストし、この母性的キリスト教に至ったのである。

4＊成瀬美津子は、矢野という、ゴルフやスポーツカーの話しかしない平凡な男と結婚した。自分の心の底に潜む破壊的なものを消し去るためだった。披露宴の二次会で、夫の友人から、大津がリヨンの神学校に入ったという消息を聞いた。痩せた無力なあの男は、大津をいつの間にか取り戻していた。それでも、神は「わたしが棄てた男」を貪欲にも拾いなおしたにすぎぬ、と美津子は思った。

もっと向うにある（聖なる）ものについて考えようとしない、矢野という人間のタイプもある。というか一人の人間の中には矢野的な面がある。遠藤はこのタイプには狐狸庵という名前で対応しているようであるが、実際にはこの平凡な、サーカスが好きな人間のタイプが最も多い。本職の商売（つまりパン）の話の後はゴルフやスポーツカー（つまりサーカス）で退屈を紛らわし、人生を過ごし得るのである。人生を軽く楽しめる現世利益タイプである。冷たくもない、熱くもない、というタイプである。彼らはそのことに何も不気味さを感じない。空しいけれど楽しければいいという享楽タイプである。つまり、パンとサーカスがあれば、それなりに楽しく格好(カッコ)良く生きていける。（しかし、昔、カッコ良いということは、何とカッコ悪いことだろう、と言った人がいたが……。）「平凡が一番幸せだ。波瀾のないのが一番仕合せだ」。

美津子は自分の中に潜む破壊的なものを消しさるために、矢野と結婚した。それは、自身の性向にたいして、不気味なものを感じたからではあるまいか。しかし正しいニヒリストは、その不気味ささえ感じないだろう。だが、美津子が不気味さを感じつけたということは、一つの揺らぎである。パンとサーカスだけでは満たされぬ精神の渇きであろう。この揺さぶりをかけてきたのは、神である。

『火山』（一九六〇）に登場する学生は、「僕は自分のしたことに苦しんだことがないんです。誰かに知られるのは不安だが」と言う。『海と毒薬』（一九五八）の中で、生体解剖に参加する勝呂が［生々しい恐怖、心の痛み、烈しい自責］も何も感じない己の心を不気味に思うシーンがある。これを遠藤は「神なき人間の悲惨」としてとらえている。しかし不気味に思ったと言うことは、心の迷いであり、揺らぎであり、すでに信仰の次元に入っている。

『海と毒薬』に出てくる他の医師たちは、それこそ生体解剖に関して何も不気味とは感じていない、ようだ。彼等は、ニヒリストでさえないと言うか、罪の意識をごうも持ち得ぬ無縁の徒（科学者?）、縁なき衆生、である。軍医たちの待つ、料理の皿や酒盃が並べられた会議室に、生体解剖された捕虜の肝臓が届けられた……。仕事がすめば、ゴルフか何かで退屈を紛らわすことが出来る。いや仕事さえ退屈を紛らわすものであることも多い。悲惨だがその認識は、ない。罪意識もない。

ただしこの罪意識はキリスト教の体系の中のものである。神への無感覚、罪への無感覚、死への無感覚が日本的感性の特徴であると先にふれたが、それはキリスト教の視点から見た時のことで、勝呂の罪意識は、日本的罪意識、或いは儒教的もしくは仏教的道徳としては存在しているはずである。それは世間体あるいは法的というレベルのものであるにしても。

（『海と毒薬』については後述）

5＊大津がリヨンの神学校に入ったということを知った美津子に、またしてもニヒリズムの炎が燃え始める。神は、「わたしが棄てた男」を拾い直していた。

美津子のニヒリズムというのは、彼女はクリスチャンではないにもかかわらず、神に挑み、神を破壊しようとする積極的能動的ニヒリズム＝サディズムである。それは悪というものである。モイラやテレーズの血を引いている。

「わたしが棄てた男」という言葉は、ただちに、『わたしが・棄てた・女』（一九六三）を思い起こさせる。遠藤自身、ここは『わたしが・棄てた・女』を意識して、あるいは思い起こすよう促して書いたと思われる。『わたしが・棄てた・女』の主人公森田ミツは、「誰か他人がミジメで辛がっているのを見るとすぐ同情してしまう癖」があった。

［風がミツの眼にゴミを入れる。風がミツの心を吹きぬける。それはミツではない別の声を運んでくる。赤ん坊の泣声。駄々をこねる男の子。それを叱る母の声］

（『わたしが・棄てた・女』一九六三、講談社文庫、八八頁）

お金に困っている同僚田口の妻に、自分が残業をして働いた、カーディガンを買うお金を与えてしまう。「にんげんの人生を悲しそうにじっと眺めている一つのくたびれた顔」がミツに、こう言ったから。これも中間小説だから出来ることである。

［（ねえ、引きかえしてくれないか……お前が持っているそのお金があの子と母親を助けるんだよ）

（でも、あたしは毎晩、働いたんだもん。……）

〈わかってるよ。……〉」（同、八八頁）

心の優しい人間の受難である。ミツはクリスチャンではないから、その声がどこから聞こえてくるのか分からない。良心の声として聞いていたかも知れない。しかし、カトリックでは、良心の声というのは、はっきりと神の声である。奇蹟である。それを「風がミツの心を吹きぬける」と言っている。［風］は、プネウマである（井上洋治によれば、風 Pneuma は息であり、神の息吹であり、霊であり、聖霊である〈後述〉）。

こんなところにも、同伴者イエスはいる。即ち、インマヌエル。しかし、［ゴミ］というのは何だろう。それに、田口の妻はそのお金を受け取ったりするのだろうか？

「良心とは人間の行いの善悪を判断し、善を命じ、悪を禁じ、善をほめ、悪を戒める神よりの心の声です。人間は心の中に神から刻まれた法を持っており、それに従うことが人間の尊厳であり、また、人間はそれによってさばかれます。」（『カトリック要理』）

ミツはこのような厳しい戒律は全く知らなかった。

ミツは、手首にあざができて、それがハンセン氏病と診断され、入院するが、やがてそれは誤診と分かり、退院する。退院して、列車に乗ろうとするところで、自分が棄ててきた病棟を思い返し、内心のうながしに身を任せる。ミツは病院に戻り、スール・山形にわけを訊かれても、「なぜって……」と恥しそうに口ごもるだけだった。ミツは自分でも分からない衝動のようなものに背中を押され、内心のうながしに従って、戻ってきた。

例えば、マザー・テレサは、神の声を聞いたという。

［一九四六年、彼女はカルカッタからダージリンに向う汽車に貧しい人々の群れにまじって乗っていたが、その時、神の啓示ともいうべき一つの声を心に聞いた。これら世界で最も悲惨な人々のなかでこれから働けという声である］

（「マザー・テレサの愛」一九八一『春は馬車に乗って』文春文庫、三九四頁）

テレサはロレット修道会の経営する高校の教師をやめ、カルカッタのスラム街にはいり、親から捨てられた子供のホームを作り、さらに路上に見捨てられ、死にかけている孤独な病人をみとる施設「死を待つ人のホーム」を作り、神の愛を実践している。

ミツの場合も、なぜと訊かれて、べらべら話せるようなものではない。ここでは風景が答えている。（ここでは、鳥も蝿も飛ばなかった。）

［雲の間から幾条かの夕陽の光が束のように林と傾斜地とにふり注いでいた。その畠で三人の患者が働いている姿が豆粒のように小さく見える。／ミツはその落日の光を背にうけながら林のふちに立ちどまった。あれほど嫌悪をもって眺めたこの風景がミツには今、自分の故郷に戻ったような懐かしさを起させた。林の一本の樹に靠れて森田ミツはその懐かしさを心の中で嚙みしめながら、夕陽の光の束を見上げた］

（『わたしが・棄てた・女』二三五頁）

これは、遠藤がフランスで見た畠の遠景、の引用ではなかったろうか。そしてその畠は葡萄畠ではなかっただろうか。そこで働いている三人は、例えば「落穂ひろい」のような感じの、農婦のイメージを、僕は想起する。例えば、次のような文章との近似を覚える。

［それは晩夏の夕暮れでした。ぼくの乗った車は、とり入れを待つ麦や葡萄の耕作地の中を走っていました。すでに空は蒼み、ただ、地平線のむこうだけが、金色の光にてりはえたまま、そこだけあかるく赫いている。］（「宗教と文学」『全集12』）

遠藤は、前述したように、「幾週間ぶりで、私は葡萄畠に足をむけた。ある所は既に実をもがれて、休息に入っている」というモーリヤックの小説の一節を引きながら、かねて次のように言っていた。

［われわれ（日本人）には、葡萄畠、炎天の下で、地に這い（仏蘭西では、葡萄畠はおおむね、棚にからましません）、焼きこがれている葡萄畠の風景から聖書にある「葡萄」「かり入れ」「休息」の句の持つ象徴的な意味を思いうかべる事は、非常に難しいのです。作家の秘密は、往々にしてその自然描写に発見されるのですが（略）］

（「カトリック作家の問題　序にかえて」一九五四『全集12』一九頁）

西欧キリスト教文化の常識として、葡萄が出てくれば、それは聖書の世界を表わすということがあるのだが、日本人の感性にはそれがない、そこが苦労する点だ、と遠藤は言う。

さらに傾斜地の畠にいる三人とミツに、即ち世界に夕陽の光の束（のスポットライト）がふり注ぎ、ある祝福を受けているような景色になっている。栄光の光が満ち、空に天使の喇叭が吹きわたるような景色である。バルビゾン派の絵画で見たことがあるような、懐かしさを覚える。さすがに喇叭（トランペット）やバイオリンのBGMは鳴らなかったようだが。（鳴らすのであれば、ルイ・アームストロングの「What a wonderful world」〈一九六八〉なんかどうだろう。A・ハックスリーの『Brave New World』〈一九三二〉のディストピアではなく、順接で。この歌はベトナム戦争が背景にあるらしい）。木々の緑、薔薇の赤、空の碧、雲の白、世界は素晴らしい……。おのずと、喇叭が聞こえてくる……（曲中ではストリングスが美しく、喇叭は鳴らないのだが）。「世界はどうしてこんなに美しいんだろう」というフランクルや『死海のほとり』を思い出しても好い（後述）。

困っている人を見るとじっとしていられない性格というのは、イエスの受難（Passion）を典型とし、アウシュヴィッツのコルベ神父の行為もその系譜である。一言で言えば、愛ということである。隣人愛ということである。神の声を聞き得る人の、人に対する優しさである。

これは「美しい人間」の系譜と言ってもいい。ゲーテは、こう書いている。

「わたしは、神さまから命令を受けたというような記憶がほとんどありません。わたしは戒律とか律法というかたちであらわれてくるものはなにひとつありません。わたしをみちびき、つねに正しい道をあゆませてくれるものは、内心のうながしです。わたしは、自由に自分の気持にしたがい、束縛を感じたことも後悔したこともありません。」（ゲーテ『ウィルヘルム・マイスターの修行時代』一七九五）

この系譜には、仏教の菩薩や、アルプスの少女『ハイジ』や、『白痴』のムイシュキン公爵や、宮沢賢治やマザー・テレサがいる。遠藤の作品でいえば、『おバカさん』のガストンや『楽天大将』の楽天王子が当たる。みんな戒律や命令からではなく、自然に、内発的な良心のうながしにおいて、困っている人をみると放っておけないのである。なぜなら、「やさしい心の持主は／いつでもどこでも／われにもあらず受難者となる」（吉野弘「夕焼け」『幻・方法』一九五九、『吉野弘全詩集』青土社　二〇〇四）からである。《しかし、こういう人とサドが出会うと大変ややこしいことになるだろう。大津と成瀬美津子が出会ったように……。それともサドに感化され……。あるいはサドが感化され……。》

ミツは受難（＝パシヨン＝情熱）したのである。しかし一方、ミツは、次のように言う。

［神さまなど、あると思わない。そんなもん、あるものですか。］

［神さまがなぜ壮ちゃんみたいな小さな子供まで苦しませるのか、わかんないもん。子供たちをいじめるのは、いけないことだもん。子供たちをいじめるものを、信じたくないもん。］

［なぜ、悪いこともしない人に、こんな苦しみがあるの。病院の患者さんたち、みんないい人なのに］

（『わたしが・棄てた・女』二五〇頁）

ここでは壮ちゃんと呼ばれているが、『満潮の時刻』では荘ちゃんである。荘ちゃんは、生まれたときから肛門がない。四年に一度は人工肛門を作り変えなくてはならない。二〇歳まで生きられるかどうか、と言われている。そういう運命をもって生まれた子供への、これはミツの受難――（いないはずの）神への素朴な抗議であろう。

しかし他方、そうでない人も同じくらい居るのである。

ミツという名前は、遠藤の作品群の中で、一つのタイプの系統を形作る由緒ある名前である。ミツという名前は、『ただいま浪人』（一九七二）、『灯のうるむ頃』（一九七三）、『女の一生』（一九八二）、『スキャンダル』（一九八六）などに出てくる。いずれも（第三期作品の『スキャンダル』を除いて）、主役ではないが、善良な人間性の持ち主である。名前が同じということは、テーマの継続をあらわす（はずだ）。他に、勝呂、戸田、ガストン、などという名前も同様である。転生？

そのミツという名前を背負って、『深い河』では、成瀬美津子が、『スキャンダル』の成瀬万里子を引きついでニヒリスト＝サディストとして登場している。遠藤はここに何か秘密を隠しているのではなかろうか。『わたしが・棄てた・女』と『深い河』では男女で立場が入れ替わっているというのは、見やすい図式である。ミツというのは罪の逆だという説もある。

しかしことはそんな単純なことではあるまい。美津子のニヒリズムの彼方に何があるかは今の所、明らかではない。しかし、遠藤は既に次のように書いていることを見落としてはなるまい。

「モイラは主人公を罪に誘いました。しかし、この小説が語らなかった部分、永遠の余白の部分ではもう一人の女マリアが彼を浄化する世界に導くでありましょう」（「カトリック作家の問題」一九四七）

「「モイラ」とはギリシャ語で宿命（ファタリテ）と言う、しかしもう一つの意味はケルト系の言葉では「マリア」を指すのだとグリーンは申しております」（「情欲の深淵」一九五四）

成瀬万里子はそのマリアを秘めているのか？

『モイラ』のラストシーンで、ジョゼフがモイラの死体を林の中に埋めている時、雪が降る。「もしこのまま雪が降り続くようなら、ぼくは助かる」とジョゼフは言うが、もちろんこれは、刑法的な意味ではなく、宗教的な意味である。雪は全てのものを浄化する。人の罪を雪（そそ）ぐ。（しかし「雪がふっています。あれにどんな意味があるというのか」という人（チェホフ）もいる。前にも述べたように、雨が降ろうが、雪が降ろうが、碧空だって暗い曇り空だって、鳥が飛ぼうが、蝿が飛ぼうが、意味はない、と。）これは遠藤の場合自作にもあてはまることである。マリアは、イブ＝モイラも、ジョゼフも浄化する、と遠藤は早く書いているのである。つまり、万里子はマリアを秘め、美津子は、いつか（ツミから）ミツになる、と。なぜなら神への反抗は神を前提としてなされており、その限り神はいつもそばにいるわけだから。反抗や残虐は、懊悩の一つの型であると言える。そして光はそこにさしこむ（はずだ）。

しかし、それは、彼または彼女の直接間接の被害者はたまったものではないが。人生は芝居ではなく、カーテンコールには主役も仇役も殺され役も出演者（スタッフも）全員勢ぞろいして、今の面白かった、とか言って、拍手をもらったりすることは、ないのである。

6＊新婚旅行をフランスと決めたのは美津子だった。パリの美術館巡りなど趣味でない夫と分れて、美津子は、卒論に選んだ『テレーズ・デスケルウ』の舞台を見たいといって、ボルドオの近くに出かけ、ついで、リヨンに行き、大津と再会する。
「成瀬さんに棄てられて、ぼろぼろになって……、行くところもなくて、どうして良いか、わからなくて。仕方なくまたあのクルトム・ハイムに入って跪いていた間、ぼくは聞いたんです。おいで、という声を。それで、行きます、と答えました」と大津は言った。

美津子は、さきにモイラの化身であることを見たが、テレーズの影も負っている。モーリヤックの『テレーズ・デスケルウ』（一九二七）は遠藤の最も愛した小説であり、翻訳もしている。彼は「カトリック作家の問題」、「宗教と文学」、「文学と想像力」、「テレーズの影をおって」、『私の愛した小説』などで何度もこの小説についてふれている。『私の愛した小説』（新潮文庫）には、遠藤訳が収録されている。
遠藤によると、この小説は、一切のものに倦怠した中年の女が人生そのものへの烈しい渇きから、夫ベルナールを毒殺しかけたという話である。「あれは……おれをきらいだったからか?」と訊ねられたときも、テレーズはどう答えてよいのか分からず、「あなたの目の中に不安と好奇心の色をみたかったのかもしれないわ」(三四二頁)と答えている。彼女は夫を一瞬たりとも愛したことはなかった。しかもこの夫のどんな心理のどんな働きをも見逃したことがなかった。彼女は絶対に酔うことができなかった。作家モーリヤックは、この孤独な女を幾度も小説の中で救おうとした。彼女がある司祭に生の歪み、孤独と闇を告白し、その流した泪を基督に拭ってもらおうと考えていた。しかし、それはできなかった。テレーズの衝動を生へのやむをえぬ欲求であると承知しながら、やはり暗い罪悪と考えていた。それを生み出した彼女の心の底の領域——無意識を抑圧した罪の溜り場所と見なしていた。そしてその悪は、今日の悪は、作品の構成や調和をもり立てて事足りるような小さなものではない。それらの美を打ち破るほどに戦慄的で、複雑で、毒が深い。

美津子のイメージの中にこのテレーズの影がある。それを一言で言えばニヒリズム＝サディズムということになる。美津子もまた、人生に酔えぬ、人生に意味を見出すことができない女である。

一方、大津はそんな美津子に傷つけられて、絶望して、大学の礼拝堂に跪いていた時、「おいで」という声を聞いた、という。これははっきり神の声である。神の声を聞くというのは、超常体験、至高体験、奇蹟といっていい。

遠藤の小説では、『沈黙』を初め、しばしば中間小説的な、神の声が聞こえる。

ここで遠藤自身の至高体験を、留学中の日記から検討しておきたい。

［ぼくにとっては、人生とは決して苦痛ではない。しかし、それはあかるいものでもない。何故だか知らぬが、今のぼくの人生を支えているものは、人間のふしぎと無限の暗黒へ対する執拗な興味である。ぼくは人間を思う時、あるほの暗い湿地帯、沼のように光のはいらぬものに身をかがめようとする。その中にぼくは段々ひきずりこまれていく時、（略）ぼくは一枚の古い枯葉のように暗淵の中でねむるか（略）あるいは一条の荘厳な恩寵のひかりを発見するかにかかっている。／今考えてみると、このぼくの人間の映像を沼にむすびつけるものは、仁川の家の裏山にあった、古い小沼からきているのかもしれぬ。まひる、夏の午後、ぼくはその沼のほとりで、ぼんやりしていた。そしてその時ぼくは一匹の蛇がうねりながらあおぐろい水面を走るのをみたのである］（『作家の日記』一九五一年一月二四日）

遠藤には己の内部に抱え込んだ暗い影のごときものがあり、それはいつも彼の内面を脅かしていた。それを汎神論的ニヒリズムとよぶとすれば、彼はそのなまぬるい湿地帯の中でただじっと座り込んでいることもできた。けだるく、ねそべって生を送ることは、苦痛ではない。これを神無き人間の悲惨と呼ぶのはキリスト教の立場からは言えるのかもしれないが。

湿地帯を身をくねらせて泳ぐ蛇のイメージは、強迫観念のように彼の脳裏に焼き付いている。それは水平的で抑揚のない汎神論的「泥沼」の原イメージであろう。彼の日本的泥沼という言葉はこの仁川の裏山の小沼に発するのであろう。

しかし、遠藤にはこの沼に対立する世界がある。一条の荘厳な恩寵のひかりの光源である、垂直的な彼方の世界である。そしてこの世界には死後の裁きが待っている。

「この世界には二つの世界がある。／一つは自然的世界であり、恩寵なき世界である。それは一月二十四日に僕の心に結ばれた映像であった。その時、ぼくは又、別の世界のありうる事、恩寵のありうる事を無視した。しかし昨夜死の恐怖のくるしみの中で、僕は恩寵なき世界を浄化する聖母の光をみたのである。それは自然的世界のぶよぶよした湿地帯を透明にうつくしく、変容してしまうものであるに違いない。／病の中でぼくは死の恐怖が、ぼくの汎神傾向より、もっと強いものであることを発見した……。／これは、次の事を促すのである。人はその宿命から逃れる事は出来ない。ぼくは、ぼく自身だけでは、ぼくのぶよぶよした、湿地帯への傾き、ほの暗い姿勢から起き上がる事はできない。しかし、恩寵はそれを浄化することが出来るという事である」

（同、一九五一年二月一九日）

遠藤は、一八日の夜、死の恐怖に胸をしめつけられた。それは一月二四日に考えた己の汎神論的人生観の苦しさからではないかと思った。彼が怯えたのは棄教者への死後の永遠の刑罰であり、彼は幼時から聞きなれてきたキリスト教的宗教観からどうしても抜け出せなかったのだ。彼は聖母に祈る。そしてついに、「恩寵なき（汎神論的）世界を浄化する聖母の光をみた」と言うのである。これは神の啓示・恩寵と言わねばならない。さらに、「ぼくの聖母に対する信仰はどうしてもなくならない。ぼくはわるい事をした時、困った時、くるしい時、聖母に祈る。聖母は必ずきてくれる」（同、一九五一年二月二一日）「ぼくは死ぬ事によって、僕は自分の原素を汎神的に地上に返還するだけだと考えた。（略）その思想を罰するかのように、ぼくは半年以後、死の恐怖に見舞われねばならなかった。（略）聖母の白い像がぼくの前にあらわれた。révélation（啓示）とはそういうものではないか。（略）もっと魂の奥底に働く御手があるのだ。恩寵というのか」（同、一九五二年五月一七日）

と繰り返し書いている。これは遠藤の超常体験、もしくは至高体験と言わねばならない（あるいは出現罪！）。遠藤は神の声を聞いたのだ！　奇蹟である。そして、重要な点は聖母に祈り、聖母が応えてくれたという点である。幼児洗礼を納得できなかった彼が、カトリックに生きようとした真実の瞬間であったろうか。最初の論文「形而上学的神、宗教的神」（一九四一）に謂う実在感　the sense of reality であろうか。

しかしながら、ふれてきたように、これで遠藤が汎神論的宗教観から切れたというわけではない。彼の中には依然として汎神論的体質は残っており、それとキリスト教の神との習合点の模索が彼の宗教・文学となるのである。

遠藤が神の声を割と頻繁に書くのは、自分自身に以上のような体験があっての事であろう。遠藤にはそうした感受性があったのであろうか。例えば、前にも言ったように、犬の嗅覚は人間の何倍もあって、人間には存在しない臭いも犬には存在するのである。犬はそういう感受性（レシーバー）を持っている。遠藤も、鋭敏な感受性を持っていて、普通、人には聞こえぬ声を聞いたのであろうか？　しかし、それは周波数の問題ではなく、超絶の声である。スピリチュアルである。

前述のように『わたしが・棄てた・女』の中でも、キリスト教徒ではない森田ミツが良心の声として聞く声は神の声である。「最後の殉教者」でも、そして『沈黙』でも、神はロドリゴに語りかける。『悲しみの歌』（一九七七）でも神は語る。「沈黙」といいながら、神は喋るのである。奇蹟である。喋りすぎるくらいだ、が同伴者なのだから……。神の父性は沈黙しているが、母性の神が話しかけないではいられなくなると言えばいいだろうか。（中間小説的に?）。困難な時には、聖母マリア（マザー・メリー）がやって来て、知恵ある言葉を啓示してくれる。Let it be.（ビートルズ〈ポール・マッカートニー〉「レット・イット・ビー」）。

そのように『女の一生　一部・キクの場合』（一九八二）でもマリアの声が聞こえてくる。浦上四番崩れで捕まり、津和野に送られた清吉によくしてもらおうとして、キクは丸山遊廓で身を売り、その金を伊藤にたくす。伊藤は「小悪党だが、悪魔にはなれぬ男」である。キクは切支丹ではないが、誰にも気づかれぬように大浦の南蛮寺に行き、マリア像に一人心を打ち明ける。「清吉さんは今、津和野でむごか毎日ば送っとるとに、あんたは何もしてやらんとね。ばってんうちも同じばい。うちも何もしてやれんと。清吉さんのためにうちにできたことは……少しのお金ばつくってやったことだけ。ばってん、そんお金のために……体はよごさんばいかんやった。あんたは……男にあげん目に会うたことのなかやろけんねえ。」

また別の時。お金を作るため中国人に抱かれたキクは、もし神というものがあるなら、この自分の辛さのぶんだけ清吉の辛さを減らしてほしいと願った。キクの心にふと南蛮寺の女のあどけない顔が浮かんだ。「うちんことはいくら苦しめてもよかけん。津和野のあん人ば楽にしてやってくれんね」それは頼みというよりは祈りだった。そしてその後喀血する。友のために命をけずる犠牲的行為である。雪の中、誰もいない暗い浜を通って、キクは清吉が大切に思っていた大浦の南蛮寺にやってくる。清吉を偲ぶにはここしかないと思ったからだ。「うちはあんたば好かんやった。清吉さんがうちよりあんたのほうば大切に思うとったけんね。」

「この時聖母の大きな眼にキクと同じように白い泪がいっぱいにあふれた。あふれた泪は頬を伝わりその衣をぬらした。彼女はうつ伏して動かなくなったキクのために、一人の男を愛して愛しぬいたこの女のために、おのれの体をよごしてまでも恋人に尽しきったキクのために今、泣いていた。（略）（いいえ、あなたは少しもよごれていません。あなたはわたくしの子と同じように、愛のためにこの世に生きたのですもの。雪が、よごれたもの、けがれたものを白く浄めるでしょう。（略）いらっしゃい。安心して。わたくしと一緒に）」（『女の一生　一部・キクの場合』一九八二、新潮文庫上巻、四七九頁）

臨終の時、絶望したのキクの元に、神の声が聞こえ、キクは永遠に浄められた（！）。実に感動的ではある。これは浄土教でいう来迎図と言っていいものだが、しかしどういうことだろうか。『沈黙』に関して亀井勝一郎がいったように、小説家はここまで書いていいものだろうか、と思う。これでは「沈黙」ではなく、饒舌ではないか。これは、泪ぐましくはあるが、僭越・越権ではないか。これはなぐさめの物語、というより、奇蹟の物語ではないか。中間小説のテイストではないか。

先に『モイラ』のところで述べたように、ここでも雪が降る。雪はよごれたものを雪ぐ。けがれたものを浄化する。人間の罪をすべて純白の世界の中に消してしまう、と遠藤は書いているが、遠藤が学んだ作家たちは、作品のなかに、こんな神の言葉まで決して書かない。作品の彼方にかすかな救いの予兆を感じさせるものを書くくらいであった。（それどころか、もう一度言うが、雪に意味などない、という人もいる。しかし、作者は作品上、意味を負わせドラマタイズさせることはできる。）

しかし遠藤は象徴とその意味まで書いてしまう。雪の象徴の意味のイメージとして、聖母像が泣き、「あなたはよごれていません」と言うわけである。救いを予感させるもの、象徴が語るものを、読者のために、中間小説風に、サービスしてくれたのであろうが、一方語るにおちるという感も否めない。

ここで、『深い河』の大津のもう一人のモデルと目される井上洋治(一九二七〜二〇一四)について触れてみたい。

井上洋治は、一九二七年神奈川県生まれ、六歳半まで大阪天王寺で育ち、父の転勤で東京に移った。府立四中から東京高等学校に進み、肺浸潤と誤診され、勤労動員に駆りだされた。四五年、東大に落ち、東京工業大学窯業学科に進み、四七年東大文学部西洋哲学科に入学した。姉がカトリックのある修道会に入り、その影響で井上も東大のカトリック研究会に入る。上智大のデュモリン教授のキリスト教入門講座にも出席した。クルトムハイムで祈ったこともある。

この間、井上は、「生きていることには一体どういう意味があるのか、結局は一つの偶然でしかないのだろうか、死によって私がなくなってしまうということは一体どういうことだろうか」(『私の中のキリスト』)、と考え、白い砂浜の中の小さな小さな砂粒が、風が吹いて右から左へと動き、またもとの静寂のうちにもどる、人生は所詮この一粒の砂の動きでしかないのか(『南無の心に生きる』)、と考え続け、ベルグソンの『形而上学入門』などを読み、素粒子の集合体でしかない人間がうごめくだけで、人生には自由も意味もないということに悩んだ。

そしてリジューのテレジア（本名マリー＝フランソワーズ＝テレーズ・マルタン。一八七三〜一八九七）の自叙伝『小さき花』を読み、キリスト教に入った。井上によれば、テレジアは「西欧の宗教家としては珍しく自然を愛する詩人の魂の持ち主」であり、「彼女ほど人間の弱さ、みにくさ、小ささを前提とし、それだからこそそういう人々を自分のふところへ迎え入れるのだという神の悲愛（アガペー）を一筋にうたいあげた聖者」はいない。そして四八年、二一歳の時、復活祭の前日にデュモリン師から洗礼を受けた（洗礼名フィリップ）。その直後から、「パッと土管の向こうに今まで見たこともないような青空が開けていたというのにも似た、自由と歓びを味わうことができたことは確かである。それはどこまでも続く白い一筋の道を見出したのにも似た喜びでもあった」（井上『余白の旅』日本基督教団出版局、一九八〇、四〇頁）。

一九五〇年六月四日、井上は大学卒業をまって、横浜からマルセイエーズ号でフランスへ渡る。同じ四等船室に遠藤周作と三雲兄弟がいた。井上はテレジアの属していたカルメル会の男子修道院に入る。ボルドーから一時間ほどのブリュッセという村にあった。

一九五一年八月、遠藤はテレーズ・デスケルウの影を追ってランドを旅行し、さらに二六から二八日、「プロセー」の村のカルメルの修道院に井上を訪ねた。修行中であったため一五分間だけ話ができた。すべてのものを投げ棄てて我に従え、と基督は言ったが、自分（ポール・遠藤）は従わなかった。井上のように孤独の中で生きることはたしかに怖かった。フィリップ・井上は微笑して、「そんなにこわくないよ」と言い、「冬の間中、食事もとれず、ねむれなかった。それは悪魔の攻撃だった。カルメルを棄てようかとさえ思ったが、ぼくはもう神の歓喜に溢れている」、と語った（遠藤『作家の日記』一九五一年八月二六～二七日）。

さらに井上は、リヨン、ローマ、リールなどいくつかの修道院と大学を移り、七年半に及ぶヨーロッパの生活を終え、一九五七年一一月にマルセイユからカンボジア号に乗り、年末に横浜に帰着した。翌年早々に遠藤を訪ねた時、遠藤は僕たちはまだ誰も踏み入ったことのない森に入っていくようなもので、まねすればいいというような先人を持っていない。僕たちはただ次の世代の人たちの踏石になれればそれでいいんだ、と語った。遠藤はすでに「白い人」で芥川賞を受賞し、「海と毒薬」を雑誌に発表して、作家の地歩を築いていた。

ヨーロッパで、井上が抱え込んだ問題は、入ろうとしても入ろうとしても、いつもはじき返されてしまう重いヨーロッパの大河のような流れであり、風土と歴史の違いに根ざす文化の違いであった。例えば、ヨーロッパの月と日本の月とは、その言葉が負っている背景・文化が相当に違うのである。ヨーロッパと一様（ユニフォーミティ）のキリスト教を日本人に布教しても難しいものがある。むしろ様相は違うように見えるかもしれないが本質は一致（ユニティ）しているということをめざそうとした。

なぜなら日本人の外来思想の受入れ方を見ると、例えば仏教がそうだが、それは「日本の伝統的なものの考え方、感じ方によってしばしば著しく本来の姿を変えていることが、換言すれば、日本人によって日本的変容を受けることによってはじめて日本の精神風土に根をおろしていることが窺えるのである」(「キリスト教の日本化」『理想』一九六三年三月。『イエスのまなざし』一九八一、日本基督教団出版局、一九〜二九頁)。ヨーロッパのキリスト教にしても、ユダヤ的キリスト教、西欧的キリスト教、西欧封建的キリスト教、西欧ブルジョワ的キリスト教、などと変遷を経ているのである。従って、日本人がキリスト教を受容するには、「西欧の習慣や思想をキリストの教えと混同せず、日本文化と日本文化を担ってきた思想家たちをキリストへの補導者と考え、聖書の中のキリスト像を直視し、キリストの愛を一人一人の生活のうちに実現していかなければならない」(同)。大切なのは「聖書の中のキリスト像を直視」することである(同)。

そしてここから、「ヨーロッパで獲得してきたものと、自分の心の奥底で次第に目覚めてきたものと、この二つを信仰の軸としてどう調和・総合させるか」が、井上の生涯の課題となった。日本人にイエスの福音を伝えるには、それを日本人の心情でかみくだいて自分のものにしてから、自分の日本語でそれを表現しなければならない、と思い、「日本人の感性・心情に合ったキリスト教」の探求を始めることになる。「イエス・キリストの福音という素晴らしい食物をバターいためでたべるのはどうもおいしくないというかたは、ひとつ醤油とダシで味つけをして食べてみてはどうでしょうか。ほんとうにおいしくなるかもしれませんよ」(「無の神学を求めて」『イエスのまなざし』)。これが井上の言いたかったことだった。すなわち、井上流のだぶだぶの洋服を身の丈にあった服に作り変えることであった。遠藤と同じテーマを抱えていた。

一九六〇年、石神井にある神学校を卒業しカトリックの司祭になり、世田谷教会を初め、洗足教会、真生会館、豊田教会、などを移り、この間、日本文化を自学し、京都・奈良の古寺を訪れ、和辻哲朗、鈴木大拙、小林秀雄、柳宗悦、唐木順三、家永三郎、森三樹三郎、老子、荘子、法然、一遍、西行、芭蕉、良寛などの著作を読み込んだ。

そして柳宗悦(むねよし)の次のようなことばに、開眼の思いがあった。

「神は一切のものの基礎であるがゆえに、よく万物を超越し、而かも万物に内在するのです。自らの不変を失うことなく、よく変化に彼自らを示現するのです。物と混ずることなく、よく物を支えるのです。私たちは自然を愛してよいのです。しかしそれは、自然の中の神を愛するという意と結ばれなければなりません。私たちは神を愛すべきなのです。しかし、それを自然から離れたものとして愛すべきではないのです」(井上が『余白の旅』日本基督教団出版局、一九八〇、一四六頁に、柳のことばとして引用したもの)

柳が言っているのは、例えば種から芽が出て来るという不思議な自然、宇宙自然を統べる道(タオ)、もしくは法(ダルマ)のことのようであるが、井上はかねて承知の、パウロの「われわれは神のうちに生き、動き、存在している（使徒行伝一七―二八）」という言葉と、柳が言う東洋的な神（汎神論）のありように近似を感じ、もう一歩踏み込めばキリスト教に通じると思ったのであろう。一様性ではなく、多様近似として、日本人のキリスト教の新しい地平を開こうとしている井上の、一つの足がかりとなった。

さらに井上は、唐木順三の『詩とデカダンス』を読んで、次のような件に我が意を得た思いがした。

「一つは、ハイデガー（略）は救いの可能性を哲学のうちに見出しえず、（略）詩人リルケに、即ち芸術に頼っている。二つは、詩を風とし、風によって個々に存在するものが全体の中で命を恢復するというリルケに、全き同意を表し、煩瑣なまでに強調している。（略）風雅といい風情といい、日本の芸術の境にはなんと風の字の多いことか。（略）芭蕉は『風雲の情』とか『心匠の風雲』とか『片雲の風』とか言った。既に西谷啓治氏はその芭蕉論のなかで『風の如き実存』という言葉を使っている。そうして聖書の『風（Pneuma）は己が好むところに吹く。汝その声を聞けども、何処より来り何処へ往くかを知らず。すべて霊（Pneuma）によりて生きる者も斯くの如し』（ヨハネ三―八）を引いた」（井上『余白の旅』二一五頁）。

井上は日本文化の根源を解き明かしてきた著作を読破しながら、自分が学んできたキリスト教の考えと近似し、一歩踏み込めば一致するものを感じていた。特にプネウマという言葉が風であり、霊であり、息であり、神の息吹きであり、聖霊であることと、日本の風の位相との近似――一致に興味をそそられた。日本の風は、プネウマの補導者ということであろう。そしてこの風＝プネウマは、森田ミツ（『わたしが・棄てた・女』）に吹いた風でもある。

「片雲の風にさそはれて漂泊の思ひやまず」と芭蕉がいうとき、その風（プネウマ）はもちろん、物理的な風であると同時に、霊の風でもあったでしょう。しかしその私たちひとりびとりの生命も根底から支えている、主―客を超えたガラーンとしたスッカラカンの何かが、プネウマではあっても、単に見えない風というのではなくて、神の息―プネウマ（聖霊）―であり神の力であるということを、どうしたら私たちが体験し知ることができるかを示すところにイエスの教えの意味があり、それを可能にさせるところにイエスの生涯の意味があったとおもいます。／そしてイエスの教えによれば、私たちが幼子の心、童心に立ち返って、神をアバ（父）として信頼してゆくところに、このスッカラカンを単なる風や無としてではなく、神の力、神の国として体験しうる秘訣があります。（略）

プネウマと神の国の微妙な違いは、ちょうど磁力と磁場にたとえることができるでしょう。磁力が働けばそこに磁場ができるように、プネウマが働いてそこに神の国という一つの場ができると考えてよいと思います。／人間の側から、いわばこちら側からは、体験的に無とか空とかいう言葉でしかいいあらわしえない、概念化も対象化もできない根源的な何かが、神の側から、いわばあちら側からイエスをとおして明白に啓示されたというのがキリスト教信仰の核心であると思います」（井上『日本とイエスの顔』北洋社、一九七六、一一七頁）

「日本の精神史は、絶えずこの主観と客観との対立以前の、いわば無とか空とかしか名づけられないようなこのガラーンとした大生命の流れを求め続けてきていたような気がします。／しらずしてイエスの説いた神の国、天の国、永遠の生命を求め続けてきていたといっては私の言いすぎでしょうか」（同、一〇九頁）

砂浜の孤独な砂の一粒でしかなかったものが、神の息吹き・磁場・大生命の流れの中で全体性と自分の居場所を獲得し、意味と生きがいを見出したということであろう。神の地に根ざし、現われてくる図というか、生きとし生けるものを支え、統べているある根源的な何か、大いなるXの働きの中に、ロゴスと言ってもいいものの中にわれわれは生きている、生かされている、という信頼である。この「何か」とは、言葉にならないもの、言葉すらとどくことのできない深淵・源泉を意味する無である（井上「無の神学を求めて」『イエスのまなざし』一九八一、日本基督教団出版局、八二頁）。それは、つまり神ということであるが、近づきがたい神ではなく、幼子がアバ（パパ）と呼びかけ、その懐に安らぐような神である。

「神の国は実にあなたがたの中にあるのだ」（ルカ一七―二〇）

「もし一つの肢体が悩めば、ほかの肢体もみな共に悩み、一つの肢体が尊ばれると、ほかの肢体もみな共に喜ぶ。あなたがたはキリストのからだであり、ひとりびとりはその肢体である」（一コリント人一二―二六）

とパウロが言うとき、「キリストのからだ」とは、万物に内在し、万物を包みこむ大生命の流れである。その中で部分と全体が感応依存し合い、自分と環境が一つの系を構成する。そういう磁場を成立させる力であり、働きであるものが即ちプネウマ（聖霊）である。すなわち、父と子と聖霊の三位一体（マタイ二八―一九）。

「わたしと父とは一つである」（ヨハネ一〇―三〇）

「わたしは道であり、真理であり、命である」（ヨハネ一四―六）

神の息吹き、大生命の流れを起因せしめているものを、ヨハネ福音書は冒頭で次のように言う。

「初めに言があった。言は神と共にあった。言は神であった。この言は初めに神と共にあった。すべてのものは、これによってできた。できたもののうち、一つとしてこれによらないものはなかった。この言に命があった。そしてこの命は人の光であった。光はやみの中に輝いている。そして、やみはこれに勝たなかった。」（ヨハネ一―一～五）

「言」はロゴス（ギリシャ語）の訳語であるが、井上が取り上げているプネウマ（これもギリシャ語）と同等のものであろう。ロゴスを世界を統べる原理と言い換えると、老子の言う道（「道の常は為すところなく、為さざるはなし」『老子』第三七章）、仏教の言う法（ダルマ）に同じい。変現一理ということである。

最大の違いは、現象は、老子は無から生起すると言い、仏教は事象の価値は本来空であると言う。老子は「天地不仁」（『老子』第五章）と言い、天地自然に仁愛はない（すなわち

「沈黙」）と言っている点と、あるいは熱力学の法則（①エネルギーは一定である。②エントロピーは増大する）は、人間の都合は関係ないと言っているところであろう。しかしキリスト教は、神の子キリスト・イエスという人格神の悲愛（アガペー）の神があちら側から支えているという点であろう。《「あちら側」というのがよく分からない（実感がない）。》

「言は肉体となり、わたしたちのうちに宿った。わたしたちはその栄光を見た。それは父のひとり子としての栄光であって、めぐみとまことに満ちていた」（ヨハネ一―一四）

超越へ一歩踏み出している。神からの価値が届いていると言うのである。つまり神の支配・磁場ということである。それを信じることが（哲学ではなく）宗教ということである。確かに旧約の神もよく喋るし、新約の神も（イエスを通して）よく喋る（よく語りかける）。ロゴス・キリスト・プネウマとは、永遠の生命―場をあちら側から可能にしている何かである、と井上は言う（『日本とイエスの顔』）。父と子と聖霊の三位一体ということである。

これは八木誠一が「根源的規定」と呼んでいるものであろう。つまり、「初めに言（ロゴス）があった」（ヨハネ一―一）ということだろう。「クリスチャンは、個人を超えてその中に働く規定、人と人とをかかわりの中に置く根源的な規定を認めて、これを『神の意志』と言い、この中に『神の語りかけ』を聞くのである」。それは哲学者ハイデガーの言うような「配慮」（気遣い）ではない。配慮とは、無名のモノ・オブジェに対して欲望・意識を注ぐ（配慮する）ことによって、モノが名付けられコトとして現象するということであるが、配慮が自己を作り出しているというのは錯覚であり、神の根源的な規定を無視することである。神の支配に背くことである、とキリスト教徒八木は言う。（八木『イエス』一九六八、清水書院、九五、一二〇頁）《しかし僕はハイデガーの言う通りだと思う。》

愛にはエロス（恋愛・情愛）とフィリア（友愛）とアガペー（悲愛）があるが、井上が強調するのは、キリスト・イエスの悲愛（アガペー）である。「喜ぶ者と共に喜び、泣く者と共に泣く」（ローマ人への手紙一二ー一五）、受難・共苦の愛である。悲愛という訳語は、仏教の慈悲・大悲から来ているという。

旧約聖書には、

「目には目を、歯には歯を」（出エジプト記二一）

「殺害者は必ず死刑に処せられる。血の復讐をする者は自分でその殺害者を殺すことができる」（民数記）

「あなたたちに先立って進まれる神、主御自身が、あなたたちのために戦われる」（申命記一ー二九）

などの言葉がある。旧約の神ヤーウェは（エホバ）復讐神であり軍神である。怒り、罰する神である。しかしイエスの福音は旧約的・ユダヤ教的律法の否定・超克の上に成り立っている（井上「旧約的キリスト教から福音的（真の）キリスト教への脱皮を目指して」『南無の心に生きる』二〇〇三）。イエスは、

「あなたの剣をもとの所におさめなさい。剣をとる者はみな、剣で滅びる」（マタイ二六－五二）

「七たびを七〇倍するまでに赦しなさい」（マタイ一八－二二）

と、新約として言い、律法を否定し、否、律法を成就させるために（マタイ五－七）、赦しと悲愛の教えを述べるのである。弟子たちはメシア＝キリストを、政治的にローマの支配から解放してくれる人だと思っていたが、そうではなかった。

「時は満ちた。神の国は近づいた。悔い改めて福音を信ぜよ」（マルコ一－一五）

「新しいぶどう酒は新しい革袋に入れるものだ」（マルコ二－一八）

「悪人に手向かうな。もし、だれかがあなたの右の頬を打つなら、ほかの頬をも向けてやりなさい。隣り人を愛し、敵を憎めと言われていたことは、あなたがたの聞いているところである。しかし、わたしはあなたがたに言う。敵を愛し、迫害する者のために祈れ」（マタイ五－三九～四三）

「安息日は人のためにあるもので、人が安息日のためにあるのではない」（マルコ二－二七）

「イエスはどんな食物でも清いとされた」（マルコ七－一九）

「パリサイ人と取税人が宮に上った。パリサイ人はこう祈った。『神よ、わたしはほかの人たちのように貪欲な者、不正な者、姦淫をする者ではなく、また、この取税人のような人間でもないことを感謝します。わたしは週に二度断食しており、全収入の十分の一をささげています』。ところが取税人は遠く離れて立ち、目を天にむけようともしないで、胸を打ちながら言った。『神様、罪人のわたしをおゆるしください』と。あなたがたに言っておく。神に義とされて自分の家に帰ったのは、この取税人であって、あのパリサイ人ではなかった。おおよそ、自分を高くする者は低くされ、自分を低くする者は高くされるであろう」（ルカ一八ー一〇～一四）

「パリサイ人たちが、イエスに言った。『先生、この女は姦淫の場でつかまえられました。モーセは律法の中で、こういう女は石で打ち殺せと命じましたが、あなたはどう思いますか』『あなたがたの中で罪のない者がまずこの女に石を投げつけるがよい』」（ヨハネ八ー六）

厳格に律法を守り、道徳的に立派なパリサイ人が罪人を裁き、独善的で高慢な態度を示す時、イエスはそのパリサイ人を義とせず、ローマの手先になって不当に通行税を取り売国奴と非難されていた取税人を義とし、姦淫の罪におびえる女を赦した。

「パリサイ派の律法学者たちは、イエスが罪人や取税人たちと食事を共にしておられるのを見て、弟子たちに言った、『なぜ、彼は取税人や罪人などと食事を共にするのか』イエスはこれを聞いて言われた、『丈夫な人に医者はいらない。いるのは病人である。わたしがきたのは義人を招くためではなく、罪人を招くためである』」（マルコ二ー一三～一七）。

神支配の新しい国とは、律法や復讐律の支配する国ではなく、悲愛（アガペー）の支配する国に他ならない。赦しが生むアガペーの神の支配である。

「律法はモーゼをとおして与えられ、めぐみとまこととは、イエス・キリストをとおしてきたのである」(ヨハネ一－一七)。イエスには律法より学問よりも大切なものがあった。裁く前に、その人の悲しみと孤独、背負っている重荷と哀しみを受け止めた。この赦しの眼差しが人々を回心させ、その人たちの心にも悲愛の灯を点じて行く。これが福音書の核心である、と井上は言う(『南無の心に生きる』)。

「心の貧しい人たちはさいわいである　天国は彼らのものである」(マタイ五)、「丈夫な人に医者はいらない。いるのは病人である。わたしがきたのは義人を招くためではなく、罪人を招くためである」(マルコ二－一三～一七)などの言葉は、親鸞の「善人だにこそ往生すれ、まして悪人は」(『歎異抄』三)という悪人正機説を想起させる。

真実の愛はアバ(父)なる神から来る。神は、私たちにはアバ(パパ)と呼べるような親のような愛の方なのだ。神は私たちひとりひとりの人間の哀しみや苦しみをみんなよくしっている。「幼な子のように神の国を受け入れるものでなければ、そこにはいることは決してできない」(マルコ一〇－一四)。幼子のような素直な無心の心にたちかえり、アバの腕に安らかにいだかれている信頼が信仰の安らぎである。これはむしろ母親というべきだと思うが、神の母性ということであろう。井上は遠藤と問題を共有し、日本的なキリスト教を模索していたが、同様の答を引き出そうとしている。

イエスはガリラヤ湖畔の山の上で、集まった群集に語りかけた(山上の説教)。

「心の貧しい人たちはさいわいである　天国は彼らのものである」（マタイ五―三）
「義のために迫害されてきた人たちはさいわいである。天国は彼らのものである」（マタイ五―一〇）
「野の花がどうして育っているか、考えて見るがよい。働きもせず、紡ぎもしない」（マタイ六―二八）
また、イエスは多くのたとえ話を用いて、その福音を語る。
「あなたがたのうちに、百匹の羊を持っている者がいたとする。その一匹がいなくなったら、九十九匹を野原に残しておいて、いなくなった一匹を見つけるまでは捜し歩かないだろうか」（ルカ一五―四）
帰ってきた放蕩息子にかけより、父親はその首をだいて接吻した。最上の着物を出し、指輪を手にはめ、はきものをはかせた。（略）このむすこが死んでいたのに生き返り、いなくなっていたのに見つかったのだから。（ルカ一五―一四）
朝、最初からぶどう園で働いたものと、夕方から働いたものに同じ一デナリを支払う主人に、最初から働いたものが不平を言う。主人は、「この最後の者にもあなたと同様に払ってやりたいのだ」と言った。このように、あとの者は先になり、先のものはあとになるだろう（マタイ二〇―一～一六）。世の中は効率主義だけではおさまらない。弱い者と共に生きることが重要である。盛者必衰、強い者もいつか弱い者となるのだから。

「愛する者たちよ、私たちは互いに愛し合おうではないか。愛は神から出たものである」（一ヨハネの手紙四—七）

井上は一九八六年、「風の会」を始め、機関誌「プネウマ」を発行して布教活動に邁進している。その表紙には良寛の「天上大風」から「風」の字のコピーが使われている。そして二〇〇一年九月一一日のワールドトレードセンターなどへの同時多発テロに対するアメリカの報復を、ユダヤ・旧約的だとして批判し、これを脱皮してイエスの原点、真の福音的キリスト教へ回帰することが絶対に必要だ、と書いている（井上「『旧約的キリスト教』から『福音的（真の）キリスト教』への脱皮を目指して」『南無の心に生きる』二〇〇三、筑摩書房）。井上洋治は（井上洋治も）、日本人に合うキリスト教を探しているのである。

7＊このみすぼらしい男が、今や美津子とはまったく隔絶した次元の世界に入ったということだけは、美津子も理解した。しかし、美津子には大津のいう神という言葉は、縁遠く、いらいらして実感がない。大津は、「他の名に変えてもいいんです。トマトでもいい、玉ねぎでもいい」と答える。以後、神は玉ねぎという名で呼ばれる。「玉ねぎは愛の働く力なんです」

レストランで食事をしながら、玉ねぎスープも食べながら、大津は、三年間ここに住んで、ヨーロッパのキリスト教の考え方に疲れを感じている。善のなかにも悪がひそみ、悪のなかにも善が潜在しているという考え（善悪不二）は、ここでは異端的なのだ。日本人の心にあうキリスト教を考えたい、と美津子を相手に相変わらず野暮な話をしている。

パリに戻った美津子を矢野は貪り求めた。しかし、美津子はさめていた。自分は本質的に人を愛せぬ女かと思った。（一体、何がほしいのだろう、わたしは……）玉ねぎの話ばかりしている大津のみすぼらしい姿が不思議によみがえってきた。なぜか気になってしまうのである。

大津が美津子とは全く違った世界にはいった、という訳ではない。美津子は神を否定しているが、美津子のサディズムは大津のキリスト教を前提として成り立っている以上、一本の線の両端である。それは案外近いのかもしれない。遠藤はサド研究の動機を、次のように書いている。

［サドは善の欠如として悪を見なかった。／サドは悪を不毛とは考えなかった。／サドは悪の神秘主義を考えた。］（『作家の日記』一九五一・四・二六）

イエスとサドは裏腹の関係にある。罪の根源に溯れば、肉欲の問題が横たわっている。神を否定する美津子には、大津の言う神という言葉がカンに触る。大津はそこで、玉ねぎという呼び名に変える。玉ねぎとは、その皮をむいているうちになくなってしまうものの謂であろう。大津は三年間リヨンにいて、ヨーロッパ的なキリスト教に疲れを感じている。大津は善悪不二という仏教的な考え方に共感を覚えている。善の中にも（善魔のような）悪があり、悪の中にも罪の意識を通して救いへの契機がある。しかし、それはここでは異端的ということになるのだった。

「善悪不二という仏教の言葉がある。有名なその言葉を私はずっと後になってから知ったのだが、言いえて妙だと思った。私は自分の作中人物が罪におちていく過程を幾つもの作品に書いたが、基督教が罪と呼ぶ行為のなかに実は当人の再生の願いがこめられていることを小説が進むうちに認めざるをえなかった。／罪のなかにその人の再生の欲望がひそんでいることに気づいてから私は罪さえも我々人間にとって決して無意味ではないように思いはじめた。」

（「二分法を捨てたい」『心の夜想曲』一九八五、文春文庫、一九頁）

この言葉は美津子のためにあるのかもしれない。美津子のニヒリズムのなかには、再生への契機が伏流しているのかもしれない。罪と信仰とは裏腹である。

ただし、遠藤は、罪と悪とを区別している。先程のサドの悪は罪と読み替えなければならない。罪とは、そのなかに再生への可能性が潜んでいるものを言い、悪とは、ひたすら墜ちること、救いなど望まずどこまでも墜ち、自己と他者と世界を破壊しようとすることである。

テレーズ・デスケルーが、結婚生活に窒息して夫に毒を飲ませた時、「この（筆者注・一回目）否という彼女の声は、実はもっと本当のもっと充実した人生を欲求する声、Xを求める願いだった」。これは罪である。しかし、犯行が発覚して夫婦生活が終りを告げ、夫の愛に絶望し、アルジュルーズで孤独な生活を送るようになってから、テレーズは別の形の（二回目の）否を言うようになる。それはXに結び付く可能性がなく、Xを必要ともしない根本的な絶対的な否定である。それは悪である（『私の愛した小説』新潮文庫、一九八五、一八九〜一九一頁）。

美津子がどちらであるかは、今は分からない。サドの罪は、あるいは悪であるかもしれない。

ここでXと呼ばれているのは、三位一体だから、神とも、キリストとも、精霊とも、玉ねぎとも呼んでかまわない。

遠藤はさらに二分法について書いている。

［西欧の基督教から私は色々なことを教えてもらったが、しかし年齢をとるにしたがい、日本人として受けつけにくい観点も幾つか浮かびあがってきたのも事実である。たとえばそのひとつは、やはり西欧基督教を成立させているあの二分法の分け方である。（略）善と悪、美と醜、聖と俗、理性と狂気というように二つを全面的に対立させて、その対立によって闘争や人生や全身のエネルギーを生もうとする発想法だ。／若い頃、私は生意気にも日本文学にはこうした力のこもった対立観念がないから駄目だなどと言ったり、

書いたりしたものだ。それら初期のわがエッセイを読みかえすと、私は一方で顔を赤らめ、他方ではあの頃はこわいもの知らずだったとも思ってしまう」

（「基督教と私の食い違い」一九八五『心の夜想曲』文春文庫、一一五頁）

遠藤は日本文学には二分法のエネルギーがないから駄目だと言っていたのだろうか。堀辰雄を叱咤していた頃はそうだったかも知れない。しかし留学を契機に、日本にはキリスト教的二分法がないので、父のキリスト教の厳しさになじめなくなり、日本的な母のキリスト教を模索する、と言うようになってきた。

大津がヨーロッパのキリスト教に窮屈なものを感じ、己をヨーロッパに合わそうとせず、異端の誇りを受けるかもしれないとおそれながらも、日本人の心にあうキリスト教を模索する姿は、遠藤（と井上）の長年の思索の結果としてあるわけである。

「玉ねぎは愛の働く力なんです」と大津が言う時、確かにそれは汎神論的である。神は存在でも対象でもなく、人間や何かを通して働くものである、と遠藤は言う。三位一体というのは神とキリストと聖霊のことであるが、その聖霊を説明して、人間の救いのために神がだしてくださる力、神と人間との間に働き、交流する聖なる力であり、神を感ずる力、神を感じさせてくれるのも聖霊で、誰でも生きている間に、何回か、眼に見えぬものに助けられているな、ということを感じる時があると思うなどと、どこかで述べていた。井上洋治の言うプネウマ＝風である。これは確かに日本人的な感性であろう。しかしプネウマが働かないことも（多く）あるようだ。プネウマを感受する力がない、ということなのか。

遠藤は『私の愛した小説』の中で、この神の働く力を仏教の阿頼耶識（アラヤしき）との対比において説明している。人間の世界は、二つの層をなしている。一つは表面的、意識的、日常的、仮面的、な世界であり、そこでは一応の理性的コントロールが可能である。二つめの層は、深層的、無意識的、非日常的、な世界であり、理性ではコントロールできない不気味なものが蠢いている混沌とした世界である。二の世界は一の世界が表面を取り繕うために抑圧したものが溜まっている暗い闇の世界である。仏教の唯識思想では、この一、二の世界は全てアラヤ識という心の底にある蔵（アラヤ）から出てくるものという（サンスクリット語で「アラヤ」は蔵という意味である。因みにヒマは雪という意味で、ヒマラヤはヒマ＋アラヤで「雪の蔵」という意味である）。つまり欲望＝煩悩＝（権）力への意志＝身体性＝エロスの源泉であり、肉欲の根源である。この深層の世界のエネルギーは抑圧が高まれば、無意識的に、火山のように噴出の出口を求めていくことになる。抑圧されていた憎悪や猜疑やルサンチマンが表面化し、種子が芽を出した場合、それは罪であったり、悪であったりする。アラヤ識こそ罪の母胎である、と仏教は言う。しかし、アラヤ識の種子（しゅうじ）に二種ある。一つは煩悩・欲望を起こさせる種子で有漏種子（うろしゅうじ）といい、もう一つは罪の潜在力を持たず、有漏種子を浄化する力を持つ無漏種子（むろしゅうじ）と呼ばれるものである。ちょうど白血球が体内の細菌を包んで消していく過程に似ている。人間の宗教的な救いがもたらされるのは、けっして表面的、日常的なレベルではなく、深層のレベルである。心底罪を自覚し反省すること、その心の奥の闇の世界こそ仏の力が働き救いをもたらす場なのである。

このように、ヴァスバンドゥ（天親＝世親、三二〇頃～四〇〇頃）は早く四世紀に阿頼耶識・無意識について論じつくしていた（因みに、親鸞の親は天親の親、である）。

聖書には、「善人は良い心の倉から良いものを取り出し、悪人は悪い倉から悪い物を取り出す。心からあふれ出ることを、口が語るものである」（マタイ一二ー三五。ルカ六ー四五にも）という言葉がある。倉とは仏教で言うアラヤのことであろう。深層的真相的世界こそ、魂の場であり、神の力の働くところであり、神の恩寵の光がさしこむ所ということである。大津の言葉では、玉ねぎの力である。（仏教の別の言い方は法であり、中国式に言えば道ということになる。）

また遠藤は『私の愛した小説』をユングの元型の言説をかりて説明しているが、フロイトの考えた個人の無意識の他に、人間の無意識のなかには共通した元型があり、人間全体が共有する集合無意識として、例えば太母元型や影元型があり、その原型に触発されて似たイメージが生まれるのではないか、と書いている。既に少しふれたことであるが、心の底に抑圧し、日の目を見なかったもう一人の自分（影）、それがある時火山のように噴火して罪を犯す（『火山』で遠藤がえがいた通りである）。そして救いの光はその影に差し込む。あくまでそうした子供と共に苦しみを分かち合う母性原理である。丈夫な人に医者は要らない。それはマイナスをプラスにする創造的な働きである。

［ユングをはじめて知った時、「助かった」という解放感をしみじみ味わった。暗いトンネルから抜け出たような気持ちでもあった。なぜなら、ユングは（略）この心の秘密の領域をフロイトのように病的に歪んだものに限定せず、もっと創造的で、もっと人類全体につながる場所としてくれたからである］（『私の愛した小説』九三頁）

テレーズ・デスケルーが善良な夫をうとましく思い、彼に毒を盛ったのは社会的道徳や基督教社会の約束事よりもっと深い、もっと大きな、もっとそれを越えたXを魂の底から求めたからではないのか、と遠藤は言う。

［人間の中には他者には分らぬまたつかまえられぬXの部分があって、ひょっとすると当人にも気づかれぬほど内面の奥底にかくれている。しかし実はその当人の人生や救いに決定的となるXではないか。］

（「あとがき」一九七八『人間の中のX』中公文庫、二〇七頁）

神の働きとしてのXによらなければ、玉ねぎの皮を剝いて深層に至らなければ、人間の深層の魂の救いはありえない。他力が働かなければ宗教的な救いは成立しない。確かに日本的、浄土教的感性である。

次に遠藤の第三期の作品『スキャンダル』（一九八六）を検討して見る。前述のように第三期とは、遠藤が『侍』（一九八〇）で野間文芸賞を受賞し、自分の文学に調和と秩序を得たように思い、円環を完結させたと思った時、突如としてその協和音をかき乱す音がどこからか鳴り始め、目茶苦茶にしたいという破壊の欲望が胸の底から起こって来たのを自覚してからである。自分しか知らない自分、自分も気付かない自分、即ちXがうごめき、暴れはじめたのである。

『侍』（一九八〇年四月刊）から野間文芸賞受賞（同年一二月）の間に、一九八〇年二月から七月、遠藤は『真昼の悪魔』を『週刊新潮』に連載した（同年一二月刊行）。遠藤は『侍』と『真昼の悪魔』の二冊を両手に抱えていた。

関東女子医大の附属病院の大河内葉子医師は、高校の頃はカミュの『異邦人』を愛読し、何にも感動できずに、何にも陶酔しない主人公（ムルソー）に、自分と同じ人間を見た。いまはドストエフスキイを愛読している。『悪霊』では、スタヴローギンが少女にこの世でもっともいやらしい悪を試み、自殺させ、ひからび乾いた自分の心に良心の鋭い呵責が果して起るか、どうかを試してみた。しかし、彼の心には針でさしたほどの痛みも起きなかった。「（わたくしと同じだわ）」。女医はそう呟き、自分もそのような悪をやってみよう、と考えた（『真昼の悪魔』新潮文庫、五九頁）。

そして、ラスコリニコフは、他人の役に立たず、周りに迷惑をかけ、人生も存在も意味のないような人間は消すべきだ、と考えている。女医の周りにいる小林というお婆さんは身よりもいないらしく、半身不随で、治る見込みはまずないと言っていい。『罪と罰』の金貸しの老女とそっくりである。「(早く死んでくれればいい)」と思っていても、それを口に出す人はいない。世間一般の非難がこわいからだろう。「(でも、誰にもわからないように、それができたら……)」、「(いつかわたくしもラスコリニコフと同じことをやってみようかしら)」と大河内女医は考え(同、八二～八三頁)、ある薬を小林に試した。

女医は「悪魔の部屋の埃のように溜まっています。目だたず、わからぬように」と言う神父と話す。

「「人を愛する気持ちを失いますから、何事にも無感動になります。自分の罪に対しても」

「わたくしがここに伺ったのは、……そのわたくしが今、おっしゃった人間だからです」

「苦しいですか。それが」

「苦しいです。自分が人間ではないような気がして……いいえ、本当を言うと別に苦しくはありません。そんな乾ききった自分の心をじっと見つめているだけです。神父さま。悪って何でしょうか」

「悪とは愛のないことです」」 (同、一一一～一一二頁)

彼女は離人症なのだろうか？　愛はないが、大塚という、銀座の老舗の息子で、スポーツカーを乗り回すプレイボーイとは遊びまわり、彼を通俗的な人間と呼んでいる。
一読分かるのは、大河内女医は『海と毒薬』の勝呂と戸田の後継者であり、『スキャンダル』の成瀬万里子を経由し、そして『深い河』の成瀬美津子に展開する。大塚は『深い河』の矢野の前身だということである。つまり『真昼の悪魔』は『深い河』の「周作」である。

勝呂はそれまでの文学世界の円環を完結した作品で文学賞を受賞した。その授賞式で、三〇年来の友人加納から、

［勝呂のよさは宗教のために文学を犠牲にしなかった点です。彼の信仰が嫌悪を感じたであろう人間の醜い、いやらしい、穢れた部分にも小説家として手を突っこみました。だから彼の小説は主人持ちの文学にはならなかったのです。人間の罪を好んで描いてきた勝呂は、暗中模索の末に、罪のなかに再生の欲求がかくれていることを作品のなかで示すようになりました］

（『スキャンダル』一九八六、新潮文庫、一〇頁）

という挨拶を聞きながら、自尊心をくすぐられている時、客席の一番後ろに一つの顔を見つけた。それは紛れもなく彼自身の顔だった。その顔はうすら笑いと嘲笑ともつかぬ嗤いをうかべていた。この時から勝呂の世界の歯車がくるい始めた。
授賞式に見知らぬ女が来ていた。歌舞伎町で遊んでいる勝呂の似顔絵を描いたと言う。だが、勝呂にはそんな記憶はない。自分の贋者が出没しているのだろうと思った。しかし小針

という週刊誌のルポライターが嗅ぎ付け、勝呂のいかがわしさを暴き立てようとする。彼は、一つの世界を作り上げ、いかにも満足して、美しい言葉を撒き散らし微笑をたたえた勝呂をゆさぶってやりたかったのだ。勝呂の取り澄ました態度、得意そうな態度を鼻持ちならないと思っていて、仮面をはがしてやりたいと思っている点では、分身と言えるかもしれない。ただし、それは世間的な正義感によるものだった。小針はそれ以上の世界を持っていない。

公園の雑踏の中で靴を踏み付けた森田ミツという中学生をアルバイトに雇い、書斎の掃除などをしてもらうことにした。ある夜、勝呂は夢を見た。洗面所の鏡に、洗いざらした花模様のパンティだけをはいたミツの体がうつっていた。ミツは彼に盗み見されているとは気づかず、鏡にむかってニッと笑っていた。鏡には勝呂自身の欲望がうつっていた。目覚めて、勝呂はこんな悪夢を見たことを恥じた。同時に、夢にまで屈辱や羞恥心を感じることはないと思った。

勝呂は見知らぬ女の描いた似顔絵「S氏の肖像」を見に行った。いやらしくて淫らで、心の醜さがにじみ出ていた。授賞式の夜のあの顔に似ていた。それは糸井素子という女の描いたものだった。勝呂はこの画廊で成瀬万里子という女と出会う。病院でボランティアをしていて、勝呂の作品も読んでいるという。「ただ先生には、クリスチャンのせいか性をいつも罪と結びつけておられることは、なんとなく感じますけど。性は当人も気づかない、一番の秘密を顕わす気がします」、という感想を言う。さっきまで未知だった女性とこんな話をしている自分に、勝呂は驚いていた。恐らく、成瀬の性向に勝呂は自分の影を感じつけたのである。（勝呂、森田ミツ、成瀬、などおなじみの名前が出てくるが、これもテーマの継続であろう。）

河合隼雄は、影について、ユングを引きながら、次のように書いている。

「ユングは影について、『影はその主体が自分自身について認めることを拒否しているが、それでも直接または間接に自分の上に押しつけられてくるすべてのこと――たとえば、性格の劣等な傾向やその他の両立しがたい傾向――を人格化したものである』と述べている。どんな人でも、その人なりに統合された人格として生きてくるとき、そこにはかならず『いきられなかった半面』が存在するはずである」（河合『無意識の構造』中公新書）

勝呂は、先程のミツの裸の夢を見たことや自分の肖像画を見たこと、また成瀬に性を抑圧していると指摘されたことなどを通して、自身の影を発見することになる。一度それに気付くと、その「いきられなかった半面」――彼の中の秘密の彼は、意識の上に表面化し、難問を迫ってくる。

ミツが盗みを働いたので、やめてもらうことになった。ミツは友達の父親が入院したのでお金が必要だったのだ。ここに由緒ある森田ミツという名で登場する少女は、遠藤の作品の流れのなかでは同伴者ということになる。ミツは、そんなことをしたら自分が誤解されると分かっていながら、盗んでしまった。おそらくそのお金がどうしても必要だという内心のうながしに従ったのである。ミツにやめてもらうことで、勝呂はミツを棄てたのである。

友達の父親が入院した病院は成瀬がボランティアをしている病院だった。ミツは成瀬の仕事を見ることになった。

勝呂は、母の胎内のような仕事部屋で、鏡を見ながら、これがお前だ、あの肖像画とどれだけ違うというのだ、と煩悶している。その夜、電話の音が鳴り響いた。妻を制して自分が出たが、相手は無言だった。

勝呂は成瀬に会いに行った。成瀬は心臓病の子に自作のブッピイのお話をしてやっていた。嫌われものの狼が森の動物に仲間はずれにされるが、仔兎ブッピイだけが親切にするので心を改めていく話。その後勝呂と成瀬は中華料理を食べながら話す。勝呂は小説家としての好奇心から、このあいだの、性が人間の一番奥の秘密を顕わすということについて聞こうとする。成瀬は実に美味しそうに料理を食べている。それは性的ですらある。

成瀬からの手紙が届く。そこには人間の一番奥の性の秘密が書かれていた。成瀬万里子は夫の中国戦線での秘密を知った。夫は女や子供が閉じこもっている家を焼き討ちにし、火だるまになって逃げ出した女や子供を射殺したのだ。一度目は命令で、二度目は小隊の判断でやった。それを聞いた万里子は衝撃とともに快感を味わっていた。夫に抱かれている時、この光景を想像して、(嫌悪感ではなく)何とも言えぬ悦びを感じた。夫はその後この話を一切しない。罪障感があるのかどうかも分からないくらい平然とした毎日を送っている。そして大学教授として業績を遺し、五五歳で交通事故で死んだ。その後、空虚感を埋めるために、万里子は病院でボランティアをしている。白血病の子供が昏睡していく姿を見る時は、この子に代って死にたいと心の底から神に祈った。しかも、万里子は自分の心の底にある真暗なものが今も生きていることを知っている。この衝動がどこから来るのか知りたい。偶然出会った糸井素子に、あの快楽と同じ同性愛の快楽を教えられた。素子は死にたいといい、万里子は死になさいという。そしてその翌日は、明るい顔でボランティアに出かける。人間の心の納戸に大きな目をした人形が置かれていて、夜になると動き始める。どちらが本当の自分かと訊かれれば、どちらも自分だとしかいいようがない。その矛盾に苦しまないのかと訊かれれば、自分が不気味に感じる……。成瀬はこう手紙に書いていた。夫に抱かれている時、子供まで射殺した夫を想像して、殺人者の手に抱かれているのだとは思わず、何とも言えぬ悦びを感じた、と成瀬万里子は言う。（この話は「ピアノ協奏曲二十一番」〈一九八四〉のなかで取り上げられている。『スキャンダル』の「周作」である。）

一方、子供に童話を聞かせてやり、この子に代わって死にたいと祈る成瀬とは、本当に同一人物であろうか。そのような矛盾した人格が一人の人間の中に同居できるのであろうか。人間には沢山の引き出しがあるとか、ジキルとハイドとか、分身とか、多重人格とかというのは話としてはよく聞く話だが、実際問題としてこんなにかけ離れた矛盾を背負って人間は生きていけるのだろうか。自分が妖怪に思えて、自我崩壊をきたし、発狂しかねないのではあるまいか。そのどちらも自分だと簡単にいうが、子供を看病している時に、子供を殺す衝動が出て来たら、どうするつもりなのだろう。二つの性向の徹底的な向き合いが必要なのではあるまいか。

成瀬万里子はこうした自分の性向を不気味に感じ、同じような性向を持つ人物、ジル・ド・レ（一四〇四〜一四四〇。ペローの「青髭」のモデル）やバートリーのことを調べている。ジキルとハイドのように、一人の人間の中に多数の人格が実在する奇怪な人間を調べている。多重人格と名付けてしまえば解決するようなことではない。バートリーというのはハンガリーの貴族エリザベート・バートリー（一五六〇〜一六一四）のことで、少女たちを六百人以上も、城内に連れ込み、拷問して殺した残忍で狂暴な悪魔的人物である。

『妖女のごとく』（一九八七）では、バートリーの生れ変り（または転生）としての大河内葉子という女医（『真昼の悪魔』の女医と同名）のことを書いている。女医（Joy？）は、満月の夜バートリーになった時、葉子であることの記憶が全くない。バートリーは葉子の二重人格・分身として葉子の知らないところで殺人を働くというスキャンダラスな（怪奇）小説である。

はっきりしていることは、勝呂はサディスティックであることに嫌悪感を抱いており、成瀬は快感を抱いているということだ。嫌悪感を抱くのは、それが勝呂の自然性なのであり、それゆえにサディスムを抑えこむ方向で、人生を進んだのである。純粋とは、取りも直さず不純物を排除することである。このことをさして、悪を切り捨てたというのは酷なような気がする。（嫌われものの狼のように）心を改め、善い人間になろうとすることを、奥に依然として悪の心を、火山のように、秘めているのだと言われるなら、それは人間の倫理的な努力を嘲笑うことである。しかし、いつか、最後に、噴火し、崩れるということもないわけではないし。

いや、本来自然・欲望に善悪はなく、混沌であり善悪は人間の社会の中で現象するものであろう。人間の行為は単なる快不快原則における行為なのかも知れないが、社会の中では、人間相互の関係性が勝手な振る舞いを許さない。人間は放っておけば強欲で邪悪な生き物なのだから、教育や訓練によって、キリスト教、仏教、儒教、天皇制、資本主義などの道徳規範の枠にはめこまれるが、収まり切らず、はみ出し、逆らう者も多くいる。それはサディズムや異端、もしくは悪とうつる。否、社会の改革者、革命家となる場合もある。

しかしそれでも、小説家というものは、あらゆるものに近接して、人間を見入る必要はあるだろう。だがそのためにミイラとりがミイラに魅入られ、悪の毒に当てられ、生の純粋さを濁らせてしまうというのでは元も子もなくなる。けれども神の喜ばぬものがあろうと、その危険を敢えて冒す、と遠藤は文学者・小説家として言うのである。信仰者としては危きに近づくことであるとしても。

それとも玉ねぎの皮を剥いていくように一枚皮を剥いて深層を探れば、人間の真相が分かると言うのであろうか。人間の意識的な行為のさらにその下層に、無意識の層があり、意識や理性が社会性の名のもとに抑圧しているマグマ・欲望がある。抑圧はいつかコントロールできなくなって、『火山』のように噴出する。それは悪ないし犯罪、罪として社会化する。マグマは罪の母胎である。しかしまたその罪に救いが訪れるところでもある。人間の表層的な救いは十分ではない。この深層のマグマこそ神や仏の働く場所であり、救いの光の差し込む所でもあると遠藤は言う。（前述のアラヤ識の有漏種子と無漏種子の議論を思い出そう。）

罪が救いを求めての反作用であるとすれば、成瀬の意識の奥にあった無意識としてのサディズムは、罪ではなく、悪であるかもしれない。悪とは、救いを必要としない、絶対的な悪である。ではもう一枚玉ねぎの皮を剝けば、さらに二枚剝けば、何があらわれるのだろうか。

サディズムについては前述のように、性の自然性ということが考えられる。自然性というのは、すでに存在（ザイン）するものであり、人間の性は本能のレベルを逸脱して既に人為的文化であるかもしれないが、それでも他の欲望より自然性に近い。それを理性によって意識的に制御することで社会性が始まる。欲望は倫理に先立つ。倫理や道徳は人為的なものであり、当為のためには人間の努力が必要である。夫が女たちを殺したことに嫌悪感・罪障感ではなく、快感を感じると成瀬はいう。そういう自然性が彼女のなかにすでにあって、しかもそれを欲望の赴くに任せ制御しようとしないというのは、対幻想の中ではかまわないのかも知れないが、そのために第三者を傷つけ、または死に至らしめた場合、社会的には犯罪として現象する。しかも凶悪犯罪、猟奇殺人として世間を騒がすだろう。

成瀬のサディスティックな性向は、自然性ということでいえば、視床下部と呼ばれる部位での脳内快楽物質ベータエンドルフィンというか、ドーパミンやアドレナリンの異常分泌というか、器質的な原因が考えられる。あるいは理性の座として行動の制御を司る大脳新皮質の、器質性の問題かも知れない。それとも遺伝子レベルでのことかもしれない。肉食動物と草食動物くらいの違いがあるかも知れない。後述のように遠藤は『松葉杖の男』や『どっこいショ』で、戦争で人を殺してセネストパチーになった男や、いじめたりしたことに罪障感を抱き傷ついた男を描いている。その快感と嫌悪感の分れ目はどこでどのような仕組みで形成されるのだろうか。人を殺すということについて、快感を感じる者と罪障感を感じる者との間に架橋はありうるか。《神が居るのなら、何故なのか。答えて欲しい。》

しかし、遠藤が問題にしているのは、なぜそのような性向があるのかという人間性の不可解さである。しかも自分の中にもそれがあり、今までそれを直隠しにし、避けてきたために得られた勝呂＝遠藤の文学世界の達成だったことへの疑義である。遠藤の（一、二期の）人間凝視は十分なものではなかったのであろう。そのことを自ら認めているのである。彼は今、切り捨ててきたものから反撃を受けているのである。休火山にしておいたものが活火山となって吹き上げてきた。

しかし遠藤が悪を描いてこなかった訳ではない。彼は作家である以上人間を凝視し、その悪と罪とを直視するという文学観に基づいて、「白い人」や「黄色い人」、『沈黙』などを描いてきたと思う。いやそれは救いを前提とした罪を描いて来ただけで、その時悪と呼んだものは、ここでいう救いを必要としない悪ではないというなら、しかしそのために死んでいったジャックやデュランはどうなるのだろう。彼等被害者にとっては「罪」も十分に「悪」であるだろう。

真夜中、電話が鳴る。その音は心の底の呻きのように、勝呂の深い穴の中で響く。彼がまだ小説の中に書かなかったものを呼び覚ます。彼は自分の影におびえているようだ。

勝呂は講演をしていた。彼は講演のテクニックを全て知っていて、そのとおりにやっていた。しかし、聴衆の中にあの男の姿を認めてから、調子がくるってきた。あの男は、蔑むように嗤っていた。嘘をついているな、お前は。なるほどお前はいつかは救われるような罪は書いた。しかしもう一つの、罪とは違う悪の世界は避けて書こうとはしなかった。その男はそう言って消えた。公演会は中断した。「われ人生の半ばにして、道を失い、暗き林に迷い」というダンテ『神曲』の冒頭の言葉を思い出していた。

勝呂は心理学者の東野に、自分とそっくりの人間を見たという人はいるものかどうかを訊いた。東野は、ああ、それはドッペルゲンガーとか二重身とかいうもので、中耳炎を患った後ノイローゼにかかって、不眠、体温異常、身体喪失感、幻聴が起こり、目の前に転がった自分の死体を見たという例があると答えた。ドストエフスキーもそういう小説（『分身』）を書いていた、と。（ついでに言えば、遠藤の「恐怖の窓」『何でもない話』も、ポーの「ウイリアム・ウイルソン」も、ゴーリキーの『鼻』も、夢野久作の『ドグラ・マグラ』も、一人の人間が同時に他の場所に出現すること、即ちドッペルゲンガー、自己像幻視、分身、離魂病の話である。）もう一例は、女生徒達が教師の二重身を見たというものである。

霧の夜。小針は勝呂を見掛けた。あとをつけて行ったが、見失ってしまった。後ろから小針を嘲るような嗤声を聞いた。陰気な声はすすり泣きのような声に変り、男は片足を曳きずりながら坂をのぼり、霧の中に消えた。

勝呂は夢を見た。霧の夜。自分がどこに向かって歩いているのかさえわからず、帰ろうにもどう戻っていいのか方角を失ったような不安に駆られ、不安はやがて彼を息苦しくさせていった。うしろから足音が近付いてくる。勝呂の健康診断をして不安を与える医師か、彼の心を脅かすルポライターのどちらかだと思った。「あなたは肝臓癌だ。どこに逃げようとその体ではもう何処にも行けない。正体はきっと暴いてやる」と怒鳴っていたが、やがて諦めたように去っていった。なぶらないでくれ、と勝呂は坂の上に向かって祈るように言った。

［この時霧が少しずつ微妙に光りはじめた。坂の上のどこかに光源があって、まるで勝呂の祈りに応えたように光を発し、澱んだ霧を透し、彼に焦点をあててきたのだった。そこには明らかに彼を捉えようとする意志が感じられたが、ふしぎなことにその意志に

は悪意も敵意もまったく感じられず、それどころか、全身を深みのある、柔らかな光りでつつまれた瞬間、言いようのない安らぎを五官に感じた。それは彼が自分だけの小さな書斎で机に向かう時のあの憩いさえもはるかに越えていた。もう自分を束縛するものは何もない。たえず心を覆ってくる重くるしさもない。ひろやかな野に解放され、存分に大気を吸いこんでいる。ああ、これが死だ。死というものはこういうものだったのかと勝呂は大きな悦びに浸されて、長いあいだ怖れていたものがまったく違った顔を持っていたことに驚いた。威嚇や罰は自分をだくように包んでくれる光のどこにもなかった。柔和そのものだった。それはあの老神父の声のようでもあり、別の声のようでもあった」

（『スキャンダル』二〇六〜二〇七頁）

目覚めた勝呂は夢の光の残像について考えている。霧の中で誰かに追いかけられていたのは死の不安であろうが、光は、自分がそうあってほしいという願いなのだろうか。今まで築いてきた世界を揺さぶり、引き離そうとする手がある。その手は勝呂を悪夢のような世界に引き込もうとしている。悪夢の世界は何を示そうとしているのだろう。その時、この夢の光はどういう意味を持つのだろう。

悪寒がして寝ている勝呂のところへミツがやってきて、お金を返すと言う。そして一晩中、濡れた冷たい手ぬぐい取替えて、「先生、心配いらないよ、私が看病するから」と言って看病を始めた。ミツは勝呂の同伴者である。

成瀬からジル・ド・レの本と重よし（店名）への案内が送られてきた。幼児虐殺で有名なジル・ド・レはジャンヌ・ダルクの戦友だったが、ジャンヌの宗教的な恍惚感と同じ陶酔を残忍な行為の中で見つけようとした。恍惚の極致に達するためには、人は聖者になるか、犯罪者になるかしかない、と悟ったのだ、とその本は書いていた。そして「激情はどうして起きるのでしょう。激情はどうしてあれほどの快楽を味わわせるのでしょう。わたくしは道徳では抑えきれぬ、説明できぬ、すさまじい力がかくれているような気がして、この本を読みました」という成瀬の書き込みもあった。勝呂も小説家として、人間の心の奥底に手を入れ、そこに神が祝福したまわぬものがあっても、やはりそれを手にいれねばならぬと思っている。

成瀬に会うため、重よしに出かけた。糸井素子が自殺したことを成瀬は知っていた。成瀬と素子は「バートリー伯爵夫人ごっこ」をよくした。人間の心にあるマグマが爆発し、二つの波がぶつかって二つの渦になり、飛沫をあげ、太鼓のような音をたて、深い深い底に引きずり込まれて行き、その恍惚の中で死にたい、殺して、と素子は言った。そして本当に素子は死んだのだ。素子の悦びは、つまらない道徳的な日常を送ることではなく、あの激情に身を任せることだった。激情の力に溺れれば死ぬことにも快感があるだろうか。成瀬はそれを見てみたかったので、近くの喫茶店にいて、彼女の死を確信した。

成瀬は勝呂に、贋者に会いたいでしょうと言う。来週の一三日の金曜日に会わせてあげると。そのホテルは初めて来たのに、前に見たような気がする。見ただけでなく、入っていったような気さえよみがえって来た。なぜなのか分からない。

それはデジャ・ヴュというもので、先祖の記憶であるというようなことを、遠藤は『わが恋う人は』の中で書いている（前述のように他にも書いている）。しかしここでは、勝呂の贋者＝分身が来たことがあったのだと言いたい訳である。贋者に会わせてやるという成瀬万里子は、すでに悪魔の様相を呈している。イエスを試みた悪魔である。念の為に言っておけば、『深い河』において、大津を堕落させようとした成瀬美津子の学生のころの姿とダブルイメージということになる。

部屋の覗き穴から、ミツがベッドに寝ているのが見えた。睡眠薬を飲まされて眠っている。「あの子を帰してやって下さい。あの子は、誰かが辛い目にあっていると、損になることでもやってしまうお人好しな性格の子で、だからあなたに対しても警戒心がなかったんだ」と言う勝呂に、成瀬は、血まみれの十字架を背負って刑場に行くイエスの話を持ち出し、

［「無垢で清らかな人間が苦しんでいる。それを更に苛める快感が、イエスを罵ったり石を投げつけた群集にはあった。イエスがあまりに無垢だったから、破壊したくなる。そういう心理って誰にでもあるし、心の奥にかくれている。先生はそういう群集のことは絶対にお避けになっていた」］

（『スキャンダル』二五八頁）

と応えた。成瀬によれば、勝呂にもそういう悪の心性はあるはずで、それを暴いてやるということである。成瀬は［他の人たちが心の中にかくしもっている悪への欲望をめざめさせる

のが好き」（『午後の悪霊』一九八三）なサディストだったのだ。

勝呂は、成瀬にもう一つの世界に連れて行くカクテルを飲まされ、ミツを連れて帰らねばならぬという理性のたがが麻痺してくる。一寸覗くだけ、と勝呂は呟いた。これはテレーズが「一度だけ」と呟いて、夫に毒をもるシーンを思い出させる。

裸のミツの体を覗き見ている勝呂は、老い、病んだ自分の体を思い、あのような若さを思いきり吸い込みたいという衝動に駆られた。次に、勝呂は息をのんだ。男の背中がミツに覆いかぶさっていた。左の肩甲骨の下に半月形の大きな手術の傷跡がある。それは勝呂の背中そのものだった。勝呂は命を吸い取りたかった。彼はいつか男と合体して、ミツの腹部に口を押しあて、そこを吸い、口を動かして乳房のまわりを吸い、頸を吸い、ミツの命を自分の体内に移そうとしていた。死の近いものが生命のみちた者にたいする妬み。その妬みが快楽にまじり口を動かしているうちに烈しく強く燃え、彼は思わず少女の頸に手をかけた。その時、彼は自分のなかにさっきとは別の音をきいた。遠くから彼を呼ぶ電話のベルが鳴っていた。その音は「もうひとつのお前」「もうひとつのお前」と言いつづけていた。ミツがうす眼をあけてもがきながら、「やめて先生」と言った。それは濡れた冷たい手ぬぐい取替えて「先生、心配いらないよ、私が看病するから」と言ったあの声だった。男はたちあがり、振り向いて蔑むようなうすら嗤いをうかべた。それは糸井素子が描いた勝呂の肖像画そっくりで醜悪だった。すべるように彼は寝室から姿を消した。

美しいものをそれゆえに汚したいというサディスティックな欲望。ミツの若さを吸い取りたいという、ドラキュラのような欲望。一人の美少年に対する暗い情念のために破滅していく学者（トーマス・マン「ヴェニスに死す」）のようでもあり、あるいは少女を騙し犯し、自殺させ、別の部屋でじっと待っているスタヴローギン（ドストエフスキー『悪霊』）のようでもある。そうした混沌とした衝動の渦の中から、彼を悪から救ったその声とは何か。混沌に秩序を呼び覚ましたものは何か。

恩寵の光である。［素朴な信仰心］があったからである。成瀬に飲まされた毒薬によっても麻痺させられなかった理性の光である。いやそれは理性という表層より深い層のものであろう。無意識の中で信仰、即ち神の働きとしてのXは生きていたのである。当人も気付かぬ内面の奥底に隠れていて、彼の人生に決定的な働きをしているXが生きていたのである。この時ミツは勝呂の同伴者（イエス）である。

成瀬はこの時から行方不明となっている。これは荒野の試練でイエスが悪魔を追い払ったように、いわば悪魔退散（仏教で言う降魔（ごうま）ということ）なのであろうが、すべるように消えていったもうひとつの彼は、勝呂の記憶の中に隠れとどまり、彼を悩ませる。

ミツと一緒にホテルを出た所を小針に写真を取られた。小針はあなたのスキャンダルを書く、と言う。あれは幻影でもなければ悪夢でもない。あの自分そっくりな男は、別人でもなければ、贋者でもない。あれは俺だ。それをもう匿しもしないし、否定もしない。勝呂は醜悪な自分を見てしまったのだ。
雪の街灯の中、五〇メートルほど先をどこかで見た背格好の男が歩いている。それが自分自身だと知って、勝呂は息をのんだ。その男は振り向きもせず、ひたすら千駄ヶ谷の方へ歩いている。細かな雪片から深い光が発している。光は、愛と慈悲にみち、母親のような優しさで男を吸い込もうとしている。そして男の影像は消えた。勝呂は眩暈を感じた。光は次第にその強さをまし、勝呂自身をも包み始めた。「憐れみたまえ」という言葉が口からこぼれた。「心狂える人間を憐れみたまえ。なぜ人間が生き、なぜ人間が作られたか、知りたまえるあなたの眼に、人間は怪物とうつるのですか」(『スキャンダル』二七一頁)
雪に意味はないが、作品として意味を負わせることはできる。ここでも雪の意味するところは、浄化である。ドッペルゲンガーの危機の中で、光を発する雪が降るということ、しかも雪の発する光は、分身の方を、愛と慈悲にみち、母親のような優しさで吸い込もうとしている。そしてやがて勝呂自身をも包み込むということが意味するものは、救いということであろう。以前霧の中の光を見て同じようなことを感じたことがあった。光には明らかに彼を捉えようする意志があり、ふしぎなことに悪意も敵意もまったく感じられず、それどころか、全身を深みのある、柔らかな光で包もうとした。「わたしの心は柔和だから、わたしを受け入れなさい」という声は神の示現、顕現、あるいは沈黙の声であるのだろう。徴であり、奇蹟である。

妻がボランティアの会で不思議な話を聞いたと言う。勝呂は妻が成瀬と会ったのではないかと不安に思ったが、成瀬はずっと病院に来ていないという。婦長さんが、臨死体験について話してくれた。死にかけて息を吹きかえした人が、自分が自分の体から離れて行くのをはっきりと感じ、自分の体を囲んで家族たちが泣いている光景を見、そのあとなんとも言えぬ橙色の柔らかな光に包まれている自分を感じ、自分がその光とその奥にいる神様に愛されているのを確信したという。あれは臨死体験だったのか、と勝呂は思った。

勝呂は成瀬に手紙を書こうとして破りすてた。そして死んだ加納にあてて今の心を吐きだそうとした。

「老いて、ぼくの知らなかった自分が少しずつむき出しになるのを見た。知らなかった自分は夢の中に出現し、幻覚のなかにあらわれ、君が心配してくれたぼくの贋者となって――いや、もう一人のぼく自身になって生きはじめた。それは妻にも言えぬような醜悪そのもののぼくの生き霊で……決して君があの授賞式の時、語ってくれたような立派なイメージではなかった。（略）ただぼくのかすかな希望は、その醜悪世界をも光が包んでくれるのではないかということだ」

（『スキャンダル』二七八頁）

そこにはこの体験が踏まえられている。しかしまだ、勝呂の煩悶は深く続く。「心狂える人間を憐れみたまえ」という祈りに、救いの予兆として雪の光が降り注ぐ。

おそらくこの手紙がこの小説の結論といっていいだろう。醜悪世界をも光が包んでくれることを祈るというのは、救いを必要としない悪をも、やはり、神の恩寵の光が包み込み、救いにいたらしめることをかすかな希望としているということだ。悪が神を問題にしなくても、神は悪を問題にしているはずだから。裏切りのユダを、ただ一人この世界で救われない者にはしないというのがキリスト教の寛容であるのだから、自分の醜悪な面を知った勝呂が（しかしそれは誰にでもあるものだ）、それゆえに救われないということはありえない。いつか見た雪の光の語るように、醜悪と向き合うことで開けてくるものがあるはずだ。その光とは臨死体験者の語るような慈愛に満ちたもので、神に愛されていると実感できるものであるはずだ。

この小説で特徴的なのは、勝呂は自分の分身そのものと正面から向き合う格闘がないことである。勝呂が見るのはいつも分身の後ろ姿か遠くで振り向いて嗤っている分身である。勝呂は自分の魂の問題として、直接対決を挑むことで、悪の構造を探り、克服できるかも知れないしあるいは、自己破壊してしまうかも知れない。

しかしでは、行方不明になった成瀬はどうであろう。神の力の働かないそとの世界はないはずである。神には悪など存在しない。神にとってはそれは罪である。成瀬の悪も救われるというのが当然の理となるわけではあるが。

夢を見た。勝呂は書斎の中で背をまげて仕事をしていた。妻が「あなたはわたくしのそばよりもそこがお好きなのね。そこはあなたのお母さまのお腹のなかですもの」と言っている。

「起きて。あなたは今生れるのよ。そこから外の世界に押し出されるのよ。そこにいると死産になるの」という今までにない強い妻の声が伝わってきた。しばらく恐怖にもがいていた。暴れ、糞尿を排泄し、その糞尿にまみれ、子宮の出口に必死に頭を押しつけた。そのくせ彼のなかにはまだこの子宮のなかでさっきの深い眠りに戻りたいという感覚とその感覚に溺れていくことに闘う意識とが混じりあっていた。この時啓示を受けたように、糸井素子の表情が浮かんだ。あれこそ子宮に戻り、汚れた羊水のなかに浸りたいという欲望だった。俺も死の近づいたことを感じながら、子宮での恐怖をもう一度再体験していたのだろうか。

この夢の象徴がかたるところは、醜悪の世界から外の世界に生れ出ていくことが、新しい勝呂の生の道であるということであろう。しかも同時に彼にはねそべりたい欲望がある。肝臓病で、GOT188、GPT205の体ではそれも無理はない。医者から食後に横になるよう言われているはずである。だがこれも象徴的には、死への欲望、死への親和として描かれている。

テレーズ・デスケルーが善良な夫に毒を盛ったのは、社会的な約束事よりもっと深い、もっと大きな、もっとそれを越えたXを魂の底から求めたからではないのか、そしてこれは救いを求めるがゆえに罪を犯してしまった一過的な否定である、と遠藤は言う。

しかし遠藤は、「テレーズには掛け布団をはねのけて立ちあがって裸足で窓まで行く気力もなかった。からだを縮こませ、目まで毛布をひきあげて、瞼と額に氷のような風を感じながら、じっと動かずに横たわっていた」という一節を引きながら、この無気力、この怠惰が「寝そべる快楽」である、と述べ、これをフロムの言うネクロフィラス的人間の「子宮の暗闇への退行」であり、フロイトの言う死（タナトス）の本能ということである、と述べている。さらに、この心理の傾向は、物質のように無機物のように感情や心の動きのない、没我の状態に戻りたいという人間の原始的な欲望である、とも述べている。この破滅に引かれ、子宮の湿りけ、ぬくもり、暗さに浸り、起き上がろうとせず、上昇してXに向おうとするバイオフィリア的な健康で建設的な欲望の認められない性格を、遠藤は、悪と呼ぶ。それは人生の絶対的な否定である。罪がXを求める欲望の裏返しであり、罪と信仰は類似構造を持つと、かねて遠藤がいう一過的な否定とは似て非なるものである（『私の愛した小説』）。

以前霧の街で不思議な光に包まれたことがあったが、その時、彼は、言いようのない安らぎを五官に感じた。それは彼が自分だけの小さな書斎で机に向かう時のあの憩いさえもはるかに超えていた。もう彼を束縛するものも、たえず心を覆ってくる重くるしさもない。ひろやかな野に解放され、存分に大気を吸いこんでいる。ああ、これが死だ。死というものはこういうものだったのかと彼は大きな悦びに浸されて、長いあいだ怖れていたものがまったく違った顔を持っていたことに驚いた。そういう体験をしたことがあった。これはやはり死への親和という側面はある。死後にも世界があり、そこで死者たちと会えるのだから、死を恐れる必要はないという文脈で、臨死体験は語られることが多いが、しかし、子宮隠遁の場である書斎での憩いよりはるかな安らぎを持っていたというのは、死への親和以上のものである。死の本能（悪）を超え、生の光の内にある死の意味を知ることになったのであろう。彼を包んだ柔らかい光は、再生の光といってもいいだろう。

二度目の夢の中で、「起きて。あなたは今生れるのよ。そこから外の世界に押し出されるのよ。そこにいると死産になるの」という今までにない強い妻の声が伝わってきたというのは、このネクロフィラス的悪からの脱出・脱皮をうながす生への救出の声である。伝わってきたという言い方は、同伴者としての妻の直接的な愛情であろう。ユング流に言えば、グレートマザーの包み込み、窒息させ殺してしまうという負性に負けてしまいそうになるところを、妻の声に促され、再生の方向を見いだしたというようなことであろう。X＝玉ねぎ＝プネウマ＝神の愛の働きである。

この小説のもう一つの特徴は夢である。河合隼雄は、夢がどのような経過で表出するのか、その無意識の構造を次のように書いている。

「夢は無意識界から意識へと送られてくるメッセージであり、まさにシンボルの担い手なのである」（『無意識の構造』中公新書、五五頁）

「夜になって眠っているあいだ、無意識は活性化され、その動きを睡眠中の意識が把握し、それを記憶したものが夢なのである。夢は意識と無意識の相互作用のうちに生じてきたものを、自我がイメージとして把握したものである」（同、五七頁）

「イメージは多義的なものである。そのときいずれをとるかは、そのときの状況と本人の決断にかかっている」(同、四二頁)

勝呂の無意識の層にあるものが、夢の通い路を通って、メッセージを送ってくる。生と死の境界線上を、無意識のエネルギーは、新しい生を生きるのだと、死の子宮から生の方へ勝呂を押し出そうとしている。先の霧の夜の夢もそうだが、勝呂の夢の中にあらわれるシンボルの解釈を通して心の物語を創出し、その物語のメッセージを了解することによる癒しがこの小説のテーマである。

小針のスキャンダル記事は出版社がもみ消してくれた。世間的にはそれで一件落着なのではあろうが、ことはそんななまやさしい話ではない。

勝呂はミツの将来を考えて、準看護婦の仕事につけばいい、その手助けをしてやろうと思っている。

真夜中、遠くでまた電話の音がする。執拗に鳴っている。目をさまして、妻も聞いている。妻はこれまで心配をかけたくないという思いから、彼の精神の葛藤の外におかれていたのであったが、すでにあのネクロフィラス的子宮から勝呂を救出しようとした同伴者となっている(むろん妻には妻の苦悩があるのではあろうが)。

しかし、総じて、この小説の展開には無理がある、と僕は思う。なぜなら、対談『人生の同伴者』の中で、佐藤泰正が「遠藤さんが夜の会食の前にぽつんとおっしゃったのは、どういう文脈だったか忘れたんですが、『ぼくはデモーニッシュなものは書けるが、サタニックなものは書けない。僕には素朴な信仰があるからね』、とおっしゃった」と伝えているからである。これを受けて遠藤は、「『スキャンダル』なんか書きながら、もっとサタニックな世界は自分には書けないいんじゃないかなあ、ということを感じていました」と語っている（『人生の同伴者』新潮文庫、二二五～二二六頁）。

遠藤が、自分には悪（サタニック）は書けない、素朴な信仰があるから、と言うのは、悪の追究を意図しながら、サタンの果ての混沌地獄の荒寥、Xを求めない悪、ハードでワイルドなサディズムに、自らの限界を感じたということであろうし、この小説が失敗作であることを認めたということであろう。

ところで、遠藤の作品に登場する人物の名前についてもう一言いっておきたい。勝呂はむろん『海と毒薬』に出てきた人物の名を負っている。そして森田ミツと成瀬万里子という正反対の人物が、『深い河』において成瀬美津子として合体している。行方不明になった成瀬は、再び『深い河』で大津と出会う。天使と悪魔が相見えて、ストーリーは展開する。

8＊成瀬美津子がインドに来たのは、大津に会うためだった。リヨンに出した葉書は回り回ってインドにいる大津のもとに届き、東京の美津子のもとへ返事が来た。そこには、大津のキリスト教に対する考えが端的に書かれている。

「「ヨーロッパの考え方はあまりに明晰で論理的すぎて、東洋人のぼくにはついていけなかった。それは苦痛でさえありました。神学校の中でぼくが一番批判を受けたのは、ぼくの意識の中に潜んでいる汎神論的な感覚でした。「神とは人間の外にあって仰ぎ見るものではない、それは人間の中にあって、しかも人間を包み、樹を包み、草花をも包む、あの大きな命です」「それは汎神論的な考え方じゃないか」
「少年の時からぼくが唯ひとつ信じることのできたのは、母のぬくもりでした。母の握ってくれた手のぬくもり、抱いてくれた時の体のぬくもり。兄姉にくらべてたしかに愚直だったぼくを見捨てなかったぬくもり。母はぼくにも、玉ねぎの話をいつもしてくれましたが、その時、玉ねぎとはこのぬくもりのもっと、もっと強い塊り、つまり愛そのものなのだと教えてくれました。（略）ぼくが求めたものも、玉ねぎの愛だけで、いわゆる教会が口にする、多くの他の教義ではありません。この世の中心は愛で、玉ねぎは長い歴史のなかで、それだけをぼくたち人間に示したのだと思っています。（略）その愛のために具体的に生き苦しみ、愛を見せてくれた玉ねぎの一生への信頼。（略）一人ぼっちの時、そばにぼくの苦しみを知りぬいている玉ねぎが微笑しておられるような気さえします。ちょうどエマオの旅人のそばを玉ねぎが歩かれた聖書の話のように、『さあ、私がついていている』と」」

（『深い河』一九三頁）

この大津の手紙に注釈は既に不要であろう。今まで長々と書いてきたこと、西洋と東洋の問題、一神論と汎神論の問題、父性と母性の問題、教会の教義と少年時代から信じてきた母のぬくもり、同伴者（インマヌエル）のテーマなどがこの手紙に要約されている。「さあ、私がついている」というのは、復活したイエスが「自ら近づきて彼等に伴に居たり」（ルカ二四）という一節による。同伴者については後述するが、遠藤の「同伴者イエス」の宗教観の源流の一つである。ここは特にその躍動感がある箇所である。

ただし一箇だけ注釈をしておきたい。「ぼくが求めたのは玉ねぎの愛だけで、いわゆる教会が口にする、多くの他の教義ではありません」と大津が言うのは、無論遠藤本人の主張を背負っているわけだが、遠藤は確かに、教会の言説とは多少異なった独自の解釈を聖書から導きだし、自分のイエス像を築き上げている。教会のイエスではなく、「私のイエス」あるいは「日本人である私のイエス」を探してきた。例えば奇跡物語にリアリティ（「実在感」）を感じないとか、英雄的なイエスの姿は取り上げない、とかいうところである。日本人に合ったキリスト教を求め、裁く父性の神より、赦す母性の神を求めたということも、遠藤のキリスト教の特徴であろう。遠藤が求めたのは、イザヤ書五三章に謂う、痩せた無力なあの男の示す苦難の僕（しもべ）、「哀しみのメシアとしての同伴者の愛」というイエスの本質である。大津はそれを「玉ねぎの愛」と言っているわけである。

9＊美津子はその手紙を読んだ頃、ある本で「わたしはひとを真に愛することはできぬ。一度も、誰も愛したことがない」という文章を読んで、これが自分だと思っていた。美津子は離婚し、ブティックを経営しながら、倒錯的な気分から、発作的に病院のボランティアを始め、愛の真似事を演技して自虐的な気分になっていた。偶然、磯辺の妻を看病したことがあった。

美津子はテレーズ・デスケルーのように、なぜ自分は男を棄てたのか、その心の闇の奥を探ろうと、自分が棄てた男大津のことが気になってこの別世界まで来たのである。男性として魅力もなければ、心ひく容貌などどこにもなく、いつも侮蔑の感情を起こさせるあの男。美津子とは全く別の世界で、玉ねぎにすべてを奪われた男。なぜ大津のことが気になるのか、美津子にも分らない。分らないが、自分をこえた何かがそうさせたのだ。

夜。インドのホテルで、美津子は大津から貰った手紙を再び読み返している。

美津子は自分が酔えぬ女だと自覚している。人を愛せぬ女だと知っている。病院のボランティアを始めたというのも、それが愛の真似事であると知っている。意識的で醒めた女である。テレーズのように求めて満たされぬ空虚を感じながら、あるいは罪の意識のなさを不気味に感じながらも、何か自分を越えたものに促されるように、大津のいるインドにやってきた。「白い人」の「私」があらぬ彼方を見つめたように、ここに光の差し込む可能性はあるのかもしれない。その心の底にあるものが、罪であるか、悪であるか、それは文字通り、神のみぞ知ることである。

ところで、ここで遠藤のもう一つの性格、狐狸庵について触れておきたい。

遠藤は中学三年のころ、『東海道中膝栗毛』(岩波文庫)を読んで、弥次郎兵衛・喜多八を理想の人物と思ったという。ただ、遠藤は[彼等が洒落のめしたり、威張ったり、ぐうたらであればあるほど、その旅立ちの朝、雀がチュチュとなき、鳥がカアカアとなき、そして馬方の唄のきこえる街道の描写は我々に二人の人生の寂しさを感じさせる」と書いていて、滑稽や悪戯とは裏腹の感覚を読み取っている。遠藤は、滑稽道中を思い立ち、仲間を誘い、西国街道を東に向って旅立ち、京都まで行こうとしたこともあるという。足草臥(くたび)れて京都に着く前に引き返したのだが。

戦争が激しくなり、召集令がいつ来るかわからぬ学生時代に再び読んだ時、自分の周りに失われてしまったものを吸い上げていたと言う(「私の膝栗毛」一九七五『お茶を飲みながら』)。それは日本人の人のよさのようなものだっただろう。今自分の周りにあるのは、日本人の本来的な姿ではなく、戦時の時勢に押し流されて、変に高ぶり、昂揚しているヒステリックな姿だった。

写真に写る時に変顔をしたり、ぐうたらでズボラな自分の性格を自ら茶化し、滑稽化して、狐狸庵を名乗ったのもそういう自身の性格のもう一面を解放しようとしてのことであり、素人劇団「樹座」を率いて芝居をするのも同じ理由からである。しかし、ぐうたらでズボラな人間は、しかも病気を抱えながら、二百何十冊も本を書いたりはしない。執筆期間を四〇年とすると、年に五、六冊、つまりほぼ隔月刊ということになる。最盛期にはほとんど月刊（かそれ以上）だった。これはやはり大変なことである。

［遠藤周作という名は間違いなくわたしの名前ですが、これだと世の中の人は、わたしを、まるで朝から晩まで暗い顔をして、人生や社会のことだけ考えている人だと思ってしまうらしいのです。／人間は悲しいもので、他人からそう思われると、背伸びをしてポーズをつくることがあります。

実際のわたし自身の中には、もっともっといろいろなチャンネルがあるのに、まじめ人間のチャンネルだけを回すことになってしまうわけです。そこでわたしは狐狸庵という名前をつけてみました。すると妙なもので、名前というものにも人に与えるイメージがあるのです。／狐狸庵という名前をつけたおかげで、いわゆるわたしの世界以外の人たちと知り合うことができたのです。／「樹座」もそのひとつですし、社交ダンスや囲碁の仲間も増えました。生活だけではなく、人生の幅も広くなったのです。これは決して大袈裟ではありません」（『あなたの中の秘密のあなた』一九八六）

「わかりやすくするため、人生と生活とを区別すると、私は人生に好奇心もあると同時に、生活にも好奇心を捨てられぬ男である。「人生とは何か」という好奇心から私は文学をえらんだ。そして小説家になった。宗教や文学を考えるようになった。／しかし、人生に好奇心のある人はおおむね生活に好奇心を抱かない。あるいは抱くことを恥とする傾向があるようだ。さいわい私の場合は生活のどんなことでも好奇心の疼きがわくほうで、東に夫婦喧嘩あれば飛んでいって見物し、西にＵＦＯがとんで来たと聞くとその目撃者に会いたくてたまらなくなる（筆者注＝「不気味なこと」『お茶を飲みながら』参照）。／遠藤周作をもし人生に好奇心を抱く男の名とすれば、狐狸庵はさしずめ生活に好奇心をもつ男の名であり、この二つの名が矛盾せず私の顔にペタリとはりつけられている」（「口上」『よく学び、よく遊び』一九八三）

幸か不幸か、「よく学び」の方が先である。遠藤周作という堅い名前の人間と、狐狸庵という爺むさくて、ふざけた面、人なつっこい面、ぐうたらな面、いやらしい面、胡散くさい面を持っている人間と、どちらが本当のあなたなのかと尋ねられれば、「どちらも私なのですが」と答える、と遠藤は書いている。弥次郎兵衛的バランスを取っているのかもしれない。互いに同伴者なのかも知れない。拷問や罪などというしかつめらしい、重苦しいのよりも、気軽な、悪戯好きの、滑稽で、お調子者の、お道化る性格のほうが受けがよかっただろう。深刻な話を書きながら、どこか、基本的に楽天的なのである。ただ、悪戯には多少サディスティックな性向があると思われる。そうとう手の込んだ悪戯もやっている。文壇というところで、文士相軽んずという意識で、（罪のない！）ウソやホラで軽口を言い合い、面白がっている風である。一九七三年、ネスカフェ（ネスレ）のテレビCMで、違いが分かる、とか、あいつ（多分、どくとるマンボウ北杜夫）に違いが分かるもんか、とか。ペンネームで通俗小説まで書いて小遣い稼ぎをしていたことがあるというから、狐狸庵もの・ぐうたらものには、或いは経済的な理由もあったかも知れない。

［私は自分の精神的な堕落を自分で一番良く知っていた。郊外に家を建て、車を買い、たえず版を重ねる娯楽小説を何冊か書いたが、それらは自分の堕落の証明であるように思われて、時々、自分に腹を立てることがあった］（『死海のほとり』）

これは『死海のほとり』の「私」の言うところであり、ここに同列に並べていいかどうか分からないが、遠藤には聖なるもの、高きものを問題にして汀優り（みぎわまさり）の部分があるが、それだけではない、自覚して中間小説の水際で地上的な、俗的な娯楽小説や狐狸庵ものを書いている。しかも、この狐狸庵の中には、夜分などうす気味わるい音を出す部分もあるという。互いに、ドッペルゲンガー（分身・二重人格・影）なのかもしれない。

［正宗白鳥はむかし「誰でもそれを他人に知られるくらいなら、死んだほうがいいと思う秘密がある」と書いたが、この「私」とはそんな意識的な秘密をふくめた、もっと深い私なのかもしれない。／そして――／そして、私は自覚的な自分――私ならば遠藤周作

——以上に、もっとこのはみ出た自分、それだけではない自分、得体のしれないひそかな自分——狐狸庵のほうが本当は神というものと関係あるような気がしているのである」(「自分の名について」一九八五『春は馬車に乗って』一九八九)

これはちょっと深い発言だと思う。多少の胡散臭さを含みながら、狐狸庵というトリックスター、もしくはホーリーフール(神の道化師)は軽くふざけてお道化ているだけではなく、無意識の深層から、道化にまぶして本音を、あるいは自分の知らない自分、秘密の自分を掘り出して来るかも知れない。人が無意識のマグマに抑圧し直隠しにしているもの、そんな秘密を人に知られるくらいなら死んだ方がましというような、うす気味わるい音を響かせるかもしれない、と言う(例えばフランソワーズのこととか?)。

遠藤は五十代の後半に自分の文学や人生に調和と秩序を得たように思っていた。しかし突如としてこの協和音をかき乱す音がどこからか鳴り始めた。忘れていた宿題を思い出したのか、そのうす気味悪い不協和音を聞いた遠藤は、六〇にして惑い、罪と悪について、『スキャンダル』(一九八六)を書いたのである。

第3章　同伴者　沼田の場合

1＊沼田は幼少時代を日本が植民地にしていた大連で過ごした。学校からの帰り道、沼田は泥だらけの犬を拾った。母親は捨ててこいといったが、一日だけと半泣きになってたのんだ。翌日、ボーイの李が犬を石炭小屋に隠していてくれ、クロと名前をつけて秘密で飼ってくれた。石炭を盗んだという廉(かど)で李は解雇された。
父の怒声が聞こえ、母の泣き声が聞こえた。沼田はもう家に帰りたくなかった。クロだけに話しかけた。母は沼田を連れて、日本に帰ることになった。クロは去って行く沼田を諦めのこもった眼で見ていた。そのクロの眼を沼田は大人になっても忘れない。

この、犬の眼のテーマ、即ち同伴者のテーマを扱った作品はかなり多い。ちょっとしたエピソードとして出てくるものもいれると、そうとうな数になる。すでに扱ってきたものもある。これも「周作」である。遠藤は、発表する雑誌が違うし、読む人が違うから、と言っている。次に挙げてみるが、これが全てではない。

「動物たち」一九五九、「『動物と男』のスケッチ」六〇、「男と猿と」六〇、「鳥」六三、「男と九官鳥」六三、「私のもの」六三、「小禽」六三、「四十歳の男」六四、「大部屋」六五、『満潮の時刻』六五、「さらば夏の光よ」六六、「雑種の犬」六六、「土埃」六七、「扮装する男」六七、「どっこいショ」六七、「なまぬるい春の黄昏」六八、「影法師」六八、「花鳥風月を友にして」七〇、「犀鳥」七三、「五十歳の男」、「駄犬」七五、「犬と小説家」七六、「クワッ、クワッ先生行状記」七九、「人生」八一。（作品名の後の数字は発表年。一九は省略した。文庫本は書誌がしっかりしていないものがある。）

同工異曲と言っていい。同工を異曲にしてヴァリエーションを楽しんでいるのかも知れない。この他に樹木や人形が同伴者として描かれている作品がある。それは汎神論的なことなのかもしれない。むろん人間も同伴者として描かれる。『おバカさん』のガストンがそれであるが、ガストンはイエスである。ガストンについては4章で取り上げる。

つまり同伴者とはイエスのことであり、「インマヌエル」、即ち「神われらと共にいます」（マタイ一－二三）ということである。

犬が同伴者であるという発見は、遠藤の満州での少年期の体験（洗礼以前のことだ）が素材になっている。遠藤周作は一九二三（大正一二）年三月二七日、東京市巣鴨で、父常久、母郁の次男として生まれた。兄正介は二歳上だった。父は安田銀行に勤めていたが、大正一五年、転勤で満州関東州大連に渡る。遠藤が三歳のときである。母は上野音楽学校で習ったヴァイオリンを、朝から夕方までひいていた。昭和七年ころから父母が不和になり、遠藤少年は暗い気持で日々を過ごしていた（広石廉二編　年譜）。そんな時、遠藤は犬を拾い、親に隠れて飼いはじめた、という。

［その頃、家に帰るのが嫌だった。母の暗い顔を見ねばならないからである。その頃父と母は夜おそくまで応接間で話をしていて、時々、父の怒声が私の耳にも遠くから伝わってきた。それまでが幸せだっただけに一挙に眼の前にあらわれたこの事態を私はどうして処理してよいのか、わからなかった。寝床のなかで耳の穴に指を入れ、父と母の争いの声を聞くまいとすること、それが私のただ一つの逃げ路だった。兄はただひたすら勉強していた。／だから教室でも先生の授業は聞いてはいない。先生も友達もぼんやりと何かを見ている私の心はわからなかっただろう。私はそんな自分の家庭の秘密や淋しさをただひとつのものを除いて誰にも話さなかった。ただひとつのものとは飼っていたクロという犬である。／自分の悲しさをかくすために悪戯をする、おどけるその性格は今日まで私のなかに続いている。むしろ、あの頃それが形成されたと言っていいのだ。自分の心の秘密をひとつのものにしか話さない。この傾向は今も消滅していない。ひと

つのものとは「私のイエス」であり、そしてその周辺に死んだ母や兄が存在する。思えば今日の私の性格は大連時代の暗い日々に作られたのかもしれぬ」（「クワッ、クワッ先生行状記」一九七九『天使』角川文庫、二〇六頁）

ここに、心の秘密をうちあけるただひとつの相手としてのクロが出てくる。この時遠藤少年はまだ洗礼を受けていなかったのだが、少年はクロに「まだ家に帰りたくないんだ」とか「学校は面白くないんだよ」とか「ああまた試験だ。何とかならないかなあ」と話しかけた。クロは泪でぬれたような眼をして、「仕方ないじゃないですか、この世は我慢しなくちゃならねえんですよ」と答えているようだった。力なく尻尾をふって、「まあ、生きるって、こういうもんですよ」と言っているようだった（『落第坊主の履歴書』一九八九、文春文庫、五一頁）。そして、その犬は、すなわち「私のイエス」であったのだ、と遠藤は明かしている。それは告悔とは別のものであろう。遠藤少年にとっては、ただ傍にいるクロに話すことで慰めを得ていたのである。それは心に鬱積したストレスの捌け口であった。動物セラピーもしくは精神安定剤であった。

また遠藤はフランス留学中のエピソードとして、リヨンの公園に飼われていた猿のことを書いている。小石を投げて悪戯しようとするフランス人をたしなめると、若者達は「猿とこの東洋人は顔まで似ていやがる」と言って去っていった。主人公である佐田は怒りと屈辱感でいっぱいになりながら檻の前に立ち、猿を見ている。（佐田は遠藤であり、猿も遠藤である。

獣偏と之繞をはずせば、「袁」が残る。遠藤の言葉遊びであろう。）

［その憐れな醜い顔を見ていると、佐田は急に今の青年たちが言ったように、自分とこの動物との間になにか似かよったものがあるのではないかと感じました。この猿もまた仲間たちから引きはなされて、一人ぽっちで檻の中で生活している。自分は日本をはなれて異郷の一人暮しである。／（お互いにお正月だというのになあ）／彼はしみじみと猿にむかって呟きました。／（さむいだろ、俺が明日から人参は必ず持ってきてやるからな）］（「『動物と男』のスケッチ」一九六〇『遠藤周作文庫　ユーモア小説集Ⅲ』講談社、一〇七頁）

人間はどんな時にも友達が必要である。友達に話すことができないと、自分の中の妄想が太り始める訳だから。佐田は檻の中の猿と異国の地で黄色い人と差別される自分に同類項を見出だし、親近感を覚える。猿は猿で、遠藤に何かを訴えるかのように唇を激しく震わせた。後に猿の学者の説明によれば、それは求愛のしぐさであったという。

しかし遠藤の描くクロという犬や猿が「私のイエス」であるという意図は、西洋と日本の文化的な風土の違いから、すぐには分かって貰えなかった。椎名麟三がそれを指摘した時のことを、次のように書いている。

［たとえば私の短編には九官鳥や犬などの鳥獣が出てくる。病気になった主人公は自分だけの世界にとじこもり、九官鳥にだけ心の暗い秘密を話す。そして彼が二度目の手術

を受けた時、九官鳥は死んでいる。この場合、私のこの作品の読者は一人としてこの九官鳥を基督だとは考えてくれなかった。人間のために死に、人間の暗さを引き受けて十字架で死んだ基督を連想してくれなかった。一匹の犬がじっとその主人を見ている。その哀しい眼に私は人間をみつめる基督の眼をいつも感じる。私は基督などという言葉の代わりに一匹の犬を時々、小説の中にさりげなくおき、その眼をさりげなく書く。しかし、それが基督の眼だとわかってくれたのはカトリックの友人たちと作家では椎名麟三氏だけだった。私はある夜、椎名氏が急に「あの眼は基督の眼だ」と言ってくれた時、やはり嬉しさのあまりうつむいてしまったのを憶えている。しかしそれは椎名氏が基督者であり、聖書を読んでおられるからわかってくれたのである」

（「人間をみつめる基督の眼」一九六六『春は馬車に乗って』文春文庫、一二一三頁）

しかしながら、それは遠藤自身にしても事情は同じだった。彼は少年時代にクロという犬と親しみ、ただひとつの話し相手としていたわけだが、その時、自分がイエスと話していたのだと思っていたわけではなかった。あれはイエスだったのだと思い当たるのは、随分後になって、彼がキリスト教に親しんでからのことだった。その時彼は遠く深く思念をめぐらし、嬉しさのあまりうつむいたのではなかったろうか。もし彼がキリスト教徒にならなければ、また別の体系の中で、それを位置づけたはずである。心理学者は動物セラピーと言うかも知れない。樹木については第1章で触れたが、園芸療法（セラピー）と言えるかも知れない。仏教では九官鳥の死は身代わり地蔵などと言うかもしれない。空海は同行二人と言うだろう。
もっとも遠藤はこのことについて次のように述べている。要約する。

自分のもっている世界と、友達の世界というのが、非常に違うということは大学時代から自覚していたし、キリスト教徒である私の言うこと（信仰、メタフィジック）を読者がどれだけ理解してくれるかという不安は常にあった。言葉が通じないということがある。神さまという言葉もちゃんとした日本語にはなっていないかもしれないし、まして三位一体とか聖体とか、そういう世界に育ってきた人間とそうでない人間との間では、重みや感覚や印象が全然違う。キリストというのを出すかわりに、犬にしたり、鳥にしたり、そういう普通の日常的なイメージで出す方法を使ってなじませなければならなかった、という（「文学――弱者の論理」『國文學』一九七三年二月号、學燈社、二一〇頁）。

しかしながら、ひとつここで指摘しておきたいのは、犬や鳥の眼をイエスの眼として描くことには、一神論―汎神論のハードルがあったはずである。西欧のキリスト教は神と人間との対話として成立しており、そこに犬や鳥が入り込む余地はない（はずだ）。だが遠藤にあっては、先にもふれたように、汎神論的文化風土に基づく日本的感性というものがあって、どうしてもそれから抜け出せない。『深い河』の沼田という名前は、日本の「泥沼性」を負っているのである。遠藤はだぶだぶの洋服を日本風に仕立て直すことを目指すようになるが、この犬の眼や鳥の眼はイエスの眼という発見は、その成果の一つと言えるだろう。

2＊沼田は童話作家になった。彼は子供たちの悲しみや、それを理解している犬や山羊や子馬や、鳥たちのことを好んで書いた。

沼田は犀鳥（さいちょう）という鳥を飼ったことがある。ピエロと子供たちに呼ばれていたが、ある時、万感の思いを込めて、このピエロが「寂しいです」とたった一言叫んだ、ように思えた。そして沼田はこの犀鳥と話し始めた。

沼田は結核が再発して入院することになった。彼はもう医者や看護婦や妻の前で元気を装うことに疲れ、心の通いあえる相手として、人間ではなく、犀鳥がほしかった。

ルオーの描いたような滑稽なピエロが。


沼田はルオーの描いたような、滑稽で哀しみにみちたピエロのような犀鳥が欲しかった。ルオーは多くのピエロ、ホーリーフールの姿を描いた。それは決して美しく、威厳があり、強く、華やかなというふうには描かれていない。ピエロの悲しみは人間の悲しみであり、悲しい人間こそ救いを必要としている。「丈夫な人には医者はいらない。いるのは病人である。わたしがきたのは、義人を招くためではなく、罪人を招くためである」（マルコ二―一七）、とあるとおりである。そしてここでは沼田と犀鳥＝ピエロは互いに救い合うという関係になっている。繰り返し言えば、猿の眼、犬の眼、犀鳥の眼、九官鳥の眼、これらはいつもそばにいてくれ、哀しみを分かち合ってくれる命のぬくもり、同伴者イエスの眼でもある。

遠藤はジョルジュ・ルオー（一八七一〜一九五八）の描くイエス像に同じような眼を認めている。

「ルオーのイエスはまた中世の宗教画家の多くが好んで描いたような、威厳にみちた栄光ある主（メシア）ではない。ルオーはそのようなイエスをわざと避けて、みじめで辛い死に方をしたイエス、裁かれているイエス、哀しげな眼をしているイエスしか描いていない。それは「イザヤ書」五三章に出てくる、

もう彼は見にくく、威厳もない、みじめでみすぼらしい

人々は彼を蔑み、見すてた

忌み嫌われる者のように、彼は手で顔を覆って人々に侮られる……

まことに彼は我々の病を負い、

我々の悲しみを担った

あの「悲しみの救主（メシア）」にほかならぬのである」

（「ルオーの中のイエス」一九七三『冬の優しさ』新潮文庫、二〇三頁）。

この『旧約聖書・イザヤ書・五三章』からの引用は、旧約がイエスの出現を預言したところとして有名であり、遠藤は繰り返しこの部分を作品の中に引用している。遠藤にとってイエスのイメージとして最も印象的なのは、力強く、奇跡を行ない、英雄的で颯爽とした姿で

はなく、優しさ・愛ゆえに受難(パシヨン)し、ひとのかなしみ・重荷を背負い、つかれ果て、威厳もなく、みじめでみすぼらしい、人間の低みを生きる姿だった。あの十字架を背負った姿である。そしてそれはこの『深い河』という小説のメインテーマをなす部分であり、大津はこの「かなしみのメシア」のイメージを背負っている。ここにも『深い河』の源流の一つがある。

『イエスの生涯』(一九七三)は、遠藤のイエス論の核心である同伴者イエスについて語っている。イエスは、洗者ヨハネ教団の描く旧約的な神のイメージ、すなわち怒りと裁きと罰の、厳父のような神のイメージに共感できなかった。イエスはすでにナザレの町で、貧しさと惨めさにあえぎながら、どうにもならない生活を送る弱い人々を見ていた。また、病人や不具者たちの嘆きを見ていた。必要なのは、かれら貧しく不幸な者が慰められることである。貧しさゆえに犯してしまう罪を、怒り、裁き、罰する厳格な父のような神ではなく、許し、分かり、愛する慈母のような神である。

イエスは幾つかの奇蹟を起こす。病気を治す。中風の者を治し、ハンセン病者を治し、汚れた霊に憑かれた者を治し、聾唖の霊に憑かれた者を治し、長血の女を治す。死んだ娘を起き上がらせ、盲人の眼を開かせた。また、自然奇跡を起こす。嵐を鎮め、湖の上を歩き、五つのパンと二匹の魚で五千人に食事を与えた(マタイ八〜九)。

この時期はイエスにとっての上昇期であり、人間の高みであろう。人々は群がってイエスの奇蹟・徴を待ち望んだ。これは現世利益を求める民衆の率直な願いである。人間は現実世界では、結局、徴・効果を求めるからである。これは先ほどの、優しさ・愛ゆえに受難（パション）し、ひとのかなしみ・重荷を背負った、つかれ果て、威厳もなく、みじめでみすぼらしい姿とは対極にあるものである。

また人々がイエスを待ち望んだもう一つの理由は、政治的なものであった。イエスの時代、イスラエルはローマに占領されていた。さまざまな民族解放グループが活動していたが、民族主義者にとっては、イエスは民族解放の旗手と期待された。

しかし、イエスの奇蹟物語は、当時の人々のメシア願望の強さの現れであり、誇張であろうと、遠藤は述べ、「イエスは人々のまさに、己を捕らえて王（メシア）となさんとすることを知り、独り山に逃れたまえり」（ヨハネ六―一五）という言葉を引いて、「奇跡物語の背後にはイエスを民族指導者としようとする群衆とそれを拒絶したイエスの関係が暗示されているのではないか」（『イエスの生涯』七七頁）と書いている。五千人に食事を与えた、というのは、愛を与えたという意味なのだ、と遠藤は言う。こうしてイエスがやがて奇跡を行わなくなると、人々は急速にはなれていった。「汝等は徴と奇蹟を見ざれば信ぜず」（ヨハネ四―四八）、と言ってイエスは嘆くのである。民衆は同伴者として傍に居てくれ、悲しみを分かち合ってくれるだけでは不足で、やはり悲しみや問題を解決して、助けてくれる具体的な力を望んだのである。

しかし、遠藤は、プロテスタント側の聖書学者たちと同じく、「従来盲目的に信じられてきた聖書が、原始キリスト教団を背景にした創作であることに眼をつけ、この聖書の中から作られた部分と、ほんとうにあった部分とを区別」し、「つまり歴史的にあったイエスと、神話化されたキリストを区別して考えよう」(「異邦人の苦悩」一九七三『切支丹時代』二四三頁)とした。そして、奇跡物語より、慰めの物語にリアリティを感じると言っている。イエスの説く愛とは、哀しい人に救いをもたらすことではなく、そばに居て慰め、苦しみを分ち合うこと、それこそが救いだった。一人の娼婦が、イエスの足を涙でぬらしたとき、イエスは、わたしはあなたの哀しみを知っている、と言う。すると彼女の哀しみ、人から蔑まれ、惨めさをかみしめた思いは癒されている。

長血を患う女が、藁をもつかむ思いでイエスの服に触れた。多くの人達がいるのだから服に触れる人はいますよ、という弟子のことばをよそに、イエスは多くの顔の中から怯えた女の表情を見た。イエスは自分の服に触れた一本の指から、彼女の切ない苦しみの全てを感じ取った。そこに孤独を解消させる同伴者イエスの存在がある。それはイエスの(憐憫ではなく)愛のゆえであった。

しかし、愛は現実において無力であった。愛は愛であって奇跡ではない。そのことに不満な人々も数多くいたのである。イエスは人々の目に「期待はずれの預言者」、「結局は何もできぬ無力な男」とうつりはじめた。

遠藤は、長い長い間、自分の足を治してくれる人が丘をおりてくるのを待っていた男のことを書いている。彼は嗚咽しながら、「それがあんただと思っていたのに、……あんたにはその力がないのか……」と言う。イエスは「わたしができることは、あなたたちと苦しむことだから……」と答える。

しかし、ルルドが多くのカトリック教会に設けられている。ピレネー山脈のフランス側のオートピレネー県ルルド（Lourdes）の町（人口一万六五八一人＝一九九〇年）で、一八五八年、一四歳の少女ベルナデットが洞窟内で聖母マリアの姿を見たと言う。一八六二年にローマ法王が聖地と認めた。洞窟内の泉（ルルドの泉）は病気治療に効き目があるとされ、入口には快癒した人々の松葉杖（やお礼参りの品）が掛けられている。年間四〇〇万～五〇〇万人が巡礼に訪れ、門前町が形成されている。一八八九年にバシリカ聖堂が建てられ、一九五八年には奇蹟一〇〇年記念として二万席の大聖堂も建てられた（『ブリタニカ国際百科事典』）。カトリックの運営する病院は数多くあるが、ルルドをそなえた病院もある。人々の病気治癒の願いは切実なのである。

さらに、過越（すぎこし）の祭がくると救い主（メシア）が地上に来て、イスラエルをローマの支配から解放してくれるという言い伝えがあった。イエスはサドカイ派の教師（ラビ）に問われ、次のように答えた。

［人のために泣くこと、ひと夜、死に行く者の手を握ること、おのれの惨めさを嚙みしめること、それさえも……ダビデの神殿よりも過越の祭よりも高い。それを神殿を祭る人たちは知らぬ］（『死海のほとり』一九七三、新潮文庫、八八頁）

イエスは愛の神・神の愛をこの地上に証明するためにやってきた。それは今までの処世術やパリサイ派の戒律とは全く違ったものであった。イエスはガリラヤ湖畔の山上で、イザヤ書六一章の「神の僕の使命は、貧しい者、悲しむ者に福音を告げ、悲哀の人たちすべてを慰めることである」という聖句をふまえながら、次の説教を行った。

［幸いなるかな　心貧しき人／天国は彼等のものなればなり
幸いなるかな　柔和な人／彼等は地をうべければなり
幸いなるかな　泣く人／彼等は慰めらるべければなり
幸いなるかな　心きよき人／彼等は神を見奉るべければなり］

［敵を愛そう。あなたを憎む人に恵もう。あなたを呪う人も祝そう。あなたを讒する人のためにも祈ろう。右の頰を打たれれば左の頰を差し出そう。上着を奪う人には下着も拒まぬようにしよう］

［すべてをあなたに求める人に与えよう。あなたの物を奪う人から取り戻さないようにしよう。他人にしてもらいたいことを、そのまま他人にしてみよう。自分を愛する人を愛するのはやさしいことなのだ。自分に恵む人に恵むことはやさしいことなのだ。しか

し敵をも愛し、報いをのぞまず恵むこと……、それが最も高い者の子のすることではないか。許すこと……、与えること……」

（マタイ五より　遠藤による要約『イエスの生涯』新潮文庫、七九～八〇頁）

旧来の、目には目をという復讐律ではなく、隣人愛を、というのが、イエスの新しい教えだった。必要なのは愛であって、病気を治す奇跡ではない。哀しみや苦しみを分ち合い、共に涙を流し、癒してくれる母のような同伴者である、とイエスは知っていた。これを新しい「インマヌエル＝神われらと共にいます」（マタイ一－二三）といっていい。また「わたしは世の終りまで、いつもあなたがたと共にいるのである」（マタイ二八－二〇）ということでもあろう。さらには、新約聖書の最後、ヨハネの黙示録の最終行は［主イエスの恵みが、一同の者と共にあるように］となっている。そして遠藤によればこの思想こそはキリスト教・新約聖書の母性の証しなのである。

しかし徴と現実的な効果を求める人々は、イエスの教えに戸惑い、やがて離反していった。イエスは彼等にとって期待外れの預言者として映りはじめ、無力な男、結局は何もできぬ男となっていった。わずかに残ったのは、一二人の弟子たちであった。（しかも後に、その中からも裏切る者は続出した。）

イエスの教えに離反して行く民衆の姿が伝えるものは、神によって創造された人間は、神によってしか救われ得ない、とする人間存在の外律性ということである。神の恵みや恩寵や栄光の中で救われることを望む、というのは、それこそ奇蹟なのである。イエスが行っているのはそうではなくて、自身の自由意志の中で、隣人を愛し、他人にしてもらいたいことをそのまま他人にしてあげよう（マタイ七―一二）、ということである。貧しい人、弱い人のそばにいて、その哀しみを分ち合い、一緒に苦しんでいることである。人間にとって一番辛いことは、貧しさや病気ではなく、それら貧しさや病気が生む孤独と絶望のほうだ、と知っていたからである。そしてその愛の実践者にこそ神の恩寵はやってくるのだと知っていたからである。これが遠藤のイエス観である。そしてこの同伴者イエス像は鳥や犬の眼を通して、さらには『おバカさん』のガストンを通してえがかれていく。

3＊妻は、犀鳥のかわりに九官鳥を持ってきてくれた。「手術をして、もし俺が死んだら女房と子供とが、どのように生活するか。どうすればいいんだろ」

鳥は、「は、は、は、は」としか鳴かない。

三度目の手術は四時間もかかった。数日後、妻に九官鳥のことをきくと、「あなたの事で手がいっぱいで、病院の屋上においたまま忘れていたの。気がついて見に行ったら……もう死んでいた」

沼田は、鳥が自分の身代わりになってくれたのかと思った。

沼田はインドに行き、九官鳥を一羽求め、それを野生に放してやる。放生会。

しかし、病院で動物を飼っていいのだろうか。ある病院では、寄って来る「鳩たちに餌を与えないで。糞に病原菌を持っているから」と、科学的・医学的な張り紙がしてあったが。まあ、それは措いといて、この箇所にいう三度目の手術、というのは、一九六一年の遠藤の実体験をもとにしている。

もともと遠藤は戦時中に肋膜炎を発症し、徴兵検査で招集延期となった。フランス留学中（一九五〇年六月～五三年一月）、リヨンからパリに移った一九五二年（二九歳）に発病し、ジュルダン病院に入院した。そこで白井浩司（遠藤の先生で、サルトルの『自由への道』を講読した）の連れてきた日本人医師から、治るまでに三年かかる、帰国したほうがいい、と言われた。遠藤はこの病院で、骸骨のように痩せ、顔色も真っ白な女性をみかけた。彼女はナチスの収容所で医学実験の材料に使われたということだった。遠藤はこの時、ヨーロッパの罪の深さのようなものを感じた。善の深さも悪の深さも、その高貴な精神もその美しい芸術も、日本人の感覚ではついて行けぬ何かを感じた。

「その巨大な壁にぶつかり、自分とこの国々との距離感だけを強く意識するようになった。そしてその揚句「病気になった」」

（「帰国まで」一九七九『冬の優しさ』新潮文庫、八〇頁）

と書いている。これ以上の留学が無理なことは分っていたが、このまま帰国するのは何としても口惜しかった。クリスマス、ジュリエット・グレコの唄を聞き、舞い降りる雪を見ながら、帰国しよう、と決意した。ここには出てこないフランソワーズとのことは前述した。白井は自分の乗ってきた赤城丸の船長に、充分面倒をみてくれるようにと紹介状を書いてくれた（「出世作のころ」一九六八）。一九五三年一月、赤城丸でマルセイユを出港、二月帰国した。

ここに「病気になった」とかぎ括弧つきで言っている病気は、肺結核のこともあるが、すなわち、「神と神々と」の問題であり、だぶだぶの（というより窮屈な）服の問題である。「神と神々と」は留学以前の論文であるが、遠藤は西洋と東洋の文化の差異の問題は思った以上に大きいと実感したのである。以後小説を書くことによって、この「病気」と向き合うことになる（いわば、文学療法）。

「爾（なんじ）もまた」は、遠藤の最初の留学と、二度目のサド研究を目的とした旅行（後述）を織り交ぜて構成されている。最初のときのことを建築家向坂の、留学二年目で結核のため帰国を余儀なくされた体験として描き、向坂を見送る形で、田中のサド研究のための留学の開始から、やはり結核による帰国を描く。「病気」について、西洋・仏蘭西と日本の文化・歴史・宗教観の違いの重みを、実感した。向坂が言う。

「いや、留学した以上、どうしてもこの核心にぶつかりますよ。（略）日本からここに来るまで、そんなこと考えもしなかった。しかし二年間、巴里の暗い空の下、石畳の石の上を歩いているうちに、自分が長い芸術の流れの中にいるのが実感できましたでしょう。

その実感は、日本にいて本や写真だけで勉強していたときとは違ったものだ。できれば十年でも二十年でもこの夕映えのような一瞬の芸術の実体を摑んでみたかった。しかしこの通り、病気で、挫けて、帰国しなければならないんです。（略）こんなつまらん小さな美術館一つに入っても、ぼくら留学生はすぐに長い世紀に渡るヨーロッパの大河の中に立たされてしまうんだ。ぼくは多くの日本人留学生のように、河の一部分だけをコソ泥のように盗んでそれを自分の才能で模倣する建築家にはなりたくなかっただけなんです。河そのものの本質と日本人の自分とを対決させなければ、この国に来た意味がなくなってしまうと思ったんだ。田中さん、あんたはどうします。河を無視して帰国しますか」

（「爾もまた」一九六四『留学』新潮文庫、一五一頁）

ここに対照されているのは、（文学で言えば）器用に翻訳をこなし、カミュを訳し、サルトルを訳して自分がカミュ、サルトルになったように喋る、分かってないことが分かっていないような、鈍感な、健康な連中である。名所旧跡や流行文化に明るく、モンパルナスやモンマントルに大勢いる連中である。そして、帰国して大学の仏文科内の競争に勝って教授になることが、夢である。

田中は、一人、彼等から離れ、勉強していた。サド研究者ルビイを訪ね、「日本人の君は、ギリシャも知らん、私は少年時代からギリシャに憑かれていた。だからサドがわかる。君がなぜサドをやるのかわからん」と言われる。田中はサドの旧跡アルキュエイユやヴァンセンヌ牢獄、バスティーユ牢獄を訪れた。ここでサドは原稿を書いた。これがなければ、彼は単なる好色漢にすぎない。一七八九年七月のフランス革命の時、サドはシャラントンの精神病院に送られた。原稿も書籍も持ち出せなかった。

田中はマルセイユから、アヴィニヨンの近くのラ・コストの城を訪ねたが、雪のため寄りつけなかった。田中は、結核の発症を自覚して、病院でレントゲン検査を受け、「なにか影がある」と言われた後、二度目のラ・コスト行きでようやく辿り着いた。城は、マルセイユ人の中学教師が買って、石材を建築屋に売っているため、荒れ果てていた。田中は雪の城址で、赤い城の欠片を見つけた。快楽に倦いた人間の、妙になまめかしい唇の色だった。そして、田中は雪の上で喀血する。ヨーロッパの「河」の問題は未解決のまま、帰国せざるを得なくなる。向坂から来た手紙には、ヨーロッパと日本は、血液型が違う、というようなことが書かれていた。そして、田中のいたホテルの部屋に次の留学生がやってくる。爾もまた、……。

一九五九年、遠藤は『群像』九月、一〇月号に「サド伝」を発表したが、不足を感じて、一九五九年一一月（三六歳）、サド研究の補足のためフランスを再訪し、サド研究者を訪ね、ラ・コストのサドの城やサド関連の旧跡を訪ね、イギリス、スペイン、イタリア、ギリシャ、エルサレムを訪ねた。六〇年一月帰国したが、無理がたたって肺結核が再発し、四月、東大伝染病研究病院に入院、年末、慶応義塾大学病院に転院した。六一年に、二度の肺結核の手術に失敗し、寝たきりになるよりは、と考え、一二月、三度目の手術は六時間かかり、肋骨を七本切除し、片肺を切除した。入院中に飼っていた九官鳥が死んだ。

この間、サド著、澁澤龍彦訳『悪魔の栄え（続）』が猥藝文書に問われ、出版者と訳者が起訴された。遠藤はその裁判の特別弁護人となるが、この病気のために降りることになった。

翌六二年、ようやく退院したが、体力の回復は思わしくなかった。三度の手術というのは、そうとうの体力と精神力を必要とする。「四十歳の男」（一九六四）はその時の体験をもとにしている。この時の入院生活の出来事を素材に、より包括的に『満潮の時刻』（一九六五）を書いている。「四十歳の男」は『満潮の時刻』の「周作」である。他に「療養者に与うるの記ーわが闘病記」（『よく学び、よく遊び』）などもある。

さらに『満潮の時刻』の中にはなぜか唐突に踏絵と切支丹の話も出てくるから、これは『沈黙』の「周作」でもある。なお言えば、退院後主人公明石は長崎に踏絵を見に行き、大浦天主堂の近くの十六番館に入った。修学旅行の高校生が「みるもんなんかなんもありゃせんぜ」と言っている。明石も初めて来た時はほんの一寸、硝子ケースを覗いただけだった。明石は踏絵の板に残された黒ずんだ足指の跡が気になって仕方なかった。そして一人の男を想像してみる。彼は切支丹であり、これを踏まなければ拷問や死刑に遭うかもしれない。肉体の恐怖から、精神的な苦痛を感じつつも、一番愛している者を踏んでしまい、「転び」となる。だが、そのイエスの眼差しは決して恨んではいなかった。

「（私は……お前の足の痛みを知っている。お前がそれに耐えられぬのなら踏みなさい。

私の顔に足をかけるのだ。もし、お前を愛する者が私と同じ立場にいたならば、その人は私と同じことを言うだろう。踏みなさい、足をかけなさい）」

この声が静まりかえった部屋の中で明石にふと聞こえた／九官鳥の眼……、ああ、この基督の眼差しはあの病院の九官鳥の眼と同じだった」

（『満潮の時刻』一九六五、新潮文庫、二七四頁）

明石はこの部屋に入って、ものの一〇分か二〇分で、つまり割りと簡単に、この奇蹟の声を聞いた！　明石は『沈黙』（一九六六）を読んでいたのだろうか（否、遠藤は同時に『沈黙』を書いていたから、『沈黙』がここに闖入して来たのだろう）。彼の二〇カ月の闘病は、『沈黙』一冊に相当したのだろうか。

『満潮の時刻』は一九六五年に『潮』（潮出版社）に連載されたが、例えば、何年おきかに人工肛門をつけかえねばならない荘ちゃんが死んだことを明石は知っているはずなのに（二三六頁）、今（明石の退院後）どうしているだろうかと思ったりする（二六八頁）、など中身に矛盾があって、遠藤は徹底的に手を加えたい、と言っていたが、そのままになり、没後、三五年ぶりに『遠藤周作文学全集　第一四巻』（二〇〇〇）に収められ、二〇〇二年二月、新潮文庫で出て、ようやく一般の読者も読めるようになった。

二度の手術に失敗し、力尽きたようにベッドに横たわっている能勢（「四十歳の男」）は、三度目の手術の前に、残り少ない貯金の中から、妻に九官鳥を買ってもらった（『満潮の時刻』

では妻が買ってきてくれた)。彼にはもう見舞い客に会って陽気をよそおったり、冗談を言う気力はなくなっていた。そんな自分には九官鳥が恰好の相手のように思えた。能勢は『深い河』の沼田の「周作」である。遠藤の分身である。

[四十歳ちかくになって能勢は犬や鳥の眼を見るのが好きになった。ある角度から眺めると冷たく、非人間的なのに、別の角度から見ると哀しみをじっとたたえたような眼である。彼は十姉妹を飼ったことがあるが、ある日、その一羽が死んだ。息を引きとる前、小鳥は彼の掌のなかで、次第に瞳孔を覆ってくる白い膜に懸命に抗うように一、二度眼を見開いた。/その鳥と同じような、哀しみをたたえた眼を彼は自分の人生の背後に意識するようになった。その眼は特にあの日の出来ごと以来、能勢をいつもじっと見つめているような気がする。見つめているだけでなく、何かを自分に訴えているような気がする」(「四十歳の男」一九六四『哀歌』講談社文芸文庫、九五頁)

遠藤が入院中に九官鳥を飼ったのは事実であるが、理由については次のように書いている。遠藤は、誰かが死んだ日に空が平然として碧く晴れ、街には人々が平然として歩きまわり、自動車やバスが平然として動き、石焼き芋ーという売り声が平然と流れている様子を見ると、何か奇妙な眩暈(めまい)に似た感じを持つ、と言っている(『深い河』冒頭を思い出そう)。ある人の一大事が起こっている時、他の人はそれとは無関係に平然と日常をやり過ごしている。空はあまりに碧く輝き、何事もなかったかのように時は流れる。そのことに眩暈を感じる遠藤は、神の沈黙ということについて敏感な感受性を持っている。

「自分が死んだ時も（エゴイズムかもしれぬが）日常の生活が同じように営まれることにたいするこの現実にチョッとした復讐をやってやろうと思った。私の計画は、九官鳥に私の声そっくりの声と、私自身のよく使う言葉を教えこんでおくのだ。そして私が死んだあと、彼が突然、私の声とそっくりの声をしゃべりだしたら、どんなに愉快であろう。みんなはギョッとし、イヤあな気を起すにちがいない。そう思ったから九官鳥をその高価な値段にもかかわらず、手にいれたのである」（「鳥」一九六三『遠藤周作文庫　狐狸庵閑話』講談社、一四頁）

いたずら好きの狐狸庵先生ならではの発想である。九官鳥は「マ・ヌ・ケ」と言ったのである（「男と九官鳥」）。そう言うように仕込んであったから。（『満潮の時刻』では「なぜ、ケムリハ、マッスグ、ユウグレノソラニ、ノボルノカ」と言うように仕込まれたが。）照れ隠しかも知れないが、彼が九官鳥を飼った理由は必ずしも殊勝なものではなかった。つまり、遠藤は神の沈黙に対して一矢報いたかったのであろう。

話を「四十歳の男」に戻す。能勢には一つの秘密がある。命の危険もある手術を前に、彼はそれを何とかしたかった。妻の入院中、彼は従妹の康子と不倫を犯し、堕胎させた。妻は実はそのことを知っているようだ。彼は九官鳥にむかって話しかけた。九官鳥は黒いからだをまるめるようにしてあの哀しそうな眼でじっと彼を見ていた。彼は司祭にも告悔できなかったことを、九官鳥に打ち明ける。「康子とああなったのは仕方なかった。ね、あの産院に行ったことも仕方なかった。そんなことは罪じゃない。あれは俺と康子だけで終る行為だ。ただそのために一つの波紋が二つになり、二つの波紋が三つになり、みんなが互いに誤魔化しあい……」（「四十歳の男」『哀歌』一二二頁）

九官鳥は首をかしげて黙って彼の言葉に耳を傾けた。告悔室の中で司祭が横顔をこちらにむけて坐っている姿とそっくりだった。

能勢は、誰にも迷惑をかけず、運良く誰にも知られない悪は罪ではない、露見して波紋が広がることが罪だと考えているのだろうか。

「蟻の穴」（一九七一『第二怪奇小説集』）という作品の中で、遠藤は誰にもわからない罪について書いている。佐々木という男が関係し妊娠させた神戸の古本屋の娘は空襲で死んでしまう。彼はそのことを両親にも工場で旋盤をまわしている仲間にも何も言わず、姫路の部隊に入隊した。娘と胎内にできた命は、闇から闇へ葬り去られている。二〇年後、妻もそのことを知らない。佐々木に悲しみも呵責もない。佐々木は、銀座のホステスを誘い、神戸に来た。爆撃のあった工場のあたりは競馬場になっている。佐々木は今晩、女からまた味わう快楽を思い、明日彼女にいくら渡してやろうかと考える、というのである。おそらく彼は自分の不幸を不幸と思っていないのである。不気味を不気味と感じてもいないのである。同伴者が、いない。神なき人間の悲惨と遠藤が呼んでいるものである。

日本的な罪意識として、社会的にならないうちは罪ではないというような考え方があるようだが、それは随分エゴイスティックで楽天的な考えである。九官鳥が首を傾げるのも当然である。能勢に九官鳥が司祭のように見えたというのも、自分の背後から、或いは九官鳥の背後から見つめる眼を感じるからである。罪障感や呵責を呼びさますもの、それを自意識とよぶか、良心とよぶか、またイエスのまなざしとよぶかはそれぞれであろう。能勢もキリスト教徒の端くれなら、神の眼が常に自分を見ていることは承知のはずだが。鳥の眼＝イエスの眼は、彼に罪の意識を呼び覚まし、その罪の反省によってその惨めさ苦しさを愛し、彼を支えるという回路をとる。同伴者とはそのようなことである。

能勢は六時間の手術に耐え、麻酔から覚める。肋骨を七本、片肺もとるという手術だった。一カ月後、ようやく起き上がれるようになって、彼は不意に九官鳥のことを忘れていたことに気付く。「死んだわ」と妻の答え。

「だって看護婦さんもあたしも、九官鳥にかまっている暇はなかったんですもの。餌はやってたんだけど、ひどく冷えた晩、部屋に入れてやるのを忘れちゃって。……ごめんなさいね。でも、あなたの身がわりになってくれたような気がして……家に持ってかえって庭に埋めました」（「四十歳の男」一二〇頁）

能勢はベランダに残された鳥籠に、彼がこの中にいたものに話しかけた息の臭いを感じた。

さきほど参考に引用した「鳥」というエッセイから見ると、これは皮肉な結果になっている。死の予感の中で九官鳥に言葉を教え込み、死後自分の声を聞かせてやろうとしていた訳だが、死んだのは九官鳥の方だった。九官鳥が死のうとしている時、彼は、鳥のことなど忘れて、自分のことしか考えていなかった。それは「日常性」ではなく、生死の境界線上でのことではあったが。確かに、身代わりというしかないような暗合である。

この「四十歳の男」が、『深い河』のディテールとかなりよく似ていることは疑いもない。従妹の康子とのことについては、童話作家沼田は不倫などはしないはずだから、それについては「黄色い人」の千葉と糸子のことを思い出せばよい。手術が終った時、妻はこれから全てうまくいくわと言うのだが、能勢は「いや、ちがう」と答え、見失った神の道には、いまだ遠いことを暗示している。ただし、より遠いのは、全てうまくいくと言う妻の方であって、いいや違うと言う能勢の方ではないだろう。妻は、良妻賢母の系譜の一人といえよう。彼女は、世間知にまみれ、夫の不倫に気付きながらも不問に付し、家庭がうまくいくためにはしようがないと諦めている、しかも、夫の秘密は知っていることを臭わせる日本的感性の女である。グレアム・グリーンの『事件の核心』の影響があるのであろう。

ところでここで横槍をいれておきたい。それは「善魔」というものである。善魔という言葉は、遠藤の『作家の日記』のなかで、

［岸田國士の『善魔』読了］（一九五一・一〇・二六）

という記載があるのが最初である。『善魔』の主人公三國連太郎は鳥羽了遠からこんなことを聞いている。

「人間の善性はもともと、自らを守ることがせいいつぱいで、決して、進んで『悪』に戦ひを挑み、その喉笛を締めるということはしないものだ。それゆゑ、道徳的に、この社会をいくぶんでも救ふためには、人間の神性乃至善性にひとつの新しい性格を与へなければならない。たとへば、勇気とか、意志とかそんな別の力を藉りないですむ、いはば、『悪』がその本来のすがたのなかにもつてゐるやうなしぶとさ、たくらみ、闘志、苛酷さを必要とする。これを魔性と言ひ得るなら、その魔性こそ、『善』そのものを『悪』の力と対抗させるものであり、かういふ性格を備へた『善』を、彼は『魔性の善』と呼びたいと言ふのである」（岸田『善魔』）

岸田の小説『善魔』における「魔性の善」とは、現実の中で悪と太刀打できるような善として、悪のもつパワー、すなわちしぶとさ、たくらみ、闘志などの性格を備えた善を創り出そう、というものである。

しかし、遠藤は「善魔」に独自の定義を与えて、次のように言う。

［自分の考えだけがいつも正しいと信じている者、自分の思想や行動が決して間違っていないと信じている者、そしてそのために周りへの影響や迷惑に気づかぬ者、そのために他人を不幸にしているのに一向に無頓着な者、それを善魔という］

（『父親』一九八〇、集英社文庫、下一二一頁）

［善魔の特徴は二つある。ひとつは自分以外の世界をみとめないことである。自分以外の人間の悲しみや辛さがわからないことである。（略）もうひとつの特徴は他人を裁くことである。裁くという行為には自分を正しいとし、相手を悪とみなす心理が働いている。この心理の不潔さは自分にもまた弱さやあやまちがあることに一向に気づかぬ点であろう」

（「善魔について」一九七四『よく遊び、よく学び』集英社文庫、一六七頁）

善魔は独善と同じような意味になる。独善的に人を裁く人間、ということであろう。前述したように、キリスト教の福音を伝えるため、世界中に繰り出して行った伝道者たちは、こうした性格をそなえていたのではないだろうか。Aの独善的な神はBの悪魔であ（りう）る。

遠藤は『パロディ』（一九五七）の中で、裁く女に対して不快感を露にしている（そのこと自体遠藤による「裁き」であった訳だが）。大学の先輩後輩の仲で結婚した二人であったが、ある時、夫は妻に、ある男と結婚するために邪魔になった七歳の娘を殺した看護婦の話をした。「どう思う。こんな母親を」と問う夫に、妻は、「馬鹿じゃない？　その人」、とうるさそうに一言、答えた。それからしばらくして、夫の友人が妻と子をおいて、何処かの街の女と心中したことがあった。その事件を報じる新聞をみながら、夫は「妻と子を捨てて死ぬなんて、よくよくだったんだなあ」と呟いた。妻は「馬鹿じゃない？　その人。奥さんやお子さんまであるのに……」と、一言で切り捨てた。夫はその時、再び妻を憎んだ。つまり、妻はその女を裁き、夫は妻を裁いた。妻は全くそつのない女で、良妻賢母だった。しかしまさにそのことが他者に対して辛い仕打ちとなるのである。このエピソードはフランス留学中の日記に出ているイボンヌという女のことが下敷きになっている。

［ぼくは子供を自分の情欲のために殺したイボンヌのような女を人間というのであり、その吐息、その過ちのためにキリストはいるのだ」（「春――日記から」『牧歌』新潮文庫、一七三頁）

と遠藤はつとに書いている。さらには、「ジャニーヌ事件」（一九五九『第二怪奇小説集』）、「白い人」も同じ素材で描いている。

遠藤が裁く女に対して不快感を示すのは、裁くということが旧約的なありようであるからである。母親が娘を殺すとか、妻と子を捨てて何処かの女と心中した男の事件ついて、その母親や夫には何かよくよくの事情があったのだろうと、優柔不断な想像をしている時に、自分の妻が一刀の元に切り捨てた（裁いた）、その独善性と残酷さを恐ろしく思ったからである。もちろんこれも夫が妻を裁いたのである。判断とか区別とかいう言葉、漢字には、立刀が付いている。

遠藤がこのように良妻賢母を嫌悪するのは、兄正介の優等生ぶりにある種コンプレックスを感じ続けていたからではなかろうか。この兄は弟遠藤が雨の日に傘をさして、花畠に如雨露で水をやっているのをみて、「あっ」と叫んで母親に知らせたくらいの秀才（？）であった。成績は常に一番で、学校から帰ると、言いつけられた通り手を洗い、オヤツを食べ、そして勉強する。遠藤の通信簿はアヒル、つまり乙の行列であった。ある日曜日、兄はエンパイヤ・ステイト・ビルディングの紙模型を作りはじめた。遠藤は、あれが出来上がったらこわしてやろうと思っていた。そして本当にそれを実行した（「兄弟」『落第坊主の履歴書』）。その後も二人は東大へ進む優等生と、大学に三年落第し、慶應の医学部に行くと親をだまして、なんとか文学部に入った劣等生という対照を見せ続けたのであった。いかに冗談めかしても透けて見えるものはある。

遠藤が良妻賢母を嫌悪するのは、聖書のつぎの挿話に基づいている。

兄ラザル姉マルタと共に住んでいた妹マリアは情欲に引きずられた結果、二人の叱責をのがれるため家を出た。二人の兄姉は、イエスにあわれな妹の迷いを嘆き訴えた、という話を引きながら、遠藤はこの良妻賢母型のマルタを批判し、次のように書いている。

［だが、良妻賢母型の女性はそれ自身では立派ですが、ともすれば一つの過ちを犯すことがある。／正しいことと悪いこと、得なことと損なことをハッキリ区別する彼女たち――家庭や自らの人生（夫や子供）をみごとに秩序だて整理する立派な能力を持った女性たちはしかし自分の人生にとって不可解なものを嫌い軽蔑し、拒絶する傾きがあるのです。自分が正しい立派な女性である（少なくともそうなるべきという）気持から、罪の泥沼

に陥った人を軽蔑し、拒絶する心が生れてきます。」

（『聖書のなかの女性たち』一九六〇、講談社文庫、六〇頁）

この後、先程の「その人、馬鹿じゃない」と突き放すように言った女性のことが取り上げられ、「人々は心の寂しさから、心の弱さから罪を犯すことをマルタは知らなかった。その寂しさ、弱さを理解することもまた愛であることを知らなかった」と続けている。

そして有名なマルタとマリアの話が始まる。マルタはイエスとその一行をもてなすためのご馳走を台所で作っている。マリアは姉を手伝いもせず、人々とイエスの話を食い入るように聞いている。マルタはマリアに不満を感じ始めていた。マルタはイエスにうったえた。「妹は私にだけ家庭の仕事をさせるのです。少しは手伝うようにおっしゃって下さい」。イエスは答えて言った。「マルタよ、あなたは多くのことに心を使いすぎる。忙しすぎる。けれども必要なことはただ一つ。マリアはその最良の部分を選んだのです」（ルカ一〇―三八～四二）

このことについて遠藤は次のように解説している。

「キリストは自分をもてなすために台所で働くマルタの心はよく知っていられた。ただ彼はこうした良妻賢母的な彼女の性格の陥りやすい過ちをこうした瞬間をとらえて優しく教えたのです。マルタよ。あなたは立派な女だ。しっかりとした性格だ。あなたはこうして私のために働いていてくれている。だがその立派さ、しっかりさが自分だけの独善性

を人生の中にみちびき入れはしないか」（『聖書の中の女性たち』一九六〇、六三頁）

善魔の特徴として遠藤は、独善性と自己中心性をあげ、純粋な人間は不純な人間を裁く、強い人間は弱い人間を裁いて顧みない、と批判している。あるいは、非現場の理想主義者が現実の現場で躓く者を批判することは失当だと言うのである。

さらに、同伴者について検討してみたい。これは今ふれた善魔についても関わりのある問題である。『さらば、夏の光よ』（一九六六、講談社文庫）という作品は、もと『白い沈黙』というタイトルであった。

戸田京子は南条と結婚するはずだった。野呂文平は南条の親友で、南条より前から、京子を好きだった。しかし、京子は野呂が、性格はいいけれど、好きになれなかった。野呂は小さくて眼が細く、小肥りで猪首で、鳩や十姉妹や九官鳥を飼っていた。京子は鳥が嫌いだった。南条が事故で死んでしまったとき、京子は南条の子を妊娠していた。京子の父母は、野呂の求婚を娘の不始末を世間に対してかくしてくれるものと思って、受け入れた。京子も野呂の善意は十分理解していた。しかし感覚がそれについて行けない。「野呂が私にひどい仕打ちや裏切りをしてくれたらどれほどよかったことでしょう。なぜならそれを理由にして、こちらは彼を愛せぬ自分を許すことができたでしょうから」。赤ん坊は死産だった。京子は自分の人生がこの日をもってすべて終ったのだと思った。そしてもはや「彼の善意に苦しまされることもない」といって、自殺する。京子には野呂の愛や善意は重荷だったのだ。

「善意にあふれながら愛されぬ男」と「善意に苦しめられる女」がいる。野呂は「人間が善意だけで生きることはできぬと始めて知りました。彼女と結婚したのは彼女が受けた傷を少しでも癒してやり一人ぼっちになったあの人の杖にでもなれればと思った」からだった、と言う。彼は自分の似姿を『シラノ・ド・ベルジュラック』や『ノートルダムのせむし男』、フローベールの『ボヴァリー夫人』のシャルルに見いだし、真心をどんなに理解していても、心で酔うことができないということがあることを理解する。京子の心は今も南条にある。野呂は自分の独善を思い知り、信州の冬の山に入り、自分の分身である十姉妹を放す。

ここには善意であればすべていいわけではないという、人生の一筋縄ではいかない模様が描かれている。善意のおしつけは「善魔」に他ならない。鳥や犬の眼のテーマに関しても、それが嫌いな人間もいるということを描いて、遠藤が築いてきた価値観を自分の手で見事に相対化して見せている。

もう一つ、同伴者の別のありようを、『わが恋う人は』（講談社文庫、一九八七）を取り上げて検討してみる。この作品は1章で取り上げた怪奇趣味や生れ変りのテーマが満載の作品である。中間小説のテイストである。

小西行長（?～一六〇〇）の娘たえは、対馬の宗義智と結婚したが、関ヶ原の戦いで、小西と宗は敵味方に別れたため、二人は離婚せざるをえなかった。その時、一対の雛人形を、たえは男雛、義智は女雛を分けあった。男雛は今も小西家に伝わり、小西の姉の家にある。女雛は、行方不明である。秋月美子はこの話を雑誌に書いた。金沢の読者から連絡があり、女雛は転々として、ある看護婦のもとにあることがわかった。尋ねていくと、彼女の言うには「あの人形は不吉です、捨てました。夫がなくなり、夜中に笑うのです」という。実はその人形には縁起が悪くなるという言い伝えがあった。人形はさらに巡り巡って最上純子のもとにあった。女雛が来てから純子は頭痛失神が起こっている。加藤助教授は純子を催眠術にかけ深層を探ると、「三人の者をのろうて、のろうてあやめまする」というしゃがれ声が聞こえた。加藤は、カリフォルニア大学のイアン・スティーヴンスン教授の生れ代りの研究を思い起こしながら、「純子のあの声は、別人格の出現と共に転生という現象で捉えられる症状だと思いませんか」と言う。純子から女雛を譲り受けた諏訪恵子は狂死し、次に女雛を持った百瀬秋子は事故死し、悦子という患者も死ぬ。

ここまでのことを秋月美子は知らない。美子は秋子の事故死をテレビニュースで見ていて、あの女雛を見掛け、病院へ行き、女雛を預かる。テレビに出演することになり、男雛と女雛は四百年ぶりに再会した。しかしその後、また引き離されると、女雛の顔が濡れていた。

純子は女雛を手放してからは頭痛はなくなったが、海の夢をよく見る。加藤はもう一度純子に催眠術をかけ、深層を探る。もう一人の純子は能の「砧」を呟いた。夫との長い別居生活の苦しみ恨み寂しさを歌った世阿弥作の能である。しかるに純子は「砧」など知らない。では歌ったのは誰か。

小西は最上純子がよく夢に見る海の絵をみて驚いた。それは小西が露店で見つけ、どこかでみたことがある景色だと気になって買っていた写真とそっくりだったからだ。小西は純子に、このあいだの日曜ではなく、もっとずっと以前に、もっと遠い昔に会っていたような気がしていた。純子も、実は自分も同じように、どこかで会っていると思っていた、と告げる。女雛が小西と純子を結び付けた。

小西は、最上純子が誰の子孫であるか、女雛の所有者宗義智の血か、あるいはその最初の妻だったたえの血を引いた者ではないか、美子に調べてもらった（旧姓は湯谷で、三代前まで対馬の厳原にいたと分かった）。仏教学者倉富は中有説を説明しながら、中有の魂は、どこかの男女が、交接をしておりますとき、チャッとその女性の胎内にもぐりこみ、新しい生命となって誕生すると言う。

純子が見る夢の海、小西が露店で買った写真の風景は、宇土から見た雲仙の風景だとわかった。宇土は小西行長の所領地だった所である。小西は宇土に出かける。美子とではなく、純子と。

たえが愛する夫から棄てられた時と同じように、美子の心にも嫉妬と愛憎の炎が燃え上がる。確かに人間にはこのような感情が潜んでいる。美子も宇土へ行く。このままではすまさない。美子は金庫から人形を取り出し、わたしは昔のあなたと同じだわ、わたしもあなたのように仕返しをしたい、……と人形に話しかける。「おねがい、手伝って。あなたなら、わたくしがこれからやることを許してくれると思うわ。おねがい、あの女性を小西さんから引き離して。そしてもう一度、あの人をわたくしに返して……」

人形の唇に嘲るような蔑むような笑いが浮かんだ。美子は純子の夫最上清を誘惑しようとする。美子は鏡にうつった自分の顔を見て、これが……わたくし、と思った。自分ではない別のマスクがそこにはあった。たえが美子にとり憑いたように思えた。「こんな惨めな状態にさせたのはあなたよ、小西さん、あなたなのよ」。今彼女が自分の本当の辛さや心の秘密をうちあけることができるのは、友人でも同僚でもなく、女雛だった。

今ここで問題にしたいのは、秋月美子が寂しさと嫉妬のあまりに、女雛にその内心をうちあけ、復讐に走るという回路についてである。「同伴者」という形式は同じでも、その中身は愛と憎の正反対のものが入り得る。いつしか小西を愛し始めていた秋月美子は、小西の愛が最上純子に向かっていることを知ると、その愛の深さの分だけ深い憎しみと嫉妬で、己の思いを、たった一人の同伴者女雛に打ち明ける。それは、イエスやマリアに対する罪の告白ではなく、怨念や呪詛、恨みつらみの告白である。『女の一生』でキクの心の告白にマリア像が涙を流したように、ここでは女雛の眼に涙が流れ、また唇に嘲るような笑いが浮かぶ。同じ心を分ってくれる「同伴者」は、放射能のようにその呪いを発散し、熱病のような悪夢にひきずりこむ。美子は嫉妬と憎しみの感情に溺れてしまう。人間にはそういう回路が存在する。

そこにはどろどろの心情があり、それは表に出す訳には行かない秘密のもう一人の自分である。抑圧された心の相貌は、これが私かと訝る程の惨めで醜いものであった。人間の心の二重性は、順風の時には現れにくいが、こうした逆風の時、即ち「心の寂しさ、心の弱さ」の故に顕著になる。美子も自分の中にそんな人を呪うような性質があろうとは夢にも思わなかったかもしれない。だがその回路は誰の心の中にもある「影」である。

小西は美子に、自分と純子とのことは、自分にも理解しがたい眼に見えぬ大きな力が動かしていると告げる。おそらくあの女雛が二人を結びつけた。「ぼくとあの人との前世はその時から同じ風景を毎日見るような契りで結ばれていたにちがいない。ひょっとすると同じ命が、つまり行長の娘たえの命が二つにわかれて、ひとつはぼくになり、もうひとつはあのひとになったのかもしれない。だから二つの命は前世で姿を変え、境遇を異にしていても引きあい求めあい、いつかは結ばれる宿命になっていたのだろう」。美子はうなだれるばかりだった。

女雛は、たえと宗義智の末裔である小西と純子の愛を応援していたのだ。美子から小西を奪ったのは実は女雛だと分ると、美子は女雛に言う。「あなたなのね。わたくしから小西さんを奪ったのは。なぜ。あなたと男雛とを再会させたわたくしから、なぜ小西さんを持っていくの」。美子の目から涙が溢れ、女雛の目からも涙が流れていた。美子がそうはさせないわ、と言うと、女雛の頬が不気味に笑った。美子は最上清の家に行き、女雛を置く。女雛の呪縛から解き放たれた美子は、どうしてわたくしがあんなことを……と後悔している。

小西と純子は、宇土にいき、何度も見た同じ夢の景色の中で心中する……。

この小説は、二重人格のことや、転生の問題や、デジャ・ヴュのことや、怪奇恐怖趣味や、歴史小説のことなどが盛り沢山のエンターテインメントであるが、すでに触れてきたことなので、ここでは省略する。


もう一つ、復讐する同伴者の姿を見てみよう。『王国への道』（一九八一、新潮文庫）はタイのアユタヤで日本人傭兵として活躍した山田長政と、同じ頃アユタヤに立ち寄ったペトロ岐部の姿を描いている。「富や力がそげん大事か」と岐部は長政に言うのであるが、史実としては二人が出会ったことはないと思われる。地上の王国を夢見た長政と天上の王国を夢見た岐部とのコントラストは、遠藤の好みのテーマであっただろう。しかし、地上に天上はないのである。

一六一四年、岐部は切支丹禁制によりマカオに追放されたが、やがてゴアからバグダッドに行き、陸路シリア砂漠を越えエルサレムに至る。そしてさらにローマで神父の資格を得て、「私の耳には同胞の信者たちの声がいつも聞こえてくるのです。まるで嵐の中で救いを求める人々の声のように」と言って、帰国を志している。

長政はアユタヤ王朝の傭兵隊長城井久右衛門に取り入り、権謀術数の渦巻く王朝の中でやがて頭角をあらわして出世していき、ついには城井を裏切り、自ら傭兵隊長となる。「俺はこの人間世界に生きておるのだ。臭気紛々として醜い人間の中で息をしているのだ。その世界では強い者と弱い者がある。俺は強い者になりたいのだ」というのが現実主義者長政の生きる姿勢である。

長政は城井の娘ふきを可愛がっていた。ふきは長政のそばにいたが、ほとんどものを言わなかった。感情のない水晶のような眼をして、長政が乳房をまさぐるのを身動ぎもせず受け入れている。長政はリゴールの藩主になり、さらにアユタヤの幼い親王の摂政になって、王朝を支配しようとしている。その最後の策を考えて、ふきに話しかけるのは答を聞くためではなく、考えごとをするためであった。この時ふきはまるで同伴者のように、長政の心を落ち着かせる存在となっている。しかしその最後の作戦のなかから裏切り者が出、長政は敗走する。そしてふきのもとにかえった時、彼は砂漠の中でオアシスを見つけたように安心して笑った。アユタヤの政争に疲れ、人間を信じられなくなっていた長政は、嘘のない人間の顔がほしかった。ふきの乳首をいじりながら、酒を飲む長政は、ふきに「俺は必ず力を取り戻す」と語りかけていた。「おかしい、ふき、俺は毒を、飲んだ」と叫んだ時、長政はふきの口元に初めて満足の微笑が浮かぶのを見た。遠くから「富も力も虚しかぞ」という岐部の言葉が聞こえてきた。

アユタヤからルソンに行きルバング島から、一六三〇年七月に坊ノ津への上陸を果たした岐部は、長崎に三年いた。そして陸奥の水沢に一六三九年までおり、仙台で式見、ポルロ神父とともに逮捕され、江戸に送られた。江戸では井上筑後守らの取り調べを受け、穴吊しという拷問を受けたが、ついに棄教することなく、殉教した。頑健な肉体と天の王国を信じ抜く強い信念が、岐部を地上の全てのはかなさに勝たせた、と遠藤は書いている。山田長政の出自や行動についての資料は極めて乏しく、にもかかわらず遠藤はストーリーテラーとしての想像力を駆使し、史実の間隙をフィクションで埋めて遠藤流の作品に仕立て上げた。人間の強さ、弱さ、そして面従腹背で生きながら、最後に復讐するふきという同伴者の怖さを描いて達者なものである。しかしふきの救いは、いつ、どういうかたちで訪れるのだろうか。ふきには「敵を愛そう。あなたを憎む人に恵もう。あなたを呪う人も祝そう」などということはわずかもない。ふきは長政に復讐するこの時のためだけに全てをかけてきたのだった。ふきにも同伴者を。長政の救いはどうなるのだろう。そして抗争渦巻く恐ろしい国アユタヤの救いはどうなるのだろう。

さて最後に、病気がちだった遠藤の「あたたかな病院」の運動について触れておきたい。遠藤は自分の家のお手伝いさんが骨髄癌で二十数歳という若さで亡くなった時、数ヶ月という余命のなかで、検査漬けの辛さを味わわされるのを見た。検査より苦痛を取り除く処置をしてほしかったがそうは行かないと言われた。亡くなった彼女の人生を無駄にしたくなかった

ので、この運動を始めた、と言う。もちろん彼自身の入院体験も大いにあずかっている

医者や看護師さんの努力や善意にかかわらず、日本の病院そのものは、病気を治そうとはしているが、病人の孤独感や苦しみを慰めるという点ではほとんど神経を使っていない。人間のための医学と言うより、医学のための医学に傾いており、「医は仁術」から現状は遠い。患者の心理を軽視しては、自然治癒力を発揮させるのに障害となる。重い病気に苦しむ人や長期入院患者は、みな病床で人生や死について考え込んでいる。窓の外の樹木と話を始めたりする。患者は不安や孤独や絶望から、ノイローゼになったり、悲観してしまうことがある。そういう人たちのために、外国の病院にはチャペルがある。日本では、患者心理に詳しく、話を聞いてくれる人がいない。苦痛を分ち合ってくれるのは、日本では家族ということになるだろうが、それも病気に関して専門の知識がある訳ではないので、なかなかすっきりしない。話をきいてくれる専門家、ボランティアが相応しい。しかしそれがある宗教の折伏になってはまずい。

ボランティアについては、(『深い河』の) 成瀬美津子がやっている仕事なので少し触れておきたい。訓練を受け、ある程度お金をもらって、看護師の手助けをする人のことをヘルパーと言い、ボランティアは自主的に奉仕の精神で、患者に本をよんであげたり、新聞を買いにいってあげたり、花を届けたりして患者の手助けをする人のことである。遠藤はボランティァの精神についてこんなことをいっている。

「でも無私の善意なんて、よほどの聖人じゃないと持てませんよ、人間のたいていの善意には虚栄心や自己満足が必ず含まれているものです。それが偽善にならない限り患者さんの重荷にならない範囲だったらそういう普通の人たちの気持ちを生かしてあげたらいけませんかねえ」

（『あたたかな医療を考える　病院でボランティア活動をしたい時は』一九八二）

人間の行為を、例えば殉教や信念や当為や善意をことごとくエゴイズムや虚栄心に還元して、それが人間の本質だ、という見方は皮相で、現代人の陥りやすい罠である、と遠藤は別の所で述べている（『狐狸庵閑話　日記』一九六四）。確かに虚栄心やエゴイズムはあるであろうが、それだけではない。それだけではない部分を、信じよう、と。

ボランティアをしたい人がいても、それを受け入れる病院やその調整に当たる人がいないと、実際問題として、スムーズに動かない。突然やってきて「何かさせてください」と言われても困るし、病院から「来てくれ」と言われて、「今日はダメです」というのも困る。

遠藤は、あたたかな医療のために、明日からでも、あるいは二、三年以内に実行できる具体的な提案として、次のようなことをあげている。

1・食事を六時に出すこと。

2・患者に無用な苦しみや恥ずかしさを、悪意ではなく、与えていることがあるのを正す運動（年頃の娘さんに検尿の紙コップを持って廊下を歩かせるのは思いやりがないとか、診察の問答がカーテン一つへだてた次の患者に筒抜けに聞こえているとか)。

3・病院を変わる場合、それまでのレントゲンや検査票のコピーを次の病院に渡してほしい。

4・夜勤の看護師さんを増やせないか。夜は患者は不安なもので、病院の夜には人生がある。そんな時に看護師の小さな思いやりの声掛けなどが、小さな救いになったりする。

5・完全看護という形式は考えなおし、重症患者の家族が泊まれるような設備をつくれないか。手術の後など、すぐ駆け付けられるところに家族がいるというのは、患者にとって安心感が増す。家族の看護は、家族主義で生きて来た日本人には心の安定に役立つ。

6・患者の痛みや屈辱を考えて処置すること。

などが主な趣旨である。(『あたたかな医療を考える』一九八六、読売新聞社)

中でも看護師が手術前中後の患者の不安を考えて、患者の手を握り、苦しみを共感するということは、これも同伴者の一つのありようと言える。末期ガン患者が苦痛の悲鳴をあげている。モルヒネを何度もうつわけには行かない。看護師たちはそんな時患者の手を握ってあげる。するとなぜか、幾分かは落ち着くように思える、という。(今は患者の痛みは、モルヒネを経口摂取することで完全にコントロールされている。そうであっても手を握り伴にいてくれることで心は安定する。)

遠藤は、この患者の手を握ることを早くから作品に書いている。自らの体験である。

軽い病気で入院した立花(「葡萄」の主人公)は、夜中の二時半ころ決まって目が覚めるようになった。向こうの病室から呻き声が聞こえてくるのである。三三歳の医者が癌で入院し、三〇分おきに麻薬を打ってもらっているという。若い妻には夫の手を握る以外にどうしようもない。立花は、神というものがあるならば、その神に、もう止せ、と言いたかった。

看護婦(ママ)は、「あたしたちはよく手術中に声をあげて苦しんでいる患者にどうすることもできない時なぞただ手を握ってあげるんです。そんな時大きな男の患者さんまでが、静かになることがあるんです。ええ、手を握ってあげるだけで……掌と掌を通して、あたしたちが一緒にいるっていう気になるんでしょうか……」と立花に話している。

「人間の心には連帯へのどうしようもない欲求がある。我々の苦痛のなかにはたんに肉体の苦痛だけではないものが同時にふくまれている。自分一人が苦しまねばならぬ孤独感、自分一人だけが苦痛を味わっているくるしさ……それが掌を握られるだけで鎮まっていく。中年の男の掌を細君が握っているのはそのためなのだ。嵐に襲われながら身をすりよせる二羽の小禽のように西側の窓からみえる夫婦は死に手を握ることで抵抗していたのである」(「葡萄」一九六〇『月光のドミナ』新潮文庫、二七五頁)

妻や看護師が患者の手を握り、苦しみを分ち合うというのは、イエスのまなざしにも似た行為がある。一夜、死に行くものの手を握ること、人のために泣くこと、悲しみや苦しみを分ち合い、共に泪をながしてくれる母のような同伴者。イエスは常にその現場にいて、付き添っていてくれる(=インマニエル)。犬や、鳥や、樹木や、人間の形をかりて。その優しさの祖型がイエスの愛なのである。遠藤の闘病記とも言うべき『満潮の時刻』にも同趣旨の話が出てくる。

しかし、ここが遠藤の一筋縄ではいかない所なのだが、病院のボランティアをやっている人の中には、『深い河』の成瀬美津子のような、愛情のまね事をして空虚を紛らしている人もいるのであった。遠藤は小説家として、同工を異曲にしようと、いろんな順列組合せを試している。男女を逆にしてみたり、愛と憎しみを入れ替えてみたり、九官鳥と人間を入れ替えてみたり、変奏曲として工夫している。神か何かのように。

第4章　罪と救い　木口と塚田の場合

1＊木口はビルマのジャングルで戦った生き残りである。栄養失調とマラリアに苦しみ、赤痢ともコレラともつかぬ血便を垂らす兵も多かった。道の両側に日本兵の死骸が連なっている死の街道を、木口は（体外離脱した）もう一人の自分に、「歩け、歩くんだ」と叱り付けられながら歩いた。戦友の塚田が探してきた「牛の肉」を食べようとしたが、木口は吐き出してしまった。

遠藤周作は戦争には行っていない。一九四三（昭和一八）年九月二二日、文科学生の徴兵猶予が撤廃され、一〇月二一日、出陣学徒壮行会があった。遠藤は、一九九四年、本籍地鳥取県倉吉で徴兵検査を受け、第一乙種であったが、肋膜炎のため一年間の召集延期となり、入隊しないまま敗戦を迎えた。二二歳であった。

しかし遠藤は召集される学生のことを作品に取り上げている。遠藤は母の影響下に幼児洗礼を受け、自分に合わぬ服について悩み、棄てようとしたのだったが、この戦争を通して、キリスト教に目覚めていったと思われる。

例えば「入営の日」(一九六三『ぼくたちの洋行』講談社文庫)という作品には、学徒兵として召集された岡崎英次(クリスチャンではない)が、拒否しようかと思い悩んでいる姿を描いている。同じ下宿にいる若林に一足先に令状が来た。「俺には、国というもんがわからんのや。俺にはひとかけらも、愛国心なんか、あらへん」と言いながら、応召していった。それは岡崎にも当てはまる言葉だった。国というものの実体は漠然としていて、実感がなく、遠く空しかった。そんな国のためになぜ戦争に行かねばならないのか、命をささげ、犠牲を払わねばならないのか、分からなかった。にもかかわらず、彼が応召するのは憲兵の追及と死刑の罰が恐ろしいからだった。「俺たちどうしようも、ないしなあ」とつぶやくのだった。(心ならずも踏絵を踏んでしまう、心弱い切支丹の姿を思い出そう。実に、人生至る所に「踏絵」あり、である。)

B29の爆撃が続き、米軍は次にG市を爆撃するという予告ビラもまいていった。そこは若林の故郷だった。岡崎に令状が来た日、下宿の娘美和子が、岡崎の胸に飛び込んで来て、「行かないで」と言って泣いた。

岡崎はある計画を思い付いた。岡崎は入営する大阪に帰る途中、若林の消息を知るという名目で、G市に降り、そこで空襲に遭い、死んだことにする……。上手く行くかどうかは分からない。しかし、こんな時代に何か一つでも反抗しておきたかった。

岡崎は若林の家に行き、母親に会い、若林の残して行ったバッハのアリアのレコードをきいた。空襲警報のサイレンが鳴ったが、空襲はなかった。岡崎は星を見上げながら、眼から泪が流れるのを感じた。「俺には国というもんが何かはわからん。俺が入営するのは国のためでも愛国心のためでもない。みんながこうして苦しんでいるのに、俺だけがその苦しみを逃げるのはイヤだからだ」、と彼は呟いた。同調圧力は強く若者を支配した。

しかし、実際には、良心的兵役拒否をした人は、キリスト教徒の中に幾人も居た。彼らは「殺すな」という戒律を守る強い信念を持っていた。彼等が被った苦しみは、「みんなが苦しんでいるその苦しみ」どころではなかったであろう。彼らを支えたのは、かつてのキリシタン弾圧に屈せず、踏絵を踏まなかった心の強さと同じ、心の強さであろう。遠藤は、しかし常に弱い人と伴にいようとする。彼は自身が「ぐうたら」＝弱い人＝普通の人であることを知っていたからである。

戦争に行くということは、行きたくない者からすれば、被害者としての意識しか持ち得ないだろう。だが、戦争に行くということは殺しに行くということである。これは何と言っても加害者の立場に立つということである。ここのところが、岡崎にはすっぽりと抜け落ちている。だから、徴兵から逃避することを考え、正面きっての兵役の拒否には至らないのであろう。

この抜け落ちた加害者の立場としての戦争を描いたものとして、「従軍司祭」（一九五九『最後の殉教者』講談社文庫）という作品がある。リヨンの大学の学生寮で隣り合わせの部屋だった「俺」（フランス人）から、「お前」（日本人）への手紙、という体裁になっている。

菓子工場でも経営しながら平穏な生活を送ろうと考えている「俺」は、延長しておいた兵役義務を果たすことになった。カルカソンヌで機関銃の部隊に入り、あと半年で兵役も終わるという頃になって、アルジェリアでアラブ人と戦うということになった。ゲリラ戦では小規模でも弾がとび、ニュース映画で見たような担架に乗せられ傷ついた兵隊のようになるかもしれない。しかしそのことについては俺だけは助かるさというふうに考えてごまかすこともできた。ごまかせぬのは、他人を殺すということだった。人を殺すことは自分が死ぬと同じほどの恐怖感がある。「俺」は平凡で弱虫で、勇気のある人間じゃない。だからこそ、サンテェチアンヌで静かな人生を送ろうと考えていたのだ。

地中海を渡る船に従軍司祭が乗っていた。「俺」は司祭に、「神父さん、私もカトリックなんだが、教会は戦争ということをどう考えているんです。人を殺すということをどう考えているんかね」と尋ねた。「信者は、国家の義務に従うのは当然です」と神父は答えた。いやそうではなくてあんたが兵隊で敵の人間を射ちにいくとき、その敵を殺せるかときいたんだ、と問い直すと、神父は、「正戦というものがある、正義が侵犯された場合は信者といえども戦争をすべきだ。剣を振うものは神を悦ばすことができぬと考えるなと昔の神学者はいっている。銃をとる。敵を殺すという行為はそれが正戦であり、国家の命令ならばカトリック信者も果す必要のある義務なのだ……。」（一二四頁）

しかしこの答は平凡な「俺」の苦しみを助けてはくれない。「俺」は他人の体に弾をぶちこむ恐怖、血のいやらしさ、一生の間、自分のこの五本の指のために一人の人間が命を断ったと考える時の恐ろしさを感じるだけである。

ジマジ（アルジェリアの町）で神父は別の兵士たちに絡まれていた。「カトリック教会は殺すなかれって平生から教えてるんだろ、それが一度戦争になると敵は殺しても罪にはならぬと方針をかえる。一体どっちが本当なんだろうね」と言って神父を甚振っていた。神父は恥かしさと怒りのために額に脂汗をうかべて黙っていたが、急にうしろを向いて部屋を出ていった。みんなはどっと笑ったが、「俺」は笑わなかった。問いが問題の核心をとらえていたからである。

神父は、「ロマ書にもあるとおり、彼は徒に剣を持つものに非ず、神の使者にして悪を行う人に怒りを以て報いるものなればなり」と言い、さらに、「教会が戦争をみとめるのは唯一の場合のみに限る。それは神の正義が犯された時だけなのだ」、と補足した（一三三頁）。（十戒の「殺すなかれ」を十分知りながらの、苦しい答えだったろう。）

正戦とはなんだろう。「俺」たちには武器をとる当然の理由がある。しかしアラブ人にはアラブ人で独立したいという理屈がある。双方が自分が正しいと思うからこそ戦争が起こるのだ。二人のカトリック信者が、それぞれの国への義務を果すために射ち合うとしたら、教会や神はどちらを善しとするのであろう。

「神様よ」と、「俺」は幾千とも知れぬ星の光を見上げた。生まれて初めて「俺」は一人だなと思った。神は沈黙をまもり、何事も起こらなかった。

「俺」はまた、神父に出会った。「俺」が火をつけたアラブ人の家が遠くで燃えていた。「俺」はある快感を感じながら、神父に尋ねた。「カトリック教会じゃ女、子供をどうしても殺さねばならぬ時は殺してもいいと言ってますか」。神父は、「やめてくれ」と叫んだ。「俺」もこうして少しずつ兵隊になっていくのだなと思った。兵隊は命令に忠実で、他の余計なことは考えてはならない存在である。相手も人間だと思っていては、兵隊はやってられない。それが兵士のメンタリティであろう。

なぜ、こんな手紙を「お前」に書いたのか。「俺の国にはそういう宗教（カトリック）はないよ」と「お前」が言っていたからかもしれない。

「俺」は既にニヒリストとして立ち現れている。遠藤のいわゆる神と戦い神を汚そうとするニヒリストである。「俺」は、自分が罪を犯すことを止めさせて欲しかった。神に。「カイザルのものはカイザルに、神のものは神に返しなさい」（マタイ二二—二一）と、イエスは言っていたが、そう簡単な問題ではなかったのだ。むしろ「だれも、ふたりの主人に兼ね仕えることはできない」のだった（マタイ六―二四）。

「俺」は神に問い掛けたが、答えはなかった。神の沈黙の中で一人であることを悟った「俺」は、現実の要請のままに、アラブ人の家に火を放ち、自分の心を傷つけた。アラブ人の家が燃えているのを見ながら、従軍司祭にカトリック教会の在り方を尋ねた時、「俺」が感じた快感は、アラブ人と司祭の両方を甚振るサディスムから来るものである。「俺」は自分の罪の原因を神の沈黙の中に求めようとしていた。「俺」は神に罪の原因を問い質している信者である。そのようなニヒリストである。ニヒリストというのは、神の答えのない孤独な人間のことである。当人はそれを不気味とも何とも思っていないのだが。

「俺」がこの手紙を「お前」（カトリック信者ではない）に書いたのは、（キリスト教の）神があってもなくてもどうでもいい（という意味の）ニヒリズムの国から「お前」が来たからである。神のない世界（文化）の中では、「俺」のような神のない孤独な精神は存在しないであろう。（このテーマは『海と毒薬』一九五八に展開されていたものである。）

また例えば、『死海のほとり』（一九七三）では、大学に刑事が調査にくる。「あんたは決戦下の日本人としてどういう考えで外国の宗教を守っているのか」と刑事が訊く。一人の寮生は「家がそうだったものですから。ぼくは自分で選んだんじゃないんです。別に深く信じているわけじゃありません」と答えている。そして「私」は「信者というほどの信者じゃありません」と答える。刑事が「あんたはやがて戦場に出るだろうがね……同じ宗教を信じている敵を殺せるかい」と訊くと、「私」は「殺せます、もちろん」と答え、ハンセン病病院でベースとベースとの間にはさまれたあの時と同じように、自分をイヤな奴だと思った。自分の裸形をさらしたように感じていた。刑事の訊問は一つの踏絵である。それに対して顔を歪めながらも嘘を答える自分を卑劣な奴だと思ったことを、何十年も忘れずにいる。友人の戸田は同じ訊問に対して「まだわかりません。ぼくは人間としても信者としても人を殺すことに悩むと思いますが、戦争に行けば、別の感情になるかもしれません。今は何とも言えません」と答えている。

いまのテーマを『女の一生　二部・サチ子の場合』（新潮文庫、一九八二）で見て見よう。長崎の大浦天主堂の信者である幸田修平は、ある日友達の奥川サチ子と一緒にいる所を憲兵に見咎められた。「日本には日本の宗教があるというのに、お前らは敵性宗教の信者か。米英の信じている宗教をお前たちも信じている。それだけでも非国民と言われても仕方がない。お前には米英人は殺せまい。むこうもヤソの信者だからな」、と二人を蔑んで言った。

悔しさにふるえながら、サチ子は父親にそのことを告げると、父親は、「ばってん、お前には浦上の者の血が流れとることば忘れたらいかん」と答える。サチ子の祖父熊蔵は、浦上四番崩れで難を逃れたことがあった。熊蔵はミツ（キクの従妹）を嫁にもらう。サチ子はキクの従妹のミツの孫である。「おキクさんは婆しゃん（ミツ）の従姉やったと」（三九頁）。

慶応大学に入学し、基督教の学生寮に入った修平は、同じ寮生の杉井慶訓（東大農学部の松井慶訓がモデル）の話で、「人を殺すなという基督教の考えと戦争とは矛盾するだろう。プロテスタントで勇気のある人はそれを口にして警察につかまったのもいるんだ」ということを知る。（しかし敵も神に戦勝を祈っている。その神はキリスト教の神だ。）

その勇気ある人というのは、灯台社の明石順三や村本一生のことを指している、だろう。

一九三九年一月、灯台社の明石真人は世田谷の野砲第一連隊に入隊後一週間、聖書の教え「なんじ殺すなかれ」にもとるから銃を返したいと申し出た。これは徴兵忌避が本質的に逃げの行為であるのに対し、はるかに積極的な正面きっての抵抗であった。これを聞いた同じ灯台社の村本一生は脱走するが、明石順三（真人の父、灯台社の主宰）の説得で帰隊し、「脱走未遂」のかどで軽営倉三日の処分の後、銃を返上した。村本は、手錠をはめられている自分の姿を誇らしく思いさえした。兵役を拒否し得た自分にはもうどこのだれに会っても、恥じることはない。良心にもとづいてなすべきことをしたという安心感と、いままでの軍隊生活でわりきれなかった気持ちからの解放感が、彼をひたしはじめていた。憲兵の尋問に対し、真人は「天皇は日本の主権者としては認めるが、人間であって神ではない。殺されても、殺しません」と答えた。一九三九年六月一四日、二人は軍法会議で、不敬・抗命の罪で三年と二年の懲役刑に処せられた。その二日後には同じ灯台社の三浦忠治が香川県善通寺の第十一師団で、不敬罪により懲役二年の刑に処せられた。

しかし、弾圧はまだ続いた。一週間後、一九三九年六月二一日には明石順三と妻静枝、次男力、三男光雄、婦人子供二六人が荻窪の本部で一斉検挙され、さらに地方の関係者も合計百三十余名が検束され、印刷物・書信などが押収され、翌年八月に灯台社は強制閉鎖された。一九四二年の一審で順三は反戦・国体変革・不敬罪で一二年、静枝は一二年の懲役。控訴審で一〇年、三年半に減刑。静枝は手当てらしい手当ても受けさせられず、一九四四年六月獄死。真人は獄中で、二・二六事件の被告たちの書き込みのある古事記や日本書紀、徳富蘇峰の近世日本国民史など、転向用の必読書を読んで、「心機一転」転向した。順三は非転向で出獄したが、転向した真人と会おうとはしなかった。戦後、順三は、国権に対する妥協によって組織温存をはかり、この大苦難時を無事に（殺害・暴行・投獄・監禁・その他あらゆる迫害を蒙らず）通過し得た国際本部のワッチタワーを批判し、即刻除名された。しかしながら、事実としては、アメリカで良心的兵役拒否者のうち三分の二（三千五百人）はワッチタワーのエホバの証者であった。順三は組織としての伝道の実践から離れ、鹿沼市で静子夫人と再婚し、読書と執筆の静かな歳月を送った。（稲垣真美『兵役を拒否した日本人』岩波新書　一九七二）。

遠藤自身も警察から「お前たちは天皇を崇奉するのか、お前らの神を崇めるのか」と迫られたことがある。子供の時から信頼していたメルシェ神父が証拠も理由もないのにスパイとして検挙された時、中学生だった遠藤は何もできず、自分は胡散くさい、うしろめたい人間だという意識を持ち続けた。切支丹時代に続いてまたしても日本のキリスト教徒が選ばざるをえなかった面従腹背の二重生活ということである。遠藤が切支丹時代に興味を持ち、かくれ切支丹という二重生活者の心理・心情を探るのは、自身の体験を引きずっているからである（前述）。

カトリックでも、札幌の戸田神父さんだけは、この戦争の無謀なことや、日本の軍人が南方で原住民の感情を無視した占領政策をしていると発言した廉で、一九四五年三月に起訴された（『女の一生　二部・サチ子の場合』一三〇頁）。

幸田修平は上智大学にあるクルトル・ハイムというチャペルに出かける気持ちを失い始めていた。「殺すなかれ」という教えを長い間信徒に唱えさせてきた日本の教会が、いざ戦争になると、すべて眼をつぶり、素知らぬ顔をしているような気がしてならなかったからだった。七月一九日の新聞は、米軍がローマを爆撃したと報じていた。日本人の神父が「目的のために手段をえらばぬ非人道的行為」と言って非難していた。これを読んだ修平は「卑怯だ」と思った。米軍の行為を批判するのであれば、同じく日本軍の行為も批判してしかるべきだ。米軍の行為を批判し、日本軍の行為を批判しないのは、安全圏に身をおく卑怯な保身である、と思った。杉井にそれを言うと、杉井は「じゃあ、もしこの神父たちが反戦的な言葉を発言してみろ、どうなると思う。俺たち信者までひどい目に遇うんだぞ」とたしなめた。しかしそうだとしても、修平には、日本の教会の態度が、殺すなかれという大きな使命を裏切っていると感じられ、何かごまかしていると思えて、釈然としない。

むろん、教会にもわかっていただろう。この時代にへたに動くことはキリスト教界全体を揺るがしかねないことだった。論理的にすっきりしない行動にならざるをえないのは、かって切支丹迫害の頃に、信者が面従腹背の行動をとらざるを得なかったのと同じことである。強い信念の者が、正面きって異を唱え玉砕していく姿に、弱い者たちは卑小感と劣等感を感じていた。自分の心の弱さと同時に、世間のしがらみというものを慮ってのことであった。

文科系学徒の召集猶予が停止になった。修平が考えたのは、戦争に行き、人を殺さねばならぬ自分をどう処理していいかということだった。一つはキリスト教の信者として、もう一つは文学や詩を学んできた人間として。二つの観点からみると、戦争はとうてい容認できることではなかった。といって、彼は自分が弱虫で信念を貫き通す強さのないことを知っていた。

修平はあるプロテスタントの教会に入り込み、(高木)牧師にいじわるな質問をした。「愛である神は、人間の憎みおうたり、殺しおうたりする戦争ば認めるとでしょうか。(略)信者の一人が召集ば受けて、そん男が戦場で人ば殺さんばいけんごとなった時は、殺してもよかですか、てたずねたらあなたはどげん答えるとですか」。牧師は眼をそらして黙った。「わたしはいつか君のような青年たちから、そういう質問を受けると思っていた。どう返事していいか、自信がない……」。修平にも分かっていた。この人だって、弱い、卑怯なところをもった人間だ。自分にはこの人を責める資格などない（前述の「従軍司祭」での問答を思い出そう）。

修平は長崎で徴兵検査を受け、第一乙種、合格となる。その帰りのバスの中で、修平は刑事に、「あんたが大浦の教会の信者に、何か変なかことば言うとったて教えてくれた者のおったけん。教会はこん戦争に何も出来んて、あんた言わんやったかね」、と尋ねられた。「いいえ、そげんことは言うておりません」と修平は答えた。彼は怯えていた。結局俺はなにもせず兵隊になるやろ、と自嘲した。彼は自分の実体が分かった。肉体の弱さのために自分と人を裏切る人間だと。

友人大橋の希望で、軽井沢に中條秀子を訪ね、その父親中條公二氏に質問した。

「私は、国とはね、自分の人生とこの戦争とをどう結びつけていいのかわからないたくさんの人々の集まりだと思っている。（略）なア、みんな辛いんだよ。みんなどうしていいのかわからないんだよ。苦しんでいるのは君たちだけではなく、みんな同じ苦しみの共同体にいるんだ。もちろん君たちの世代が一番、過酷な運命を背負わされるのだが――子供を兵隊にとられる老母、夫を戦場につれて行かれた女、たくさんの人間が、今迄の生活や人生を目に見えない国家の暴力のために打ち砕れているんだ。そして一番、悲惨なのは、その矛盾を口に出して怒ることもできず、お国のためだと、自分に言いきかせねばならぬ人々のことだよ。そんな人々が、日本中の到るところにいるんだ。（略）だからその人たちのために戦争に行ってくれたまえ。いやその人たちと共にあるために、といった方がいい。その人たちと同じ苦しみを苦しむために戦争にいくのだとおもってくれたまえ」（『女の一生　二部・サチ子の場合』新潮文庫、三六七〜三六九頁）

この中條氏の答えにも、苦しみの同伴者という考え方がある。国家の理不尽な要求にあらがう力のない弱い人々の生きる道は、それを苦しんでいる人々と共に、互いに苦しみを分かち合うことしかない、という考え方である。しかし、それはやはり同調圧力であり、時代の流れの中に埋没してしまうことになる。国家の被害者であることが、他国の他者への加害の原因であるという皮肉。

［モラルと美とを混同する日本人の感覚には、私見であるが、日本人の持つ汎神論の影響があると思う。汎神論にはまず対立や対決というものがない。（略）人間は全体の一部になる。（略）他人に対する調和、社会との調和、国家との調和、これが日本人のモラル感を支配したのである］

（「日本人の道徳意識」一九五八『お茶を飲みながら』集英社文庫、一九九頁）

そこには、個人の自由はなく、強烈な共同幻想による同調圧力がある。空気を読み、波風を立てないように、和を乱さず、出る釘は打たれるから、面従腹背で構わないから、非国民と呼ばれないように、民衆の敵と呼ばれないように、回りの者にも迷惑をかけないように、羊の群れはおとなしく、体制に逆らわず、大勢に順応して、鬼畜米英やっつけろ、進め一億火の玉だ！　だ。そして皇国史観に洗脳され、国民の高揚感充実感は熱く盛り上がったのだった、戦争に勝っていると思い込まされている間は。

キリスト者修平の悩みはいよいよ深い。佐世保の海兵団に入った修平のことを、サチ子は毎朝ミサに行って祈った。昔、キクが津和野に閉じこめられた清吉のことを一心に祈ったように。

修平は一瞬ためらった後、特別攻撃隊に志願した。

修平の出した答えは、こうであった。どうにもならぬ運命への諦め、同期の仲間と運命を共にしたいという気持ち。そして修平はサチ子に手紙を書く。自分の決心を伝える高木牧師宛ての手紙を同封し、サチ子が読んだあと、牧師に送ってほしいと言って。

修平は疑問点を次のように整理している。

「一、私たちに人間を殺すことを強制する権利が国家にどうしてあるのか

二、戦争で人を殺すことをなぜ教会はみとめないのか

三、戦場で相手を殺さねばならぬ時、基督教徒はどうしたらよいのか」（同、四四二頁）

権力の横暴は理不尽である。理不尽であっても、力ずくで権力は押しまくり、踏みにじる。

それを一人の弱い人間はあらがい得ない。殺すなかれという戒律に忠実であれば、彼の苦悩はますます大きくなる。カトリックの聖戦論は通用しない。それは連合国側の論理であり、双方が互いに聖戦を主張しても矛盾でしかない。否、日本の聖戦論は、天皇の旗の下にあった。実際、カトリック信者に対しては、天皇と神のどちらの言う事を聞くのかという尋問もあったのである。

「これはいかにも恥かしい言い方になりますが、たとえそれが戦争であれ、私が誰かを殺す以上（明日、私の機の体当りが成功すればの話ですが）、私は他人の人生を奪ったという、その償いをせねばならぬ。だから私もまた、死なねばならぬ。そう思ったのです。（略）なぜならそれが戦争のせいでも、私が誰かを殺したとしたら、万一、生きて帰ったあともその事実を生涯忘れることはできないでしょう」（同、四四三頁）

問題は限りなく重い。修平はそのように特攻隊で死んでいった。苦しみを共有して戦争に行き、他者を殺す以上自分も死なねばならぬというのは人間の答えである。修平の誠実さの表れといっていいだろう。しかし、神は、沈黙したまま、答えない。否、神はそのように顕れたという事であるかもしれない。ここにあるのは、「従軍司祭」の「俺」が、アルジェリアでアラブ人の家に火を放ち、神に対してニヒリストとしてたち現れたこととは別のありようである。「俺」は孤独であったから。神に見放されたと思っていたから、そのような答えを出したという事かもしれない。修平の答えは、遠藤の思想の深化であると同時に、似姿である修平への思い入れであるだろう。だがここには遠藤が描いてきた赦しの思想はなく、あるのは自己処罰の考えであることは指摘しておきたい。

次に『遠藤周作文庫　どっこいショ』（一九六七、講談社。中間小説に分類されている）という作品を取り上げて、軍隊の中の出来事を見てみる事にしたい。

向坂善作が軍隊で鈴木武則中尉からなぐられ右耳の聴力を失ってからもう二三年になる。彼は、挨拶されてもトボンとした眼をして、「変な人」と思われたりしている。

実は善作は入隊前にも鈴木から殴られていた。病気で川崎の飛行機工場の勤労動員から早退していた時、女とデレデレしている人間のために皇軍の将兵が戦っていると思うのか、時局認識の気構えを教えてやる、と言って、鈴木は善作を殴っていた。それから暫くして善作に召集令状がきた。善作は、Ｂ29がまいた空襲予告のビラを見て、ある計画を思い付く。先に入隊した同じ下宿の名古屋の大野の家を訪ね、そこで空襲に遭い、行方不明になろうという計画。しかし、彼は最後に、みんなが辛い思いをしているのに「僕がそこから逃げようとしているのは卑怯だ」と考え、「ぼくは国家というものが、まだわかりません。しかし、国というものはこの大野のお母さんや罹災者やそれからぼくたちです。芳っちゃんもそうです。だからぼくは……国家のためではなく、国のために入営します」と言って軍隊に入っていったのだった（ここのところは「入営の日」のディテイルにそっくりである）。

権力志向の、気の強い人間達の集まりが国家で、普通の平凡などこにでもいる弱い人間達の集まりが国、という風にかんがえたらどうだろう。天皇という旗の下に、国家は民を服(まつ)ろわそうとする。国家は弱い人間を支配し、暴力によって、弱い人間をも暴力に駆り立てる。そして（敵国の）人を人と思わない人間を作る、これが兵隊の作り方である。

そうして向坂善作が配属されたのが、高槻の部隊で、そこに鈴木がいた。向坂一等兵が鈴木に殴られた時の状況はこんなふうだった。捕虜のヒンソンが病気で倒れたため、バジャー（馬づらだったためオビンズルという仇名であった。後述するガストンの系譜の人物である）は彼に自分の食べ物を分け与えていた。そのためバジャーも脳貧血で倒れてしまう。それを見逃していたのかと善作は軍曹に怒鳴られた。善作は、俺だったらそんなことは出来ないなあ、この男は捕虜たちの中でも特別の男だ、他の捕虜たちは病人の食事を盗みこそすれ、決して自分のものまでわけ与えはしない、と思いながら見ていたのだった。翌日、バジャーがまた脳貧血を起して倒れた。善作が水をやろうとすると、捕虜を甘やかすなと上等兵から横槍が入った。これらは全て鈴木中尉に報告されていた。

バジャーがヒンソンに食べさせるために、米を盗もうとした。善作がそれを見逃そうとしたのを軍曹に見つかり、鈴木の前で尋問される。鈴木は「向坂、お前、自分が悪いと思うなら、バジャーを制裁しろ。その竹刀で」と命令する。善作はおずおずと竹刀の柄を握ったが、無抵抗のこのオビンズルに体罰を加えることはとてもできなかった。「貴様あ、上官に背く気か」と鈴木は怒鳴った。善作は眼をつぶり、弱々しく竹刀をふりあげ、オビンズルを叩いた。叩いた時、手は痛かった。「ごめーなさい」とオビンズルは泣き叫んだ。善作は「じ、自分には、で、できま、せん」とふりあげた竹刀をおろして呟いた。その時、善作は鈴木から袋叩きにあい、右耳の聴力を失った。軍曹が止めに入らなかったら、殺されていたかも知れない。

善作は弱い人間だろうか。むしろ自分を通した芯の勁い人間なのではあるまいか。彼は鈴木に一方的に殴られはしたが、それが彼の抵抗の姿、たたかいの姿だったのではあるまいか。むろん、手に入れた僅かな権力を振り回したがるサディスト鈴木は、そんなことは意に介さないだろうが。ここにも凡庸なサディストがいる。彼に凡庸などと言うと、怒りくるって、どんなひどい目にあわされるか分からない。だから弱者は何も言えない。すると自分の勝ちだと思うだろう。

この時のことをバジャーは後に日記に書き残していた。それが善作の手元に届く。

「私にはヒンソンに朝飯を与えねばならぬ義務はない。私が自分の朝飯を食べてもそれは当然の権利だし、いや、かりにそれをこの間の誰かのように盗んだとしても、「戦争で、収容所にいたのだから、仕方なかったのさ」。他人だって、その行為をそれほど非難はすまい。だが収容所のようなひどい、みじめな環境にいても我々は、友情のこもった行為をするか、エゴイズムだけの行為をするかの自由をもっている。だから私は、ヒンソンに朝飯を与えるつもりだ。自分がまだ人間であり、友情を大事にする男であることを我

が心に言いきかせるためだ」(『遠藤周作文庫　どっこいショ』一九六七、五四七頁)

ここには戦争中の厳しい状況にいたのだからと割り切ることができず、サディスティックであることを躊躇する気の弱い善良な人間の姿がある。そして善作はそのような善良さを理解する人間が敵方にもいて、サディスティックであることを躊躇して上官に殴られているのを知る。バジャーは続けている。

[自分が少し恥ずかしかった。私はさっき自分の身を守るためにこのサキサカに嘘をついた。自分が空腹だから米を盗んだのに、それをヒンソンが病気だからだと、その同情を買うような弁解をしてみせたのだ。その嘘をサキサカが信じ、上官に報告していると知って、心が苦しかった。/(略)瞬間わかった。スズキはその棒で私を撲れとサキサカに命令しているのだ。/犬のようなあの哀しそうな眼で私をじっとサキサカは見つめた。私も彼をじっと見あげた。(略)/(お前を撲らなくちゃならない。そうしなければ、この俺が……)/(撲らないでくれ。撲らないでくれ)しかしスズキの怒声に押され、サキサカは棒を弱々しくあげた。私は眼をつむった。手で顔をかばった。右の肩に打撃をうけてよろめいた。そして私は叫んだ。「ごめーなさい。ごめーなさい」/それからのことは書きたくない。私は壁に体を支えながら、仰天して、サキサカがスズキから受けたすさまじいリンチを見つめていた。/(お前のために彼が撲られている)。いつかカノウがトムを叩いた時、卑怯にもだまっていた自分の姿が、突然、心に甦った。にもかか

わらず、私は——この意気地ないバジャーは、そこから飛びだしてサキサカをかばう勇気をもてなかった。／私は眼をつむり、自分に言いきかせた。／（みんな戦争のせいだ。このような卑怯なまねを強いるのも、みんな戦争のせいだ）／その弁解が一番、自分にやさしかったからだ」（同、五五二〜五五三頁）

これを読んだ向坂善作は、バジャーがたびたび戦争のせいだと自己弁解を繰り返してはいるが、実はそのことを卑劣に思い、神経質なほど悩んでいたことを知った。善作が、入営の日、みんなが苦しんでいるのだから、自分一人が逃げ出すわけには行かない、といって決心したように、バジャーも、サキサカをこの収容所の日本兵の中で、一人ぽっちらしいと観察もしており、日記にこう書いていた。

「私はサキサカを見るたびに思う。サキサカも悩んでいる。だから彼が日本軍隊のなかで悩んでいるように、私も収容所の中で悩んでいるのだと。私たちは二人とも強者じゃない。普通の、平凡な、どこにでもいる人間だ。戦争がなければ、都会の片隅でひっそりと誰にも知られず働き、家族を養うような人間だ。それが今、こういう世界に入れられた。だから私は思う。私たちはお互いを捨てぬために、戦争のなかに加わったのだ」

（同、五五六頁）

善作はバジャーにも自分と同じ弱い人間の精神をみいだし、救われた思いがした。否、救われない思いがしたのではなかったか。

悩んでいないのは、凡庸なサディスト鈴木である。皇国史観に基づく天皇制道徳という時流に乗り、虎の威を借り、小さな権力を振り回す、「生きやすい」(「黄金の国」)男なのである。向坂は戦争が終ったら俺はこの男に……と復讐を考えていた。しかし二十数年の時間がその恨みを消した、はずだった。

しかし必ずしもそうではなかった。彼は耳がよく聞こえないことを意識するたびに、いつもあのリンチを思い起こしていた。善作の思いは、結局は鈴木のような男がいつも勝つのだ、この世のなかでは、ということだった。人のかなしみや人の善意、それを無視できたサディスト。平気でオビンズルを撲れたサディスト。彼もまた上からの命令で撲っているのだが、体制順応で、節操もなく、恥しげもなく、時代をうまく泳いだ男――、そんな男が結局は他者を踏みにじり勝利を占め、出世街道を行き、権力の階梯を昇る。そして自分のようにオビンズルを撲れなかった者は今のような平和な時代になっても、過去を引きずり、ひっそりと暮らしていく。別に立身出世に興味はないのだが。しかし、あるいは、そして、芳子のような女性でさえ、最後は力のある男についていく。外を「石焼きいもオー」という売り声が通っていく……。

この世はそういう力づくの世界なのか、この世で自分のような弱い人間が生きていくことは、出来ないのか、と善作は問う。神は「石焼きいもオー」と答えたのだった。(だが、この焼き芋屋のおじさんも、自分の人生を苦しんでいる。『悲しみの歌』によれば、おじさんはガンだった……。そのことを善作は知らない……。）

向坂廉二は善作の息子である。廉二が恋した真理子は、奇遇にも鈴木武則の娘であった。廉二は鈴木に会いに行き、父親（善作）のことを聞く。

鈴木は、自分のリンチによって向坂の耳が聞こえなくなったのかどうかについてはしらをきる。しかし、「父が捕虜を撲らぬといって、そのために制裁したのは本当か」という問いには、戦争中だったからだ、と居直る。

廉二は、「ただあなたたち前の世代が、戦争中何処にでも生じたそういう問題をどう苦しんでいるか」知りたかったのだった。

鈴木は「あの時代の道徳が、そう我々に要請したんだから、それに従い、それに生きるのが俺たち国民の生き方だったんだ」と時流便乗でさらに居直る。

廉二が「親爺は戦争や平和によっても左右されぬ人間性やモラルを馬鹿みたいに信じていたんでしょう」と言うと、

凡庸なサディスト鈴木は「それは弱い者の自己弁解だね」と軽蔑したように言った（同、三五一頁）。

廉二は茫然としていた。二の句が継げぬほど、あ然としていた。別世界に住む人間の言葉のようだった。生きる倫理が違う。二人の間には会話が成り立たない。否、こういうとき、鈴木のような威張るタイプの人間は、廉二があ然としてものが言えずにいると、反論できんだろう、オレの勝ちだ、と厚かましく浅墓にも思ってしまうのではないだろうか。そして、それがまかり通ることになり、さらにのさばることになる。鈴木は、向坂を殴るとき、快感さえ感じたであろう。もう一度言うが、「生きやすい」(『黄金の国』)男なのだ。サディストは他者を傷つけても傷つかない。

次に、向坂善作本人と鈴木の対決の場面。善作が、あの日、捕虜を殴れず、そのためにあなたに撲られ、蹴られた、それからこの耳が遠くなった、と言うと、鈴木は「それがどうした」と笑いながら答えた、捕虜を「撲らなかったのは君が臆病で卑怯だったからだ」と。

「私は臆病だから捕虜を撲れんかった。たとえ、撲ったとしても今日までそれを思いだすたびに、自分を最下等の人間だと心が痛み苦しんだことでしょう。だがあなたはあのこと一つだって決して心が痛んだことはないでしょう。苦しんだことはないでしょう」

「ぼくは自分のやった行為を女のようにウジウジはせん。そんな弱虫ではないつもりだ」

「たしかに鈴木さん、あなたは弱虫じゃない。だからあなたは平気で多くの弱虫を泥靴で蹴りながら生きてこられた。戦争中も、今も」

「そうかも知れん。しかし、それでなければ生きるに値せんのだ」

「私は…それを生きることだとは思うとりません……」」

(『どっこいショ』四六一〜四六二頁)

生きる倫理が違う。しかし、これほど露骨で分かりやすい会話もないだろう。言いたいことを言っている。このあたりが所謂中間小説のテイストなのである。鈴木は強がりを言っているのではない。善作がこう言ったからといって、鈴木の心が揺れることはない。会話は成立していない。もう一度いうが、凡庸なサディストは、他者を傷つけても、自分は傷つかない。戦中も戦後も、天皇主義なり民主主義なり時流に乗り、世の中なんてこんなものさ、と言って時流に乗り、うまく泳ぎ続ける。不気味な……。

普通、人のしないことを、平気で遣る阿漕(あこぎ)な人間。無神経で押しの強い、威張るタイプ。厚かましい人間。罪を罪とも思わず、苦しまない人間。罪を戦争のせいにしてしまえる人間。［生きやすかろうな］と嫌みの一つも言ってやりたくなる。しかし、本当のところ、心の奥底ではどうなのだろう。自己嫌悪とか、ないのだろうか？

しかし、鈴木を真っ当な人間にするために、善作は、善作でなくとも誰か、例えばイエスが同伴者として、ついていてやった方がいいのではないだろうか。否、煩がられて、同伴拒否されてしまうのだろうか。同伴者は同じサディストの方がいいか？　意気投合してやりたい放題？　或いは喧嘩（喧嘩相手も同伴者！）、争闘？　鈴木は、元気良く、欲望の自然を、その日その日を生きていくのだろう。根っからのサディスト。行動的ニヒリスト。病的なまでに健康、というあれだ。

このような快感を感じるタイプの人間と、捕虜を殴ることもできず、仕方なく殴ってしまったことの罪障感から己の人間性を懐疑し、生涯引きずっていく人間の間に、架橋はない。互いの人間性と人生観、価値観は決定的に違う。タイプ分けをすれば、世の中こんなもんだ、と思って、現実追従し、弱肉強食の競争原理を生きる現実主義と、世の中もっとマシなものだと思って、ともに、伴に、友に、共に、朋に、倫に、共同原理を生きる理想主義、サディストとマゾヒスト、強者と弱者、といった具合になろう。この両者の違いはどこでどうしてなぜ起こるのだろうか？　両者の間にはどうすれば話が通じるのだろうか。

例えば小平義雄（一九〇五〜一九四九）という男がいる。小さい頃から動物や弱いものをいじめ、盗癖があり、窃盗、傷害、強姦を繰り返していた。一九歳で海軍に入り、山東出兵、済南事変の時、中国兵六人を殺して勲八等旭日章をもらった。除隊後も中国に残り中国人の家に押し入って、強盗、強姦、殺人を繰り返した。日本にかえった小平は二八歳で神官の娘と結婚したが、四ケ月で妻に逃げられると、深く恨んで一家皆殺しを企て、妻の父を殴殺し、六人に重傷を負わせた。懲役一五年の刑を受けたが、二度の恩赦で六年後仮釈放された。小平は、再婚し子供も生まれたが、空襲がひどくなったので妻子を疎開させ、自分は女子挺身隊寮にボイラーマンとして残った。

一九四五年五月、女子工員を寮内で強姦絞殺し、六月には新栃木駅で買出しにきていた三〇歳の人妻を闇米を分けてくれる農家を教えるといって山林に誘い強姦絞殺、七月、渋谷駅で出会った二二歳の女性を、同月、池袋駅で二二歳の女性を、九月、東京駅で二一歳の女性を、一〇月、渋谷駅東横デパートの地下で一七歳の女性を、一二月には、浅草駅で一八歳の女性を、四六年六月、品川駅で一五歳の女性を、八月には、増上寺裏山から一七歳の女性と、もうひとり（すでに白骨化した）身元不明の女性（合計一〇人）を、同じような手口で誘い、強姦絞殺したのであった。戦後の混乱期で、「食糧が女の心を一番動かした。私はそれを利用したのです」と小平は語った。中国での戦争で、強姦殺人を行ったことが彼の狂暴に拍車をかけたのであろう（『昭和史全記録』毎日新聞社）。

これほど極端ではないにしろ、戦争で人を殺した人間が、そのことを直隠しにして日常を生きているということの不気味さを感じることがある。

「泣き上戸」（一九六五）という作品には、人の良い男の姿がある。

自分がかって犯したひどい仕打ちを、何とも思わず生きている男がいる。一方やられた方はいつか仕返しをしてやると思っている。猿田は仏さまのような男ではないが、しかし平凡な男だ。その平凡な男が、長崎上等兵という奴だけは許せない。ゲロまで食べさせられた。いつか仕返しをしてやるという一念で生きてきた。毎晩夜中に目が覚めると、いても立ってもいられぬほど、あ奴のことが癪に障る。何時も下剤を用意しておいて、会ったら何食わぬ顔でビヤホールに誘い、ジョッキに下剤を十錠ほど放りこんでおいて、などと考えている。

ところがある日、つまり今日、長崎の野郎に出会った。猿田は、どうしたか。どこかに引きずり込んで気の晴れるまで殴ったか。

否。長崎が、「よォッ、猿田じゃないか。懐かしいな」と声をかけてきた。咄嗟に、「懐かしいです」、と猿田は言ってしまった。「元気か」「元気であります」――そして長崎は猿田の肩をポンとたたいて、バスに乗って行ってしまった。猿田は、長い間、ぼんやり、呆然と立っていた。これが長い間考えてきたことの結末だった。情けない。口惜しい。辛い。悲しい。人のいい猿田はそう言って泣くのだった(「泣き上戸」一九六五、『狐型狸型』角川文庫)。

さらに「松葉杖の男」(一九五八『月光のドミナ』新潮文庫)という作品から、戦争中自分が犯したことに罪障感を感じて生きている人間について見てみる。

加藤昌吉は下肢にしびれるような感じや脱力感があるためG病院を受診した。セネストパチーではないかと診断され、精神分析医菅のところにやってきた。セネストパチーとは人間の心理的な苦しみがいつか内臓のしびれや疾患になってあらわれることだ(『闇のよぶ声』一九六四、角川文庫、一〇頁)。加藤は三四歳である。それは人生の若さをあの戦争ですりへらした世代である。菅医師も同世代であった。

何度目かの受診の時、加藤はついに口を開いた。戦争の時、中支の小さな部落でスパイを見つけ、すぐ殺すことになって、彼と伍長とが銃剣で刺し殺した。男の母親が怖しい目で二人を見ていた。「俺はやったんです。だが命令だったんです」加藤は涙を流しながら、言った。菅は加藤にかけてやる言葉を探していた。（命令だったんでしょう、あんたのせいじゃない。戦争のせいだ）。しかしそんな慰めがもっとも卑怯なウソだと菅は知っていた。戦争のせいになすりつけられる人は倖せだ、と思っていた。（みんながやったんだ。あんた一人じゃない。一人で苦しむ必要はないじゃないですか）。これもウソだ。この言葉の裏にある偽善と卑しさを感じるようになるだろう。（忘れてしまうんです。それはもう終ってしまった過去の悪夢なんだから）。だが菅は戦争の思い出の中で消せるものと消せぬものがあることを知っていた。もし神があったら、神のようにこの罪を赦すと言える存在があったら、と菅は考えた。精神分析医は神ではない（一七四頁）。

菅は「来週、いや、再来週またいらっしゃい」と言えただけだった。菅は松葉杖をとってやり、「さあ」と加藤を促した。加藤の唇は何かを言おうとしたのか、震えていた。

同じテーマを扱った作品に『闇のよぶ声』（一九六四、角川文庫）がある。そこには、「男の言うとおり、これ以上、萎えた足はどうにもなるまい。それは本人が昔、犯した行為が完全に償われぬかぎりは立ちなおらぬ足なのだ。（略）心理療法は人間の心には手をさしのべられても、魂まではいやすことはできぬ」という一節がある。これがカトリック作家遠藤の射程である。

だが、宗教とは何だろう。信じるということはどういうことなのだろうか。

それとは全く別のタイプの人間のことをもう一度取り上げる。これは遠藤が後期（第三期）的作品であると自認するところである。

「ピアノ協奏曲二十一番」（一九八四）という作品は『スキャンダル』（一九八六）の中の重要な挿話となっている（「周作」である）。また『ピアノ協奏曲二十一番』（一九八七）という短編集の中で、「最後の晩餐」の直後に置かれて、対照的である。

中国でゲリラと戦っていた時、「彼」は女や子供が中にいる家を焼き払った。重油をかけて家に火をつける。火炎は一挙に燃え上がり、家の中から悲鳴と泣き声が聞こえる。火だるまになって女が赤ん坊を抱いて走り出る。それを彼が撃つ。その時、彼は特に罪障感にかられることはなく、むしろ、ある不思議な恍惚感にとらえられていた。その話を聞いた彼の妻「わたくし」も、彼を蔑む気持ちなどなく、ある、しびれるような感覚にとらえられていた。夫の中に別の人間が存在していたこと、その矛盾した二つのものが彼をつくりあげていたことを知って、衝撃とともに快感を味わっていた。［それが人間だとおもいました］。彼女はその夜、自分の方から彼の上に覆いかぶさり、はげしく求めた。彼もまた待ちかまえていたように彼女を求めた。

燃え上がる農家の中の女や子供の叫び声が、二人の快感を高めた。快感とは、この場合（も）、サディスティックな凶暴性のことである。二人はそういう体質だったらしい。脳内化学物質ドーパミンやベータエンドルフィンが過剰に分泌されたのかどうかは知らないが。

「彼」は若い頃、モーツァルトと大乗仏教の唯識論に熱中していたという。フロイトが今ごろになって取り組んでいる無意識、基督教が無視し続け、むしろそんなことに拘ることを異端として排斥しようとしたものを、仏教は、アラヤ識として、早く四世紀に論じ尽くしていた。無意識とは我々が抑圧している罪の溜り場所なのだ。彼女は彼が中国の農家を焼き、母子を射殺したことに、人間の奥底に抑圧している凶暴性が不意に目覚めたような快感を味わった。そしてそれが人間だと思った、というのである。彼女は焼き払われた中国の農家のイメージを思い描くたびに、その沈黙の荒野の中に、夫の愛したピアノ協奏曲二十一番が流れ始める……。この人が撃った……と思うと、足のさきから頭まで、言いようのない快感が貫き、何度も声を出しそうになった……。これを神なき人間の悲惨と呼ぶことを当人は心外に思うのだろう。

そういうタイプの人間がいる。同じようなことをして、罪障感を抱く人間と、快感を抱く人間と。一筋縄ではいかない……。ただし彼女は自分のその快感を悪、それも本当の悪と認識しているようだ。そしていま病院でボランティアをして患者に温和に微笑む自分を、そのどちらも自分だと思う、と言う。それは何とも楽天的な感想だが、やはり、時々少し不気味に感じることもある。遠藤はそれを突きつめてみたいと言い、エリザベート・バートリーや、ジル・ド・レに興味を抱いている。それを突き詰めてみたのが『スキャンダル』(一九八六)

や『妖女のごとく』（一九八七）という作品であろう。『深い河』の中では、成瀬美津子に形象化されている性格である。

以上は『深い河』に至る「周作」の再確認である。


『深い河』（一九九三、講談社文庫）における木口と塚田の苦悩の話をはじめよう。木口も塚田もカトリックではない。普通の日本人である。召集従軍に際して、修平のような、あるいは明石順三や村本一生のような、「殺すなかれ」という命題に関しての苦悩は抱かなかった。召集時の彼等にとって最大の問題は、家族との別れであったようだ。

インパール作戦の敗退の時、死の街道と呼ばれた道路の両側には死体がるいるいと横たわっていた。その中を撤退して行く木口と塚田には、ただ生き残るという本能の命令以外のものはなかった。食料もなく、飢餓とマラリアが二人にも襲いかかる。地獄だった。木口はそばに体外離脱したもう一人の自分が立ち、歩け、歩けと命令しているのを見た。他の死体に構っている事はできなかった。「殺してくれ」という声も無視して、木口は歩いた。しかも、小鳥たちは楽しげにさえずってさえいたのだ。

ある小さな村にたどり着いたが、村人は逃げ出して誰もいなかった。木口は悪寒を感じながら、塚田につげた。「マラリアにやられた。歩けん、行ってくれ」

塚田は木口を見捨てず、共に残って、木口に食べ物を運んでやった。ほたる粥という僅かな米と雑草の入った食べ物だった。朝がた、木口が鳥の声で眼を覚ますと塚田はいなかった。（やはり見棄てられたか）と思い、このままここで息絶え、腐り、ひっそりと大地に戻っていくと思うと、心は安らかであった。このまますべてが終りになる、と思っていると、塚田が戻ってきた。「食べろ」と言って肉を差し出した。「牛が一頭死んでいた。焼いてきたから心配はいらん」そう言って、塚田は肉を食べた。塚田は「食わねば……死ぬぞ」といって木口の口に肉を押し込んだ、しかし、木口は肉を呑みこむことはできず、臭いに耐えきれず吐き出した。

復員した木口は妻と子供との生活を始めたが、時折、こみあげてくる感情にくるいそうになった。三年経って東京に出て、運送屋を始めた。木口は宇土から上京した塚田に会う。しかし、二人はあの死の街道の話だけは避けた。塚田は浴びるように酒を飲んだ。

それから一〇年後、塚田は木口に東京での仕事の斡旋を頼み、マンションの管理人の職を探してやった。塚田は相変わらず酒を飲んだ。心理的な要因から、アルコール依存症になっており、ついに入院した。食道静脈瘤だった。医者は酒を飲まねばならぬような心理的要因がありますか、と尋ねた。病院にはガストンという馬面の青年がボランティアをしており、塚田の係りであった。塚田はガストンにだけは心を開いていた。

塚田は木口に酒を飲む理由を話す。木口は塚田が何を言いたいのか待っていた。話の中心部に近づくとあわてて遠くに逃げる塚田の心の苦しさを彼は察した。彼には塚田が言おうとして言えぬことの予想がつきはじめた。「もういい、話すのが辛ければ、それ以上話さんでもいい」。「話す」。木口は眼をつむり、塚田の苦しみに共に耐えた。

復員した後、南川の妻子が、塚田を宇土に訪ねてきた。南川の子供が、じっと塚田を見た。「わしが食うた肉は、南川上等兵の……」

「その眼ば今も忘れられん。まるで、南川が……わしの生涯をじっと見つめているごとある。酒で酔いつぶれねば、その眼から逃げることはでけん」

塚田はガストンに、「そこまで餓鬼道に落ちた者ば、あんたの神は許してくれるとか」と問う。ガストンは、アンデスの山中に飛行機が墜落して、七二日後に救助された人達が、死んでいった酒飲みの男の肉を食べて生き延びたのだ、とさとした。それを神も許したのだ、と。酒飲みの男の妻は、後にあの人は初めて良いことをした、と語った。ガストンはただたどしい日本語の全てを使って塚田を慰めた。ガストンは塚田と共に苦しもうとしていた。二日後、塚田は息をひきとった。安らかなデス・マスクは、木口には、ガストンが塚田の苦しみを吸い取ったためだと思えてならなかった。ガストンはまたどこかに消えてしまった。（『深い河』一六七頁）

「最後の晩餐」（一九八四『ピアノ協奏曲二十一番』文春文庫）という作品はこれと同じテーマを扱っている。アルコール中毒になっている塚田は、「私」（精神科の医師）に「どうしても酒を飲まずにはいられない御事情がおありなんですか」と聞かれ、「言えんとです」と答える。「じゃあ、ひとつだけ教えてください。そのお悩みのために、あなたは酒をお飲みになるのですね」。塚田は逡巡しながら、やはり話せない。それから一ケ月、もう忍耐と無駄話が一通り済んだころ、戦争中ビルマにいたともらし始めた。「食えるもんは何でも全部食べたね。木の皮も、オタマジャクシも、……土の中の虫も」。「日本でも食べものには困りました」。「そんな程度じゃない」。「私」は彼がなぜ急に怒りだしたのか不審に思った。

次の面接の日、塚田はついに自身の極限状況と一番重い荷物について語り始めた。「先生、あの時、ビルマじゃね、兵隊のなかに、食うもんのなくて、人間の肉ば食べた者もおったとです」。「私」は衝撃を受けたが、わざと平気を装った。「ひょっとして、塚田さんは、その辛い思い出を忘れるために、いつもあんなに酒を飲んだんじゃないのですか」。彼の眼から泪がながれ、泪は肉のそげた頰をぬらして顎までつたわった。「……南川一等兵の……。南川は俺の戦友ですたい」

塚田は足を滑らして崖から落ち、歩けなくなっていた。一人の兵隊が、彼に、トカゲの肉をくれた。「食わねば死ぬぞ。トカゲの肉と思って、食え」と言って、塚田の口に押し込んだ。塚田は眼をつむって、その肉片を飲みこんだ。その肉片を包んでいた紙は、南川一等兵が持っていた手紙だった。

復員して、南川の家に行こうとしたがとても行けなかった。遺髪を送ると礼状が来て、それはあの肉片を包んでいた手紙の筆跡と同じであった。それから二ケ月して、南川の奥さんが、子供を連れて、礼を言いにきた。その子が、塚田を、南川そっくりの眼でじっと見つめた。その眼を忘れるために、酒を飲み続けた……。その眼はいわば、自身の自意識、良心の眼なのである。罪を戦争のせいにしてしまえない人間。苦しみは、良心によって喚起される。その苦しみを癒し、許すのは、誰か。

塚田は食道静脈瘤の破裂で吐血し、入院した。病院ではエチエニケというアルゼンチン人がボランティアをして、塚田の面倒を見ていた。塚田はエチエニケに心を開いて、「俺は、むかし、戦争の時、ひどかことばしたよ。本当に、神は……それをゆるしてくれるとか」と言う。じつはエチエニケも同じような体験があった。乗っていた飛行機がアンデス山中に墜落し、一二日間雪の中にいて、ついに食べ物がなくなった。一人の酒飲みの神父が、「救いがくるまで一日でも生き残らねばいかん。このわしはもう死ぬだろう。だからこのわしの体をみんなで食べなさい。食べたくなくても食べねばいかん。そして救いをまつのだ。救いは必ずくる」と言って、死んでいった。「わたしもたべましたです。しかし、わたしは、その時、あの人の愛もたべましたです。そしてたべながら、いつか、日本に仕事ある会社で働いて、休みの時、病院のボランティアをすると考えました」と言った（「最後の晩餐」一九八四『ピアノ協奏曲二十一番』文春文庫、一一三頁）。

最後の晩餐というのは、もちろんイエスが十字架にかけられる前の晩、一二使徒とともに最後の食事をしたことを言う（マタイ二―六―二〇〜二九）。その時、イエスは、パンを自分の肉と思い、葡萄酒を自分の血と思ってたべるよう（聖体拝領）言ったのであった。エチエニケは、神父の愛もたべたと言っている。エチエニケが食べたものは、単なる肉ではなく、神父の、したがって、イエスの愛だったのである。弱肉強食の肉ではなく、宗教的に昇華されたものだったのであり、イエスの祖型の反復なのである。

この話は、一九七二年一〇月一三日（金）に、アンデス山中標高三五〇〇メートルの地点に墜落したウルグァイ空軍のフェアチャイルド機の事故をモデルにしている。飛行機にはアマチュアラグビーチーム一五人を含む乗客四〇名と乗員五名が乗っていた。ピアズ・ポール・リード『生存者』（一九七三）によると、墜落した時、生存者は三二名だった。一二月二一日、遠征隊の一人が地元の住民に発見されるまでの七〇日間、生存者は一六人になっていた。全員が救助されたのが二三日だった。

墜落して一〇日目には、食糧は尽きていた。二七名は、生きのびるために死者の肉を食うべきか否かについて話し合った。全員カトリックの信者だった。「神はわれわれが生きることをお望みになり、友の死体という形でその手段を与えたもうた。もしぼくの死体がきみを生かす役に立つとしたら、ぼくは喜んでそれを利用してもらうよ。もしぼくが死んで、きみが死体を食わなかったら、どこにいようとそこから戻ってきて、きみの尻を思いっきり蹴とばしてやる」全員が嫌悪の念を抱きながら、この意見に賛成した。だが、食べる決心をすることと、実際に食べることとは完全に別物だった。

「……われわれは勇気と信念をもってそのことに立ち向かわなければなりませんでした。信念といったのは、ぼくは死体がそこにあるのは神がそこに置いたからであり、大切なのは魂だけだから、良心の呵責に悩む必要はないという決心に達したからです。もしもやがてぼくが自分の肉体でだれかを救わねばならないときがきたら、ぼくは喜んでそうするつもりです」と、許嫁者に手紙を書いた人もいた。

最年長の二人（夫妻）が最後までためらい、眼に見えてやせ細り、体力も落ちて来た。「これは聖体拝領だと考えてくれ、われわれが食べているのはキリストの肉と血だと考えるんだ、なぜなら神がわれわれに生きることを望んで、それを食糧としてわれわれに与えたんだから」と、二人を説得した。やがて、二人も、神の贈物を、食べた。かれらは手を触れられるほど神の近くにいたのだ。

カトリックでは、聖体拝領とカニバリスムを区別している。死に臨んでの人肉食は許されるというのがカトリック教会の教えであった。生還後、若い神父はかれらを許すというより、むしろかれらの行ったことは間違いではなかったと告げることが出来た。教会の権威に裏付けられたこの判断は、その点に関して不安を感じていた者たちを安心させた。ある父親は息子が人肉を食べたことに初めは不快感を感じたが、食糧のことなど考えもしなかった自分の迂闊さに驚いた。

リードはこの本のエピグラムに「人その友のために己の生命を棄つる、之より大なる愛はなし」（ヨハネ一五－一三）という聖句を書き付けている。（ピアズ・ポール・リード『生存者』一九七三　永井淳訳、平凡社　一九七四）

この言葉は、『女の一生　二部・サチ子の場合』で、長崎にいたコルベ神父が、サチ子に送った言葉だった。

コルベ神父はいまアウシュヴィッツ収容所に囚われている。（同様のことが『死海のほとり』ではゲルゼン収容所におけるマデイ神父の話として語られている。後述。）そこは生き残るためには他人のことなど構っていられない場所だった。思いやり、同情などは禁物だった。同情すれば殴られた。神など糞くらえだ、とヘンリックは思った。愛など、平和な時代に人間が使った言葉だった。しかし、コルベ神父は言った。

「「ここに愛がないのなら、我々が愛をつくらねば……」」

（『女の一生　二部・サチ子の場合』新潮文庫、一五二、二〇〇頁）

ヘンリックは「馬鹿馬鹿しい、もうたくさんだ」と言うばかりであった。

「「おれは天国は信じんが、地獄のほうは信じるぜ。この収容所が地獄だ」（略）

「昨日、一人の囚人がもう一人の体の弱った囚人に自分のパンを半分わけしているのを見た。愛はなくなっていない。人間はどんな時にでも、自由が残されていると思って、

自分が恥ずかしくなった。……どんなひどい状況のなかでも、人間は愛の行為をやれるんだね。私はそう思ったよ」（略）

「あんたが人間を信じるのは勝手だ。だが俺はここでは他人は信じない」」

（同、一六二頁）

収容所から脱走者が出ると、囚人一〇人が殺される。ヘンリックの隣の男が当たった。ヘンリックは救われた、と思った。そのとき、コルベ神父が、「私をその泣いている人と代わらせて下さい」と申し出た。それは、イエスの祖型の反復である。「人その友のために己の命を棄つる。之より大なる愛はなし」という聖句の実践である。

収容所副所長マルティンは、コルベ神父と歩きながら、「私は……地獄に……行くだろうか」と話しかける。

「「あなたは……御自分のなさっている事が、心にお辛いのですか」

「もしそうなら、こんな質問はしないだろうよ。逆に私はこんなにたくさん殺しながら、何も感じないのだ。から元気で言っているのじゃない。本当に不気味なほどに心は平静なのだ。」」（『女の一生　二部・サチ子の場合』二四四頁）

あるいは、マルティンは殺さなければ自分の立場があやしくなるのかも知れない。殺すことが自己保身になるのか。神なき人間マルティンには、コルベの行為も、虚栄心や自己満足のためとしか思えない。マキシミリアン・コルベは飢餓室に送られ、一三日目、生き残っていた四人とともに、石炭酸を注射され、死んで行った。その時でも、何も変わっていない。空は碧かった。全ては静かで、美しい夏の午前であった。神は沈黙していた。

その夕暮れ、地平線は薔薇色にそまった。「ああ、なんてこの世界は美しいんだ」と一人の囚人がつぶやいた。この話はフランクルの『夜と霧』に出てくる。ここでは、午前の空の碧さは神の沈黙＝ニヒリズムの象徴として描かれているが、夕暮れの薔薇色はそれとは意味合いが違っている。あたかも神の示現のような趣で描かれている。フランクルは、友のために死んでいった神父の行為を、極限状況の中でも、人間の自由は奪えぬのだと書いている。神父は身をもって神はいるのだという証明をしたのである。イエスのイメージがなかったら、こんなことは出来なかっただろう。祖型の反復である。（「アウシュヴィッツ収容所を見て」一九七七『お茶を飲みながら』集英社文庫、二五九頁）

昨日までこの世界は愛もなく悦びもなかった。ただ恐怖と悲惨と拷問と死しかない世界だった。それが今日、この世界はなんて美しいのだろう。彼等はその世界を変えてくれたものがわかっていた。愛のない世界に、愛を作った者を……。ヘンリックの記憶の底に、あのこわれた丸い眼鏡をかけたコルベ神父の顔がたびたび浮かびあがった。

「（あんたは強いさ。だが俺は弱い、弱い男だ。放っておいてくれ）」とヘンリックは神父の顔に向かって叫んだ。「（俺はどんなことがあってもここでは死なん）」、彼は毎日自分にそう言いきかせた。そんな頃、彼と寝台を共にしていた男が目だって衰えてきた。作業中、よろめき倒れるようになってきた。聞き覚えのある、コルベの声が聞こえてきた。

「(あの男に、君のパンをやってくれないか)」という、ひくい囁くような声がした。「(俺はいやだ)」とヘンリックは首をふった。「(あの男は死ぬかもしれぬ。だから死ぬ前にあの男がせめて愛を知って死んでほしいのだ)」。哀願するような神父の声に、ヘンリックはパンを、神の贈物を、その男にやった。「ああ、信じられない」と男は、泪をいっぱいためて言った。ヘンリックができた愛の行為はこれだけだった。それでも彼は愛を行った」(『女の一生　二部・サチ子の場合』二六八頁)

即ち、「人その友のために己の生命を棄てる、之より大なる愛はなし」(ヨハネ一五―一三)ということである。こうした愛の行為はまた、例えばタイタニック号の遭難の時、救命ボートの席を譲る神父の姿や、洞爺丸の遭難の時、救命胴衣を人に譲った二人の神父の姿にも見られるものである。大乗仏教の極致を表わした「捨身飼虎」の図(法隆寺の玉虫厨子の台座にある)は、よそ目には飢えた虎が自己保存のためにマカサッタ王子をくい殺したとしか見えないかもしれないが、実は王子が虎に自分の身体を与え虎を生かした、というジャータカ(本生譚)の一つなのである。食う者と食われる者の共同性を表している。虎は自分が何をしたのか分からないだろうが、いつかそのことに気づくだろうか。虎は王子を殺しながら、心は平静で、苦しまず、無感動、無頓着でいるかもしれない。

良寛さんの伝える「月の兎」の話も同じように、旅人に自分の体を牲(にえ)として与えた兎の話

である（井本農一他校註『良寛歌集』角川文庫、一九五九、二七六頁）
南川にじっといつも見られているような呵責に苦しみ通した塚田は、エチエニケの話を聞き、そのストーリーを理解し、心は、ようやく、かすかな安らぎを得た。塚田はそれまで自身を苛んでいたニヒリズム、神のない孤独な精神から少し脱却できたのである。自分が単なる飢えたエゴイスト、自己保存の餓鬼ではなく、南川の愛を貰ったのだと了解し、エチエニケの手を握り返した。塚田の心が癒されたのかどうかは分らないが、死顔は安らかだった。

『深い河』では、「最後の晩餐」に登場しているエチエニケという男の話を塚田に聞かせるのは、ガストンである。ガストンはまず『おバカさん』（一九五九、角川文庫）に登場していた。

ガストン・ボナパルトというのが、彼の名前である。ナポレオンの子孫だという。彼は「布教神学校に三度も落第した頭のわるい」男で、でも「やはり日本に行きたい」と思い、八年前に文通していた日垣隆盛・巴絵兄妹の元に手紙を書く。四月のある日、横浜港に一人で現れたガストンは、馬のような顔をした、知性のひらめきなど一片も感じられない姿だった。隆盛の家に落ち着いて一週間、ガストンは一匹の野良犬を連れて帰ってきた。「今日からこのイヌさん、みなさんのお友だち。わたしと同じお友だち」。ガストンは、後で述べるが、同伴者である。イヌさんは、同伴者の同伴者である。ナポレオンと名付けられた。（しかし、いくらフランスから来たからといって、ボナパルトやナポレオンはないと思う。ナポレオン・ボナパルトこそは、ガストンから最も遠いサディストではないか。こいつは一体、何十万人、殺したのか？　否、もう一桁上か？）

　街でガストンがチンピラに絡まれている。「オウ……ノンノン、なぜ、わたし……いじめます？　みんな、友だち……」と言って、彼はボロボロ泣いていた。隆盛は逸早く逃げ出していた。「（おれはなぜ、彼を捨てて逃げたんだろう）」。隆盛はガストンに対して、悔いとも寂しさともつかぬものを感じていた。巴絵は「（こんな大きな体をしているのに、なぐられっぱなしなんて……）」と思いながら、しかし、あわれみにも似た気持をはじめて抱いた。（この所にみられる同伴者、裏切り、憐憫のテーマについては、既に触れた。しかし、このテーマはこの後も出てくるだろう。）

　ガストンが家を出る、と言う。兄妹や日本がいやになったからではなく、もっと多くの日本人を知りたいから、だ。日本に来た目的は、はっきり言わないが、彼はただの観光客ではない。彼はイヌさん（ナポレオン）を連れ、一人で旅にでた。

「どんな人間も疑うまい。信じよう。だまされても信じよう――これが日本で彼がやりとげようと思う仕事の一つだった。疑惑があまりに多すぎるこの世界、互いに相手の腹のそこをさぐりあい、決して相手の善意を認めようとも信じようともしない文明とか知識とかいうものを、ガストンは遠い海のむこうに捨てて来たのである。今の世の中に一番大切なことは、人間を信じる仕事……愚かなガストンが自分に課した修行の第一歩がこれだった」（『おバカさん』一九五九、角川文庫、一〇九頁）

これが、ガストンが一人で日本に来た理由である。生き馬の眼を抜く現代社会のなかで、騙されても人を信じる、信じ抜くということは、口で言うほど簡単なことではない。ガストンは、人を信じないこと、を海の向こうに捨て去り、今日本で新しい人生を始めたのである。あんな人間がまだ存在することを思っただけで、おれはなんだか近ごろ気が晴れてきたよと、隆盛は友人に自慢していたほどだ。

ガストンは街で川井蜩亭という占師と出会い、いんちき占を始めることになる。ついてはナワバリを牛耳る星野組に挨拶しておかねばならない。星野組には「遠藤」（以下「　」を略す）という殺し屋がいる。遠藤はガストンを車に乗せて行こうとした。ナポレオンを置き去りにして。その時、生まれて初めて、ガストンの胸の底から怒りがこみあげてきた。「わたし、おりる……」と言って、遠藤の肩を押さえ付けた。コルト（拳銃）が転がり落ちた。同時に、遠藤は発作に襲われ、口をおおったハンカチに、血がついていた。（この人、ビョウキ）とガストンは思った。ナポレオンは、たまたま通りかかった隆盛に見つけられる。

遠藤には復讐しないではいられない事情があった。彼は人間を信じない。信じなくさせられたという。彼の兄は島の原住民を殺害したという罪で、戦犯となり死刑になった。兄は遠藤に無実を訴えてきた。理由は書かれていなかった。「ぼくはもうつまらぬ弁解や釈明はよそうと思う。ちかごろ聖書をさし入れて貰って、それを読んでいる。このウソと偽りにみちた世界にはもう生きたいとは思わない。だが……君だけはぼくの無実を信じてくれ」そう言って、兄は処刑されていった。遠藤は、その後、本当に処刑されねばならない連中がまだ生きていることを知る。兄の上官だった三人は兄に全ての罪をなすりつけ、今も口をぬぐって生きてやがる、と。ガストンは、遠藤の手の上に自分の手を置いて、その馬面に全ての感情（ダメ、あなたの病気の辛さのこと、わたしわかります。兄さんの殺されたこと、苦しいね。しかし、ダメ、ダメ。人間のこと憎む、恨む、それゆきづまりでないですか）、という感情をこめ、首をふった。

遠藤は金井という男をみつけだし、復讐に及ぶ。金井は「おれやないねん。あんたの兄貴に罪をなすりつけたのはあの小林少佐やで」と言って逃れようとする。遠藤はコルトの引き金を引いた。……だが空しい音を立てただけだった。ガストンが弾を抜いていたのである。遠藤は「今日までのおれの辛さも知らずによ」と言いながら、ガストンを殴り続けた。「出て行け、ガス」と遠藤は言うが、ガストンは「わたし、一緒に行きますね。遠藤さん、一人ぼっち。一人ぼっちだからトモダチ、いりますね」と言い、遠藤に殴り倒される。ガストンはまた隆盛の家に引き取られて行った。ナポレオンは保健所に捕まり、処分されていた。

ガストンは、遠藤がねらう小林のいる山形まで、列車で行く。見送る巴絵は、「（バカじゃない……バカじゃない。あの人はおバカさんなのだわ）」と思った。巴絵には、ガストンがどういう人間なのかが分ってきたのだ。遠藤周作はドストエフスキイの『白痴』のテーマを意識してこの小説を書き、この同伴者に「おバカさん」という名前・タイトルをつけたのである。

［素直に他人を愛し、素直にどんな人も信じ、だまされても、裏切られてもその信頼や愛情の灯をまもり続けて行く人間は、今の世の中ではバカにみえるかもしれぬ。／だが彼はバカではない。おバカさんなのだ。人生に自分のともした小さな光を、いつまでもたやすまいとするおバカさんなのだ］（同、一三四頁）

隆盛も銀行を休んで追いかける。ガストンを見捨てるってことは、なんだか自分の心にある一番よいものを見捨てることになる、と思ったから。巴絵も一緒に追いかける。隆盛は、「おれがガスさんを好きなのは、……彼が意志のつよい、頭のいい男だからじゃないんだよ。弱虫で臆病のくせに……彼は彼なりに頑張ろうとしているからさ。おれには立派な聖人や英雄よりも……はるかにガスさんに親近感を持つね」と巴絵と話す。

山形で遠藤は小林を探しだし、ガストンも遠藤をさがしだした。小林は銀塊を隠している沼に、遠藤を連れて行く。ガストンもついていく。「（わたしがやったこと……それはただ、人のあとをついていくだけ……）」。彼には、遠藤の心をひるがえさせたり、すさんだ気持をしずめてやることもできない。遠藤は、「（人間を憎むことだって生きる情熱になるものなんだ）」と考えている。憎悪も同伴者たり得る。

遠藤は小林に、沼の中の銀塊をとってくるように言う。小林は、心臓が弱いから出来ぬと言うと、ガストンが「小林さん、年寄り。わたしはいります」と言って入って行った。小林が遠藤に襲いかかる。はい上がって来たガストンに、小林のふりあげたシャベルが当たる。小林は血をみた猛獣のようにガストンに襲いかかった。遠藤はコルトを拾うと、小林につきつけた。「ノン、ノン、エンドさん。わたしのおねがい」といってガストンは殺人を阻もうとする。「(引け……引けばいいんだ)」と遠藤は指先に余力をかけた。「(……わたしのおねがい)」という声は、ずっと昔、空襲で焼け死んだ妹の声のような気もした。二つの言葉が頭の中で入り乱れ、遠藤は気を失って倒れてしまった。小林が、シャベルをふりあげて遠藤に襲いかかろうとした時、傷だらけのガストンの顔が沼から浮かび上がり、

「ダメ!」(『おバカさん』二九三頁)

と叫んだ。声は沼全体に広がるほど大きかった。そして友だちをかばうように、ふしぎなこの大男は、遠藤の体に両手をおいた。小林は、さきほどと違った恐怖にとらわれ、走り去った。あとは静かであった。

遠藤は、病院に担ぎ込まれた。しかし、ガストンはどこにも見当たらなかった。三日後、遠藤の話によると、一羽のシラサギが飛んでいくのを見た、というのである。ガストンはどこに消えてしまったのか。「青空のなか」と隆盛は言って、「いやなんでもない」とあわてて首をふった。「(ガストンは生きている。彼はまた青い遠い国から、この人間の悲しみを背負

うためにノコノコやってくるだろう）」、隆盛は、夜、多くの人間が悲しんだり苦しんだりして生きているのだと思いながら、考えた。

一読分るように、『おバカさん』は、（直接的にはネラン神父がモデルであるといわれるが）イエスがモデルである。遠藤周作は、現代のイエス、Holy Fool（神の道化師）を書こうとしたのである。ドストエフスキーが自分のイエス像＝美しい人間を「白痴」とよんだように、遠藤周作は「おバカさん」と呼ぶしかなかったのである。なぜなら、現代において、人を信じ、だまされても信じ通すということは、単に愚直であるだけでは出来ないことである。現実的に臆病で弱い人間であればあるほど、信じ通すということは相当の勁い信念がなければ出来ぬことである。それはガストンの宗教的当為というべきものであった。しかも、そうすることがガストンには自然なのである。

ガストンが出来ることは、ただそばにいることだけである。奇蹟を起せるわけではない。殺し屋遠藤に殴られても、やはりそばにいること、一人ぽっちの遠藤のそばにいること、これが彼の選んだ方法である。彼は無力で、人にばかにされたが、殴られても、殺されそうになっても、貫き通す意志だけは持ち続けた。その意味で、ガストンは、勁い人間である。ガストンはそのような修行をしようとして、日本に一人でやってきた、という。

否、「小林が、シャベルをふりあげて遠藤に襲いかかろうとした時、傷だらけのガストンの顔が沼から浮かび上がり、『ダメ！』と叫んだ」というのは、奇蹟ではないだろうか。

先に見たように、戦争中のことで悩む人間と、悩まない人間がいる。ここに登場する金井や小林は、人に罪をなすりつけても平気で生きていける人間である。［生きやすい］人間である。殺し屋遠藤は、兄の無念を晴らそうと復讐心に目覚める。それは人間の心理としてごく当たり前で単純な過程である。なされたことへの反対給付（お返し、ないし仕返し）である。そして腕っ節が強ければ、復讐は遂げられるであろう。だが、ガストンは、それは弱い心だというのである。ガストンは殺し屋遠藤のそばにいて、彼の苦しい心を伴に苦しもうとする同伴者である。それは、敢えて言えば、後期のイエスであろう。

倒れた遠藤に襲いかかって来た小林を制する、「ダメ！」という声は、ガストンのものであって、ガストンのものではない。そのガストンのものではない叫び声、敢えて言えば、前期のイエスの声に、小林は恐怖、ないしは畏怖を感じて立ち去る。それは恐らく、神の奇蹟の声だったからである。

神が、このように示現（じげん）してくれれば問題は無くなるだろう。理想を言えば、もっと早く、遠藤が殺し屋になる前に、いや、もっと早く、戦争で遠藤の兄や金井、小林が密謀を凝らす前に、いや、もっと早く、戦争が始まる前に現れれば良かった。（キリスト教に即して言えば）いや、もっともっと早く、中南米でスペイン人キリスト教徒が悪逆非道を繰り返す前、いやもっともっともっと前、イエスを荒野で試みた悪魔に「ダメ！」と言って教化して真っ当な人間にしてくれたら良かった、いやもう創世記の初めから、エデンの園に悪魔が侵入する前に顕れ、「ダメ！」といって制止してくれていればよかった。いや、そんなこと言ったって、悪魔の正体は強欲なのであり、自分でも悪魔だという自覚がないのだから、無理かなあ。《無理だよ。無理だから世界はこんなんになってるんだ。》

ガストンはその後行方が知れなくなってしまった。しかし、隆盛はいつかまたノコノコとやってくるだろうと信じている。

事実、ガストンはまたやってきた。あるいは名前をかえ、あるいは同じ名前で。

『わたしが・棄てた・女』（一九六三、講談社文庫）では、森田ミツという名前であった。森田ミツは、誰かが惨めで辛がっているのを見ると、すぐ同情してしまう癖があるという女だった。苦しむ人に合わせるのに何の努力も必要なかった。ごく自然に、その人のために何かをしてしまうのだった。千円のお金に困っている人に、自分が働いて得たお金、今度のデートに着て行くカーディガンを買うはずだったお金を、「(そのお金をあの親子にやってくれないか)」と言う、

「人間の人生を悲しそうにじっと眺めているくたびれた顔」（八八頁）が囁く声を聞き、（あたしは毎晩、働いたんだもん）と言いながら、やはりあげてしまう女である。（アウシュヴィッツ収容所で死に行く友に、コルベ神父の声を聞き、パンを一切れ上げたヘンリックを思い出そう。）

ミツはクリスチャンではない。「あたし、神さまなど、あると、思わない。そんなもんあるものですか。……あたしさ、神さまがなぜ壮ちゃんみたいな小さい子供まで苦しませるのか、わかんないもん。子供たちをいじめるのものを、信じたくないわよ」と言っていた。イヴァン・カラマーゾフとともに、全く同感であると言いたい（後述）。

『遠藤周作文庫　楽天大将』（一九六九、講談社）では、楽天王子というあだ名で出てくる。金山剛は誘拐した子供の通う幼稚園の保母朝吹志乃を人質として、伴に逃避行を続けている。志乃は、金山に高校生の頃空想していた一人の人物について話す。

「その人は……みんなに好かれて、みんなが好きで、みんなを信じて、みんなから信じられて、いつも楽しそうに笑って……みんなに幸せを与えようとして……あたし、そんな人にいつか会えないかなアと、いつも思っていたのよ。名前もつけてあげたの。楽天王子って」（二六九頁）

金山はせせら笑っていたが、いつか志乃の話を聞くようになる。

「その人が道を歩くと、畠で働いているみんなはニコニコとして、今日はと言うんだわ。すると彼もそれを見ただけで楽しくなるような笑いを浮かべて、おせいが出ますねと答えます。空は晴れて、山は美しく、どこかの農家で鶏がのんびりと鳴いているのよ。誰かが病気になったり、困った時があっても、彼のところに相談にいくの。失恋した青年や、恋人に捨てられて泣いている娘にも彼はまるでそれが自分の哀しみのように親身になって話をきくんです。そうするとふしぎなことに、青年の表情から悩みも、ぬぐわれたように消え、泣いていた娘も朝の草花のように微笑みます」」(同、三一八頁)

志乃はこのユートピア物語を一四歳の時考えていたという。金山は一四歳の時、悔しい惨めな思い出しかなかった。「あんたは、幸せすぎるよ。いい家に生れ、誰からも苛められず、誰からも蹴られたり踏みつけにされず……」。金山は初めて真面目に自分のことを話そうとしていた。

金山は、「あんたの言葉は俺の心に食い入ってこない」、と拒むが、志乃は、楽天王子のいうとおり、(同伴者として) 一人ぽっちの金山について行こうとした。金山は、「俺を見捨てないとか、俺の心を直したいとか、いい加減なこと言いやがって。もし本気なら、その証拠をみせてみろ」と言う。志乃はそれは次元が違うと思うが、金山はたたみかけて言う。「自分は傷つかないで、人間を救おうなんて、飛んでもない話だぜ。帰れよ。でなきゃア、俺に抱かれるか」と言う。志乃はだまってうしろをふりむき、出ていった。「(あたし、やっぱり、甘かったんだわ)」、志乃はどうしようもない愛の限界を知った。しかし金山も、志乃が出ていった後、寝転がって天井を見上げながら、心の奥まで、寒い、と思っていた。今まで感じたことのないような自嘲と悔いと屈辱感を嚙みしめていた。

志乃が戻ってきた。「俺に抱かれるつもりか」と聞く金山に、志乃は「それで、あなたがあたしを信じてくださるのなら……」と答える。「近よらないでくれよ。酒を飲んでるんだぞ。

女に長いことふれてないんだぞ。何をするかわからないんだ」と言う金山に、「でも、あなたは、それじゃア、人間を信じないんでしょ」と応じる。「それとこれとは話が別だ」と、金山はいう。さっきとは二人の言い分が逆になっている。「あんたは……自分を大事にしなくちゃいけねえよ。修道女がこんなところに来て、男と泊まるなんて」。「それで……あなたの心がやさしくなってくれるなら、神さまだってわかってくださるはずだわ」。「一体、何者なんだよ。あんたという娘は、だれにそんな滅相もないことをその頭に吹きこまれたんだ」。「楽天王子よ」（三八五頁）。

金山は遂に志乃に指一本ふれなかった。帰れといっていたのは、志乃だけは大事にしたいという気持からだった。それは金山の純粋さであった。確かに、それとこれとは次元が違うし、話が違う。一方はアガペーの愛であり、もう一方はエロスの愛である。志乃は金山を女として愛したのではなかった。同伴者の愛とは、アガペーの愛である。二人の会話は、ある雰囲気を醸し出し、互いの理解を分かち合っている。金山は『罪と罰』を読んだこともあったのである。罪と罰の彼方にあるもののことを考えたこともあったのだ。

さてこの楽天王子がイエスのヴァリエーションであることは明白である。志乃が描いたイメージには、世の中こんなもんとは思わない、はるかなユートピアの夢があるのだが、それを幼稚ということも出来よう。だが、それは純粋ということでもあった。イノセンスということである。

あとで、志乃は修道女になることをやめたいと申し出るが、シスター・ロジェに「純潔よりもっと大事なものがあります、それは愛です。もし基督がそこにいらっしゃいましたら、あなたに、同じことをすすめられたかもしれません」と言われる。仮に純潔が失われても、愛の純粋は保たれている、ということである。このことは、『女の一生　一部・キクの場合』（一九八二）のキクが清吉のために体を売って尽くし、死に至る時、聖母マリアが、「あなたは汚れていません」と涙をながす奇蹟のシーンにつながって行くだろう。とは言え、微妙な問題ではある。神はそこまで要求するのだろうか。それならはじめっから出てきてくれればいいのに。しかしながら、ここには人間の自由と神の問題が横たわっている。

さらに、『悲しみの歌』（一九七七）では、あのどこかに消えたはずのガストン・ボナパルトが登場する。同時に、勝呂二郎という医師も登場する。勝呂は『海と毒薬』（一九五七）に出て来たあの医師である。話の順序として、先に『海と毒薬』についてふれる。

冒頭部分に、ある銭湯での世間話が出てくる。まだ戦争に勝っている時期のことであろうが「中支」に行った時は、女でもやりたい放題で、捕虜は刺突訓練に使った。「シナ」に行った連中は大てい一人や二人は殺ってる、と戦争の状況を話す人間が居る。あくまで世間話であり、武勇伝である。オレは人殺しだ、などと深刻になってその手を見るなぞということはない。そこに神なぞいない。敗戦後、通常の生活に戻ると、それは誰にも、家族にも秘密のことになるし、誰にも言いたくないし、訊かれたくないことである。世間の罰が恐いから。B・C級戦犯になって逮捕されるかもしれない。戦争のせい、時代のせいにしてしまう。してしまえる。（神なき）日本人の倫理はその程度のものなのであった。

戦争末期、みんな死んで行く時代だった。九州のF大医学部付属病院では、医学部長の座を狙って、点数稼ぎのために、橋本教授が田部夫人の手術を行うことになった。勝呂が担当していたおばはんについても、どうせ死ぬのでしたら、手術をやってみたいと思います、と浅井助手は橋本に進言した。空襲で死ぬより、医学の生柱になったほうがいい、と戸田も嘯いていた。

「海は今日、ひどく黒ずんでいた。黄いろい埃がまたF市の街からまいのぼり、古綿色の雲や太陽をうす汚くよごしている。戦争が勝とうが負けようが勝呂にはもう、どうでも良いような気がした。それを思うには躰も心もひどくけだるかったのである」

（『海と毒薬』一九五七、新潮文庫、四九頁）

この重苦しい陰鬱なトーンがこの作品全体を統御している。夫人の手術は失敗したが、術後の経過が悪く、翌日死んだことにされた。おばはんも、手術が延期されている間に、死んで行った。

柴田助教授がこの話を持ち込んできた。勝呂と戸田にも加わらないかという。「君の自由なんだよ。本当に」と一人の医官がいう。「奴等、無差別爆撃をした連中ですよ。西部軍では銃殺と決めていたんだから、何処で殺されようが同じことですな。エーテルはかけてもらえるんだから眠っている間に死ぬようなものですよ」とその医官はいう。

五人の医師が米兵捕虜三人の生体解剖を行った。それぞれ、一・血液に生理的食塩水を注入し、その死亡までの極限可能量を調査、二・血管に空気を注入し、その死亡までの空気量を調査、三・肺を切除し、その死亡までの気管支断端の限界を調査、という実験を行ったのである。その時、戸田と勝呂は助手をつとめた。

「どうでもいい。俺が解剖を引きうけたのはあの青白い炭火のためかもしれない。戸田の煙草のためかもしれない。あれでもそれでも、どうでもいいことだ。考えぬこと。眠ること。考えても仕方のないこと。俺一人ではどうにもならぬ世の中なのだ。／眠っては眼があき、眼があくとまたうとうと勝呂は眠った。夢の中で彼は黒い海に破片のように押し流される自分の姿を見た」（『海と毒薬』七五頁）

あるいは太陽が眩しかったからかもしれないし、海がひどく黒ずんでいたからかもしれない。

明日、実験が行われるという日の夜、断ろうと思えばまだ断れるという段階で、戸田が勝呂に呟くようにいう。

「『神というものはあるのかなあ。なんや、まあヘンな話やけど、こう、人間は自分を押しながすものから、運命というんやろうが、どうしても脱れられんやろ。そういうものから自由にしてくれるものを神とよぶならばや」
「さあ、俺にはわからん」と勝呂は答えた。
「俺にはもう神があっても、なくてもどうでもいいんや」」(『海と毒薬』七五頁)

この「神」はキリスト教の神である。どこから忍びこんで来たのだろう。戸田が神というものについて考えたということは、すでに宗教の次元に入っているということだ。ただしそれは、神の奇跡を願う性質のものである。運命を与えるものが神ということもあり得るが、戸田はここでは神を、運命から救ってくれる現実的な効果のあるものとして考えている。運がよけりゃ……。

遠藤は山本健吉との対談の中で次のように述べている。

「私が今、考えたいのはこうした日本人の汎神論的自然や美的感覚が現代の複雑な悪に抗することができるかということだ。現代の倫理として耐えうるかという問題だ。なぜなら日本人のこうした神はよく考えてみると、人間の自然的な死には救いを与えるかもしれないが、もっと行動的な世界――つまり倫理や道徳が要求される場所にたいしては実に弱い力しか持っていないのである」(「現代を救うもの――日本人の信仰について」一九五八「読売新聞」六月一〇日)

汎神論的な神は状況に対して弱い力しか持たず、倫理に違背しても、時代の運命に流されがちである。先に『どっこいショ』に出てきた鈴木は、「あの時代の道徳が、そう我々に要請したんだから、それに従い、それに生きるのが俺たち国民の生き方だったんだ」と言って、同調圧力のせいにして居直る。「あの時代の道徳」とは、つまり皇国史観にもとづく天皇制道徳であり、（日本の）偏在的な「神」がこの道徳・運命を国民にもたらしたのだった。

しかし、戸田は、神とは自分を押しながす運命から自由にしてくれるものである、と言う。彼は即ち徴を求めている。普遍的な倫理として耐えうる、悪に抗する力のあるものを思っている。

人間が何かをする時、「そんなことをしてはいけないのじゃないかな」という良心の声として、自動的、あるいは神働的にブレーキがかかるような仕組みを願っている。それはちょうど『わたしが・棄てた・女』で、ミツの内心の声として聞こえてきた「そのお金をあの親子にやってくれないか」という声と同じく、善を促す愛の力として啓示されることを望んでいる。あるいは先ほどの『おバカさん』の「ダメ！」というガストンの一言のような。これは、岸田國士の言う「善魔」ということではないだろうか（前述）。悪の持つパワーと太刀打ちできる積極的な善。悪や過ちを犯させない、普遍的な倫理として耐えうる神を戸田は願っている。つまり、沈黙しない、神の働きとその言葉＝プネウマ。その場合、それがいけないことであるかどうかの判断は、神によって提出され、人間の自由においてなされる。神とは、他（他動的、外発的、他律的）にして同時に自（自動的、内発的、自律的）のはずのものである。これを神働的とよべば、そうしたことで、人間の安心と社会の秩序が維持できていくような

(『楽天大将』の朝吹志乃も考えるような)世界を戸田は考えているようである《これって、スピリチュアル?》。遠藤は戸田の口をかりてこのように言ったのである。

次に戸田の手記から、自画像を見てみる。戸田は神戸の小学校に通っている頃から、優等生で、一人、教師から「戸田君」と呼ばれ、優越感を感じていた。父親は内科の医師だった。五年生の時、一人の転校生がやってきて、教師は彼を「若林君」と呼んだ。戸田の自尊心は傷つけられ、彼に敵愾心も芽生えて来た。ある作文を書いた時、教師は戸田を、「ネギ畑を歩きながら標本箱をやるのが惜しゅうなった気持をありのままに書いているやろ。戸田クンは本当の気持を正直に書いている。良心的だナ」といって、みんなの前で褒めた。しかし、あの転校生だけは、戸田の顔を探るように見ていた。うすい笑いが唇に浮かんだ。「(みんなは瞞されてもネ、僕は知っているよ)」とその眼はいっていた。それは同じ秘密、同じ悪の根をもった二人の少年が互いのなかに自分の姿を探りあったのだ。この時戸田が感じたのは、良心の呵責ではなく、自分の秘密を握られたという屈辱感だった。若林君は再び転校して行った。もう彼のことを気にする必要はない。戸田は再び善い子になりすまし、教師から褒められた。彼はまた蝶を盗み、その罰を他人が受けているのを、平気で見ていた。

戸田は自分が善人だなどと思いはしなかった。他の人間も一皮むけば自分と同じだと考えていた。彼のやったことは偶然かもしれないが、罰を受けることはなかった。人に知られなければいい、と彼は考えていた。例をあげればきりがない。従姉と姦通したときのこともそうである。

戸田は他人の苦痛やその死にたいしても平気なのだ。そして、彼は、それが不気味だという。他人の眼や社会の罰だけにしか恐れを感ぜず、それが除かれれば恐れも消える自分が不気味に思えると言う。あなたもそうか、と戸田は聞く。

[(これをやった後、俺は心の呵責に悩まされるやろか。自分の犯した殺人に震えおののくやろか。生きた人間を生きたまま殺す。こんな大それた行為を果したあと、俺は生涯苦しむやろか。この人たち(柴田と浅井)も結局、俺と同じやな。やがて罰される日が来ても、彼等の恐怖は世間や社会の罰に対してだけだ。自分の良心にたいしてではないのだ)」(『海と毒薬』一二三頁)

勝呂は生体解剖を行っている現場で、「俺あだめだ。この部屋から出して下さい」と泣きそうな声で言って、部屋の隅にうずくまる。「ぼくがやります」と戸田が麻酔マスクを用意した。「俺あやっぱり断るべきじゃった」という勝呂に、「ここまで来た以上、もうお前は半分は通りすぎたんやで」と戸田は言った。

解剖の様子を八ミリ撮影機で撮影している。「(これが人間を殺している俺の姿や。だが後になってその映画を見せられたとき、別に大した感動が起きるやろか)」と戸田は考えた。

戸田はあくまで覚めている。もっと生々しい恐怖、心の痛み、烈しい自責を彼は待っていたのだったが、床を流れる水の音、電気メスの音など、単調な音だった。言いようのない幻滅とけだるさが彼を取り巻いていた。自分を見る自身の目にさえけだるさを覚えるほどに、戸田の良心は麻痺している、というより、ない。手術台の捕虜が咳き込んだとき、浅井が「コカインを使いましょうか」と言うと、橋本は、「使わんでいい。こいつは患者じゃない」と怒鳴った。（一四〇頁）

勝呂は、部屋の隅で何もしなかった。おばはんを治療することが彼の医師としての存在理由だったのに、おばはんが死ぬときも、そこにいて何もしなかった。（お前は自分の人生をメチャメチャにしてしまった）と彼は呟いた。それは自分に対して向けられているのか、誰にたいして言ってよいのか、分らなかった。

一方、解剖が終って、戸田は捕虜の肝臓を持って将校たちの所に行った（彼等はそれを試食するのらしい）。戸田は相変わらず、一つの命を奪ったというのに恐怖も感じない自分の心の無感動に苦しんでいた。戸田は呵責が欲しかった。胸の烈しい痛み、心を引き裂くような後悔の念が欲しかった。戸田は生体解剖実験に参加することで、自分の心に呵責が起るかどうか、実験していたのだ。（俺には良心がないのだろうか。俺だけでなく、ほかの連中もみな、このように自分の犯した行為に無感動なのだろうか）と戸田は心の中で思っていた。ニヒリストは自分のニヒリズムに苦しむのだろうか？

勝呂はそこだけ白く光っている海をじっと見詰めていた。

「（勝呂）「俺たちどうなるやろ」

（戸田）「どうもなりはせん。同じこっちゃ。何も変わらん」

（勝呂「でも今日のこと、お前、苦しゅうはないのか」

（戸田）「苦しい？　なんで苦しいんや。なにも苦しむようなことやないやないか」　苦いものが咽喉もとにこみあげてくるのを感じながら、言った。「あの捕虜を殺したことか。だが、あの捕虜のおかげで、何千人の結核患者の治療法が分るとすれば、あれは殺したんやないぜ。生かしたんや。人間の良心なんて、考えよう一つでどうにも変わるもんやわ」

（勝呂）「でも俺たち、いつか罰を受けるやろ」

（戸田）「罰って世間の罰か。世間の罰だけじゃ、なにも変わらんぜ。俺もお前もこんな時代のこんな医学部にいたから捕虜を解剖しただけや。俺たちを罰する連中かて同じ立場におかれたら、どうなったかわからんぜ。世間の罰など、まずまず、そんなもんや」

（『海と毒薬』一六二〜一六三頁）


そう言った戸田は言い様のない疲労感を覚えていた。勝呂などに説明してもどうにもなるものではないという苦い諦めが胸に、覆いかぶさってきた。

戸田はニヒリストである。良心の呵責を感じないと感じている。そのことを不気味に思っている、否、いない。苦しまないということを苦しんでいる、否、いない。これはとても不思議な感覚ではないだろうか。一般にこういうことをすれば、倫理的に苦しむはずだと知っていて、しかし少しも苦しまない自分を訝っている。こんなことをして罪の意識を感じないのはおかしい。世間の罰ではない倫理の根拠として神がいるのなら、神に出てきてもらって、呵責を感じさせてほしいと思っている。それは、ニヒリストの神の渇望である。単なる罰ではなく、心の中に罪を感じさせてほしい。

むしろ、「コカインを使いましょうか」という言葉に、「使わんでいい。こいつは患者じゃない」と怒鳴った橋本を主人公にすえ、その心理を追ってみれば、良心の呵責を感じない(ことを感じていない)人間の素顔が描けるのかもしれない。橋本は、ニヒリストでさえない。

戸田の「俺もお前もこんな時代のこんな医学部にいたから捕虜を解剖しただけや」という言い方は後の『沈黙』の心弱い転向者の、「一昔前に生まれあわせていたならば、善かあ切支丹としてハライソに参ったかも知れん」という言葉に通じている。また、鈴木の、この時代の道徳に従っただけだ、という居直りにも通じる。そして、『沈黙』の時代の拷問者にも通じる。

一方勝呂は、呵責を感じている。だがそれは、自分の良心に対してではなく、世間的、法的なものである。それは神のいない、あるいはいてもいなくてもいいという、黄色い人の汎神論的文化のなかでの、神々概念である。二人に共通しているのは、神なき人間の悲惨である。そもそも二人には被造物感というものがないのである。しかし、神が見ていなくても、自分が見ている。だが、その自分の倫理が、何と言うか、ゆるい。

勝呂二郎は、懲役二年の判決を受けた。その後、東京に移り、西松原住宅地に医院を開いている。腕は悪くないが、無口で変わった医者で、奥さんにも逃げられたという近所の評判である。冒頭のように、「私」は銭湯で、近所のガソリンスタンドの主人から、その医者の噂を聞いた。その主人も中支に出征したことがある。「女でもやりたい放題だったからなあ。抵抗する奴がいれば樹にくくりつけて突撃の練習さ」と戦争体験を、誇らしげに話している。さらには「あの洋服屋も、南京で大分、あばれたらしいぜ」と、あっけらかんと語っている。ここにも神なき人間の悲惨を悲惨とも思わない凡庸なサディスト＝ニヒリストがいる。

「私」は、やがて勝呂の前歴を知ることになる。何の変哲もない日常に、かって事件を起した人間が、生きている。あるいは苦しむこともなく、あるいは罪の意識に押しつぶされそうになって。医師の過去を知ってしまった「私」は、気胸の針をさされるときにも、何か不安なものを感じてしまう。針を抜かれたとき、真実、助かったという気がした。その時、勝呂は呟くように言った。

「仕方がないからねえ。あの時だってどうにも仕方がなかったのだが、これからだって自信がない。これからも同じようにな境遇におかれたら、僕はやはり、アレをやってしまうかもしれない……アレをねえ」（『海と毒薬』二六頁）

勝呂は、この引っ越してきた先でも、世間から自分がどう見られているかを知っている。勝呂は、ずっと苦しんでいるようである。彼には苦しみのみがあって救いはないようである。

彼を救いうるのは、世間的なレベルのものではない。彼を救い、その罪を許すことが出来るのは、神だけであろう、そういうものがあるとすれば。しかるに彼は神というものが分らない。仕方なく、運命（や時代）に押し流されて行くのが人間だと、諦めている男の哀しさ、神のいない、あるいは神の沈黙の下にいる人間の悲惨がある。彼の魂を癒すことができるのは、精神科医ではなく、宗教のレベルのことになるのであろう。神が許してくれる？

（因みに、遠藤は『海と毒薬』を書いたことを、九州大学で行われた生体解剖事件の告発と解されて、当惑したという。つまり、それとは問題（テーマ）がちがう、と遠藤は思っていた。）

次に勝呂が姿を表すのは、『悲しみの歌』（一九七七、新潮文庫）である。同じ名前が出てくるのは、ここでもテーマが持続しているからである。

日日タイムズの折戸は、かっての戦犯が今どう生きているかを取材している。「日本の戦犯たちはあまりにたやすく許されたと思う。巣鴨に入っていた政治家が総理大臣になったり、収容所の鬼といわれた男がおおきなキャバレーを経営し、キャデラックを乗りまわしている。日本人は寛大すぎる」、とある小説家と話していた。そして「むかし大学病院で米兵捕虜の生体解剖をやった医者が医院をやっている。名前は勝呂というんです」という情報をつかむ。

勝呂は瀬戸内海に面した小さな地方都市の病院に勤めていたが、「わたしたちは民主主義の名において、あなたが当病院に勤務することに抗議します」、と組合員に言われ、世間からの罰は相当に受けて来た。一年勤めた後、新宿の場末で小さな医院を開いていた。患者は堕胎を求めてやってきた。「（お前はまたやるのかね）」と、頭の中で誰かの声がした。そこへ折戸がやってきて取材を申し入れた。戦争中で、命令は絶対だったからという答が返ってくると思っていたら、「断る気持がなかったんだねえ、結局、ぼくに。おそらく疲れていたんだろう」という答が返ってきた。

折戸は憤慨している。「こういう戦中派が社会の中枢にウヨウヨいるから、今の日本の民主主義はますます逆行していくんだ」 折戸は社会正義を代表して、社会の悪を切ろうとしている。巣鴨から出て総理大臣になったような人物や、『どっこいショ』の鈴木中尉のような人物に対しては、そういう役割の人も確かに必要だ。総理も中尉も、何とも思ってないみたいだが。

しかし、勝呂は、それとはタイプが異なる。彼は個人的なレベルではずいぶん苦しんできた男だ。それは折戸の論理とは別次元のことだった。勝呂は自分のした事が許されるとは思っていない。『海と毒薬』によれば、あの事件に関して勝呂は、呵責を感じている。世間的法的な責任も、自分の良心に対しても感じている。それは神のいない、あるいはいてもいなくてもどうでもいいという汎神論的文化をはみ出すような倫理観である。

勝呂は、自分が許されるとは思っていないし、誰なら許すことが出来るのかも分らない。

恐らく神なら許すことが出来るかもしれないとは思う。が、彼には、神など信じられない。彼はいつまでもその許されなさを抱いて生きているしかない。そうして生きている間にも、彼は罪を犯す。人間が人間を救うなどということなど、果して出来るのだろうかと、懐疑している。思うに『悲しみの歌』の勝呂には、『海と毒薬』のもう一人の医師、「俺には良心がないのだろうか。俺だけでなく、ほかの連中もみな、このように自分の犯した行為に無感動なのだろうか」と心の中で思っていた戸田の性格が合わされているようである。

ある日、勝呂医院の玄関で「ごめーなさい」という声がした。あのガストン・ボナパルトが往診を頼んできたのだった。勝呂がアパートにいくと、焼き芋屋のお爺さんナベさんが、寝ていた。末期のガンだった。（『深い河』の冒頭で「やき芋ォ、やき芋ォ、ほかほかのやき芋ォ」と売り歩いていたおじさんは、実はこのナベさんだったのではないだろうか。磯辺も苦しんでいるのは自分だけと思ってはいけない。）　貧しい老人から、勝呂は薬代や注射代をとろうとしなかった。「あなた、しんせつ」とガストンは間のぬけた顔に笑いをうかべて言った。

ナベさんは勝呂医院に入院した。ガストンが付き添って、入院費を稼ごうと働いている。「先生。俺を……早く……死なせてくれねえか。そのほうが俺も、いいんだよ。みんなに迷惑かけていると思うと、申しわけねえし」。「馬鹿、言うんじゃない。誰だって生きているのは辛いんだよ。あんただけじゃないよ。そんなこと言ったら、あの外人にすまんじゃないか」。ガストンは別に身寄りでもないのに、駆けずりまわっている。彼はポンビキやボクシングの殴られ役のアルバイトをして、お金を作っていた。

折戸の書いた新聞記事のため、勝呂医院のまわりに、「反省なき、元・戦犯医師、追放」「生体実験の医師、ここを去れ」などと書かれた貼り紙がしてあった。

病室ではナベさんがうわ言で、孫のキミ子にお祭りの着物を買ってやるといっている。ガストンは、「神さま。あなたの創ったこの世界はあまりに悲しみが多すぎる。あの老人はもうすぐ死ぬというのに、孫娘のために祭りの着物を買ってやりたいと言っています。その着物をあの老人にやってください」と考えていた。

その時、ガストンの頭の中で、誰かが、「(さあ、その着物のお金をつくるために、お前はあの日本人とボクシングをやらねばならない)」という声がした。「(それ、困る。それ、痛い)」。ガストンは頭を強くふった。その人はガストンに言った。「(痛いから、行くんだよ。わたしも痛かったんだから。手と足とに釘をうたれた時は……)」

この受難を促す声はイエスの声である! 奇蹟である。(中間小説のテイストである。)

勝呂は、「俺を……死なせてくれんかね。頼むよ、せんせい」という、ナベさんの苦痛の声を聞いていた。勝呂は黙っていた。黙ってはいたが、病人のその気持は手にとるようにわかっていた。助からぬ命。ただ痛みに耐えるために生きているような毎日。意味もない。価値もない。希望もない。「(俺の毎日だって、同じだ。どこに行っても、どこに逃げても、許してもらえない生活なんだから)」、勝呂はそう考えて、言った。「死なせてやるよ……。そうだな、祭りの日にでも」。

勝呂は二本の注射をした時は、心は平静だった。三本目のアンプルを切るとき、突然言いようのない怖ろしさを感じた。自分が永遠に地獄に――もし地獄というものが存在するならば――行くにちがいない人間だと思った。「(やめなさい)」という声が耳元で必死に彼を止めていた。その声はひょっとするとガストンのものかもしれなかった。「しかし、こうせねば、この病人はもっと苦しむんだから。私はその苦しみを見ておれんのだ」。「オー、ノン、ノン。お爺さん、わたくーしの友だち。どうぞ、殺さないでください」。そう言い置いて殴られ役のアルバイトに出かけていった。

勝呂は声をふりはらうように、注射針をつきいれた。針をぬき、全てが終るのをじっと待っていた。昼過ぎナベさんは死んだ。孫のキミ子がやってきた。勝呂はお爺さんの寝巻と花を買ってくるように言った。祭りの日曜日、自分の殺した死体と二人っきりで、この医院の中に腰かけていた。五十数年の人生のあと、たどり着いたものがこれだったと思うと、勝呂は可笑しかった。

ガストンが孫の着物を買って戻ってきた。お爺さんが死んでいることを知る。「私が……注射で……殺した。あの年寄りを救ってやるには、その頼みを聞いてやるより仕方なかった」と勝呂が言う。「でも、わたくーしは、このキモノ買てきました。お爺さん、これ見たら、笑うこと、ありました。キミちゃん、笑うことありました」とガストンが言う。

勝呂は泪を流しながら、愛からではなく、憐憫のために、手術室で殺したたくさんの生命を考えた。憐憫は彼の肩に重い荷をいつも背負わせた。「私も……もう、疲れたよ」。「かわいそう……。先生のこと。かわいそう」、とガストンは言った。神なき人間の悲惨をガストンは思っていただろう。葬儀の後、「(もう苦しまないでよい。もう辛いこともない)」と呟きながら、勝呂は老人の骨を拾った。キミ子は骨壺を持って故郷に帰って行った。

勝呂はガストンを誘って、海に来た。海を見ながら、あの戦争中のことを思い出していた(このシーンには「海と毒薬」のタイトルが相応しい)。

[「人生というものは、この海と同じように、いつまでたっても愚劣で、悲しく、辛いもんだと思っていた。今でも、そう思う」]

しかし、ガストンは「そう思わなーい。みんな、みんな悲しい。でもわたくーしニッコリしますと、みんなニッコリしますです。わたくーし、今日は、と言いますと、みんな、今日は、と言いますです。そのことのあります限り、わたくーしは生きること辛いと思わない」と、(まるで楽天王子のようなことを)言う。

[「そうか、私も昔そんな医者になりたかった。私の願いは自分の生れた小さな村の医者になることだった。自転車で診察に行く途中、村の人と今日は、と挨拶をかわすような、医者になりたかった。だが、もう、それもできん。……むかし、友人が私にこう言うたことがある。あの事件があった夕暮、屋上で私とその友人とは海を見ておった。その時、

その男が……俺たちをこげん押し流していく運命に逆らわせるのが、神ちゅうもんだろうと言うとったが、……あんたは神を信じておろう」。「ふぁーい」。「私は信じておらん。信ずることもできん」』(『悲しみの歌』新潮文庫、三三二〜三三三頁)

勝呂は自分が許されるとは思っていない。許してくれる神を知らない不幸である。ガストンは勝呂の自殺の決意を読取り、勝呂について行く。(はじめはナベさんの、今は勝呂の同伴者となった。)

勝呂は医院に戻り、酒を飲んで眠ってしまう。ガストンも眠り込んでいる。勝呂は起きだして、近くの神社に行き、大きな樹の下のベンチに腰をおろし、睡眠薬をのんだ。

誰かがそばで泣いているように感じた。ガストンのようだった。勿論、誰もいなかった。

『「オー、ノン、ノン、そのこと駄目。死ぬこと駄目。生きてくださーい」

「しかし、私はもう疲れたよ。くたびれたのだ」

「わたくーしもむかし生きていた時疲れました。くたびれました。しかし、わたくーしは最後まで生きましたです」

「あんたが……?　あんたはガストンじゃないのかね」

「いえ、ちがいます。わたくーしはガストンではない。わたくーしは……イエス」

「私は何も信じないし、あなたのことも信じてはおらん」

「しかし、わたくーしはあなたのこと知ています」(略)

「あなたがいくらイエスだって私を救うことはできない。地獄というものがあるとすれば、私こそ、そこに行く人間だろうね」

「いいえ、あなたはそんなところには行かない。あなたの苦しみましたこと、わたくーし、よく知ていますから。もう、それで充分。だから自分で自分を殺さないでください」」

(『悲しみの歌』三五四〜三五五頁)

その声は捨てられた女が愛を哀願するような調子だった。しかし、勝呂は枝に紐をまきつけ、死ぬのが恐ろしいから、睡眠薬の助けを借りねばならない、と考えた。

朝、大きな楠に灰色の背広を着た男がぶら下がっていた。なぜかその下に、一匹の野良犬が、番をするように、座っていた。

ここにもガストン＝イエスが出てくる。奇蹟！ ガストンは勝呂に話しかける(インマヌエル)が、効果はなかった。

しかし(前にも言ったが)、遠藤は喋りすぎではないだろうか。中間小説の中間性というものだろうが、このイエスが出てきてよく喋るのは、読者に分かりやすくするための中間小説のサービスなのだろうか。勝呂の内心の葛藤の形象化なのではあろうが。

勝呂の疲れはどこから来るか。かつて『海と毒薬』で生体解剖にかかわった時も、「あれでもそれでも、どうでもいいことだ。考えぬこと。眠ること。考えても仕方のないこと。俺一人ではどうにもならぬ世の中なのだ」と考え、その倦怠感、疲労感を強く漂わしている。そして今も、勝呂は「しかし、私はもう疲れたよ。くたびれたのだ」と言って、さらにひどい疲労感を語る。前述のようにこれは遠藤のネクロフィラス的な性向やセネストパチーから来るものかもしれないが、遠藤の結核や肝臓病や糖尿病といった病気のせいなのかもしれない。疲労困ぱいの状態で遠藤は書き続けていたのではないかと想像される。ぐうたらを装いながら。

［お前は本当に主を信じているのか。……しかし、もし主がいられなかったら、ぼくには死の恐怖はないでしょう。主がいまさず、死後がただ、永遠の虚無ならば、ぼくは死を恐れない。むしろ虚無の中の眠りをさえ願う。／その眠りを求める程、ぼくは生きることに今、疲れている。しかし、主がいられる事、死後もなお闘いがあることは、ぼくを恐ろしくする］（『作家の日記』一九五一・一二・二六）

［今日は雨が降っていた。ローヌ河は渦をまいている。ぼくはその時、何という事なく自殺を考えた。（略）もし自殺による永遠の刑罰がないなら、死は、ぼくにとって何という甘い眠りであろう。もう心配する事はない。もう苦労する事もない。永遠に無為に、無為に、無為に……］（『同』一二・二九）

これは遠藤が留学中の日記で、リヨンからパリに移った後、結核の再発を自覚し不安な夜を送っている時のものである。クリスマスの次の日、鬱々として、遠藤は深い穴に落ち込んでしまう。死ぬ事で自分の元素を汎神論的に地上に返還するだけだ、と考えた。これはキリスト教から見れば、虚無ということである。遠藤には素面になった時、こうした虚無に陥る時が時々あったのではないだろうか。それは疲れと病のせいではあろうが、そればかりとも言い切れぬ、遠藤の幾つかのペルソナの一つだったかもしれない。勝呂が表しているのはその面の暗い闇なのかもしれない。（ただし五月一七日には、「この思想を罰するかのように、聖女の白い像がぼくの前にあらわれた」と書いている。奇蹟！）

　そしてガストン＝イエスでさえ、勝呂がナベさんを死なせたことも、くたびれ果てた勝呂の自殺も止めることはできなかった。ガストンはいつも伴にいた（インマヌエル）。そこにいて何もできなかった。勝呂は神を信じない。あの時、運命に、同調圧力に押し流されるままに実験に加わってしまったが、もし神がいるならば、その運命を押し止めてくれるものとして（「ダメ！」と言って）、顕れ出るはずであった。それであれば、彼も神を信じるに吝か（やぶさ）ではないのだが。それはしかし、奇蹟を求めることと同じなのであろう。「汝ら徴を見ざれば信ぜず」というあれである。

　しかしイエスが奇蹟よりも大事だと思っていたのは、愛だった。（後期の）イエスには、勝呂の苦しみを救うことはできなかったが、そばにいて、彼の苦しみを知り、その苦しみを伴に背負おうとすることはできた。だがそれでは十分ではない。罪をおかしたものをそのことで苦しめ、苦しんだので赦しを与える、というより、罪をおかさせないようにすることが、その運命を押しとどめてくれることが重要なのではないだろうか。戸田の「人間は自分を押しながすものから、運命というんやろうが、どうしても脱れられんやろ。そういうものから自由にしてくれるものを神とよぶならばや」＝［俺たちをこげん押し流していく運命に逆らわせるのが、神ちゅうもんだろう」というのは、神なき人間の悲惨であり、人間の自由より、神の徴＝効果を渇望する人間の悲願である。

弱い者は罪を犯して、苦しむ。強い者は、罪を罪とも思わず、平気である。神は、むしろ弱い者が罪を犯す前に、またサディストが罪を罪とも思わずやってしまう前に、その心の無意識の深層に示現し、神慟的な良心の声を聞くようにし、後悔のないように、予め悔い改めさせることが重要なのではないだろうか。サディスト＝ニヒリストだってその時は恩寵の光を感じるだろう、か。

ということになるとこの大問題、自由と神のテーマについて、「大審問官」の話が出て来ないわけにはいかない。それに先立ち、遠藤が「大審問官」を意識して書いたと思われるアナス大祭司の出てくる『死海のほとり』（一九七三、新潮文庫）を取り上げる。しかも『死海のほとり』は『イエスの生涯』（一九七三）とは［表裏をなす」作品である。

『死海のほとり』は、奇数章が、現代に生きる作家「私」が、学生時代同じ寮で過ごした聖書学者戸田の案内でイスラエルのイエスの旧跡を巡るという「巡礼」の章で、偶数章が、イエスの時代、イエスの行為とそれを見る「群像の一人」の章という構成になっている。

「私」は学生時代ハンセン病施設に慰問に行き、野球の試合をして、一、二塁間に挟まれ、患者に「おいきなさい、触れませんから」と言われ、後でその臆病で卑劣な行為を恥じ、自己嫌悪に悩んだことがある。今は「十三番目の弟子」という作品を書きかけのまま机の中に放り込んでいる。（戸田は『海と毒薬』のもう一人の医師、「俺には良心がないのだろうか。俺だけでなく、ほかの連中もみな、このように自分の犯した行為に無感動なのだろうか」と心の中で思っていた、あの戸田のありうべき後の姿だろうか。）

ガリラヤ湖畔の村に、疫病がはやり、「群像の一人」アンドレアの子が眼の病気になる。アンドレアはイエスという預言者が病気の者を治したと聞いていた（前述のように、福音書にはイエスの奇蹟の事蹟がたくさん書かれている。それはイエスの前期的な姿である）。彼は、イエスに「この子は何も悪いことはしていない」と言って頼む。イエスは、「神はこの子が無垢なことも、あなたの悲しみも知っている。神がそう願われたのだから」と答えると、アンドレアは、「お前は何もできなかった。何の役にも立たなかった」と言って、かえって憎みはじめた。イエスは「わたしができることは、あなたたちと苦しむことだから」（それはイエスの後期的な姿である）と言うのであった。それ以上の効果を望むアンドレアが落胆するのは無理もない。イエスは現実的な力を持っていない。ただそばにいて伴に苦しむことしかできない。飢えている者にパンをあげることはできないと言うのである。しかしパンをあげることとは愛ではないのだろうか。アウシュヴィッツの収容所で、ヘンリックが死んだコルベ神父の声を聞き、死にそうな男に自分のパンをあげたことは、愛である。

しかし、次のような話に、イエスはどう答えるのだろうか。イエスは苦しみは共に苦しんでも、怒りを共に怒り、行動することはないのであろうか。

五つになるちっちゃな女の子が両親に憎まれた話を、ドストエフスキイの『カラマーゾフの兄弟』の登場人物イヴァン・カラマーゾフが取り上げている。名誉ある官吏で、教養ある紳士淑女が、五歳の女の子が夜中にうんこを知らせなかったからというだけの理由で、ただ無性にぶち、たたき、けった揚げ句、紫ばれになった体を、（ロシアの）凍てつくような極寒の時節に、一晩中便所の中に閉じ込めるという拷問にかけた。それは、怒りっぽい野獣と、責めさいなまれる犠牲の叫び声に情欲的な血潮を沸かす野獣、鎖を放たれて抑制を知らぬサディスティックな野獣が両親の中にいたからだ。母親は、女の子の哀れな呻き声を聞きながら、平気で寝ていられる。女の子は涙を流しながら、「神ちゃま」に助けを祈ったのだ。

「え、アリョーシャ、おまえはこの不合理な話が、説明できるかい、おまえはぼくの親友だ、神の修行僧だ、いったいなんの必要があってこんな不合理がつくり出されたのか！　一つ説明してくれないか！　この不合理がなくては、人間は地上に生活して行かれない、なんとなれば、善意を認識することができないから、などと人は言うけれども、こんな価を払ってまで、くだらない善意なんか認識する必要が何処にある？　もしそうなら、認識の世界ぜんたいをあげても、この子供が『神ちゃま』に流しただけの価もないのだ」(ドストエフスキイ『カラー版世界文学全集18　カラマーゾフの兄弟　Pro et Contra(賛成と反対)』一八八〇、米川正夫訳、一九六八、河出書房、二二一頁)

そうだ。何のために、女の子は母親から、虐待されねばならないのか。人間は全てが許されていて、自由だからか。サディストも自由だからか。同じことだが、アンドレアの子は何のために眼の病気で死なねばならないのか。そしてこれも同じことだが、何のために、祐次郎(「最後の殉教者」)は津和野での拷問によって死んで行かねばならなかったのか。「なぜ、ゼズスさまは助けてくださらんのじゃ」と言った祐次郎も「神ちゃま」と祈ったのだ。さらに、新聞によれば、一九九二年から九六年までの五年間に、虐待で死亡したとみられる子供が全国で三二八人にのぼり、八割は殴る蹴るなどの身体的な虐待が原因とみられ、食事を与えなかったり、放置したりするなどのネグレクトは一割で、虐待した人の四分の一を実母が占めた、ということである。死亡に至らないケースはもっとあるはずである(『朝日新聞』一九九九・七・二八)。さらにさらに、二〇二一年八月二八日の『朝日新聞』によると、二〇年度の一八歳未満の子どもへの児童虐待は二〇万五〇二九件、そのうち心理虐待が一二万一三二六件、虐待死は八〇人になったということである。これは母親性善説を裏切るものである。この子たちも「神ちゃま」と祈ったことだろう。これら母親も神に、私にこんなことをさせないでと祈ったのであろうか。しかしいずれも答はなかったのだ。

イヴァン・カラマーゾフはもう一つの話をしている（ドストエフスキイはこういう虐待の話をたくさん集めていた）。ある将軍の愛犬が、八つになる男の子の不注意で足をくじいてしまった。将軍は男の子を捕え、翌朝、猟の姿で現れ、まわりには犬や勢子が取り巻いている。一番前にはその子の母親が、呼び出されている。男の子が引き出され、将軍は、「走れ！」と命令する。男の子が駆け出すと、猟犬が放たれ、母親の目の前で男の子は引き裂かれてしまった。その子の母親は将軍に対してどうしただろう。怒ってつかみかかったか。泣き寝入りか、何時の日か、復讐を誓ったか。

「どうだい？　この将軍は死刑にでも処すべきかね？　道徳的感情を満足さすためには、銃殺にでも処すべきかね？　言ってごらん、アリョーシャ！」

「銃殺に処すべきです！」　あお白い、ゆがんだような微笑を浮かべて兄を見上げながら、アリョーシャは小さな声でこう言った。

「ブラーヴォ！」とイヴァンは有頂天になったような声でどなった。「おまえがそう言う以上、つまり……いや、どうもたいへんな隠遁者だ！　そらね、おまえの腕の中にも、そんな悪魔の卵がひそんでるじゃないか、え、アリョーシカ・カラマーゾフ君！」

「ぼくはばかなことを言いました。しかし……」（『カラマーゾフの兄弟』二二二頁）

このアリョーシャの「銃殺にすべきです」という言葉は、前述のジャック（「白い人」）の「悪魔！」というさけびや、大津（『深い河』）が美津子に対して、「あなたを殺してやりたい」

と言った言葉と同じ位相にある。実は心の底に秘められていた、神学生として抑圧していた無意識の層からの言葉である。それが、思わず、噴出してしまった。

母親の目の前で子供を犬に引き裂かせるサディストを、神はどういう眼で見ているのだろうか。なぜ黙って見ているのだろう。サディストを見放しているのか。子供も見放しているのか。加害者を銃殺に処したところで、その子が生き返るわけではない。取り返しはつかないのである。犬に引き裂かれた子も、「神ちゃま」と祈っただろう。それは、第二者も第三者も当てにならないから、第四者（もしくは第〇（ゼロ）者）としての神に祈ったのだ。しかし被害者のためにも、加害者のためにも、「神ちゃま」は応えてくれなかった。

因みに遠藤は、森田ミツに、あっさりと、こんなことを語らせている（前述だが、もう一度言う）。

「あたし、神さまなど、あると思わない。そんなもん、あるもんですか。（略）神さまがなぜ壮ちゃんみたいな小さな子供まで苦しめるのか、わかんないもん。子供たちをいじめるのは、いけないことだもん。子供たちをいじめるものを、信じたくないわよ。なぜ、悪いこともしない人に、こんな苦しみがあるの。病院の患者さんたち、みんないい人なのに」

（『わたしが・棄てた・女』）

神が何もしてくれずただ黙っていることに当惑しているのはミツだけではない。『満潮の時刻』（一九六五）の人工肛門を数年おきに付け替える手術をしなければならない荘ちゃんも、

「大部屋」（一九六五）の人たちも、［もし、富岡さんの信じている神さまとやらが本当にいるならばですよ、なぜこんな子供にまで加えられた、理由のない苦しみを認めているのですか］とか、［病院に長くいると、何のためにこんな沢山の人が、こうして苦しんでいるのかわからなくなることがあります。村上さんはアレが黙りこくっていると言ってましたけど、本当に黙りすぎているような気がして］とか、神の沈黙に対する疑念を語っている。神はこれでいいと思っているのだろうか。風（プネウマ）は気紛れに吹く、というのか？

人間が苦しんでいる時、神もまた苦しんでいる、というのでは足りない、とミツは思っている。ただミツがしたのはまさにそういう同伴者としての行為であった。人間にはここまでしかできない。

悪魔の心が全開の人もいるが、アリョーシャの心にも、ジャックや大津の心にも、底には悪魔の卵が潜んでいる。それを何とかコントロールしようと修行しているのではあるが、抑圧されたマグマはいつか噴出するかもしれない。そう言って、遠藤は『火山』や『スキャンダル』を書いたのだった。しかし……。こんな時にはとりつくろわずに心のありのままをぶちまけた方がいいのではないか。

懐疑者イヴァンの話は続く。

「ぼくはなんにも理解することができない。今となってぼくは、何ひとつ理解しようとも思わない。ぼくは事実にとどまるつもりだ。ぼくはずっと前から理解すまいと決心したのだ。

何かを理解しようと思うと、すぐ事実を曲げたくなるから、それでぼくは事実にとどまろうと決心したのだ」

不合理な事実を理解しようとすると、帳尻を合わせるため事実を曲げ、非ユークリッド的に、前世とか来世とか超越世界の介入を招く。それこそ神のはからいは人知では及ばぬという説明ともつかぬ説明や不可知論に丸め込まれてしまう。イヴァンが事実にとどまると言うのは、そんなことにはたえられないからだ。しかし、さらにイヴァンの話は続く。

「しかし罪びとがなくて、すべては簡単に事件から事件を生んで行く、という事実がぼくにとって何になる？　ぼくには応報が必要なのだ。でなければ、ぼくは自滅してしまう。しかもその応報もいつか無限の中のどこかで与えられる、というのではいやだ。ちゃんとこの地上で、ぼくの目前で行われなくちゃいやだ。ぼくは自分で見たいのだ。もしその時分ぼくが死んでいたら、蘇生さしてもらわなくちゃならない。なぜって、ぼくのいないときにそんなことをするなんて、あんまりしゃくにさわるじゃないか。じっさいぼくが苦しんだのは、何も自分自身のからだや、自分の悪行や、自分の苦痛を肥やしにして、どこの馬の骨だかわからないやつの未来のハーモニーをつちかってやるためじゃないんだからね。しかがししのそばにねているところや、殺されたものがむくむくと起きあがって、自分を殺したものと抱擁するところを、自分の目で見届けたいのだ。つまり、みなの者がいっさいの事情を知るときに、ぼくもその場に居合わせたいのだ。地上におけるすべての宗教は、この希望の上に建て

られているのだ」（『カラマーゾフの兄弟』二二三頁）

「そうである、まったく、そうである」

（遠藤「視点をかえれば……」一九八五『心の夜想曲』文春文庫、二九頁）

僕もそう思う。こうした不合理の積み重ねがいつか、調和的な世界をこの世に将来するというのは、実際現実に苦しんでいるものには、勘弁してもらいたい理屈である。仮にそうであっても、その調和の世界が成就するときには、芝居のカーテンコールで、主役も悪役も脇役も出演者全員が揃って、今の面白かった、とか言って挨拶するように、人類全員が必ず甦らせてもらって、なあんだ、そういうことだったんだ、と納得したいものだ。（けど、是までに生れた全人類って何百億人にもなるんだろうな。「ヨブ記」で殺された息子たちも含めて、ステージに、地球に、乗り切れるか心配）。母親の目の前で子供を犬に引き裂かせたサディストと引き裂かれた子供がその深い訳を知り、お互い手を取り合って感激の涙で頬をぬらすということが、いつか未来のハーモニーをつちかう基礎になるだとか、逆境の中で闘い、苦難を克服することがドラマツルギーだというなら、それは英雄はそれでいいかもしれない（と思っているとしたらとんでもない英雄だ）が、誰だって英雄のドラマチックの材料にされて殺されたくはない。殺したくもない。

「ねえ、アリョーシャ、ことによったらぼくは自分の目でわが子の仇敵（かたき）と抱き合っている母親の姿を見て、『主よ、なんじの言葉は正しかりき』と叫ぶ時まで生き長らえるかもしれない。

しかし、ぼくはそのとき『主よ』とは叫びたくないよ。まだ時日のある間に、ぼくは急いで自分自身を防衛する。したがって、神聖なる調和は平にご辞退申すのだ。なぜって、そんな調和はね、あの臭い牢屋の中で小さなこぶしを固め、われとわが胸をたたきながら、あがなわれることのない涙を流して、『神ちゃま』と祈った哀れな女の子の、一滴の涙にすら価しないからだ！　なぜ値しないか、それはこの涙が永久に、あがなわれることなくして棄てられたからだ！　この涙は必ずあがなわれなくちゃならない。でなければ、調和などというものがあるはずはない。しかし、なんで、何をもってそれをあがなうべきだろうか？　それはそもそもできることだろうか？　それとも暴虐者に復讐をしてあがなうべきだろうか？　しかしわれわれに復讐なぞ必要はない。すでに罪なき者が苦しめられてしまったあとで、地獄なぞがなんの助けになるものか！　それに、地獄のあるところに調和のあろうはずがない。」

（『カラマーゾフの兄弟』二二四頁）

「そうである、まったく、そうである」。僕もそう思う。イヴァンは、アリョーシャに、即ちイエスに自分の懐疑をぶつけている。神への絶望であり、人間への絶望の声である。しかもまた苦痛と希望の声でもある。イヴァンは神に答えてほしいのだ。なぜなのか。なぜ、罪もない子供が虐待され、涙を流して、「神ちゃま」と祈っているのに、神は黙っているのか。神の沈黙の意味を知りたいのだ。女の子の涙をあがなう理由が分かれば、我慢できる。それが神が存在するということだ。イヴァンの懐疑を解くにはそれしかない。《否、居ないと考

えれば、簡単にすっきり答が出るのでは。その後がまた大変だろうが。》
イヴァンは遠藤の、神の沈黙の意味の解釈、つまり神はそばにいて伴に苦しんでいるという解釈に納得できるだろうか。少し嫌みなことを言うようだが、神は被害者と伴に苦しんでいる、というのはまあいいとして、加害者と伴に（面白がって）いるということはないだろうか。いや、加害者も本当はそんなことはしたくないと苦しんでいる時、イエスは伴に苦しんでいるというのは、同伴者というより何だか共犯者のようになってしまいはしないだろうか。全てが許されているというのはなんでもありのニヒリズムと同じになってしまう。それが自由というものなのだろうか。人間は自由の刑に処せられているという人もいるが、確かに人間は自由を背負いきれないということではないだろうか。
神は、子供を虐待する親の前に現れ、そのサディスティックな行為を押し止めさせることはできなかったのか。森田ミツ（『わたしが・棄てた・女』）の心に、「そのお金をあげてくれないか」という声が何処からともなく聞こえたように、（女の子の）親の心の深層に、良心の息吹（プネウマ）を吹き込み、改心させることはできなかったのか。どういう時に、どういう人間に、神は語りかけるのか。どういう時に、語りかけないのか。「風（プネウマ）は思いのままに吹く」（ヨハネ三―八）。風（プネウマ）は気紛れなのだろうか。神は常に語りかけているが、人間がそれを聞かないというのであろうか。では人間はどういう時に神の語りかけを聞くのであろうか。どういう人間が聞くのであろうか。聞く人間と聞かない人間の違いは何だろうか。神のはからいは人知では及びがたい。時間がたてば分かるというのであろうか。それは何時のことだろうか。無限の彼方のことではいやだ、「殺されたものがむくむくと起きあがって、自分を殺したものと抱擁するところを、自分の目で見届けたいのだ」とイヴァンは言っているが、しかし、「神聖なる調和は平にご辞退申すのだ。なぜって、そんな調和はね、あの臭い牢屋の中で小さなこぶしを固め、われとわが胸をたたきながら、あがなわれることのない涙を流して、『神ちゃま』と祈った哀れな女の子の、一滴の涙にすら価しないからだ！　なぜ値しないか、それはこの涙が永久に、あがなわれることなくして棄てられたからだ！」と続けている。そうだ、なされてしまったことは取り返しがつかない。What's done cannot be undone. 既成事実は残るのだ。その既成事実に沿って展開されてきた誤謬（ごびゅう）の歴史というものも残るのだ。

復讐すればすむというようなものではない。復讐しなければならぬ人間の不幸も計り知れない。「すでに罪なき者が苦しめられてしまったあとで、地獄なぞがなんの助けになるものか！　それに、地獄のあるところに調和のあろうはずがない」。敵を愛せよというのは、人間には殆ど無理な注文だ。復讐律は人間の心理としてはごく自然で単純な心理展開だ。されたようにお返し／仕返しするという反対給付は人間として当然のことだ。目には目をの復讐律を否定したのなら、復讐したくなるようなことが起こらないような世界にすればよかったのだ。全能の神はそれができるはずだ。懐疑者イヴァンは、「世界を許容せず」、神の不条理を論（あげつら）っている。奇蹟を、徴を求めている。いや、それが奇蹟ではないような世界を求めているのだ。「汝等は徴と奇蹟を見ざれば信ぜず」（ヨハネ四ー四八）、「見ずして信ずる人こそ幸いなのに……」（ヨハネ二〇ー二九）、とイエスは言うのだろうか。《神などいないも同然だ。神なぞいないと考えれば、すっきり、諦めもつくのに。否、つかない。》

遠藤は、戸田（『死海のほとり』）の口をかりて、イエスの時代のエルサレムは、地下五〇メートルに埋もれており、発掘すると各時代の層があると言う。（「人間の心、このテルのごときもの」『異邦人の立場』）。聖書の中のイエスの姿は、原始基督教団の創りだした物語や装飾が、本当のイエスの生涯をすっかり覆い隠していると言う。そして聖書の中からどれが史実でどれが後世の創作かを峻別して行くうちに、戸田はイエスの姿を見失った、と言う。そこで遠藤のとる態度は次のように、事実より真実を重んじるというものである。

「どの部分が事実であり、どの部分が創作であるかは、それぞれの学者によって意見がちがう時、私がとる態度は一つである。私としては聖書のなかの事実と真実との意味をはっきり区別したいのである。なるほど、この受難物語に見られるように聖書のなかには必ずしも事実でなかった場面があまた織りこまれていることを私は認める。しかし事実でなかった場面もそれがイエスを信仰する者の信仰所産である以上、真実なのだ。」

（『イエスの生涯』新潮文庫、一三〇頁）

遠藤は、奇蹟物語は、イエスを神格化するために、各地の伝承を、原始基督教団の聖書作家たちが後で織り込んだものだと言い、（前期の）奇蹟物語に重きを置こうとしない。例えば、五個のパンと二匹の魚を五〇〇〇人以上の人に食べさせたという話を、征服されたユダヤ人に愛という名の食べ物を与えたのだと解釈し、群衆の欲する地上の救い主、即ちユダヤ民族をローマの支配から解放してくれる、民族主義的英雄としての救い主であることを拒絶したのだ、と言う（『イエスの生涯』七七頁、『私のイエス』一九七六にも）。しかし、それら奇蹟物語を信じ、入信した人は大勢いるだろう。

遠藤は、病気の人に、「私が行ってなおしてあげよう」と言う前期の奇蹟物語より後期の慰めの物語に（センス・オブ）リアリティーを感じると言う。遠藤にとって、イエスは、奇蹟を次々に起こして問題を解決していった英雄的な地上の救世主ではなく、前期の看板を降ろし、愛の無力を知りながら、不幸な人間を愛した、みにくく威厳もない、哀しみのメシアであった。病気の子供を抱え、奇蹟を待つ男の眼には、そんなイエスが期待はずれの預言者、現実的には無力な男、何もできぬ男としか映らなかった。

遠藤によれば、イエスは人間にとって一番辛いのは、貧しさや病気ではなく、それら貧しさや病気が生む孤独と絶望のほうだと知っていた、と言う。（しかし、貧しさや病気がなおれば、孤独も絶望もないのではないか。）

「イエスは群衆の求める奇蹟を行えなかった。（略）必要なのは「愛」であって、病気を治す「奇蹟」ではなかった。人間は永遠の同伴者を必要としていることを、イエスは知っておられた。自分の悲しみや苦しみをわかち合い、共に泪を流してくれる母のような同伴者を必要としている」（『イエスの生涯』九五頁）

この言葉と同じ趣旨の言葉を『死海のほとり』の中で、「イエス」自身が語っている。

「人のために泣くこと、ひと夜、死にゆく者の手を握ること、おのれの惨めさを噛みしめること、それさえも、ダビデの神殿よりも過越の祭りよりも高い。それを神殿を祭る人たちは知らぬ」（『死海のほとり』新潮文庫、八八頁）

神殿や律法（トーラ）や祭りより人間の愛を高いものとしたところに、既成宗教と基督教の分岐点がある。イエスは神殿や律法を何より重要だとする既成の宗教組織を飽き足りず思い、人間の愛を何より大切にする宗教を唱導したのである。端的に言えば「目には目を」（レビ二四―二〇）から「汝の敵を愛せよ」（マタイ五―四三）へという思想の転換、つまり遣られた通りにして返せから、隣人愛と赦しの思想への転換である。

しかし教師（ラビ）たちはイエスがエルサレム神殿を冒瀆したとして衆議会に訴えた。ために、イエスはユダの裏切りにあい、油搾り場（ゲッセマネ）で捕えられる。その時、弟子アルパヨは、自分に累が及ばぬように逃げた。「私はこういう男です。あなたを助ける勇気もそばに寄る力もない」と言って、悔いている。そしてアルパヨがイエスの後を離れずついて行くのは、『沈黙』のキチジローと同じことである。この時ペトロも三回、イエスなど知らないと言って、裏切り、他の弟子たちもみなイエスから離反して行った。しかし、ペトロはイエスを見届けるためにあとをついて行ったのだった。

イエスはカヤパ大祭司のもとに送られ、翌日の衆議会を前に、アナス大祭司の話を聞かされる。「お前のいう愛など蜃気楼に過ぎぬ。それにくらべお前の冒涜した神殿や律法は、少なくとも蜃気楼よりは人間の役に立つ。秩序をイスラエルの民に与え、結束の象徴になる。神殿と律法は皆に秩序を作るかわりに、裁きもするし罰も与えねばならぬ。お前は愛によって人間の生きる上の約束を冒涜した」(『死海のほとり』一五四頁)。

アナスにとって、宗教はすでに政治になっていたのである。人間社会の秩序維持のための権力の権威づけに必要な手段となっていた。政治家大祭司アナスはさらに彼の本音を言ってしまう。言ってしまって、なぜ今まで誰にももらさなかった秘密を、この野良犬よりも痩せこけた男にしゃべったのだろうと思った。

[「お前は神を信じているか。私はもう神など信じてはおらぬが……。だが神を信じていなくても、信じるふりをするすべを私は知っている。神がいなくても神がいるかのように神殿の行事を行い、律法を守るほうが人間の秩序の上に必要だということも知っている。そういう知慧を私は年と共に学んだ。……人間が別の人間を倖せにしてやることなどはできぬが、少なくとも、寝場所を与え、集まる場所を作ってやることはできるだろう。それが祭司の務めであり、この世で役に立つということだ。……お前は癩者と一緒

に住んでやったそうだが、お前の愛でその癩病を治せたのか。ガリラヤの熱病患者を看病したそうだが、愛でその病気が治ったのか。子供を亡くした母親や死にかけた老人の手をいつも握っていたという話だが、子供は母親の腕に生きかえり、老人のちからない眼に光が戻ったか。お前は、愛で奇跡が行えたのか」」

イエスは弱々しく「いいえ」と答えるばかりだった。

「「そんなことは初めから……、何もできず、何もかも失敗すると、自分でもわかっていました」」（『死海のほとり』一五四〜一五六頁）

アナス大祭司はもう神など信じてはいない、と言う。これは「大審問官」からの引用である。アナスは人々に寝場所やパン（とサーカス）を与えるためには、地上の政治経済組織が必要だと知っていた。神殿と律法が必要だと。天上の愛や自由が人々に病気を治せず地上のパンを与えることができないのなら、現実的に、医薬を整え、パンを生産し、それを配分する政治経済機構が必要になってくる。それがこの世の役に立つということだ。現世利益ということである。あるいは、現実に役に立つ、効果がある、これこそが愛である。

アナスが神を信じなくなったのは、ヨブの物語を知っていたからである。ヨブは神のために家を失い、富を失い、友を失い、家族を失った上、神からもらったのは、体中の腫物と汚い膿だけだった。その物語の辛さに、後の世の人間が、神が最後に報いたかのような作り話を書き加えたが、元の話は、みじめなヨブの終末で終わっていたのだ。アナスは年と共にこの真実を知り、もう神など信ずることができなくなったのだった。（因みに、遠藤は死の床にあって、元気になったらヨブの苦しみの意味について書くのだと言っていたそうである＝遠藤順子『夫の宿題』一九九八）。

イエスは、やがてわかるというのだが、アナスは、「何がわかる。何時わかる。五十年後か、百年後か。だが明日も明後日も、子供は母親の腕の中で冷たくなり、その死体をだいた母親はうなだれ、……お前は何もできず、……それをお前は知っている。お前は知っている……」と畳み掛ける。その時、イエスは泣いているように見え、この男は本当に愛の男だと、アナスは思った。「もう、二度とお前に会うことはないだろう」と言うアナスに、イエスは、「いいえ」と叫んだようだった。（一五八頁）

イエスが「いいえ」と言ったのは、一人の人間の人生を横切った時に残した痕は、もう消えることなく、心に呼び戻される、と言いたかったのである。つまり、いつもそばにいる同伴者となったということである。

大祭司アナスは娘婿カヤパに大祭司職を譲っていたが、カヤパに、イエスを反ローマの扇動者として、ローマのユダヤ知事ピラトに渡すよう命じた。ことは宗教的な性質を持つのであって、決して政治的な事件ではなかった。しかしアナスは、イエスを宗教上の理由で、神や愛のために死なせたくなかったのだ。お前が馬鹿にした（地上＝政治経済の）世界で死なせてやる、と。

この大祭司アナスの章節を、遠藤が、ドストエフスキーの『カラマーゾフの兄弟』の中のイヴァンの「大審問官」を意識して書いたことは明白である。「大審問官」の物語は、先ほどの子供の虐待と神の不条理の話のあと、イヴァンがアリョーシャに語る詩劇である。以下、この「大審問官」について、考えてみる。

アナス大祭司は実在の人物であるが（ヨハネ一八－一二）、『死海のほとり』で「私はもう神など信じてはおらぬ、だが信じるふりをするすべを私は知っている」というのは、この大審問官の思想を輸入して、遠藤が語らせているのであろう。一世紀のアナスが言う神とはユダヤ教の神であり、一五世紀の大審問官のいう神とはイエスのことである。しかし形式は同じことである。アナスは既成宗教の神殿と組織の維持に専念していて、神を信じていなくても、信じているかのように、神殿と律法を守ることで、人々を幸福にできる。たとえそれが虚偽の繁栄であっても、どれいの幸福であっても、ヴァニティーフェアであっても、フールズパラダイスであっても。

イエスはまさにそれゆえに、既成宗教ユダヤ教の革命のために隣人愛と自由の思想を掲げて登場したのであった。しかしそれから一五世紀、大審問官も、すでに既成宗教となったイエスの神殿と組織の維持に専念しており、宗教は政治・経済化している。しかも時代は異端審問、魔女狩りの真っ直中であり、大審問官はイエスを異端として処刑しうる立場にいる。

われわれは人々にパン（とサーカス）を与える方法を考えてきた。人々もパンのためなら、喜んで従ってきた、パン（とサーカス）が自由であった、と。大審問官が、イエスに、おまえの大切にしている自由で、人々の飢えをいやすパンは与えられぬと言うのと、アナスが、寝場所を与え、集まる場所を作ってやることが祭司の務めであり、この世で役に立つというのはそういうことだと言い、イエスに、おまえの愛でその病気が治ったのかと問うのとは、相似である。

イエスは弱々しく「いいえ」と答えるばかりだった。［そんなことは初めから……、何もできず、何もかも失敗すると、自分でもわかっていました］

しかしイエスはかって五〇〇〇人の人々を五個のパンと二匹の魚で満たした（奇蹟を起した）ことがある。しかし、今はその方法をイエスはとろうとしない。（遠藤にとって）もっとも重要なのは、イエスが自分の無力を知っているという点である。愛で奇蹟を起こそうという気はなく、ただ愛そうという心だけがあったということである。しかも実に愛こそは奇蹟であったということだ。（愛があれば、パンを独り占めにはしないだろう、ということか。）

自由かパンか。神を買いかぶっているのではないとしたら、神は、両方ができるはずだ。神は全能なのだから。パンをあげることが愛でありうる。前述のようにヘンリックはアウシュヴィッツ収容所で一人の囚人にパンをあげたし、後述のように、ゲルゼン収容所の中でパンをあげた人がいた。パンが愛であった。自由かパンか、ではない。イエスは、人はパンのみで生きるのではない、と言ったのだ。人はパンのどれいになってはいけないし、パンで人をどれいにしてはならない。パンは必要だがそれだけでは十分でない。愛も必要だがそれだけでは十分でない。パンは愛のこもったものでなければならず、人はその愛のパンを自由において食べることができる。人間は自由の刑に処せられているといったのはサルトルだが、これなら、刑ではない自由ということになるだろう。

しかし、言葉としてはそれで良いとしても、現実、パンがない時、パンがない人はどうすればいいのだろう？　人はパンのみで生きるのではないけれど、人間は腹が減る生き物であり、問題は切実で、パンがなければ死んでしまう訳だから。盗みに走る者も出てくるだろう。渇しても盗泉の水は飲まず、というのも良いけれど、命あっての物種、ということもあるし。その時パンをくれる人がいたら、その人について行くことになるのではないだろうか。一つ遺るからついて来い。一つ下さい、お供します。そして、その経済強者・権力者に取り入り、虎の威を借り、やがて覚え目出度く成り上がり、出世街道をひた走り、パンを遺る側、詰まり逆どれいになる……。嗚ー呼。

「初めにロゴスありき」（ヨハネ一―一）、と言うけれど、それは愛のロゴスではなく、愛は人間の努力の内にある。人間は自由である。それは言い換えれば、世界は私の表象である（ショーペンハウア）ということであり、ロゴスは表象の可能性であるということだ。前述のように、モノ・コトをどう思うかということは開放されている。解釈は自由であるということである。仏教式にいえば空・無自性ということであり、中国式にいえば無ということであり、記号論的にいえば0記号ということである。表象可能性としてのアラヤ識がモノ・オブジェに解釈を加えてコトにするというコトである。聖書には「善人は良い心の倉から良い物を取り出し、悪人は悪い倉から悪い物を取り出す。心からあふれ出るものを口が語るものである」（ルカ六－四五）とある。倉とは蔵（アラヤ）のことである。人間はその欲望に基づき、対象を自由に解釈できる。その時、解釈はその人独自のフィクションの体系の中にある。当然AとBの解釈が一致ないし調和するとは限らない。ゆえに自由が人間に平和・幸福を保証するとは限らない。欲望は、つまり煩悩は倫理に先立つ。人間の自然性は無倫理的である。人間は互いに狼であると言い切る人もいるくらいだ。イエス的自由を実践する人もいるだろうが、サド的自由、またニーチェ的自由を実行する人もいるだろう。

ごく一般的に考えて、人間の心理というものは常に愛の状態にある訳ではない。人間の欲望の形は、嫉妬や恐怖、憎悪、優越感、利己主義、後悔、友情、自己犠牲、……というふうに日々、あるいは刻々変化する。同じものを見ても、その解釈は同じではない。人が困っているのを見ると助けないではいられない人と、他人の不幸は何年でも我慢できる人もいる。それがそうなる原因は、利己的な遺伝子の問題かもしれないし、自己保存の本能かも知れないし、視床下部と大脳新皮質の問題かも知れない。その人の遺伝的要素もあるし、育った過程、家庭環境にもよるし、時代や場所にもよるし、教育や社会的立場、経済状態にもよるし、その日その時の気分にもよる。性格として自己顕示欲が強く、支配したがる人もいるし、権勢症候群の威張るタイプもいる。気が弱く支配したくもされたくもない人もいる。神経質な人もいれば、無神経な人もいる。犯罪にまで走る人もいれば、鬱々として楽しまない人もいる。些細なことに激しく怒る人、寛容を絵に描いたような人、嫉妬心の強い人、依存心の強い人、人のいい人、虫のいい人、利己的な人、思いやりのある人、独断専行の人、優柔不断の人、蛇が怖い人と怖くない人、高い所が怖い人と怖くない人、明るい人、暗い人、さまざまである。

というか、こんな二項対立の両極端ではない、両方の性格を少しずつ持っている、いわば普通の人が大半で、その人たちは努力すれば、あるいはその人たちを教育すれば、どちらにでもなる可能性のある人である、と孔子は言っている。「性は相近し、習えば相遠ざかる。唯上智と下愚(かぐ)とは移らず」(『論語・陽貨篇』)。人間の性質は似たようなものだが、修養によって変わってくる。ただ優れた知恵の者と愚かな者とはどんなに修業・学習しても変わらない、ということである。平たく言えば、人間は、言わなくても分かる人、言えば分かる人、言っても分からない人の三つのタイプに分かれ、その割合は二―六―二ということになろう。しかしこれは絶対的なものではなく、分野・種目ごとにそういうことが言えるのである。心臓病や肝臓病の人にマラソンを走れと言っても、四〇キロはおろか一キロだって無理なことだし、マラソンの速い人が他の分野で優れているとは限らない。例えば『カラマーゾフの兄弟』

を読んで来いと言われても、推理小説として読むとしても、無理かもしれない。サディストから見れば、イエスこそ下愚であるかもしれない。しかしながらキリスト教は神の知恵（ソフィア）、キリストをあらわそうとしてこの上智という訳語をあてたのであろうが、上智は移らずというのは困ったことだ。

それはともかく、人間の原罪を社会的な革命で消し去ることはできないだろうが、社会的な革命が消し去ることのできる社会の歪みや不合理はある。そこは政治経済の世界であり、パンの世界であり、日常世俗の世界である。人間の欲望は多様であるから、その交通整理が必要になってくる。即ちルール作りである。政治経済の綱引きであり縄張りのことである。その時地上の支配権力に正当性という権威を与えてくれるという神の在り方、あるいは利法というものがあって、神という旗の取り合いが権力の帰趨を決するような所がある。それが悪魔との取引きとなる可能性は常にある。

パンで人をどれいにしてはならない、ということは、人間の努力が必要だということである。パンで人をどれいにすることが出来るし、そうする人もいるということである。パンとサーカスを与えておけば、空腹と退屈は凌げ、さしあたり暴動の心配はないということを支配者は知っている。そういう人がいるからこそ、こういう隣人愛の当為が出てくるのだ。しかしそれも自由なのである。こうなると自由とはほとんどニヒリズムのことである。空・無というのは、虚無のことであるか。あるいは趣味の問題であろうか。

しかし例えば井戸のそばで子供が遊んでいるのを見ると気が気ではない。惻隠の情（『孟子』）というのは誰にだってあるはずだ。神にだってあるはずだ。すでに書いたことだが、内発＝外発という神の位相があるのではないだろうか。何か悪いことをしそうになると（またはされそうになると）、何処からともなく（「ダメ！」とか、「そんなことでいいのかな」とかいう）神（＝善魔！）の声が聞こえ、内発的＝外発的に、自力的＝他力的に、即ち自動的＝神働的に、良心が働き、ことなきを得るということ。神が居るのなら、神の波動の出力を強化して、良心に働きかけ、倫理的（に努力する）人間を育ててもらいたい……。《これってスピリチュアル？》これは人間の自由がないということではないと思う。

ＡＤ三〇年ニザンの月（四月）一四日木曜日（共観福音書。ヨハネでは一三日。もう一週間早いという説もある。またイエスの没年は生年とともに諸説がある。遠藤は、日付は問題の本質に関係ないという立場である）、過越の祭りの初日、最後の晩餐のあと、イエスはユダの裏切りにあう。ユダは、「師よ、あなたは神が愛だと言われるが、この苛酷な現実に神の愛はどこにあるのでしょう。あなたは愛ほど高いものはないと言われるが、人間は愛より効果あることが欲しいのです。現実に役に立つことしか願わぬのです」と言って、イエスに反駁した。イエスは、「行くがいい。そしてお前のしたいことをするがいい」と言って、ユダを自由にさせた。これはユダに対する憎悪の言葉ではない（と、遠藤は言う）。イエスはユダの苦しみを知っていた。イエスの愛は、裏切り、苦しむユダへの愛も含んでいた。ユダは、イエスが異端であると、カヤパの官邸で証言し、逮捕に協力して、銀三〇枚を受け取った。(『イエスの生涯』一四六~一四七頁)

イエスは、「天の使いたちを十二軍団以上も呼び寄せることはできる、だが、剣をとる者はみな、剣で滅びる」(マタイ二六ー五二)と言い、預言が成就するためにあえて捕縛された。弟子たちはみな逃げ去り、役人の追及に、ペトロもあんな男は知らないと三度イエスを否認した(マタイ二六ー七〇~七四)。

『死海のほとり』から、その後のイエスの足取りを追ってみよう。

大祭司カヤパはピラト知事の元へ、イエスを送った。だがこの小心で実直なローマの官僚は、過越の祭が平穏に終わることを願っているだけで、余計な厄介ごとを抱え込むのを嫌っている。神殿と律法を冒涜したというのなら、それはユダヤの問題である。しかし、反乱を起こそうとした政治犯としてイエスは送られて来たのだった。しかも一揆を企て捕えられ死刑になるはずの熱心党の男バラバと引き換えに、イエスを死刑にして欲しいと、ユダヤ人たちは言っているという。イエスがガリラヤの出身であることを知ったピラトは、当時サマリアやガリラヤをローマから任命されて統治していたヘロデ・アンティパス王(このヘロデは、イエスが生まれた時二歳以下の子供を皆殺しにしたヘロデ大王〈マタイ二ー一六〉の末子である)の元へイエスを送り、煩わしさから逃れようとしたが、ヘロデは、イエスは今エルサレムにいるのだからと、再びピラトにイエスを送り返す。ピラトが「なぜわたしを巻き添えにする」とイエスに言うと、イエスは「わたしは一人一人の人生を横切る。わたしが一度その人生を横切ったならば、その人はわたしを忘れないでしょう。わたしがその人をいつまでも愛するからです」と答えた。

過越の祭の日、一人の政治犯に恩赦を与えることができるピラトは、荊（いばら）の冠をつけたイエスを民衆の前に連れ出し、「この人を見よ（エッケ・ホモ）」と言った、「この人に何の罪も見出だせない」と。しかし民衆は「十字架につけよ」と叫んだ。ピラトは衆議会と民衆の声に従って、バラバを赦免し、代わりにイエスを処刑することにした。無力なイエスはすでに民衆からも見棄てられていたのである。百卒長は、バラバに二〇回の鞭打ちをくれ、放免した。バラバの体は力強さにあふれていた。しかしイエスの体は力もなくみじめそのものだった（「イザヤ書・五三」の預言のように）。野良犬のように震え、おそろしがって何か呟いている。ユダヤの言葉を殆ど知らない百卒長にはそう見えた。イエスは「すべての死の苦痛をわれに与えたまえ／もし、それによりて／病める者、幼き者、老いたる者たちのくるしみが／とり除かるるならば。もっとも、みじめな、もっとも苦しい死を」と祈っていた（『死海のほとり』三〇二～三〇三頁）。

「……自分を愛してくれる者のために死ぬのは容易しい。しかし自分を愛してもくれず、自分を誤解している者のために身を捧げるのは辛い行為だった。英雄的な華々しい死に方をするのは容易しい。しかし誤解のなかで人々から嘲られ、唾をはきかけられながら死ぬのは最も辛い行為である。（略）永遠に人間の同伴者となるため、愛の神の存在証明をするために（略）人間の味わうすべての悲しみと苦しみを味わわねばならなかった。もしそうでなければ、彼は人間の悲しみや苦しみを分かちあうことができぬからである」（『イエスの生涯』一五二頁）

四月一五日、イエスは七〇キログラムの十字架を背負わされ、石畳の道を髑髏（ゴルゴタ）の丘へよろよろと上っていった。一介の蓬売りにすぎないズボラには、怒り狂っている群衆に逆らって、この人は十字架にかけられるような罪人ではないと、自分の考えを言うほどの勇気はなかった。そんなことをして皆から罵られたり殴られたりするのは、嫌だった。が、ズボラは（ペトロのように、またキチジローのように）イエスについていった。イエスが十字架の重みに耐えられず倒れた時、ズボラは山羊のような顔をした議員から「金は払う」と指名され、イエスの十字架を担ぐ手助けをすることになった。その辛そうな眼は、ズボラに礼をいっているように見える。その時「私はあなたの苦しみを一緒に背負いたい」という声が聞こえてきた。

アルパヨは、城門と反対側からゴルゴタの丘に上っていき、イエスの姿を遠くに見ていた。ローマの兵士に見つかれば、また尋問されるかもしれないので、岩の間に身を隠していた。「お前はそれでいいのか」と自分ではないもう一つの声がささやいている。外発的＝内発的な良心の声である。あの人はお前を棄てなかったのに、お前は棄てようとしている。それでいいのか（『死海のほとり』三二五頁）。

百卒長は、じれていた。痩せ細ったこの男がか細い声で、他人の痛みを引き受けると呟いている。バラバなら獅子のように吠え、衆議会や俺たちに呪詛と怒りを浴びせかけるだろう。この男は威厳がない。本当に救世主なのか。正午、イエスは十字架に付けられ、その両側には二人の政治犯の十字架がたてられた。

十字架の上で、イエスは苦痛に顔を歪めて、言った。

「主よ、彼らを許したまえ。彼らはそのなせるところを知らざればなり」

「主よ（エロイ）、主よ（エロイ）、なんぞ我を見棄てたまうや（ラマ・サバクタニ）」

「我　わが魂をみ手に委ねたてまつる」「すべてはなり終れり」

一つめの言葉は、愛のない人たち、愛が何かをまだよくつかんでいない人たちをかばおうとした言葉であった。

二つめの言葉は、「詩篇二二」の冒頭の言葉で、この冒頭の句を聞いただけで人々は、「……人々のなかで汝をほめたたえん」と転調していく歌全体を思い浮かべることができる（前述）。この歌は主への絶望の詩ではなく、讃美の歌なのである、とカトリック教会の解釈を踏まえ、遠藤はいうが、そんなものだろうかという気はする。

三つめの言葉は「詩篇三一」の言葉で、「まことの神よ、汝は我をあがなわれたり」と転調していく（『イエスの生涯』一八四〜一八五頁）

遠くで見ていたアルパヨの口からは、しかし次の言葉がもれていた。

「主は、永遠に我らを忘れられたか
むなしく待つことに、我らは耐えかねました
主は、永遠に黙し給うのですか」
それはイエスが教えた言葉ではなかった。異邦人に長く支配されたユダヤ人の嘆きの祈りだった。イエスの死に、神が手をこまぬいているとは思いたくなかった。だが生気のない空は相変わらず何事も起こらないまま、祈りは草いきれのなかに消えていった。神はイエスの死に際しても沈黙していたのである。イエスはイエス自身の死に際しても沈黙していた。この時、「神殿の幕、上より下まで二つに裂け、地震い、磐やぶれ、……」とマタイ（二七－五一）は伝えているが、遠藤はこれを、神の顕現ではなく、弟子たちの慟哭、驚愕、混乱を表しているとする。弟子たちは落胆と失望を嚙みしめていた。午後三時、十字架の上の苦悶の果て、イエスは息を引き取った。

イエスの遺体はアリマタヤのヨセフに引き取られ、彼の土地の墓地に葬られた。安息日が過ぎて、マグダラのマリアとヤコブの母とサロメが、イエスに香料を塗ろうと昼頃墓に来て見ると（地震が起こり、主の使いが天から下ったのであるが、遠藤はこれも聖書作者の装飾とみたのであろう、問題にしていない）、既に墓の石は取り除かれていた。墓に入って見ると、少年が座っていてこう言った。「怖るること勿れ、汝等は十字架に釘けられ給いしナザレのイエスを尋ぬれども、彼は復活し給いてここには在さず。往きてその弟子たちとペトロに至

りて告げよ、彼は汝らに先だちてガリラヤに往き給いぬを」（マルコ一六－一～八、マタイ二八－七）。

復活とは何か。復活は歴史的事実か、それとも聖書作者たちの創作で、キリストの永遠性を語る象徴的神話なのか。

聖書にはイエスの復活の様子が細かく書かれている訳ではない。女達が墓に行ってみるとすでに「復活」は済んでおり、少年がいて（彼もイエスが復活しているところをみたわけではない）、イエスは復活してガリラヤに行ったと言うだけである。あらゆる奇跡物語を装飾と見た遠藤であれば、この復活をも装飾と見るのは妥当なことであろう。

遠藤は、復活は蘇生ではないと言う。蘇生ではない復活とは、一人の優れた人物の再来を後世の他の優れた人間のなかにみるということである。イエスの祖型の反復である。イエスが示した型を繰り返すことである。この意味での復活を認めた上で、復活はそれだけではないといい、次のようにその理由を語る。

遠藤は、イエスの生前、師の教えを理解できず、ぐうたらだった弟子たちがなぜ立ち直り、強い意志と信仰の持ち主となったのかという問題を掲げる。弟子たちの心に衝撃的なものが起こったからだろうが、それは何か。それはイエスの復活という奇蹟が、弟子たちに、イエスが神の子であることを示したからだ、というのが一般的であるが、遠藤の推測では、イエスはバラバという政治犯の身代わりになって十字架に付けられたのであったが、それには弟子たちの身代わりという図式が投影されている、と言う。師を殺したのは自分たちだと弟子たちは考え、自分たちの罪をすべて背負ってくれたのだという、衝撃的なものが起こったからだ。屈辱、慙愧、自己軽蔑、自己弁解、……弱者が生き続けるために味わうあらゆる感情を弟子たちは噛みしめていた。イエスは裏切った自分たちを許してくれるだろうかと、恐れた。しかしながら、イエスが十字架の上で語った三つの言葉は愛にあふれたものだった。そのことに弟子たちは衝撃を受けていた。「まことに、この人は神の子なり」という驚愕と感嘆の声を、弟子たちはあげていた。弟子たちにはイエスが語っていたことの意味が分かり始めていた。

「現実には力のなかったイエス。奇蹟など行えなかったイエス。そのため、やがては群衆から追われ、多くの弟子さえも離れていった無力だった師。だが奇蹟や現実の効果などよりも、もっと高く、もっと永遠であるものが何であるかを、この時、彼らはおぼろげながら会得したのである。／彼らはその時、イザヤ書の五十三章をたしかに思い出しただろう」（『イエスの生涯』二一三頁）

すでに何度か触れたように、これは「イザヤ書五三章」に謂う苦難の僕、「哀しみの救世主(メシア)」のイメージである。弟子たちは、メシアとは、力のある、威厳にみちた、奪われたイスラエルを取り戻してくれる、栄光の英雄をイメージしていた。しかし、無力で、何もできず、惨めな姿で死んだイエス、しかし愛にあふれたイエスによって、価値の転換がもたらされたのであった。愛とは、人間の低みを、ともに、伴に、友に、朋に、共に、倫に、生きることである。苦しんでいる人と伴に苦しみ、哀しんでいる人と伴に哀しむことである。これが遠藤の同伴者イエスの核心である。

［弟子たちはイエスが死んでも、自分たちのそばにいるという生き生きとした感情が、いつの間にかうまれたにちがいない。それは抽象的な観念ではなく、文字通り具体的な感情だった。イエスは死んでいない。自分たちになお語りかけているという気持ちは事実だったのだ］（同、二二六頁）

弟子たちは原始キリスト教団を形成し、福音（エヴァンゲリオン）の伝道に進んで行く。

しかし一方、奇蹟物語が聖書に書かれているのは確かなことである。すでにいくつかは触れたが、マタイによってもう一度、列挙すれば、「イエスは私が行ってなおしてあげよう」（マタイ八―七）と言って、重いハンセン病を患っている人を清め、多くの病人を癒し、悪霊に取りつかれたガダラ人からその悪霊を豚の群れに入り込ませ、豚は崖から海になだれ込み、死んでしまった（マタイ八―二八以下）。中風の人を癒し、風と海を叱って大凪にした。イエスの服に触れる女を癒し、二人の盲人の眼を開き、口の利けない人から悪霊を追い出し、ものが言えるようにした（マタイ九―一～三四）。

さらに五つのパンと二匹の魚を祝福し、およそ五〇〇〇人の群衆の腹を満たした（マタイ一四―一七～二一）。イエスは海の上を歩いた。ペトロも歩いたが、風を見て恐ろしくなりおぼれかけた。「信仰の薄い者よ、なぜうたがったのか」とイエスは言った。二人が舟に乗ると凪はやんでしまった。船の中にいた者たちはイエスを拝して、「ほんとうに、あなたは神の子です」と言った（マタイ一四ー一九～三三）。また、七つのパンと少しの小さな魚に感謝して、四〇〇〇人の群衆を満腹にした（マタイ一五ー三四～三九）、等々。水を葡萄酒に変えたり（ヨハネ二ー一～一一）、マルタとマリアの弟ラザロを生き返らせたという（ヨハネ一一ー一～四四）。これらは、つまり現実的な効果、現世利益である。前期のイエスの上昇期であり、高みにいて、大活躍である。これらを聖書作者の装飾と一刀の下に切り捨てるのは、どういうものだろうか。民衆は切実な問題を抱え、これらの徴・奇蹟を慕って、イエスの元に集って来たのだから。看板に偽りありということにもなりかねない。もうその力がないと言われても、期待はずれ、落胆は深い。

人はパンのみで生きるのではない、が、人間は腹が減る生き物である。大審問官やアナス大祭司も言う通り、パンも必要なのである。パンのためには、現実的な力が欠かせない。地上のことはどうしても政治・経済が絡んでくる。科学技術も絡んでくる。理想的な信念と伴に、現実的な効果・徴が必要になる。「自由」と「愛」に味付けられたパンというのは奇蹟かもしれないが、それが奇蹟ではないような奇蹟、神にはそれが可能のはずである。それができるのが神である。

人間は（神によって）それほど上等には造られていないのだから。嗚ー呼。

『死海のほとり』に熊本という牧師が登場し、「私」に反論を語る。「この頃の聖書学者はイエスを自分たちの人間的な次元に引きおろして考えようとする傾向がある。つまりイエスを卑小化して知識として掴んどるだけじゃ。これは信仰じゃないね。信仰とは、素直に謙虚に神の言葉を受け入れることですよ」。これも聖書を読む上で重要なことであることは間違いない。おそらく遠藤のいつもの相対化であろう。

「私」と戸田が大学の寮にいたころ、「ねずみ」とあだなされたコバルスキというポーランド人修道士がいた。ねずみは体が弱く、おどおどとして、いつもずる賢く立ち回っていた。(ねずみは、『青い小さな葡萄』のこびとクロスヴスキイ、「札の辻」〈一九六三〉に出てくるバフロフスキとかビロフスキとかいうユダヤ系ドイツ人修道士の後身である。彼は臆病ゆえにネズミとあだ名されていた。またねずみは『沈黙』のぐうたらで弱虫のキチジローの性格の後継者である。キチジローも鼠のようだと形容されている。「醜く、威厳もない」あの人のイメージである。)

ねずみは戦争中、国に帰って、ゲルゼンの収容所で死んだと聞いていた。エルサレムにユダヤ人虐殺記念館があり、戸田の案内で見学していると、ゲルゼン収容所のことも展示されていていて、ねずみのことを思い出した。二人はゲルゼン収容所にいた人たちが多くいるというテル・デデッシュのキブツを訪ね、ねずみのことを知っている人がいると分かった。二人はキブツの兵舎のような宿舎に案内され、そこで泊めてもらうことになった。遠くまで来たな、と「私」は感慨深く、思った。

「なぜ死のうと思ったんだろう」

「誰が?」

「イエス」

暗い電灯の下で、まるで昔の寮の誰かのことを話しあうように、イエスのことを私たちはぼそぼそとしゃべっていた。そう、あの男はいつの間にかこの旅行の間に、もう二千年前に生きた人間ではなく、我々より先に出発した誰かのようになってしまっていた。

「そんなこと、教会であんたも」戸田は面倒臭そうに答えた。「耳にたこができるほど聞かされたろう。もっとも、我々の罪を彼がすべて背負ったのだという教会の解釈は、ポーロがひねりだしたもんだが」

「事実はどうなんだ。イエス自身その点について何か言っているのか」

「言っているさ。友のために命を棄てるほど大きな愛はないって」

「友とは誰だ」

「さあね」相変わらず投げやりな口調で戸田は、「おそらくあいつは……結局、自分がなにも助けられなかった湖畔の病人や娼婦や老人たちのことを、いつも考えていたんだろう」

「自分が死ねば……その連中に何か役に立つと思ったのか」

（『死海のほとり』新潮文庫、二七四〜二七五頁）

ここでも、「私」はイエスの死の現実的な意味・効果を計りかねている。なぜイエスは死のうとしたのか、本当のところは分からないのだ。そう言いながら、「私」はあの「その人には見るべき姿も、威厳も、慕うべき美しさもなかった。侮られ、棄てられた。まことにその人は我々の病を負い、我々の哀しみを担った」という哀しみのメシアの言葉を思い出していた。しかし、「我々の罪を彼がすべて背負った」というのはポーロ（パウロ）がひねり出したものだそうだが、そんなことが出来るものだろうか？　一人の死は一人の死で、反復すべき祖型を示したというのなら、分からないこともないが。

ねずみのことを憶えている三人の話で、次のことが分かった。

A＝ねずみは、収容所の強制労働に耐えられず、ガス室に送られるか、銃殺か医者のモルモットにされた（これを石鹸になると呼んでいた）のではないかという。

B＝ねずみは医務室で白衣を着て、注射器や薬品を硝子板の上にならべ、その日行われる暖炉室つまりガス室送りの準備をしていた。

C＝ねずみは臆病なくせに小狡く立ち回り、都合によって修道士であることを利用した。医務室で働くようになったのも警備兵の中の基督教徒に頼み込んだためらしい。生きるために他人のことは構っていられなかった。しかしそんな中でマデイ神父は、一人のユダヤ人脱走者が飢餓室に連れていかれた時、親衛隊の将校の前に進み出て、「彼には妻も子もいる。自分を身代わりにしてあの人を許してください」と言った。「人、その友のために己が命を棄つる。これより大なる愛はなし」ということを実践したのである（前述のようにこの話は『女の一生　二部・サチ子の場合』にコルベ神父の話として詳しい）。ねずみは医務室をやめさせられ、労働中隊に入れられた。貧弱な体で不器用にスコップを動かしていたが、他の囚人に迷惑をかけることも多かった。ある朝、点呼で指名され、警備兵に列から無理矢理引き出され、そのまま帰ってこなかった。マデイ神父のおかげで助かった若い男も、やはり一月後、連れていかれ、帰ってこなかった。

これがコバルスキ（ねずみ）の消息について知り得たことだった。二人はマデイ神父がなぜ死んだのか話し合った。「なぜって、イエスの死を真似ようとしたんだろう」というのが二人の意見だった。祖型の反覆ということである。

「イエスの復活とは、人間がそういう愛の行為を受けつぐということかしらん」

「ああ」

戸田が素直にうなづいたので私は意外な気がした」

（『死海のほとり』二九〇頁）

「だけど、その神父が死んでも、当の若い男は結局助からなかったんだろ。我々の現実も、何も変わらん。そういうもんだろ」と戸田は続けた。

「私」は、ねずみのことも思っていた。

［「収容所の中にはマデイ神父のような人種とねずみのような人種がいる。マデイ型の人種は、一日のたった一つしか与えられぬコッペパンを疲れた友人にそっと渡し、処刑されかかった若い男を救うために身代わりになる。だが、ねずみ型の人間は……どうもがいてもそんな真似はできぬ」］（『死海のほとり』二九〇頁）

確かにそれは言えている。しかし、何度も言うが、その分かれ目はどうして生じるのだろう。例えば雲仙の地獄で、ゆっくりゆっくり熱湯をかけられる拷問の場面を思い出してみても、自己保存のエゴイズムだと、簡単には批判できないところである。その場にならないと分からないことだ。

もう一人コバルスキ（ねずみ）のことを知っている人から手紙が届いた。内容は上の三人のものに重なるが、さらに新しい消息も書かれてあった。

D＝ある日、疲れきった囚人がパンを差し出して、コバルスキに（楽な）医務室の仕事を回してくれと言った。コバルスキは怯えたように相手を見つめていたが、何も言わず壁の方を向いた。囚人は彼を罵ったが、コバルスキは黙りこくっていた。その囚人は、三、四日後、姿を見せなくなった。コバルスキは、あれは自分のせいじゃないと繰り返し言って否認した、と。コバルスキは、ペトロのように、罪の意識を覚え、自己弁護と自己嫌悪に苛まれていた。

ここで遠藤は、手紙を読みながら、熊本牧師の訳した「少年のためのエルサレム物語」を思い出している。コバルスキの話と聖書の話がオーバーラップし、イエスの当時の話と現在のコバルスキの話が並行して語られる。つまり、『死海のほとり』は奇数章が現在の「私」たちのエルサレム巡礼の話で、偶数章がイエスの当時の話という構成で、章ごとの大きな螺旋だったのが、この最終の第一三章に至って段落ごとに現在と古代の相似関係が綯い合わされ、小さな螺旋を描いてイエスの死と復活の意味を語る仕組みになっている。右の話は、ペトロがイエスなど知らないと拒んだシーンと重ねられている。その時イエスはくぼんだ辛そうな眼でペトロを見た。ペトロは両手で顔を覆って烈しく泣いた。

マデイ神父が身代わりになって飢餓室に入ったことも手紙には書かれていた。その夕暮れ、鉛色の空が割れ、幾条かの光が有刺鉄線に囲まれた建物と監視塔を照らした時、一人の囚人が「世界はどうしてこんなに美しいんだろう」と言った。マデイ神父が飢餓室で苦しんでいる時、このイルミナションは神の沈黙ではなく、神の啓示として感得されていたのだった。コバルスキにも一緒に祈るように勧めたが、彼ははげしく首をふり、耳をふさいだ。マデイ神父は五日目に、石炭酸を注射され、死んだ。彼が死んでも、何も変わったことは起こらなかったが、ある日、コバルスキの隣の男が空腹と貧血で倒れかかった。彼はコバルスキにパンを半分くれといった。コバルスキは首をふった、が後ろにいた別の囚人が一日分の食料である一つのコッペ・パンをこの男にやった。俺は今日、食べたくないのさ、と恥ずかしそうに言いながら（三四一頁）。コバルスキはこの時も、俺のせいじゃない、と言っていた。

神がいつイエスを救うだろうか、と弟子たちはみな見守っていた。四月にしては暑い日で、エルサレムの空と太陽を見上げては、神が、町を引き回されているイエスに何かをする瞬間を待っていた。しかし相変わらず太陽は円盤のように白く輝き、何事も起こらなかった。弟子たちは、太陽はなんて美しいんだろうとは思わなかったのである。

コバルスキは医務室をやめさせられ、鶴嘴をもたされ作業に駆り立てられることになった。彼は狡さのために軽蔑されていた。彼を助けてやろうという人はいなかったし、誰にもそんな余裕はなかった。

イエスは十字架を背負わされ、血と汗にまみれて、刑場に進んで行った。両側の群衆からは嘲りの声が上がり、唾をはきかける男達もいた。イエスの話を聞いたことのある女たちもいたが、今はもう何もできなかった。

ある日、ついにコバルスキは将校から指名され、列外に出された。恐怖の余り、彼は尿を漏らしていた。彼は泣いて首をふった。そして私（Dの手紙を書いた人）に、最後の食糧になるはずだったコッペ・パンをくれた。コバルスキは土壇場で、パン一個の愛を実践した（人はパンで生きるものだから）。愛の復活は、イエスとのダブルイメージで描かれる。

ドイツ人がコバルスキの左側に立って連行した。その時、一瞬、コバルスキの右側にもう一人の誰かが、彼と同じようによろめき、足を曳きずっているのが見えた。その人はコバルスキと同じようにみじめな囚人の服装をして、同じように尿をたらしながら、歩いていました……（『死海のほとり』三四五頁）。

正午、刑場に三本の十字架がたてられ、イエスと両側の二人の囚人は両手と両足とを釘づけにされてうなだれていた。百卒長とその部下と見物人が数人だけ残っていた。左の囚人が、俺のことも天国で、忘れないでくれ、と声をかけてきた。イエスは苦しい微笑をうかべて答えた。「いつも、お前のそばに、わたしが、いる」

コバルスキとイエスがダブルイメージで描かれているが、これは「沈黙」ではなく奇蹟である。［現実には力のなかったイエス。奇蹟など行えなかったイエス］が起した奇蹟！

それともこの物語は作者の［装飾］（『イエスの生涯』）なのだろうか。ここまで書いていいのだろうかという疑問は、相変らず、僕にはある。たびたび言うが、ロドリゴのときももっと早く出てきてくれれば良かったし（出てきて、踏むがいい、と言って奇蹟を起したのだが、もっと早く、踏まなくても済むように）、他の多くの迫害・処刑にあった人にも出てきてくれればよかった。権力者に顕現すれば経済効率がよかったろうに。そうすれば世界中がキリスト教徒になっただろう。それもなんか現世利益的で……。

処刑されたコバルスキは、他の死体と同じように、石鹸になったのかもしれない。彼の貧弱な肉体からできた石鹸は、どんな人間にわたっていったのだろう。コバルスキがみじめな石鹸になったのなら、イエスだけが栄光の死をとげたとは思えなかった。

［あなたは無力で、無力だったからナザレで追われ、ガリラヤの村々からも追われ、無力

だったから、エルサレムで人々に罵られながら捕えられ、無力なくせに自分の体から絞りだした苦痛の脂で、たくさんの人間の悲しみを洗おうと考えられた。そして、死のまぎわ、いつもお前のそばにわたしがいると呟かれた。だからあなたは、ねずみにも、誰かのよごれた爪の垢を落し、幼い児の股を綺麗にし、情事のあとの女の体を洗うように仕向けられたのか。そしてあなたは尿をたらして引きずられていくねずみのそばで、御自分も尿をたれながら従いていかれ、最後には自分の運命に似たものを私のねずみにもお与えになったのか。それを認めるのは辛いが、それは、私があなたの復活の意味をほんの少しだけでも考えだしたからなのでしょうか」(『死海のほとり』三四七頁)

復活の意味を、「私」はこのように語っている。イエスの復活とは、「人間がそういう愛の行為を受けつぐということ」なのだ。マデイ神父のように進んでそれを引き受ける人もいるし、最後までそれができない人もいる。ぐうたらで臆病でずる賢く立ち回っていたねずみが最後にただ一度人にパンをゆずるという愛の行為をなしたこと、そこにイエスの愛の復活を見る。イエスの祖型の反復ということである。惨めに死んでいくねずみのそばで、同伴者イエスもまた惨めに死んでいったこと、祖型の反復に、イエスの受難(パシヨン)を見る。

[普通の人間にできないようなことを、この人が愛の力でしたから、これをキリスト教のいう本当の奇蹟だというのです。(略)死に方の中でもいちばん苦しい飢餓死のようなものを自ら選ぶほど、自己満足や虚栄心というものは、人間の心理に強く働きかけるもの

ではありません。たとえそういうものがあったとしても、その心理の背後にプラスXというものが加わらなくては、そんな行動を人間が採れるはずはないでしょう。そのプラスXというものこそ彼を動かしたわけだし、それはキザな言葉ですが、やはり「愛」であったわけです。そしてこの愛こそ奇蹟だ、と私は思うのです」

（『私のイエス』祥伝社ノン・ポシェット、一七七～一七八頁）

これはマデイ神父のモデルとなったポーランド人神父コルベのことを言っているのだが、ねずみもまた愛の行為をなしたことで、この系列に属することになる。そこにはプラスXに促され、愛の奇蹟＝イエスの復活があったのだ、と遠藤は言うのである。愛が基本だからである。

空港で、戸田はイスラエルに残り、聖書学の研究を続けるという。「付きまとうね、イエスは」。日本に帰る「私」は戸田にそう呟いた。この巡礼でコバルスキを訪ね歩いたが、いつもその陰には同伴者イエスがつきまとっていたことをあらためて知った。机の引き出しに放り込み、一度は棄てようとした書きかけの「十三番目の弟子」の古原稿の中にも、イエスは潜んでいるのだろう。

「私があなたを棄てようとした時でさえ、あなたは私を生涯、棄てようとされぬ」

（『死海のほとり』新潮文庫、三四九頁）

これが「私」の感慨であり、巡礼を終えての確認である。

第5章　たまねぎと復活　それぞれのインド

＊江波はインドに惚れ、インドに四年間留学したが、就職できず、添乗員のアルバイトをしている。江波は何も言わないが、三條のようなインドを軽薄に嘲笑する観光客が不愉快でしょうがない。宗教家も文化人も、インドのことなど分るはずはないのに、帰国するとインドの何もかもが分ったような事を口にする。彼はそれが嫌でたまらないが、添乗員として明るく振る舞っている。彼の今の処世訓は「面従腹背」である。面従腹背は、自分の自由を貫けぬ弱い人間の常の姿である。

＊ヴァーラーナスィの町を江波が案内する。ナクサール・バガヴァティ寺は、恵みをたれる女性という意味で、壁に彫られた様々な女性像からインドの全ての呻きや悲惨や恐怖や淫猥さが伝わってくる。インドの女神は誕生だけでなく死をも含む生命全体の動きを象徴し

ているから、柔和な優しい母の姿だけでなく、恐ろしい姿もしている。江波の好きなチャームンダーという女神は、老婆のように萎びた乳房から、子供たちに乳を与えている。右足はハンセン氏病のためただれていて、腹部も飢えでへこみ、しかも蠍が嚙みついている。彼女はそんな痛みに耐えながら、萎びた乳房から人間に乳を与えてる。彼女はインドの母であり、インド人の苦しみを全て表している。それは聖母マリアのように清純でも優雅でもない。インドの哀しみのメシアといっていい姿である。地下の薄暗い部屋の女神の像に、レンブラント的光が差し込んでいるようである。

木口は江波の説明を聞きながら、ビルマの死の街道を思い出していた。「私には、はじめてこの国になぜ釈迦が現れたか、わかった気がする」

ビルマの死の街道で味わった地獄の体験も、しなびた乳房から人間に乳を与える姿、その聖なる姿に照らされて、人間の生の悲惨を、単に悲惨であるだけのものから解き放ち、人間の悲しさとして浄化できるような気がしたのだ。

＊

三條夫妻は新婚旅行でこのインドツアーに参加した。先輩のカメラマンがインドはいいぞと勧めたからだったが、妻の方はドイツのメルヘン街道のほうにしておけば良かったと聞こえよがしに言う。インドの人たちがガンジス川を聖なる川としてそこで沐浴することが不潔でしようがないし、沐浴で浄化と輪廻転生からの解脱を願っているということにも、本気かしらと言ってはばからない。彼らはインドの何たるかを理解しようとしない門外漢である。神があろうがなかろうがどうでもいい黄色い人である。

チャームンダーの像についても、三條は「どうせ、埃まみれの仏像でしょ」と無関心で、妻はガンジス河より「ライン河に行きたかったのに」と無邪気に言っている。もちろんそれは趣味の問題で、ライン河に行きたい人は行っても少しもかまわないのだ。三條にはインドにくる一身上の動機がない。しかし、写真は撮る。死体は撮ってはいけない、といわれているが、だからこそ撮りたいと言って聞分けがない。門外漢の行動はしばしば当の世界の住人にとってはサディストとして立ち現れる。積極的に破壊しようとはしないまでも、その世界で重要なことを意に介さず、別世界の行動原理で生き、その世界の花園を蹂躙する。しかもそのことに無自覚である。

＊磯辺は「この世界のどこかに生れ変る。私を探して」といった妻の言葉が気になって、輪廻転生の地インドにやってきた。磯辺はいつも妻の言葉を思いだし、いつも妻の転生を探していた。磯辺は妻の転生した姿がこのインドで見つけられると思っていたわけではあるまい。彼が探していたのは転生ということがあるという事実である。その事実がこのインドで確認できれば、妻もどこかに転生しているはずであり、いつか出会うこともできるだろうという希望を抱くことが出来る。

＊沼田は野生動物保護区にいき、犀鳥や九官鳥のような暑い国から来た鳥の故郷を見るのが目的である。沼田は転生を信じる人々を見て、大学時代の童話の習作を思い出していた。九州の八代海の死者たちは、みな海の中で魚になって生き続けると信じている、という話。だが、ロマンチックなことを考えている沼田に、江波は、インドの自然は淫猥である、と忠告する。

＊木口が熱を出した。マラリアらしい。成瀬美津子が呼ばれて、「愛情のまねごと」をしている。他のツアー一行は次にブッダガヤーに行くのだが、美津子は残って看病する。美津子はブッダガヤーのような釈迦が悟った清らかな場所より、この清浄と不潔、神聖と卑猥、慈悲と残忍とが混在しているヒンズーの世界のほうが興味深かったのだ。美津子は木口がどういう人間なのか全く知らない。木口はうなされて「ガストンさん」と寝言を言った。

＊成瀬美津子は大津を探していた。大津のことが気になってしかたない。それは一人の人間の人生を横切ったものが、消え去ることなく心の底に溜まっており、つきまとわれていたからである。

「日本人のヒンズー教徒がいましたよ」と二人のツアー客が教えてくれた。「職業は神父だというんです。彼の運んでいたのは金のない行き倒れの死体だそうです」

美津子は、それが大津だと分った。

磯辺も沼田も目的がある。三條夫妻はもうインドを歩き回りたくないと言って、ヴァーラーナスィに残ると言う。磯辺はラジニ・プニラルという転生の少女を探そうとして、カムロージ村に行こうとする。転生の事実を見るために。磯辺は、妻の死後、夫婦の縁というものの不思議を考えている。偶然にちがいないのに、生まれる前からその縁があったような気がする。


*美津子もこの町で行われていることを見て、大津のことを考えながら、沼田に言う。「その友だちは普通の人から見ると馬鹿な生き方をしてきたけど……ここに来て、わたくしにはなんだか馬鹿でないように見えてきましたの」

美津子の心に微妙な、そして重大な変化が芽生えている。大津の馬鹿な生き方が、何か尊いもののように思えてくる。威厳もなく、みじめでみすぼらしいHoly Fool、神の道化師のような……。『スキャンダル』の成瀬万里子からみると、小さな回心のような……。

「一人の人間が他人の人生を横切る。もし横切らなければその人の人生の方向は別だったかもしれぬ。そのような形で我々は毎日生きている。そしてそれに気づかぬ。人々が偶然とよぶこの「もし」の背後に何かがあるのではないか。「もし」をひそかに作っているものがあるのではないか。しかし、私にはまだそれがわからない」

（「もし」一九六七『影法師』新潮文庫、七七頁）

この初期の作品「もし」のテーマは、通奏低音のように、常に遠藤の胸中にあったものであり、同様の趣旨の言葉はいろいろな作品の中に見出だされる。目に見えないものがささやき、目に見えないものの声を聞く。たとえば病気の時、妻に死なれた時、などの不幸を通して、普通なら考えなかったことを考える。『深い河』の源流の一つである。

初め、美津子は大津を甚振り、苛めぬき、二人の出会いは決して幸福なものではなかったが、美津子の人生を横切った大津という人間が、美津子にはどうしても気になってしかたない。美津子は孤独だったのである。孤独の中で、人生を振り返った時、何かがささやいたのであろう。それは自分にも何かわからない衝動である。遠藤は、それを無意識とよんでいる。Xの働きが後押しをしてくれているとも言う。しかもその後押しは、悪い方向ではなく、より高い方向に（あるいは深い方向に）押してくれる。（「宗教の根本にあるもの」『深い河』創作日記』講談社、一四九頁）

一人の人間が他人の人生を横切り、跡を残して行ったのはこの美津子と大津の関係だけではない。磯辺の人生を横切ったのは妻だったし、沼田の人生を横切ったのは同伴者の犬や九官鳥であった。木口の人生を横切ったのは戦友塚田や南川であった。彼等をこのインド、ガンジス河に連れてきたのは、それぞれの過去の傷であり、また感謝である。そうしないと気がすまないもの、無意識的なXが、言い換えればプネウマが働いたのである。

＊インディラ・ガンジー首相がシーク教徒に暗殺された（一九八四年一〇月三一日）、とラジオニュースが伝えた。

美津子はホテルの部屋の窓からさしこむ白い光を浴びて、クルトル・ハイムのチャペルを突然思い出した。大津を待ちながら、目の前に広げられた聖書を見た。

＊磯辺は占師の家を出て、タクシーに乗ろうとした。四、五歳に見える女の子がひもじさを演じる動作を見て、ひょっとして、これが生れ変った妻ではないかと思い、小銭を渡した。ラジニという少女を知らないか、磯辺はいつも妻と生れ代わりの事実を探していた。「お前、どこに行ったのだ」

磯辺はこれほど生々しい痛切な気持ちで妻を呼んだことはない。妻の発した臨終の一言が、人間にとって何がかけがえのない結び付きであるかを教えた。一人ぼっちになった今、磯辺は生活と人生とが根本的に違うことがやっと分ってきた。生活のためにふれあった他者は多かったが、人生の中で本当にふれあったのは、母親と妻のたった二人だけだったと知った。河は彼の叫びを受けとめて、黙々と流れて行く。

＊沼田は町で小鳥屋を見つけ、九官鳥を求め、美津子に訳を話す。
「むかし、ぼくは九官鳥に命を助けてもらいましてね、今度はそのお返しをするんです。考えてみればセンチメンタルな行動でしょうが……」

それは雀放しという小動物を買って放してやり後生を願うということと通じるものであろう。放生会。

＊美津子は大津が淫売屋にいるときいて、沼田に一緒に行って貰う。大津は留守だった。
美津子は自分の人生が全て無意味で無駄だったように感じた。だが、自分も様々な愚行の奥に、自分を充たしてくれるにちがいないXを求めていたのだとは漠然と感じていた。インドに行くと決めたときから、風が吹いて来ていたのであろう。

この風は、森田ミツ（『わたしが・棄てた・女』）の眼に入った風と同じもの、つまり、プネウマが吹いていたのだ。「放蕩息子・娘の帰還」の予感。

大津を探すのを諦めて通りに出た時、「インディラは我らの母」などと書かれたまん幕をもった葬送の列が行き過ぎた。

その時、「な、る、せ、さん」と、突然日本語で名前を呼ばれた。大津だった。美津子は大津を探しに来たのだが、大津の方が見つけてくれた（『深い河』講談社文庫、二九五頁）。大津は、ガンジス河で死ぬためにたどり着いて、そのまま行き倒れになってしまった人たちの死体をガートにある火葬場に運ぶ仕事をしている。一人、イエスのまねごとをしているのだ。

美津子があなたはヒンズー教徒ではないのに、と言うと、大津は、答えた。

「「そんな違いは重大でしょうか。もしあの方が今、この町におられたら、玉ねぎがこの町に寄られたら、彼こそ行き倒れを背中に背負って火葬場に行かれたと思うんです。ちょうど生きている時、彼が十字架を背にのせて運んだように。玉ねぎはヨーロッパのキリスト教だけでなく、ヒンズー教のなかにも、仏教のなかにも、生きておられると思うからです」」

（『深い河』三〇〇頁）

因みに宮沢賢治はこんなことを言っている。

「みんながめいめいじぶんの神さまをほんたうの神さまだといふだらう、けれどもお互いほかの神さまを信ずる人たちのしたことでも涙がこぼれるだらう」（「銀河鉄道の夜」前期形）

賢治が言っているのは、宗教団体の教義ではなく、宗教の本源のことである。遠藤の言う本質的な宗教性のことである。仏教とかキリスト教とか、仏教の何宗とかいうセクショナリズムではなく、そんな中にあっても揺るがぬ人間の意識の底にある根源的な宗教性のことである。

『神は多くの名前を持つ』や『宗教多元主義』の著者ジョン・ヒックは、

「多元主義とは『自我中心から実在中心への人間存在の変革』がすべての偉大な宗教的伝統のコンテクスト内において生じつつあるものと認める見解のことなのである。救いの道、解放の道がただ一つしかないというのではなく、その道が多数あるという意味での、多元性をいうのである。キリスト教の神学用語で言えば、神の啓示に多元性があり、したがって、救われる側の人間の応答形式にも多元性が認められうる、ということなのである」（ヒック『宗教多元主義』一九八五、間瀬啓允訳、法蔵館、一九九〇）

と、宗教の多元性を認め、多元主義を規定、説明した後、次のように言う。

「偉大な宗教的伝統はどれも、われわれが日常的に経験する社会的・自然的世界に加えて、われわれを超え出たところに、あるいはわれわれの内面の奥深くに、限りなく偉大で、高度な実在が存在するということ、そしてまた、その実在に関係して、あるいはその実在に向けて、われわれの至高善が存在するということ、を肯定する。究極的に実在するもの、究極的に価値あるものは一者であり、この一者に対して全面的に自分を捧げることが、われわれの究極的な救い・解放・悟り・完成なのである。さらに、どの伝統も、この神的実在がわれわれの言語と思考をはるかに超えたものであることにも気づいている。このものは人間の概念のうちに取り込むことはできない。このものはわれわれの有限な思考や経験の領域を超え出て、無限であり、永遠であり、そして限りなく豊かなのである。そこで特定の伝統内で使われている特定の名前は使わないことにし、どの伝統に属する信仰にも共通するような名前を使うとすれば、それは「究極的実在」、あるいは「実在者」であろう」（同）

「実在者」即ち神は多くの神的ペルソナを持ち、それぞれの文化風土に独特の現れかたをする。それぞれの違いを認め合うことが、共存の道である。こうしてヒックは、排他主義や包括主義ではなく、多元主義を唱えた。つまり、アジア・モンスーン気候に合ったキリスト教があってもいい。ただし、友達と称して侵略するような侵略宗教は困る。

遠藤はこれらヒックの主張を評価して、我が意を得たように次のように言う。キリスト教やイスラム教や仏教はそれぞれに教義を持っているが、それは宗教団体としての教義であり、宗教性ではない。家族が仏教徒なら、彼も仏教徒になる。インドに生まれた人はその宗教性を満たそうとして、ヒンドゥー教徒になる。周りにはヒンドゥー教しかないから。同じようにイランに生まれればイスラム教徒になる。ヨーロッパでは普通はキリスト教徒になる。しかし同じキリスト教といっても、イギリスに生まれればイギリス国教会であり、フランスに生まれればカトリックになるというのが普通である。どの宗教を選ぶかは、その人の環境、文化、歴史的背景が大きく働く。異なる宗教を持つ国家や民族が対立し、戦争になる場合もあるが、それは背景をよく見ると、民族的感情や政治的要因、文化や言語や利害の違いが原因であることが多い。宗教の名前を持ち出せば、対立問題を一番簡単にまとめることができるので、宗教的対立とされているが、事実はそうではない。しかしそれらいろいろな宗教団体の教義を超えたところに宗教の本質としての宗教性がある。キリスト教の言うことも、仏教の言うことも、ヒンドゥー教の言うことも、その根底において共通したものがある。自分を生かしてくれている大きな命に名前をつけたのが、キリスト教の場合はキリストだし、仏教の場合は釈迦であったり阿弥陀であったりする。ヒンドゥー教徒にキリスト教徒になれという必要もないし、その逆の必要もない。互いの宗教性と宗教を尊重し合うということが大切だ、と遠藤は言う（「宗教の根本にあるもの」（『『深い河』創作日記』一五〇～一五二頁）

ローマ法王が第二ヴァチカン公会議（一九六二～一九六五）で、各民族、各人種に適応したキリスト教が、あらためて考え直されねばならない、と宣言したことも、追い風となったであろう。こうした思想の延長として、遠藤のキリスト教の日本化のテーマはある。幼時、母に連れられて夙川の教会で洗礼を受け、合わない洋服に当惑し、これを日本人にもなじめるものに造り変えようとして苦闘した。「合わない洋服」として次の三点をあげている（遠藤「日本人と基督教」『『キリスト教の事典』の書名で一九八四年刊行、一九九三年『キリスト教ハンドブック』の書名で再刊、三省堂）。

1・生贄という観念は、日本人の感覚には薄いこと。
2・基督教の神と人間の存在関係が、日本人には摑みにくい。
3・ユダヤ教、キリスト教の神の裁き、罰し、怒る顔は日本人にはむいていない。

こうした日本人に合わないキリスト教は、まずユダの荒野で生まれた。

遠藤は数回にわたってイスラエルを訪れている。イスラエルの川といえばヨルダン川である。ガリラヤ湖から死海に流れ、川幅は多摩川の半分くらいで、（大）河とは言えない。周囲は荒涼たる砂地か荒野であり、川がその流域に与える豊かなものがない。緑につつまれた山もなく、要するに母なるもののイメージを託するものは、ない。

「だから人間はきびしい自然を怖れるだけである。山も砂漠もそれは厳父に対したような畏怖感を人間に与えるという点で、自然は母のイメージよりも、父のイメージにつながるのである。（略）たやすく近づくことを、そこで憩うこと、子供が母から受けるような愛情をいっさい認めないから、その代り、罪におそれおののき、裁かれることをたえず考え、その怒りに触れないようにする父の宗教の発生しか考えられないのである」

（「ガンジス河とユダの荒野」一九七二『牧歌』新潮文庫、二五八頁）

イエスに洗礼を授けた洗者ヨハネは、「汝らまむしの子よ。迫りくる神の怒りを逃れるものと思うや。悔い改めにふさわしき実を結べ。斧は既に木の根におかれたり。良き実、結ばざる木はことごとく切られて火中に投げこまれん」（マタイ三－七～一〇）と言って、旧約的性格を露にしている。良き実を結ばぬ木は斧で切り倒すぞ、という威嚇は、父なる神の怒り、旧約的裁き、罰する性格そのものである。ヨハネはそうした性格を色濃く残していた。そしてそれはこのユダの荒野という自然が生み出したものなのである。

イエスが育ったガリラヤ地方は、ユダの荒野とは全然違う風景である。荒野や砂漠はなく、しずかな湖と葡萄畠とオリーブの林がいたるところにある。なだらかな丘には、春、野の百合（実はアネモネの花）が咲き、柔和で穏やかな風景である。イエスがガリラヤ地方からユダ地方に初めてやってきた時、その風景に違和感を感じたのではないか、と遠藤は言う。イエスは、ユダの荒野に二度来ている。一度目は、そこで修行し、洗者ヨハネのグループに身を投じた時、二度目はガリラヤを追われて諸地方をさまよった後、死を決意した時。しかし、イエスはユダの荒野的な父性の宗教をあきたりず思い、ヨハネのグループを離脱し、ガリラヤ同郷人だけで分派を作った。イエスは神のイメージの中に母なるものの要素を加えたのである。それが旧約聖書を超えた新約の新しさでもあったのだ。

「倖いなるかな　心まずしき人たちよ／天国はその人のものならん
倖いなるかな　哀しめる人たちよ／その人は慰められん
倖いなるかな　柔和な人たちよ／その人は地をうけつがん
倖いなるかな　思いやりある人よ／その人はあわれみを受けん」（マタイ五）

これは山上の説教の一節であるが、ここにはユダの荒野の思想、すなわち怒り、裁き、罰する父性の神の姿は弱められ、全てを赦してくれる母性の宗教が前面に出るに至っている。遠藤は結論的に、次のように書いている。

「それが東洋人であり、日本人である私に一息つかせる。もし基督教が父の宗教だけだったならば、私はとても従いていくことができなかったであろう」

（「ガンジス河とユダの荒野」一二六二頁）

人間は弱さゆえに心ならずも状況に負けることがある。その時、怒り、裁く神に罰されるより、許し受け入れてくれる神がいたらどんなに救われるだろう。踏まれるためにイエスは来た、そして転んだ人のためにイエスはいる、という遠藤の言説の説得力はここにある。

「丈夫な人には医者はいらない。いるのは病人である」（マタイ九ー一二）

「すべて重荷を負うて苦労している者は、わたしのもとにきなさい。あなたがたを休ませてあげよう」（マタイ一一ー二八）

遠藤はこうした新約聖書の母性をテーマのポイントにすえ、その宗教性を変質させることなく、日本人の感性に適応した新しい基督教を切り開いて行き、次の諸点を提出した。繰り返し言えば、窮屈な洋服を日本人になじめるものに造り変えたのである。

1・新約聖書のイエスの母性的な面はもっと重視すべきである。

2・日本人の宗教意識には、自己の聖化より自己の純化を求める気持ちが強い。自己の中にあって我を生かす本当の生命をつかもうとする。これは聖書の中の「天国はお前の中にある」という言葉と照応する。従って自己の純化、自己の内部にあって自己を生かす大いなる生命を強調することは、キリスト教と矛盾しない。

3・従来の罪と罰だけを強調したキリスト教のイメージは避けるべきで、事実、イエスは罪ある人を許し、救うために地上に顕れたのである。

4・人生の同伴者として、人間的な苦しみ、死の苦しみ、愛を裏切られた苦しみを苦しんだイエスを強調すべきである。

5・あまりに堅苦しく、暗いイエスのイメージは日本人にキリスト教を敬遠させる。謹厳であること、好奇心を持たぬこと、ユーモアのないことが求道であると思っているキリスト者も多い。笑っているイエス、人々とともに酒を飲むイエスを知るべきである。

そして、「日本には日本人にあった基督教があって然るべきなのである」、と遠藤は書き結んでいる。（「日本人と基督教」『キリスト教ハンドブック』）

最初の論文である「神々と神と」（一九四七）以来の宿題は、このように果たされたということになる。

大津はマハートマ・ガンジーの「さまざまな宗教があるが、それらはみな同一の地点に集まり通ずる様々な道である。同じ目的地に到達する限り、我々がそれぞれ異なった道をたどろうとかまわないではないか」という言葉が好きだった。（これは細川ガラシャを描いた「日本の聖女」の中で、パードレが言った「たとえどのような路から山へ登るとも、いずれの路も頂きに達する。神への路も同じことである」という言葉と同じ趣旨である）ヨーロッパの神学校で異端的な考えだと顰蹙をかっていた。彼の無意識にひそんでいる汎神論的な感覚が批判の対象であったが、大津は、「あの方に異端的な宗教って本当にあったのでしょうか」と考えていた。しかし現実には、神学校に逆らい、弁解したり、反駁したりはできなかった。彼はただほとんど泣きそうな顔をして、黙り込んでいたのだ。気が弱く、言葉の上でも戦ったりする力はなかった。しかし、大津は現場にいて、その信念を行動で示したのだ。

[結局は、玉ねぎがヨーロッパの基督教だけでなく、ヒンズー教のなかにも、仏教のなかにも、生きておられると思うからです。思っただけでなく、そのような書き方を選んだからです]

(『深い河』三〇〇頁)

*しかし現実の世界では、宗教の対立や憎しみが、一人の女性首相を殺した。人は愛よりも憎しみによって結ばれる。共通の敵に対して結束する。そんな中で、大津のようなピエロが、玉ねぎの猿真似をやり、結局は放り出される。(このあと、ガンジー首相を暗殺したシーク教徒に対して報復が行われ、数千人が虐殺された。)

ガンジス河のほとりでもこのようであった。

死海のほとりでも戦争は絶えることがなかった。有史以来、エジプト、ヒッタイト、カナン、フェニキア、ペリシテ、ユダヤ、アッシリア、バビロニア、ペルシャ、マケドニア、ローマ、イスラム、十字軍、トルコと、占領者が移り変わった。二〇世紀のユダの荒野、パレスチナでも民族対立、宗教対立は凄まじいものがあった。かって遠藤は反ナチのレジスタンス

（マキ）の一部が親ナチの人間にリンチを加えフォンスの井戸に投げ込んだとしてその悪を描いたことがあったが、パレスチナでのそれはその規模をはるかに超えていた。ユダヤ教の「目には目を」の復讐律は厳然と生きていた。その復讐律を超えようとしてイエスの言った「右の頬を打たれたら左の頬も向けてやり、隣人を愛し、敵を愛し、迫害する者のために祈れ」（マタイ五―三八〜四四）という愛の思想は顧みられなかったのである。

『死海のほとり』で、二人の主人公がイスラエルのキブツに泊めてもらうシーンがある。しかしそのキブツが、「内部でいくら美しい社会を築いても、それが他人を追い出してその土地の上に築かれたものなら、何の意味があるだろう」（広河隆一『パレスチナ』岩波新書　一九八七）。Ａのユートピアは B の地獄である。アウシュヴィッツを経たユダヤ人が、今度はパレスチナ人の土地を奪い、虐殺する。

＊木口が美津子に心を開く。「成瀬さん、飢えたことがありますか」

木口はビルマでの悲惨な体験を語り、人肉を食べ苦しみぬいた戦友塚田が、ガストンにアンデスの事件を教えられて、癒されたことを話す。「あの人は同行二人の巡礼遍路のような人だった。仏教では善悪不二と言うが、人間のやることに絶対正しいということはないし、またどんな悪行にも救いの種がひそんでいるということ。戦友の苦しみを知り抜いている自分は、このことを噛みしめ、噛みしめ、生きてきた」と。木口は、塚田と戦死した戦友たちのために、阿弥陀経を唱えた。

＊沼田は、九官鳥を野生動物保護地区に放す。沼田はあの三度目の手術の夜を思い出しながら、「さあ、出ろ」と籠を叩くと、九官鳥は叢に飛び出して行った。沼田は、長年、背中にのしかかっていた重い荷がおりたような気がした。

＊三條は絶対に禁止されている火葬場の写真を撮ろうとしている。「危険を冒さぬカメラマンに傑作は撮れぬ」と言って。写真は思想じゃない、素材だ。禁止されているがゆえに何とか匿し撮りしたい、一流写真雑誌が彼の名前入りで掲載してくれるだろう。

＊美津子はインディアン・タイムズを広げていた。至るところで憎しみが広がり、血が流され、戦いがあった。イランとイラクの戦争も、アフガニスタンの戦争も続いていた。そんな世界の中で、大津の信じる玉ねぎの愛など、無力でみじめなだけだった。滑稽な大津。滑稽な玉ねぎ。

美津子はサリーに身を包み、沐浴のガートに行く。インド人が、「入りなさい。この河は気持ちいい」と言った。死と同じように、直前はためらったが、体をすべて沈めた時、不快感が消えた。「本気の祈りじゃないわ。祈りの真似事よ」と美津子は思った。しかしいつしかそれは祈りの調子に変わっていた。美津子の無明の不明に何かが萌した。これは「洗礼」であっただろうか。

「「信じられるのは、それぞれの人が、それぞれの辛さを背負って、深い河で祈っているこの光景です。その人たちを包んで、河が流れていることです。人間の河。人間の深い河の悲しみ。そのなかにわたくしもまじっています」」(『深い河』三四二頁)

彼女のこの祈りの対象は、玉ねぎだったかもしれない。この沐浴は「洗礼」と同じことかもしれない。いや、それより何か大きな永遠のものかもしれなかった。

成瀬美津子。『スキャンダル』の成瀬(万里子)と、『私が・棄てた・女』の(森田)ミツの合体。成瀬的なものとミツ的なものが同居していて、今彼女を促しているものは、ミツ的なもので、今までの自分の人生が全て無意味で無駄だったように感じていた美津子は、様々な愚行の奥に、自分を充たしてくれるにちがいないXを求めていたのだとは漠然と感じていた。そしてこれがそれかと思っていた。自分を超えた何かがこれをもたらしたのだ、という気がしていた。それは美津子の心の底の無意識のさらに下にあった、Xの働き、プネウマ、玉ねぎが後押しをしてくれたのであろう。美津子の棄てた男が、美津子を拾いあげてくれたのである。恩寵の光といってもいいかもしれない。

「わたしが与える水を飲む者は、いつまでも、かわくことがないばかりか、わたしが与える水は、その人のうちで泉となり、永遠の命に至る水が、わきあがるであろう」（ヨハネ四―一四）。「悪人正機」・「摂取不捨」ということかもしれない。そういう解釈・物語。

「「ぼくが求めたものも、玉ねぎの愛だけで、いわゆる教会が口にする、多くの他の教義ではありません。（略）このぼくぐらいはせめて玉ねぎのあとを愚直について行きたいのです。（略）一人ぽっちの時、そばにぼくの苦しみを知りぬいている玉ねぎが微笑しておられるような気さえします。ちょうどエマオの旅人のそばを玉ねぎが歩かれた聖書の話のように、『さあ、私がついている』と」」

（『深い河』一九二～一九三頁）

大津は「いわゆる教会が口にする多くの他の教義」から離れて、「一人イエス」になろうとしている。「さあ、私がついている」というのは、エマオの旅人（ルカ二四―一三～三五）に謂うイエスの復活の話を、大津が集約して核心をのべた言葉であり、「一人イエス」は「同行二人」ということでもあるという自信であるだろう。

「聖職者たちが教会で教えている神と私の主は別なものだと知っている」（『沈黙』二二三頁）

と言ったロドリゴのように。また、『侍』の使者たちがメキシコで出会った横瀬浦出身のあの修道士が、

「パードレさまたちがどうであろうと、私は私のイエスを信じております。そのイエスはあの金殿玉楼のような教会におられるのではなく、このみじめなインディオのなかに

生きておられる――そう思うでおります」（『侍』一七七頁）

と言ったように。さらに、ガストンが一人で日本に遣ってきたように、一人、低みを生きようとしている。遠藤は、大津を通して、教会のイエスではなく「私のイエス」を築こうとしている。

「ぼくのそばにいつも玉ねぎがおられるように、玉ねぎは成瀬さんのなかに、成瀬さんのそばにいるんです。成瀬さんの苦しみも孤独も理解できるのは玉ねぎだけです。あの方はいつか、あなたをもうひとつの世界に連れていかれるでしょう。それが何時なのか、どういう方法でか、どういう形でかは、ぼくたちにもわかりませんけれども。玉ねぎは何でも活用するのです。あなたの「愛のまねごと」も、「口では言えぬような夜」のあなたの行動も（ぼくには一向、察しがつきませんが）手品師のように変容なさるのです」

（『深い河』一九三～一九五頁）

このように大津が予言していたとおり、美津子は玉ねぎの導くとおり、ガンジス河に浸かり、再生への契機を摑んだのであった。

ガンジス河で沐浴することは、母より生まれたものが母なるものに還るという輪廻転生思想の現れであり、もちろんキリスト教でいう洗礼とは別のものであるが、しかし、洗礼とは、「罪人が、罪を悔い改めて、キリストによる罪の許しを与えられて、新しく生まれかわり、キリスト教会の一員となるための聖礼典のひとつ。……水の中に完全に浸されることで、キリストの死に与かることを意味し、そこから引き上げられることで、キリストとともに復活するという意味がこめられている。古い自分は死んで、神とキリストとを中心とする新しい自分に生まれかわる印でもある」（遠藤周作編『キリスト教ハンドブック』一六四頁）ということであるならば、輪廻の河で沐浴する美津子の意識の底＝無意識では、新しい自分に生まれ変わる可能性を孕んだ行為としてあっただろう。生まれ変わるためには、一度死んで、母の元に帰らなければならない。

　遠藤はガンジス河について、まず『作家の日記』の中で次のように書いている。

> 「ジャン・ルノワールの「河」を見る。これは印度ベンガルに住んでいる、ある米国人家庭の、少女の手記を映画化したものだ。この少女の家は河に向かいあっている。彼女は、恋を知り、弟をコプラで失い……。そうする内に次第とこの印度の光、花の中で、東洋の汎神論的世界に親しんでくる。「河」は流転の人生をそのまま移（ママ）している。ルノワールは、印度のそれらの風景の中に、この流転の人生をそのまま雰囲気を実にみごとにあらわしている。この映画は今年度の傑作の一つであろう」
>
> （『作家の日記』一九五二年四月二一日）

この日記を書いた時、留学して約二年、遠藤は既に結核を発病しており、イタリー国境近くのソリエールという村に療養に出かけ、リヨンに戻ったばかりの頃である。西洋のどまん中で突然現れた東洋の風景は、遠藤の郷愁を誘った。死を意識しながら、この東洋的流転をテーマにした映画を見た時、遠藤の胸中にある種の懐かしさがこみあげていたのではなかろうか。自分はやはり東洋人、日本人であるという確認がなされたのではなかったろうか。この映画のインパクトは長く心に残り、曲折ののち、やがて遠藤をインドに導いたのである。

遠藤は「ガンジス河とユダの荒野」の中で、七一年一一月、タイのアユタヤから、ベナレス（ヴァーラーナスィ）を訪れたときのことを次のように書いている。

［人が死ぬために行く町。それが印度のベナレスである。（略）ヒンズー教徒はこの聖なる町に死ぬために来る。そして彼等が死んだ時、その死体は町のそばを流れる母なるガンジス河で焼かれ、その死体の灰は河に流されるのだ。私はヒンズー教徒ではない。難解にして深遠なその教義の内容も全く知らぬ。にもかかわらず、私の体内には母なるガンジス河とベナレス町とを見たいという欲望がどこかにある。私がベナレスに行ったのは、ひとつにはその欲望の理由を探りたいためであった。

瘦せこけた牛が平然と通りのあちこちに寝そべり、広場でタクシーをおりるや否や、物売りと不具者と乞食とがたちまち私をとりかこみ、店々の門口には男たちが頰杖を付いたまま、じっとこちらを眺め、銀紙を溶かしたような烈しい陽光にまじって騒音と叫び声とか至るところから聞こえてきた。裏通りに入ると、そこは涼しく暗かったが石畳路は汚水や牛糞によごれ、松葉杖をついた病人が黒い穴のような出入口にたっていた。／皮膚病のような壁と壁との間を迷いながら歩いている時、忽然として町の出口が開けた。

その出口の先にガンジス河があった。砂漠のようにひろい白い河床の向うに椰子の樹が点々とならび、こちら側には、ひろく、ゆるやかに、母親の乳房のごとく豊かに河が流れていた。私はこのように悠々たる大河をかつて見たことはない。どちらが上流であり、下流であるか見分けのつかぬほど、真昼のガンジス河は静かで、陽の光をうけてきらめいていた。その陽光をうけた水面に煙がながれ、河岸の寺院から聞こえる祈りの物憂げな歌声が流れていたが、煙は遠くで死者たちを焼く火葬の煙であり、歌声はその死者を弔う鎮魂歌であった。

私は小舟に乗せてもらい、舟ばたにうごく水の反射のなかを、ゆっくりと火葬の煙のたちのぼる方向に向った。時刻が時刻だけに水垢離をする教徒の数は多くはなかったが、それでもあちこちの寺院の下、河に入る石段(ガート)に五、六人ずつの裸体のヒンズー教徒が腰掛けていてまず体を洗い、次に水に入って顔を清め、口をすすぎ、祈禱している姿が見えた。それは基督教の洗礼に似て、洗礼とはまた違う行為だった。(略)/焼いた灰は左側に無造作に放りだされる。寺院にとまっていた鳥の群れがいっせいに羽をひろげて舞いおりてきて、灰をつつく。褐色の野良犬が一匹、その鳥の群れを追い払い、灰のなかから焼け残った肉を食べはじめた。(略)/私が衝撃をうけたのはそんな異様な光景ではなく、この焼場のすぐ横でもヒンズー教徒たちが水浴し、水で口をすすぎ、顔を洗っていることだった。そこではやくざな文明がつくり出した清浄とか不潔とかいう感覚が聖なるものによって根本的に否定されていた。教徒たちは死者たちがそこに漬けられ、死体の灰が排泄物などと共に沈殿した泥水を掌ですくってそれを飲み、それで口をすすいでいたが、そうすることによってガンジス河という死者の故郷と一致しようとしているように見えた。

水面は静かであり、舟ばたに水の影だけが動いている。寺院から流れる歌声はかえってこの生者と死者との結びついた静寂をふかめている。案内人はここで焼かれるのは成人たちだけであり、幼い子供の遺体は小さい船にのせられて母なる河に流されるのだと教えてくれたがその時、私は陽光にかがやく悠々たる河の彼方に小さく、小さく、消え去る小舟を想像して、自分もやがて死ぬ時、そのように扱ってもらいたいとさえ願った。／おそらく、私がこの時、考えたことは印度人やヒンズー教徒の宗教観念とはほど遠いものであったろう。だが、ゆたかなガンジス河を母なるもののイメージにおきかえ、母より生まれたものが、母なるものに還るという感覚だけは東洋人である私には私なりにわかるような気がした。／母なるもののイメージを自然のなかに結びつけるのは汎神論の一つのあらわれではあるが、同時に東洋人の宗教心理の特徴であるように私には思われる。母なるものである以上、そのイメージを与える自然はきびしく、峻烈で烈しいものであってはならない。それは優しさと包容力とにみちたものでなくてはならぬ。／私は印度人がこのゆたかな、ゆるやかな、陽光にきらめくガンジス河を母なるものに見立てた理由が一応、納得できるような気がした」

（「ガンジス河とユダの荒野」一九七二『牧歌』）

注釈も解説も不要だと思われる。これは名文と言うべきものであろう。ベナレスに来た理由はここに語り尽くされている。ガンジス河の岸辺で沐浴する人々の様子、それを見た感動、そして自分の中にある宗教感覚との共鳴、母なるもののイメージの了解、それら全てを記述して、詩的とさえいえる情緒をたたえてみごとである。ただし、アーリア人が侵入して来て原住民を奴隷にして以来、四〇〇〇年にも及ぶインドの闇、カースト制には触れていない。

遠藤は初めやはり母のイメージとして海を思い描いていた。しかしある時期から「海は物語が広すぎてつかみどころがない。河は、本当に人生そのものだ」（遠藤順子『夫・遠藤周作を語る』）と言って、河を母のイメージでとらえている。同時にそれは流れ行くものとして、流転の象徴を帯びている。遠藤は戦国時代の歴史に取材して多くの作品を書いているが、『男の一生』の最終行を、木曽川を眺めながら、

「物語は終り、今は黄昏、私は川原に腰をおろし、膝をかかえ、黙々と流れる水を永遠の生命のように凝視している」（『男の一生』一九九一）

と書いている。水のシンボルというか、水に象徴される生のイメージを通して、人間の生と死、生命、生活、人生を描く。それは恐らく、ゆく河の水は絶えずして、しかももとの水に

あらず、という東洋的無常観をも含むものであろう。ただしこの日本の河はガンジス河に比べて小振りでしっとりさっぱりしている感じである。ガンジス河は、江波の言う通り、もっと油っぽい感じがある。温帯と熱帯の違いがある。

＊その時、撮ってはならない写真を撮ったのであろう、三條がヒンズー教徒たちに追いかけられていた。誰かが遺族たちの前にたちはだかり、止めに入った。大津だった。首相の暗殺事件で気がたっていた人たちに大津は殴られ蹴られていた。三條は逃げた。美津子が行くと、大津はうすく眼をあけ、無理やりに笑いを作ったが、首は盆栽のように右にねじれていた。大津が運ばれて行く担架を見送りながら、美津子は叫んだ。

「「馬鹿ね、本当に馬鹿ね、あなたは。あんな玉ねぎのために一生を棒にふって。あなたが玉ねぎの真似をしたからって、この憎しみとエゴイズムしかない世のなかが変る筈はないじゃないの。あなたはあっちこっちで追い出され、揚句の果て、首を折って、死人の担架で運ばれて。あなたは結局は無力だったじゃないの」」（『深い河』三四五頁）しゃがみこんだ美津子は、拳で石段をむなしく叩いた。「彼は醜く、威厳もない。みじめでみずぼらしい」。美津子がこの意味を悟るには、つまり「馬鹿」な大津が実は「おバカさん」だったと分かるには、もう少し時間がかかるだろう。

＊美津子はもう日本に帰るべく、カルカッタ（コルカタ）に来ている。マザー・テレサの修道女たちが活動している。三條は「そんなことぐらいで、インドに貧しい連中や物乞いはなくならない。むなしく滑稽にみえる」と、相変わらず強気で、物事がよく分かっていない無縁の衆生（ひと）である。

美津子は「死を待つ人の家」の修道女たちに訊いた。「何のために、そんなことを、なさっているのですか」

「それしか……この世界で信じられるものがありませんもの。わたしたちは」（三五〇頁）

それしか、と言ったのか、その人しか、と言ったのか、よく聞きとれなかった。その人しかと言ったのなら、それは大津の「玉ねぎ」のことなのだ。玉ねぎは昔々亡くなったが、一つの祖型を示した。そして、玉ねぎは他の人間のなかに転生・復活した。二千年ちかい歳月の後も、今の修道女たちのなかに、大津のなかに転生・復活した。そしてさらに美津子の中に受け継がれようとしている。それは、基本としての愛、隣人愛のことである。

遠藤にとって復活とは、何か。復活は蘇生ではない。復活とは、自分を生かしている大きな命、生命の中に戻ることである。そしてその大きな命を共感する人々の中で生き続けることである。祖型の反復。これはとても東洋的な汎神論的な思想である。

［イエスはこの日から彼等（弟子たち）の中でいきいきと生きはじめた。つまり彼等の心の中で、死んだイエスは再生しはじめたのだ。／このイエス再生の意識と共に彼等はイエスは十字架の上で小さき命を捨てたが、そのかわり、大いなる生命体（神）のところに環ったという信念を獲た。イエスは死によって新しい生命を獲得したという考え方に到達したのである］（『イエス巡礼』一九八〇、文春文庫、一九九～二〇〇頁）

［復活には二つの意味があります。／イエスの死後、使徒たちの心の中で、イエスはキリスト（救い主）という形で生き始めました。イエスの本質的なものが生き始めたということです。現実のイエスよりも真実のイエスとして生き始めたということ、これが復活の第一の意味です。

それから、イエスが復活したということは、彼が大いなる生命の中に戻っていったことの確認です。滅びたわけではなくて、神という大きな生命の中で生前よりも息づいて、後の世まで生きていく。これを復活と言ったのだと思います］（『私にとって神とは』一九八三、光文社文庫、八〇頁）

イエスが捕縛される時、弟子たちはみんな逃げだし、イエスを裏切ったのであった。そんな弱虫の弟子たちが、その後心勁く伝道の旅に出るのは、心の中にイエスの本質的なものの復活を感じ、イエスが弟子たちの中にキリストとして復活したからである。そして弟子たちもイエスの大いなる命の中にいることを確信したのである。

輪廻転生を説くヒンドゥー教や一部の仏教は、また別の世界で今と同じように飲み食いして生きることと言うが、何回も繰り返しているうちに永遠の生命の中に解脱できるという思想がある（「宗教の根本にあるもの」）。

遠藤は『深い河』が出版された時、危篤であったが、その後の小康状態の中で、

「転生ということを前面に出したのは、日本人にわかりやすいようにそうしたまでで、ほんとうは復活を書いたんだ。生まれ変わるということは、現実に子どもになって生まれ、生き直すということではなくて、誰かが死んでも、その人の命は、その人を大切に思う人の中で、実際に生きつづけていくのが、復活の意味ではないのかな」

（鈴木秀子「まえがき」遠藤順子著『夫・遠藤周作を語る』一九九七）

と語ったことがある。

「玉ねぎは死にました。でも弟子たちのなかに転生したのです」と大津が言う時、復活と転生が混同されているように思える。転生はその人が別人に別の所に生まれ変わることであるとすれば、二度と会えないことになり、それを辛いと思う人がいた。しかし以上の説明から、転生もそれを繰り返すうちに解脱して永遠の生命に入るという思想があり、転生といったのは日本人に分かりやすくするためであるということになる。

「若いころ、私は世界を対立するものとしてとらえてきました。難しい言葉で言えば、一神論と汎神論です。……しかしだんだん年を取ってくると、こういうものが対立してい

るのではなく、包含されているのだと考えるようになりました。神の世界の中に、神々の世界が包含されていて、重層的になっており、その頂点が一神論ではないかと思うようになったのです」（『こころの風景　戦後夜話』一九九六、小学館、三九～四〇頁）

これは第一章にも引いた言葉だが、遠藤は、大きな命の構造を同心円の包含関係でとらえ、神と神々の両立を解こうとしている。入子（いれこ）の一番外側に一神論的神を持ってくるのは、包括主義的だが、キリスト教徒として仕方のないことなのだろう。

＊ヴァーラーナスィの大学病院に連絡をとって、大津の容体をきいてくれた江波が、美津子に伝えた。「危篤だそうです。一時間ほど前から、状態が急変しました」

原作はここで物語が終わる。この後どうなるのか、気になる所だが、ジュリアン・グリーンに習って言えば、小説が語らなかったところでの浄化の可能性を予感させる。すなわち最後の問題は、大津が美津子の中に「復活」するかどうかということである。

大津は美津子にとって、「わたしが・棄てた・男」であるが、『わたしが・棄てた・女』では、ミツを棄てた吉岡が次のように語るシーンがある。

「もし、ミツがぼくに何かを教えたとするならば、それは、ぼくらの人生をたった一度でも横切るものは、そこに消すことのできない痕跡を残すということなのか。……神というものが本当にあるのならば、神はそうした痕跡を通して、ぼくらに話しかけるのか」
（『わたしが・棄てた・女』一九六四）

これはすでに何度も出て来た考えである。遠藤の中で、基本的な信仰心として常に生きているものであろう。これが答といっていいだろう。帰国を延期して、美津子は大津の元に駆け付けるだろう。そして「本気じゃないわ」とか、「真似をしているだけよ」などと言いながら、死んだ大津の遺志を受け継ぎ、新しい人生を始め（復活す）るだろう、と僕は考えたい。

遠藤は、「ぼくはデモーニッシュなものは書けるが、サタニックなものは書けない。ぼくには素朴な信仰があるからね」（『人生の同伴者』）と語っていたが、ではそのサタニックな人はどうなるのだろう。救いを必要としない悪人ということであろうか。大きなお世話、だろうか。縁なき衆生⁉

『深い河』の美津子は、最初悪魔的（サタニック）に大津を誘惑したのだったが、結局、愚行のすえ、その心の空しさと孤独にたえかね、大津のことが気になってしかたなく、何か大きなものに後押しされるように、インドにやってきたのだった。そのことはすなわち、作者遠藤の［素朴な信仰］のゆえであると考えられる。

映画『深い河』（熊井啓監督・脚本、一九九五年六月封切り）では、美津子は大津の元に駆け付け、その死を見取り、骨をガンジス河に流し、美津子は帰国するという設定であった。順当なところだと思う。一九九五年、「二月に試写を観た遠藤は、原作を超えた場面があると絶賛し、再度、個人で試写を観て嗚咽」したという（山根道公編年譜）。

憎しみとエゴイズムのあふれているこの世界で、玉ねぎのまねをすることは一生を棒にふるバカな行為であるかもしれない。結局は無力であったかもしれない。しかしながらこういう愛の思想と行為の受け継ぎ（復活＝祖型の反復）があることは、人間の歴史の進歩への希望である。

終りに、遠藤の終焉を書いておきたい。

一九九五年九月、脳内出血で順天堂病院に入院、一二月に退院した。もう話せなくなっていた。

一九九六年四月、腎臓病のため、慶応大学病院に入院。腎臓病は一九九二年九月に発病し、翌年五月、腹膜透析のための手術を受けた。以後、腹膜透析を行い、かゆみに悩まされた。それが悪化した。一九九六年九月二八日、食べものを誤嚥し、危篤になった。

二九日、主治医から、「もうどうにもお助けする方法がありません。これ以上この状態をつづけても、お苦しみが増すばかりです」と言われ、妻順子は、奇跡が起るかも知れないと思った。それから数時間、苦闘の後、主治医は「もうよろしゅうございますか？」と言った。順子も「長いこと、有難うございました」と頭を下げるしかなかった。人工呼吸器のスイッチがパチンと切られた。午後六時半であった。遠藤周作は誤嚥性肺炎により死去（七三歳）。

口や鼻に入っている管がはずされ、遠藤の体はまるで体中から光が充ち溢れているようだった。順子は遠藤の手を握ったままだったが、遠藤は歓喜に満ちた顔で、「俺はもう光の中に入った、おふくろにも兄貴にも逢ったから安心しろ！」というメッセージが送られてきた〈遠藤順子『夫の宿題』一九九八〉、ということである。

一〇月二日、聖イグナチオ教会で葬儀ミサ・告別式が行われた。ミサの司式は井上洋治神父、弔辞は、安岡章太郎、三浦朱門、熊井啓。遺志により、『沈黙』と『深い河』の二冊が棺に入れられた。献花のために四〇〇〇人が参列した。墓は府中のカトリック墓地にある。

蛇足ながら、遠藤が残した遺産は、自宅、仕事場、建物など約四億円と著作権料の評価額約一億五千万円、預貯金など、約八億円ということである（因みに渥美清〈一九二八～一九九六年八月四日〉さんは六億円ということである。『毎日新聞』一九九七年八月二五日）。

否、そういうことではなく、遠藤が遺したものは、一言で言えば、彼が終生のテーマとした新約聖書の中の「母」の宗教性を掘り起こし、心ならずも転んでしまう罪びとや弱者の「影」の赦しと救いの道を開き、キリスト教を母性化し造り変えたということであろう。

それでは、強者・悪人の救いは……。

あとがき

一

一九九九年九月二九日

僕の家の近く、でもないか、四キロくらい離れた砦見（あざみ）という所に、新田原（しんでんばる）カトリック教会があった。一九二六年に建てられた、北海道当別のトラピスト修道院の分院である。そこに、おもに長崎県五島から移住して来たカトリック信者たちが、桃、無花果、梨などの果樹園を営んでいたが、一九六四年、築城基地のジェット戦闘機の離着陸コースの真下にあって、その爆音を避けるため、近く（東徳永）に引っ越して行って、新田原聖母病院を経営している。ルルドもある。砦見の跡地と学校のような大きな二階建ての建物は自衛隊のミサイル基地の事務所になってしまった（それも頑丈に建替えられた）。県道を挟んで南側は、初めナイキ、今はパトリオットミサイル基地になった（新田原カトリック教会ホームページ。山内公二『新・京築（けいちく）風土記』幸文堂出版）。

それで、そこの信者の子に、腕力のありそうな悪童が、地面に十の字を書いて、踏め、と言って威圧したことがあったという話を聞いたことがある。意味も分からず酷いことを強要する子や大人が居る。人生至るところ踏絵あり、だ。社会・会社の中でも、政治の中でも。

遠藤周作の本は、あまり読んだことがなかった。人並みに『沈黙』を読み、映画『沈黙』を見た程度だった。ただ、ああ、これが遠藤の言う「沈黙」ということだな、と思うことはしばしばあって、何となく気にはなっていた。多分、僕はキチジローに近い。

一九九七年二月、図書館の読書会のテキストとなった『深い河』を読み、誰もが言う通り、これは遠藤周作の集大成だなと思い、二つ、三つと読み進むうちに、古本屋通いが始まった。膨大な文庫本を目の前にして、これはとうてい太刀打ちできんな、と思っていたが、いつしか深みにはまりこみ、一年ほどで、一五〇冊以上を読んでしまった。その後も未読の本を見つけると買って読んだ。(本稿の引用は、ほとんどこの文庫本からである。)

僕はいたって気が弱く、そのため自分のことを倫理的な人間だと思っている。(勿論)無宗教で、人間を超えた存在を考える力は持ってないから、超越項(メタレベル)を介入させたくないと思っている。けれど、一方、無宗教だが宗教的と言うか、宗教的だが無宗教(これは、たしか、埴谷雄高(はにやゆたか)さんが高橋和巳さんのことを言った言葉)、と言うか、ここはこわいところだと思っている。宇宙は、地球は、世界は、社会は、なぜこんなんなのかと思い、ここはどういうところかと、ふと遠くを見つめたりすることもある。遠藤の言う「沈黙」ということを思うのはそんな時である。それは多分に困った時の神頼みのような感じもあるのだが。ぼくの宗教意識はせいぜいアニミズムと言われるものだと思う。

以前『宮沢賢治の冒険』(一九九五)というのを書いた。なぜかは知らんが、宇宙、世界、自然は存在しており、そのカケラとして存在しているモノが脳というモノを得てなぜかは知らんがものを考えている。あーだ、こーだとか、なんだ、かんだとか、なぜか、とか。私とは何か、私はどこから来てどこに行くのか、と。この問いをたて、仏教的なことはこの本の中で考えてみたつもりがある。

今回遠藤周作を読み始めたのも、この問いの答を探していたからだと思う。遠藤自身この問いを問うていたからである。遠藤の答を一言で言えば、なぜの答は神であろう。同伴者イエスの愛と復活、即ち、苦しいけれども意味があるというマゾヒスティックな受難＝パシヨン＝情熱ということであろう。

しかしながら、遠藤に注文をつけたいことが一、二ある。

「全世界に出て行って、すべての造られたものに福音を宣べ伝えよ」（マルコ一六－一五）というイエスの言葉通り（しかし、何度も言うが、これ、本当にイエスの言葉だろうか?）、福音（エヴァンゲリオン）（勝利の良い知らせ）を伝道するため、先ずギリシャ、ローマ、そしてローマの国教となってその領域を広げ、権力は権威の、権威は権力の、相互利用を始め増長して行った。やがて他の宗教の迫害を始める。十字軍や魔女狩りや、大航海時代には全世界に進出（侵出）し、中南米・北米での乱暴狼藉、悪虐非道（前述）である。左手に聖書、右手に剣（と鉄砲）、懐に金、頭には優越意識（エリート）を持って。これらは罪悪である。イエスはいい人だけど、キリスト教徒は違うのでは、と思う。遠藤には、そこでも神は沈黙し、黙認していたこと、もちろんそんなことはない筈だが、もしかして、軍神として喜んでいた？　このことを、書いてほしかった。

もう一つは、一九六〇年の安保闘争の時、遠藤は病気で伏せっていたが、七〇年の時は、大阪万博の基督教館のプロデューサーを、阪田寛夫、三浦朱門とともにつとめ、一〇月、ローマ法王からシルベストリ勲章（騎士勲章）を受けている。安保闘争に興味なかったのだろうか。安保自動延長の七〇年六月二三日、学生のデモを見に行って、「私のような反学生デモ派さえまゆをひそめることばを口に出す者（警官）がいた」と言っている（「晴雨計　警察官のことばづかい」『春は馬車に乗って』）。また、自衛隊の見学に行って、設備が悪いとか、装備が古いとか言っている（「晴雨計　自衛隊を見て」、「同　ふたたび自衛隊について」一九七〇『春は馬車に乗って』）。病院関係では「医師は診断の折、患者の病気の背景にはその人生を考えてほしい」（「日本の良医に訴える」『春は馬車に乗って』）などと言ってはいるが、反戦という意味で社会派ではないようだ。

遠藤周作の本を読んだ今も、一度神と交わったものはもう逃げることは出来ない、と遠藤は言うが、超越的な存在を考える力のない素樸な田舎者は、相変わらず、なぜ宇宙・世界はあるのか、そしてなぜこんなんなのか、と考えているけれど、答がないまま、無宗教だが宗教的、或いは宗教的だが無宗教、である。

二

二〇〇〇年三月

二〇〇〇年三月一二日、第二六四代ローマ法王ヨハネ・パウロ二世は、バチカンのサンピエトロ寺院で、特別ミサを開き、二〇〇〇年の懺悔を行った（拙稿「キリスト教の問題」参照）。

教会の分裂、
反ユダヤ主義、
十字軍遠征、
異端審問（魔女裁判）、
高位聖職者の腐敗堕落、
人種・民族的な差別による排他的な行いと罪深いふるまい（中南米、北米、アフリカの異教徒への暴力的改宗強制・虐殺）、
自然科学への弾圧（地動説、進化論など）など、
過去二〇〇〇年の過ちについて懺悔した（『毎日新聞』『朝日新聞』など）。

これって過誤の歴史、世界史の全否定じゃないか？　それこそ、神は、その都度、道を誤らぬよう啓示すればよかったのに、何故沈黙して黙認していたのか、などと、僕は思う。と

言うと、神は人間の自由を尊重した、と言う人が居る。そうして右のような間違いの山を築いて来た。それで今さら懺悔したって……。

キリスト教は初期には迫害されたが、ローマ帝国の国教となり、権力と結びついたときから増長し、サディスティックに迫害する側になった。それを反省したのであるが、反省だけなら誰でもできる。既成事実は強い。

三

遠藤周作文学館を見に行ったことがある。遠藤夫人順子さんの意向を長崎県外海町（今は合併して長崎市）が容れ、町が五島灘（と『朝日新聞』は書いているが、角力灘）を見下ろす「夕陽が丘」の土地を提供し、町予算で建設され（『朝日新聞』一九九七・九・二九）、二〇〇〇年五月に開館した。総工費四億五千万円。外海町黒崎は『沈黙』の中ではトモギ村であり、黒崎教会や切支丹関連の施設も多い。取材のために遠藤も訪れた地である。「長崎は私の故郷ではない。（略）長崎は私の心の故郷になっていった」（「切支丹と遺跡」『切支丹時代』）。長崎は「私が生涯の問題としてきたものに恰好の素材をあまたもっていた」街だった（「私の長崎」『よく学びよく遊べ』）。そして夕陽が丘のことを、「神様が僕のために取っていた土地だ」、と語っていたそうだ（『朝日新聞』一九九九・二・一九）。

二〇〇五年九月一二日。僕は、延岡で朝日を見、その日の内に長崎の夕陽を見るという計画を立てたのだ。九州横断ということで、距離は約二〇〇キロだから、普通に行けば簡単にクリアできる。それで、ちょっと寄り道などしながら、行ったのだった。メンバーは連れ合いと娘と僕の三人。車は青のフィット。

延岡の無鹿（むしか）（務志賀）は、北川の右岸の高台に、ドン・フランシスコ大友宗麟が楽園を築いたところである。山紫水明、風光明媚の地と言う人もいるが、そうは思えない。無鹿はラテン語のムシカ、英語のミュージックということである。

国道一〇号線の和田越（わだごえ）交差点を海側に曲がってしばらく行くと、小さなスーパーがあり（遠藤の「無鹿」一九九一に出てくるスーパーと同じかどうか分からない）、無鹿センターという名前。これはアクセントとイントネーションに注意して発音すると、スーパーミュージックセンターということになる。名は体を表すかどうか、知らないけど。（因みに、和田越交差点を山側に行くと、西南の役〈一八七七〉で官軍に敗れた西郷隆盛軍が敗走して来て、最後の一戦を交えた和田越に行く。西郷は、和田越から愛野岳（えのだけ）へ逃げ、最後は鹿児島城山に辿りつき、「もうよかろ」と言って自刃した。）

五ヶ瀬川と大瀬川と北川河口の海岸には、九月六日の台風一四号の大雨で流されてきた大木や木っ端や葦やプラスティックゴミやらなんやらかんやらが流れ着いて、後片付け大変でしょう。

僕の朝は遅い。五時四五分が日の出だけど、なんとか、六時半に延岡市綜合文化センターの所の海の証拠写真を撮って、高千穂方面へ出発。五ヶ瀬川を遡り、高千穂峡とか天岩戸神社とかを見る。ここがタカマガハラ？　いや、ここは地上だろ。タカマガハラから地上の高千穂峰（ここか霧島？）にアマクダリしたのだから、タカマガハラは山の上の上の天空にあるはず（ガリヴァーの「ラピュタ」みたいに？　あれは天然磁石をいじって、前後、左右、上下、どこでも自在に動けるのだという）。タカマガハラからアマクダリなんて、「先生、そんなの嘘だっぺ」と、つい本当のことを言ってしまった茨城県の小学生は、教師に木刀でぶったたかれた、という。つまり、古代的誇大妄想と直観して、「王様は裸だっぺ」と言ったら、王様の家来からぶったたかれた（教育・弾圧された）。それはそんなことが公になっては、本人も学校も大変なことになるから、その場限りで収めたのかもしれないが。明治維新は近代化と古代化である。尊皇攘夷は尊皇尊夷になっていった。戦前戦中、建国神話についての（科学的合理的に突き詰めた）議論は禁じるべきだとされていた（古川隆久『建国神話の社会史』中央公論新社、二〇二〇、二一六・三〇頁）。その後、つまり戦後、その教師は、教科書を墨塗りし、誤りを謝ったのだろうか？　それとも、鈴木中尉（『どっこいショ』）のように、あの時代に従っただけだ、と居直っただろうか？　一方少年は……？

川向こうの本殿の後ろに、例のアマテラスが隠れた洞窟があるのかな？　川のこっちの拝殿のところでウズメが踊った？　アマノヤスハラという洞窟にも行ってみたけど、積石が台風の出水で流されて、ぐちゃぐちゃだった。ここは、縄文人が住んでいたかな。古事記に縄文時代は出てこないのだが。

神話の里のその奥にある近代の毒、亜ヒ酸鉱毒事件の土呂久（とろく）に行く（新木『田中正造と松下竜一』海鳥社、二〇一七参照）。谷間の細い道を進んでいったが、通りがかりの人に、土呂久に行くのはこの道でいいんですか、と訊くと、ここが土呂久です、ということであった。写真を撮って、もう鉱毒の現場には行かず引き返した。寄り道などで行く所ではない。

阿蘇の南麓を通って、熊本城を見に行ったが工事中で、熊本港からフェリーに乗って島原に渡る。正面の雲の塊は雲仙で、後ろ（東）に金峰山、左手（南）は宇土半島、この風景は過去に見たはずだが、何も憶えていない。先祖が見たからって、「どこかで、見た、風景」（一九八六、『その夜のコニャック』文春文庫）なんてあるわけない。いや、デジャ・ヴュということ自体はある。ぼくも伊豆大島で経験したことがある。

一九六八年八月、九州一周自転車旅行というのに出かけたことがある。自転車は五段切替の軽快車。一〇号線を南下し、別府からやまなみハイウェイ（高速ではない）を通って、湯布院に下りるとき、カーブ続きの道でバランスを毀してこけそうになってヒヤッとしたが、それ以外に危ない目には遇わなかった。飯田（はんだ）高原、大観峰、阿蘇北麓、熊本、大牟田、佐賀、西海橋、長崎（原爆公園）、小浜、雲仙、島原から宇土半島の先っぽの三角に船で渡る。その時見たはずの風景だが、何も憶えていない。デジャ・ヴュなんて起こらない。それから、水俣（チッソ第一組合が恥宣言を出す直前だった。九月に厚生省がチッソの企業責任を認定した。僕にはまだ水俣病事件についてあまり意識と知識がなかった）、鹿児島、桜島、串間（ではまだ国道が舗装されてなかった）、と来て、宮崎で台風が来た。台風の速度と自転車の速度はほぼ同じで、ずっと台風の中を行くことになるのはゴメンだ。北上するてのは何となく気が重いし、何しろ台風が来たんだから、台風てのは怪獣なんだから、これ幸いと、夜行列車に乗って帰って来た（自転車は日通で送った）。つまりこれは、僕に体力がないことの証明と言い訳である。

自転車で行っても、国道をただ走るだけで、あんまり面白くない。横道にそれると、また戻ってくるのが大変だから。体力ないいんだから。

僕は身体が弱く、体力がなく、従弟は駅伝の選手で京都まで行ったのに、僕はグラウンド一周もきつかった。それが何故なのか分からず、試していたんだと思う。

僕が体力のないのはC型肝炎が原因で、その原因は小学校のころの予防注射の回し射ちだった（僕は輸血をしたことがないので）。四〇代になって初めて分かった。僕は入院時（一九九三）、GOTが九三、GPTが一九二で（正常値は三五まで）、その前からずっと、七〇とか一〇〇とか、悪かったのだけど、動けないわけではないので放っておいた。（因みに、『スキャンダル』の冒頭で勝呂は四〇〇を越えた事があると言っているが、しかし、どうやって値を下げたんだろう。ミノファーゲン？）

僕は、九三年の半年間、八〇本のインターフェロン注射治療を受けたが、三八度前後の発熱が続き、全く酷い目にあった。一応「完治」だったが、インターフェロンの後遺症なのか、相変らず体力がない。食後は肝臓に栄養が行くように横になるように言われていたし、すぐ横になる癖がついた。「寝そべる快楽」と遠藤が言うのは、このことかと思う。僕の行く手を阻み、足を引っぱったこの病気の話は別の機会にします。（二〇二〇年、C型肝炎ウィルスを発見したハーベイ・オルター氏ら三人がノーベル生理医学賞を受賞した。『朝日新聞』二〇二〇年一〇月六日）

（元に戻って）島原城は五重塔を意識しているのだろう。城内で切支丹弾圧の展示を見て（ふつう「拷問」と書くが、ここでは「強問」として、弱めていた）、南回りで有馬の海岸を走る。田んぼが少ないように思ったが、阿蘇や雲仙の火山灰地なのだろう。往時（一五八〇年ころ）、有馬セミナリオなどがあって切支丹が栄えた所だ。ペトロ・岐部とかが勉強してた所（国東半島のペトロ・岐部の故郷に行ったことがある）。原城とか見て、島原の乱（一六三七〜一六三八）では幕府軍一二万四〇〇〇人、一揆側三万七〇〇〇人が戦い、ここで天草四郎初め一万八〇〇〇人が処刑された（遠藤「切支丹と遺跡」『切支丹時代』）。凄絶酸鼻、日本人は（も）残酷だ、と偲んだ。雲仙は雲の中だったし（あれは遠くから見たら雲だけど、近くでは霧（ガス）なのだ）、自転車で行ったことがあるから行かなかった（別の機会に、何かの忘年会で行ったことがある）。九月は日の暮れが思ったより早く（もう秋分が近い）、このままじゃ日が暮れる、と思って、諫早から高速道路を走っている時、陽が沈んだ。あちこち寄り道し過ぎたが、ま、いいんじゃないかと妥協して、長崎泊。

九月一三日。午前中、武器商人のグラバー邸などを見る。眼下には長崎港。三菱長崎造船所も見える。軍艦武蔵を造ったこともある(一九四二年)。ここが原爆のターゲットになったのだろう。

原爆資料館、原爆公園を見学し、大浦天主堂にも行った。コルベ館で蝋燭を買った(まだ点けてない)。浦上天主堂では原爆で傷ついたマリア像の窪んだ眼窩が、怖かった。何と言うか、私を見よ、と言うか、私をこのようにした戦争を見よ、と言うか、アメリカのキリスト教徒は同じ信仰の日本のキリスト教徒を殺したんだなあ、と。神は黙って見てたんだなあ、と思った。しかも、『女の一生　第二部　サチ子の場合』では、一九四五年八月九日、初め小倉の兵器廠を狙ったが、雲で果せず、長崎に向う。少年時代を長崎で過した米兵ジム・ウォーカー中尉が原爆搭載機ボックスカーの搭乗員となっていて、幼なじみのサチ子たちの住む町へ、容赦なく、ファットマン(プルトニウム原爆)を投下した。サチ子はジムはどうしてるかなあと思い、ジムもサチ子はどうしてるかなあと思っていた。なんてこった。遠藤によるドラマタイズだけど。

浦上教会発行の、信徒発見一四〇年記念出版『「旅」の話　浦上四番崩れ』(二〇〇五)を買った。長崎・浦上の潜伏切支丹が捕らえられ、弾圧され、一八六八年と一八七〇年、津和野・亀井藩を初め、鹿児島から富山まで、三三〇〇人が「旅」に出された記録である。

津和野へは二〇〇五年八月に行っていた。津和野駅の裏の細い道を一キロほど登った所にある光琳寺が拷問の現場である。森鷗外（一八六二〜一九二二）は、この時八歳の少年で、一〇歳のとき東京に出る。森鷗外記念館の展示では、拷問は「説得」と弱めていた（味方の見方ということだろう）。歴史家でもあった鷗外だが、この切支丹弾圧について何も言っていない。一八七三年、米欧が岩倉使節団へ抗議したことにより、明治政府は近代化の妨げになると思ったらしく、切支丹禁制の高札を撤去し、弾圧は緩くなった。一八八九年の明治憲法でようやく一定の信教の自由は認められた。その後、一九三九年にカトリック教会はこの地を買い取り、戦後一九四八年、マリア聖堂を建てた。

夕陽が丘の遠藤周作文学館に到着。本当はここの夕陽を見るはずだったのだけれど。海が碧く広く静かで、遠くに、クジラ Quijilla 発見！　あれはまっこうくじらだろう。しばらく海を見ていた。ほどよく満足した（文学館のノートにそんなことを書いたと思う）。『母なる神を求めて――遠藤周作の世界展』（一九九九）を買った。この本の山根道公編の年譜はすばらしい。特に母郁の死に関するところは長年の疑問が解ける。

このたびは、はからずも、切支丹巡りになってしまったようだが、見るべきほどのものは見たとは言いがたい。二六聖人像とか、黒崎とか、通過していた。

それから西海橋、有田（ありた）に寄ったがもう陶器店は閉まっていて、有田インターから九州道、大分道、日田から耶馬渓通って帰って来た。

二〇年前に書いておいた「独所の音」に、多少加筆を行い、シューカツとして、本にすることにしました。引用文献は本文中に明記しました。『聖書』は遠藤による文語訳の引用の他は、一九五四年改訳版、日本聖書協会を使用しました。

今回も梶原得三郎さんに初稿を読んでもらいました。築上町図書館と遠藤周作文学館のお世話になりました。海鳥社の柏村美央さんにお世話になりました。どうもありがとうございました。

新木安利

二〇二一年九月

遠藤周作　略年譜

（自筆年譜、広石廉二編年譜、山根道公編年譜、『遠藤周作による遠藤周作』等を参照）

一九二三（大正一二）年　三月二七日、東京市巣鴨で生れる。父常久は東大法科を出て、安田銀行勤務、母郁は東京音楽学校ヴァイオリン科を出た音楽家。兄正介は二歳年上。九月一日、関東大震災。

一九二六年　三　歳　父の転勤で満州の大連に移る。

一九二九年　六　歳　大連の大広場小学校に入学。

一九三二年　九　歳　父母が不和になり、哀しい心を隠すため、悪戯やおどけをするようになった。愛犬クロと話す日が続く。

一九三三年　一〇歳　父母が離婚。兄とともに母に連れられ母の姉のいる神戸市六甲に移り、六甲小学校に転校。西宮市夙川に転居。母の姉がカトリック信者であったため、母とともに夙川の教会に通う。

一九三五年　一二歳　六甲小学校を卒業。私立灘中学に入学。能力別クラス編成で、一年はA組、二年はB組、三年はC組、四、五年はD組だった。宝塚市の小林聖心女子学院の音楽教師となった母は、五月二九日、同学院で洗礼を受ける。六月二三日、兄とともに、夙川カトリック教会で洗礼を受ける。洗礼名ポール。母とともに小林聖心の修道会のミサに毎日通う。母はヘルツォーク神父と出合う。

一九三九年　この頃、仁川に転居。四年の頃、『東海道中膝栗毛』を読み、弥次・喜多を理想的な人物と思う。母はヘルツォーク神父の指導の下、厳しい祈りの生活を始め、母から、世界で一番高いものは聖なる世界であることを教えられる。四年時（一九三九年）と五年時（一九四〇年）に三高受験失敗。

一九四一年　一八歳　広島高校受験失敗。この年から、ヘルツォーク神父が上智大学教授となっていた。上智大学予科甲類に入学するが、仁川で旧制高校を目指して受験勉強。宝塚文芸図書館に通い、内外の小説を読みふける。一二月、「形而上学的神、宗教的神」を校友会誌『上智』に発表。

一九四二年　一九歳　二月、上智大学予科を退学。姫路、浪速、甲南当の高校受験失敗。母に経済的負担をかけないため、母をひとり残して、世田谷の経堂の、再婚していた父の家に移る。

一九四三年　二〇歳　慶應義塾大学文学部予科に入学。父が命じた医学部でなかったため勘当され、友人の家に転がり込む。吉満義彦が舎監をしていた聖フィリッポ寮に入る。御殿場のハンセン病病院神山復生病院に慰問に行き、野球をし、一、二塁間に挟まれ、患者にタッチされそうになった時、お行きなさい、と言われ、自分をイヤな奴だと思う。

一九四四年　二一歳　吉満の紹介で堀辰雄を東京成宗と信濃追分に訪ねる。文科学生の徴兵猶予制が撤廃され、本籍地鳥取県倉吉市で受けた徴兵検査は第一乙種であったが、肋膜炎のため召集一年延期となり、入隊しないまま終戦を迎える。いずれ召集され、敵を殺すことになること、殺すなかれの戒律に目をつぶっている教会への疑問、「敵性宗教」の信者であり、非国民扱いされることの二重生活の苦しみを味わう。

一九四五年　二二歳　古本屋でみつけた慶應大教授の佐藤朔『フランス文学素描』を読む。三月、追分に行った日に東京大空襲があり、寮も閉鎖された。許されて、父の家に戻る。四月、佐藤のいる仏文科に進む。招集延期切れの直前、八月敗戦。佐藤は病気療養中で、堀辰雄の紹介で佐藤に呼ばれ、自宅で講義を受け、モーリヤック、ベルナノスなどのフランス現代カトリック文学を読み始める。

一九四七年　二四歳　一二月、「神と神々と」が神西清（じんざい）に認められ、『四季』に掲載。「カトリック作家の問題」を『三田文学』に発表。

一九四八年　二五歳　三月、慶應義塾大学文学部仏文科を卒業。卒論は「ネオ・トミズムにおける詩論」。松竹大船撮影所の助監督試験を受けるが不合格。「堀辰雄論覚書」を発表。母郁は小林聖心の音楽教師を退職し、ヘルツォーク神父が創刊、編集していた『カトリック・ダイジェスト』の編集発行に携わる。母は四谷近くにできた同社のビルに移り住み、周作も手伝う。鎌倉文庫の嘱託となる。『三田文学』同人になる。原民喜、山本健吉らと知る。小林聖心女子学院のために戯曲『サウロ』を書き、高三の生徒たちが演じる。

一九四九年　二六歳　一二月、「ランボオの沈黙をめぐって——ネオ・トミスムの詩論」を『三田文学』に発表。

一九五〇年　二七歳　一月、「フランソワ・モウリヤック」を『近代文学』に発表。六月四日、戦後最初の留学生としてマルセイエーズ号の四等船客として横浜から渡仏。人種差別を体験する。同行者に井上洋治、三雲夏生・昂兄弟がいた。七月五日、マルセイユに上陸。九月までルーアンのロビンヌ家で過ごし、一〇月、リヨン大学に入学。自身とキリスト教との距離を感じる。

一九五一年　二八歳
二月、「恋愛とフランス大学生」などを『群像』に発表。三月、抗独運動がフランス人を拷問・虐殺して棄てたフォンスの井戸を見る。三月一三日、原民喜が鉄道自殺、知らせを聞きショックを受ける。モーリヤックの『夏、テレーズ・デスケルウ』の舞台ランド地方を徒歩旅行。ボルドー近郊のカルメル会修道院で修行中の井上洋治を訪ねる。一一月から、「赤ゲットの仏蘭西旅行」を『カトリック・ダイジェスト』に連載。血痰が出、体調をこわす。

一九五二年　二九歳
吐血する。六月、結核と診断されスイス国境近くのコンブルウの国際学生療養所で過す。九月、リヨンに戻る。一〇月、パリに移り、日本館に居住、フランソワーズ・パストルと知り合う。一二月、ジュルダン病院に入院。

一九五三年　三〇歳
一月一二日、フランソワーズを残して、マルセイユから、赤城丸で帰国。二月、神戸着。母が迎え、経堂の父の家に向う。帰国後一年間は体調が回復せず、毎週気胸療法に通い、寝ていることが多かった。四月、『カトリック・ダイジェスト』の編集長となる。七月、『フランスの大学生』を早川書房から刊行。一二月、『カトリック・ダイジェスト』終刊。一二月二九日、同誌の今後についてヘルツォーク神父と口論になった母は、部屋に戻って、脳溢血で突然死去、五八歳。

一九五四年　三一歳　四月、文化学院の講師になる。「マルキ・ド・サド評伝」を『現代評論』に発表。安岡章太郎を通して谷田昌平とともに「構想の会」に入り、吉行淳之介、庄野潤三、近藤啓太郎、三浦朱門、進藤純孝、小島信夫らを知る。七月、『カトリック作家の問題』を刊行。最初の小説「アデンまで」を『三田文学』一一月号に発表。

一九五五年　三二歳　「白い人」を『近代文学』五、六月月号に発表。七月、「白い人」で第三三回芥川賞を受賞。九月、慶應大仏文科学生の岡田順子と結婚。一一月、「黄色い人」を『群像』一一月号に発表。一一月、父の家から同じ経堂の別の家に移る。一二月、『白い人・黄色い人』を講談社から刊行。

一九五六年　三三歳　四月、上智大学文学部の講師になる。六月、長男龍之介誕生。一一月、『青い小さな葡萄』を新潮社から刊行。

一九五七年　三四歳　三月、取材のため九州大学医学部などを訪ねる。六月、八月、一〇月、「海と毒薬」を『文学界』に連載。この年、上智学院修道院長などを務めていたヘルツォーク神父が、イエズス会を退会還俗し、日本人女性と結婚した。

一九五八年　三五歳　一月、前年末に七年半の修行を終え帰国していた井上洋治が訪ねてくる。日本人とキリスト教という同じテーマを抱えていると知る。（井上は、一九六〇年三月、カトリック司祭に叙階。）三月、『月光のドミナ』を東京創元社から刊行。四月、『海と毒薬』を文藝春秋新社から刊行。一一月、取材のため、桜島を訪れる。年末に目黒区駒場に移る。

一九五九年　三六歳　一月、「火山」を『文学界』に連載開始。二月、「最後の殉教者」を『別冊文藝春秋』に発表。四月、「イヤな奴」を『新潮』に発表。九月、「サド伝」を『群像』に発表、一〇月完結。一〇月、『おバカさん』を中央公論社から刊行。

一九六〇年　三七歳　サドの勉強補足のため、順子夫人を伴い、フランスへ行く。イギリス、スペイン、イタリア、ギリシャ、エルサレム、エジプトを回って翌年一月帰る。
四月、肺結核再発し、東大伝染病研究所病院に入院。一二月、慶應大学病院に転院する。九月、『火山』を文藝春秋新社から刊行。十月、『あまりに碧い空』を新潮社から刊行。一二月、『聖書のなかの女性たち』を角川書店から刊行。

一九六一年　三八歳　一月、二回の肺結核の手術。五月、『ヘチマくん』を新潮社から刊行。八月、澁澤龍彦訳『悪徳の栄え（続）』が猥褻文書として、出版社と訳者が起訴された。遠藤は特別弁護人を第二回公判まで務めたが、九月初めに肺結核が悪化し、入院し弁護人を辞す。一二月、三回目の手術を受ける。六時間かかり、一度は心臓が停止したが、成功する。手術の前日、紙の踏絵を見る。手術中に九官鳥が死ぬ。

一九六二年　三九歳　五月、二年半の入院の後、退院したが、体力が回復せず、短いエッセイを書いただけだった。

一九六三年　四〇歳　一月、「男と九官鳥」を『文学界』に発表。「わたしが・棄てた・女」を『主婦の友』に一二月まで連載。八月、「私のもの」を『群像』に発表。一一月、「札の辻」を『新潮』に発表。駒場から町田市玉川学園に転居。新居を狐狸庵と命名。

一九六四年　四一歳　三月、『わたしが・棄てた・女』を文藝春秋新社から刊行。春、長崎を旅行して、十六番館で、黒い足指のついた踏絵を見る。

一九六五年　四二歳　一月、「雲仙」を『世界』に発表。一月から「満潮の時刻」を『潮』に一二月まで連載。四月、取材のため井上洋治、三浦朱門と、長崎、島原、平戸を訪ねる。六月、『留学』を文藝春秋新社から刊行。七月、『狐狸庵閑話』を桃源社から刊行。一〇月、『哀歌』を講談社から刊行。

一九六六年　四三歳　三月、『沈黙』を新潮社から刊行。評判を呼ぶ一方、キリスト教会の一部で禁書扱いとなるなど、批判もあった。四月、成城大学文学部非常勤講師となる。五月、『黄金の国』、劇団「雲」芥川比呂志演出により初演。一一月、『さらば、夏の光よ』を桃源社から刊行。

一九六七年　四四歳　八月、『どっこいショ』を講談社から刊行。八月、ポルトガル大使の招きで、聖ヴィンセント（雲仙・長崎で拷問に耐え殉教）の三百年祭で講演。

一九六八年　四五歳　一月、一年間の約束で『三田文学』の編集長になる。四月、素人劇団「樹座」を結成、紀伊国屋ホールで『ロミオとジュリエット』上演。中軽井沢に別荘を建てる。一一月、『影法師』を新潮社から刊行。

一九六九年　四六歳　一月、「母なるもの」を『新潮』に発表。二月、「小さな町にて」を『群像』に発表。一〇月、「ガリレヤの春」を『群像』に発表。一二月、『楽天大将』を講談社から刊行。

一九七〇年　四七歳　四月、イスラエルに行く。三月、大阪万博でカトリックとプロテスタント合同の初事業、基督教館のプロデューサーを阪田寛夫、三浦朱門とつとめる。ローマ法王庁よりシベストリー勲章を受ける。一二月、『石の声』を冬樹社から刊行。

一九七一年　四八歳　一月、「群像の一人」を『新潮』に発表。その後、同シリーズを『季刊芸術』、『群像』などに発表。一九七三年六月に『死海のほとり』として結実。一月、『切支丹の里』を人文書院から刊行。五月、『母なるもの』を新潮社から刊行。一〇月、『埋もれた古城』を新潮社から刊行。一一月、映画『沈黙』（篠田正浩監督）封切り。

一九七二年　四九歳　一一月、タイのアユタヤに取材旅行。その後、ガンジス川のベナレスに行き、イスタンブール、ストックホルム、パリを回って帰国。
三月、三浦朱門、曾野綾子らとローマで法王パウロ六世に謁見。その後イスラエルに行く。六月、「ガンジス川とユダの荒野」を『群像』に発表。一一月、『牧歌』を番町書房から刊行。

一九七三年　五〇歳　三月、ロンドン、パリ、ミラノ、アンダルシアなどを旅行。六月、『死海のほとり』を新潮社から刊行。一〇月、『イエスの生涯』を新潮社から刊行。この年狐狸庵ブーム、「違いの分かる男」のテレビCM。

一九七四年　五一歳　冬、取材のため牡鹿半島月の浦港を訪ねる。七月、『遠藤周作文庫』全五一巻（講談社）刊行開始（七八年二月まで）。一〇月、『最後の殉教者』を講談社から刊行。メキシコに取材旅行。

一九七五年　五二歳　二月、『遠藤周作文学全集』全一一巻を新潮社から刊行開始。

一九七六年　五三歳　一月、「鉄の首枷―小西行長」を『歴史小説と人物』に連載開始。六月、韓国に取材旅行。七月、『私のイエス――日本人のための聖書入門』を祥伝社から刊行。九月、ニューヨークで講演。ロサンゼルス、サンフランシスコを回る。一二月、ポーランドに行き、アウシュヴィッツを訪ね、コルベ神父殉教の餓死室に「キリエ・レイソン（主よ、あわれみたまえ）」と手書きした石を捧げる。

一九七七年　五四歳　一月、『悲しみの歌』を新潮社から刊行。四月、『鉄の首枷―小西行長伝』を中央公論社から刊行。五月、電電公社の重役だった兄正介、食道静脈瘤破裂で死去、五六歳。

一九七八年　五五歳　七月、『人間のなかのX』を中央公論社から刊行。九月、『キリストの誕生』を新潮社から刊行。

一九七九年　五六歳　三月、大連に行き、幼少期を過した家を訪ねる。四月、『銃と十字架』を中央公論社から刊行。六月、『異邦人の立場から』を日本書籍から刊行。一〇月、『お茶を飲みながら』を小学館から刊行。

一九八〇年　五七歳　二月、「日本の聖女」を『新潮』に発表。四月、『侍』を新潮社から刊行。九月、『作家の日記』を作品社から刊行。一二月、『真昼の悪魔』を新潮社から刊行。『侍』により第三三回野間文芸賞を受賞。

一九八一年　五八歳　四月、『王国への道』を平凡社から刊行。六月、「授賞式の夜」を『海』に発表。日本芸術院会員になる。

一九八二年　五九歳　一月、『女の一生　第一部　キクの場合』、三月、『女の一生　第二部　サチ子の場合』を朝日新聞社から刊行。四月、「患者からのささやかな願い」を『読売新聞』に連載。一一月、『冬の優しさ』を文化出版局から刊行。

一九八三年　六〇歳　四月、『悪霊の午後』を講談社から刊行。六月、『私にとって神とは』を光文社から刊行。八月、『よく遊び、よく学び』を小学館から刊行。一一月、『イエスに邂った女たち』を講談社から刊行。

一九八五年　六二歳　一月、「六十にして惑う」を『新潮』に発表。三月、「罪と悪について」を『中央公論』文芸特集春季号に発表。四月、北欧を旅し、ロンドンのホテルで偶然グレアム・グリーンに会う（「奇遇」『春は馬車に乗って』）。六月、日本ペンクラブ第一〇代会長になる。七月、『私の愛した小説』を新潮社から刊行。一二月、『宿敵』を角川書店から刊行。

一九八六年　六三歳　三月、『スキャンダル』を新潮社から刊行。四月、『あたたかな医療を考える』を読売新聞社から刊行。映画『海と毒薬』（熊井啓監督）封切り。

一九八七年　六四歳　二月、『わが恋う人は』を講談社から刊行。五月、『ピアノ協奏曲二十一番』を文藝春秋から刊行。一一月、長崎県外海町に「沈黙の碑」完成。「人間が／こんなに／哀しいのに／主よ／海があまりに／碧いのです」。一二月、目黒区中町に転居。

一九八八年　六五歳　一月、「反逆」を『読売新聞』に連載開始。『武功夜話』を読み、木曽川を訪れる。『妖女のごとく』を講談社から刊行。七月、対談『心の不思議、神の領域』をＰＨＰ研究所から刊行。

一九八九年　六六歳　四月、『春は馬車に乗って』を文藝春秋から刊行。七月、『反逆』を講談社から刊行。一二月、『落第坊主の履歴書』を日本経済新聞社から刊行。父常久死去、九三歳。

一九九〇年　六七歳　二月、インドへ取材旅行。ニューデリーの国立博物館でチャームンダーの像を見、ベナレスを訪れる。『変わるものと変わらぬもの』を文藝春秋から刊行。

一九九一年　六八歳　五月、クリーブランドのジョン・キャロル大学で開かれた遠藤文学研究会に出席。『沈黙』映画化の件でマーチン・スコセッシ監督と会う（映画『Silence』は二〇一七年一月封切り）。五月、『決戦の時』を講談社から刊行。一〇月、『男の一生』を日本経済新聞社から刊行。一一月、『人生の同伴者』（聞き手佐藤泰正）を春秋社から刊行。

一九九二年　六九歳　一月、『切支丹時代』を小学館から刊行。五月、『王の挽歌』を新潮社から刊行。九月、腎臓病発病。

一九九三年　七〇歳　五月、腹膜透析のための手術を受ける。以後腹膜透析を行い、かゆみに悩まされる。六月、『深い河』を講談社から刊行。七月、遠藤編著『キリスト教ハンドブック』を三省堂から刊行。

一九九四年　七一歳　二月、『心の航海図』を文藝春秋から刊行。「ヨブ記」を書くと決意。

一九九五年　七二歳　一月、阪神淡路大震災。三月、地下鉄サリン事件。五月、『遠藤周作歴史小説集7女』を講談社から刊行（『遠藤周作歴史小説集』全七巻を講談社から刊行開始、一九九六年七月完結）。六月、映画『深い河』（熊井啓監督）封切り。九月、脳内出血で順天堂大学病院に入院。口が利けなくなる。一一月、文化勲章受賞。一二月退院。

一九九六年　七三歳　四月、腎臓病治療のため慶大病院入院。血液透析に替わる。九月二九日午後六時三六分、誤嚥性肺炎による呼吸不全で死去。一〇月二日、麹町の聖イグナチオ教

一九九九年　会で葬儀ミサ・告別式。ミサの司式は井上洋治神父。府中のカトリック墓地に埋葬される。
四月、『遠藤周作文学全集』全一五巻が新潮社から刊行開始（二〇〇〇年七月、完結）。五月から二〇〇〇年二月まで、「母なる神を求めて——遠藤周作の世界展」が全国六都市（東京、京都、横浜、静岡、仙台、町田）で巡回開催。

二〇〇〇年　五月、長崎県外海（そとめ）町に遠藤周作文学館が開館。

＊著作は、小説、エッセイ、対談など生涯に二二九冊あるそうだが、ここでは主に本稿に取り上げたものを掲載した。
＊遠藤は受賞が多くあるが、割愛した。

新木安利　（あらき・やすとし）
1949年，福岡県椎田町（現・築上町）に生まれる。北九州大学文学部英文学科卒業。元図書館司書。1975年から松下竜一の『草の根通信』の発送を手伝う。
【著書】『くじら』（私家版，1979年），『宮沢賢治の冒険』（1995年），『松下竜一の青春』（2005年），『サークル村の磁場』（2011年），『田中正造と松下竜一』（2017年），『石原吉郎の位置』（2018年），『石川啄木の過程』（2019年，いずれも海鳥社）
【編著書】前田俊彦著『百姓は米を作らず田を作る』（海鳥社，2003年），『勁き草の根　松下竜一追悼文集』，（草の根の会編・刊，2005年），『松下竜一未刊行著作集』全五巻（海鳥社，2008年~2009年）

遠藤周作の影と母　深い河の流れ

■

2021年12月22日　第1刷発行

■

著者　新木　安利

発行者　杉本　雅子

発行所　有限会社海鳥社

〒812-0023 福岡市博多区奈良屋町13番4号

電話092(272)0120　FAX092(272)0121

http://www.kaichosha-f.co.jp

印刷・製本　モリモト印刷株式会社

ISBN978-4-86656-117-2

［定価は表紙カバーに表示］